LE CORBEAU

UN ROMAN GANGS DE BOSTON

A. ZAVARELLI

GREY EAGLE
PUBLICATIONS

Titre original : *Crow (Boston Underworld, #1)*

Pour la présente édition :

greyeaglepublications.com

Couverture : Najla Qamber
najlaqamberdesigns.com

Traduction : Laure Valentin

ISBN: 978-1-64366-022-6
Print ISBN: 978-1-64366-023-3

PROLOGUE

Mackenzie

J'ai horreur des flics.

Je les déteste profondément. Surtout dans le coin. On ne sait jamais pour qui ils bossent vraiment. Et ce ne sont certainement pas les six derniers mois à leur contact qui ont changé l'image que je me fais d'eux.

Putains de flics.

Ils vont jusqu'à refuser de me donner l'heure. Quand j'ai rempli la déclaration de disparition, ils ont à peine daigné y jeter un coup d'œil. Un suivi ? Faut pas rêver. Maintenant, chaque fois qu'ils me voient à la gare, ils détournent leurs sales regards. Ils se fichent bien de la disparition d'une femme à la réputation douteuse. Comme des milliers d'autres dans ce pays, elle a été aspirée dans un trou noir et on ne la reverra plus jamais, on n'entendra plus jamais parler d'elle.

Leurs familles et leurs amis sont les victimes d'un système où les inspecteurs de police consacrent leurs efforts à ceux qui présentent bien, à ceux qui crient le plus fort dans les médias. Personne ne crie pour la pauvre Talia. Rien que moi. Ce qui veut dire que c'est à moi de découvrir ce qui lui est arrivé.

Avec mon père, c'était la même histoire. Oublié, son assassinat brutal. Il le méritait, parce que c'était un boxeur anonyme qui combattait dans les bas-fonds. Il traînait avec les mauvaises personnes, et s'il en a subi les conséquences, ce n'est que justice. C'est comme ça que font les flics, dans cette ville. C'est comme ça qu'ils ont traité la mort de mon père et la gamine de treize ans qu'il laissait derrière lui. On balaie tout ça sous le tapis et on relègue l'affaire au second plan, après les dossiers réellement importants.

J'étais une enfant à l'époque, alors je n'avais pas mon mot à dire. Mais à présent, je suis une adulte, du haut de mes vingt-deux printemps, et plutôt mourir que de les laisser faire la même chose. Ces neuf dernières années ont forgé une femme au cœur d'acier. Cette fois, je ne reculerai pas. Quoi qu'il en coûte pour la retrouver, je le ferai. C'est plus personnel à mes yeux que ça ne le sera jamais pour aucun de ces gratte-papier.

C'est la raison pour laquelle je suis assise dans le bureau d'une minable qui travaille pour le FBI. Franchement, tous ces robots ne sont rien d'autre que des policiers trop grassement payés. Et pourtant, je me sens mal pour cette dame assise en face de moi. C'est l'agent Cameron, d'après la plaque à son nom et les documents divers et variés étalés sur son bureau. Quand on regarde attentivement, on en apprend beaucoup sur ce qui motive les gens. Et ce que m'indique le bureau de Mademoiselle Cameron, c'est qu'elle a envie de se sentir importante. Elle a sans doute consacré ses meilleures années à ce travail. Mais elle est coincée dans un bureau, à remuer des papiers, sans rien d'autre que cette foutue plaque pour preuve de sa carrière.

Des rides d'amertume creusent son visage las. On dirait qu'elle ne s'est pas amusée une seule fois dans sa vie. Mais au fond, je suis logée à la même enseigne. C'est peut-être ce qui m'agace chez cette femme. Je retrouve un peu de moi-même dans le reflet de ses yeux. Un avenir morne, le néant et seuls mes chats pour m'accueillir quand je rentrerai en fin de journée.

J'imagine que cette femme en a beaucoup. Ses cheveux roux sans éclat sont coiffés en arrière, dans le style des années quatre-vingt, et son costume gris ne flatte pas son teint pâle. Elle remonte ses lunettes sur l'arête de son nez et boit une gorgée dans une tasse annonçant qu'elle est allée à Disneyland. C'est mieux que rien, j'imagine.

— Écoutez, euh…

Elle jette un œil sur les documents devant elle pour retrouver mon nom. Celui que je lui ai déjà donné deux fois.

— Mackenzie, je répète.

— Oui, Mackenzie.

Elle se redresse en soupirant.

— Je comprends votre frustration. Sincèrement. Ça ne se voit peut-être pas, mais l'enquête suit son cours. Je vous le garantis, nous nous en occupons.

La colère bouillonne dans mon cœur comme de la lave, menaçant de déborder d'un instant à l'autre et de tout détruire autour de moi. Je pourrais jurer que ces salopards sont tous programmés pour répéter exactement la même chose en boucle. Et j'en ai plus qu'assez de cette même rengaine. Pendant toute ma vie, ils m'ont servi ces conneries à la petite cuillère. Les familles d'accueil, les assistantes sociales, la police et tous les autres, toujours à me dire qu'ils savent ce qu'il me faut. J'ai été si souvent renvoyée de tous les côtés du système comme une balle de ping-pong qu'il me reste à peine assez d'énergie pour me battre.

C'est ce qu'ils veulent. Ils veulent que je rentre chez moi et que je baisse les bras. Ils se figurent que, tôt ou tard, au fil des mois et des années, la douleur s'atténuera et que j'oublierai jusqu'à son existence. Mais ça ne se passera pas comme ça. Je ne l'abandonnerai pas, jamais.

Je prends une profonde inspiration et je lâche la vieille photo sur le bureau. De dix centimètres sur quinze, c'est le cliché d'un rare moment de candeur. Talia sourit en jetant par-dessus son épaule le regard le plus pur qu'on ait jamais vu. Honnêtement, elle n'a jamais été très souriante. Beaucoup trop de démons. Mais j'ai immortalisé cet instant et c'est un trésor que j'ai toujours chéri. Je veux que les gens sachent que c'était une vraie personne, avec de vrais sentiments. Et puis, si mes recherches m'ont appris une chose, c'est que les médias adorent parler des jolies filles souriantes.

— Regardez son visage, dis-je d'une voix suppliante. Regardez cette fille. Pas son numéro de dossier, mais son visage. Ce n'est pas une fille des rues, ni une call-girl, rien de tout ce qui peut vous faire croire qu'elle a moins d'importance que les autres. Elle ne se drogue pas, et ce n'est pas une criminelle. Elle s'appelle Talia Parker.

Ma lèvre tremble, mais je continue. Je pleure rarement. Si mon père était là, il serait en train de me dire de me ressaisir. Les émotions sont un luxe que les Wilder ne peuvent pas se permettre. Cette philosophie influençait aussi notre relation, elle la dégradait ou la renforçait, selon le point de vue. Il me demandait de ne pas pleurer, alors je ne pleurais pas. Il me demandait de ne pas m'attacher aux autres, alors je ne m'attachais pas. Je refoulais tous mes sentiments et je les enfouissais au plus profond de moi. Je trouve que je ressens trop d'émotions. Mais ça ne se voit pas. Personne ne s'en rend compte.

Parce que je me contrôle en permanence.

Pourtant, d'après la façon dont l'agent Cameron me regarde en cet instant, on pourrait me prendre pour une hystérique. Je me fiche de ce qu'elle pense. Je dois juste en finir avec elle.

— Nous avons grandi ensemble dans un foyer d'accueil.

Sans crier gare, un rire étranglé monte de ma poitrine.

— Je sais que c'est terriblement cliché, pas vrai ?

À présent, ma voix est fébrile, tout comme les yeux de l'agent Cameron tandis qu'elle me regarde perdre mon sang-froid. Malgré tout, je poursuis :

— Si vous avez lu son dossier, alors vous le savez. Vous savez qu'elle est déjà passée une fois entre les mailles du filet. S'il vous plaît…

Je dois admettre que l'agent Cameron fait preuve de bonté en se penchant sur le visage de Talia. Elle l'examine attentivement, pendant au moins une minute. Ce petit acte de gentillesse me remonte le moral. La plupart des gens ne se donneraient même pas cette peine.

— C'est une très jolie fille, commente l'agent Cameron avant de se racler la gorge, repoussant la photo dans ma direction. Et si nous découvrons autre chose, je vous promets que vous en serez informée, Mademoiselle Wilder.

Les murs se referment sur moi. Tout s'efface, se ratatine, se condense. J'ai envie de hurler. De frapper quelque chose. De me comporter comme une foldingue. J'ai envie de mettre sens dessus dessous ce bureau pitoyable et de piétiner sa plaque sous mes pieds.

Au lieu de ça, je prends une autre inspiration. Ça n'arrangerait rien.

— Et les preuves que je vous ai apportées ? je demande.

L'agent Cameron fronce les sourcils et fouille dans les relevés bancaires de Talia et la paperasse que j'ai rassemblée jusqu'à présent, une sacrée liasse de documents. Je suis bien consciente que je me raccroche aux branches.

— Ce ne sont pas vraiment des preuves, dit-elle. Tout ce que cela prouve, c'est qu'elle déposait de l'argent liquide sur son compte bancaire toutes les deux semaines. Sans chèque, nous n'avons aucun moyen de retrouver d'où provenait cet argent.

— Il provenait d'eux, dis-je en serrant les poings. Je peux vous le jurer.

Elle pince les lèvres et je sais qu'elle va bientôt me mettre à la porte.

— Et les autres filles ? j'insiste. Vous ne trouvez pas ça bizarre que les cas de disparition dans cette région soient montés en flèche cette année ? Ce sont toutes de jeunes et jolies filles. Elles doivent bien être quelque part.

— Je peux vous assurer que nos meilleurs agents y travaillent, dit-elle. Mais pour le moment, rien ne relie aucune de ces filles au Slainte. Votre amie est la seule à être connectée à ce club, à en croire vos affirmations, et même cela, rien ne le prouve.

— Envoyez un agent sous couverture. Vous verrez bien. Vous comprendrez ce qui se passe vraiment là-bas.

— Nous n'avons pas les ressources nécessaires, me répond-elle. Et sans le moindre début de preuve, nos mains sont liées.

Des preuves.

On y revient toujours. Évidemment, ils n'ont pas laissé de preuves. C'est la putain de mafia. Qu'est-ce qu'ils s'imaginent, un néon géant qui annonce : on traite des affaires louches par ici ? Je suis sûre que les fédéraux le savent déjà. Tout le monde dans cette ville le sait. Mais c'est l'éternel problème. On ne sait jamais lequel de ces connards est de leur côté.

Je tape du pied et mes yeux balaient le bureau avec la nervosité d'une toxicomane. J'ai horreur d'être limitée. Ces murs gris et l'odeur de climatisation. Des preuves. Où pourrais-je trouver des preuves ?

Mes yeux croisent ceux de l'agent Cameron et je tente une proposition audacieuse.

— Envoyez-moi. J'irai sous couverture. Pas besoin de me rémunérer. Il vous suffit d'assurer la liaison ou je ne sais quoi.

Elle pince les lèvres et je vois son regard se fermer.

— Nous n'autoriserions jamais une chose pareille, Mademoiselle Wilder, déclare-t-elle fermement. Alors je vous prierais de nous épargner vos idées brillantes.

Elle prend une carte de visite blanche qu'elle me donne avant de clore la conversation, puis elle se lève. Je l'imite, car de toute évidence, je n'obtiendrai aucune aide supplémentaire.

— Si vous découvrez d'autres éléments utiles, vous pouvez appeler ce numéro, suggère-t-elle.

Je prends la carte et je la froisse dans mon poing tout en lui adressant un sourire glacial.

— Merci pour votre temps, lui dis-je.

En franchissant la porte et en me jetant dans le premier taxi venu, je tire mes propres conclusions. L'agent Cameron se trompe. Là, sur le vinyle craquelé, avec un chauffeur de taxi qui empeste le salami, je trouve une lueur d'espoir dans mon marasme. Parce qu'avec ou sans son soutien, je pense que mon idée peut fonctionner. D'ailleurs, je trouve même que c'est l'idée la plus géniale que j'aie eue en six mois.

1

Lachlan

La ville de Boston est délavée. Le ciel forme une couverture grise. C'est un adieu à l'irlandaise pour le grand-père que je n'ai jamais eu la chance de connaître vraiment.

Un par un, les gars s'avancent pour un dernier éloge. Niall et Ronan restent à côté de moi, en silence. Les condoléances sont emportées par la brise d'automne, murmurées du bout des lèvres et rarement entendues. J'ai le corps engourdi, les vêtements détrempés. Il ne reste plus qu'un air frais, comme il n'en souffle qu'après un orage.

Enfin, ils s'en vont.

Quand arrive mon tour, je m'approche de son cercueil. Les mots me manquent, comme souvent. Nous n'avons jamais su quoi nous dire quand il était encore de ce monde. À quoi bon, maintenant ?

Le lis blanc dans ma main se fane sous mes yeux. À part moi, Carrick était le dernier Crow encore en vie. Ses dernières volontés pèsent comme un fardeau sur mon âme. Je dois perpétuer son héritage et sa lignée, le rendre fier. Comment refuser à un mourant son dernier espoir, craché entre deux râles ensanglantés ?

Ce n'était pas une vaine consolation. Chaque mot que j'ai prononcé au chevet de son lit de mort était une promesse que je lui faisais. Je veux qu'il soit fier de moi. Je suivrai ses pas jusqu'aux portes de l'enfer s'il le faut, pourvu que je tienne parole. C'est l'homme qui m'a élevé. L'homme qui m'a tout donné.

Dans le murmure d'une prière catholique, la fleur tombe sur la surface en bois verni. Enfin, on le descend en terre. Niall et moi répétons le signe de croix, récitant la devise que Carrick a respectée ces trente dernières années. La devise que nous respectons tous :

— Famille, loyauté, honneur et sang. Telles sont les valeurs véritables.

Niall m'accorde un dernier moment, puis il incline la tête.

— Viens marcher un peu avec moi.

Le cimetière est sinistre, rempli de mort et du chagrin qui l'accompagne. L'herbe sous nos chaussures est jonchée par les feuilles mortes de l'automne. Moi-même, je n'ai pas de place dans mon cœur pour porter le deuil. Ça fait bien longtemps que j'ai fait la paix avec la mort. Un homme ne choisit pas cette vie en espérant rester immortel. Carrick aurait été honoré de donner sa vie pour le syndicat du crime. Et moi aussi.

Ça ne sert à rien de nourrir de telles pensées maintenant. Plus tard, j'aurai tout le temps d'y réfléchir. Pour l'heure, je suis Niall en silence sur les marches conduisant à Sainte-Marcellina. Les épaisses portes en chêne s'ouvrent sans protester. L'allée centrale est longée de bancs en bois et un parfum de vin et de repentance flotte dans l'air. Au bout de l'allée, je m'agenouille et je récite une prière pour le défunt.

Je ne me considère pas comme un type bien. Comme chez tout bon catholique, la culpabilité du péché pèse lourdement sur ma conscience, mais ça ne change pas qui je suis. Quand j'étais un petit garçon de huit ans, ma mère m'a recommandé de ne pas devenir comme mon père. Et en toute logique, cette vie m'a toujours attirée. Ma voie était toute tracée et je recommencerais sans hésiter. Chez nous, c'est la loyauté et l'honneur qui président. La famille, la notion que je respecte le plus. Notre business ne s'inscrit pas dans ce que la société considère comme respectable, mais nous avons notre morale. Si un acte malveillant doit souiller mon âme, ce sera pour l'un des miens. Nous prenons soin les uns des autres. Nous nous protégeons. Si l'enfer est le prix à payer pour mes péchés sur terre, alors qu'il en soit ainsi.

Cette famille est la seule qui me reste désormais.

Au bout d'un moment, Niall s'assied à côté de moi et sort une flasque de sa veste de costume. Il ne s'embarrasse pas avec les formalités ni la religion. Ça fait bien longtemps qu'il a rejeté Dieu. Ce n'est que par respect pour Carrick qu'il a prié aujourd'hui.

Il me tend la flasque et je bois une gorgée. C'est du bon. Niall a toujours du bon alcool. Les yeux rivés vers l'autel, nous laissons le silence retomber. C'est une qualité que j'apprécie chez lui. En tant que chef, par sa nature stoïque, Niall sait instiller la peur comme aucun imbécile à grande gueule ne le pourra jamais.

Il glisse la main dans sa poche et je vois le pendentif de Saint-Antoine de mon grand-père se balancer au bout de son gant de cuir.

— Il aurait voulu que ce soit à toi, fiston.

En effleurant les gravures en or sous mes doigts, je sens se développer en moi une douleur que je n'avais jamais connue. Il aurait pu choisir n'importe quel saint, et pourtant c'est lui qu'il m'offre. Carrick n'a jamais eu peur de mourir, mais plutôt de perdre son âme.

— Je sais que tu souffres, Lachlan, dit Niall. T'as pas eu assez de temps avec lui.

— Non. C'est vrai.

Quinze ans, ça ne m'a pas suffi pour apprendre à connaître un homme comme mon grand-père. Je crois même que cinquante ans n'auraient pas été suffisants tant notre relation se passait de mots. Cet homme était ce qu'on appelle un taiseux. Fort et fier, mais pas bavard. Il n'a jamais su être une véritable figure paternelle. Il ne s'est jamais considéré comme tel quand j'ai débarqué à seize ans sur le pas de sa porte. Malgré tout, il m'a accueilli.

Au fond, ça ne m'a jamais dérangé. Mon grand-père était d'une autre génération. Une génération qui croyait à la famille, en sa force et sa vérité. J'étais heureux de marcher dans ses pas. À l'âge de seize ans, j'ai été incorporé dans le syndicat du crime MacKenna. Le jour où j'ai prêté serment par le pacte de sang a été le jour le plus fier de ma vie. Il ne me l'a jamais dit, mais Carrick aussi était fier.

Il avait commencé à l'ancienne. Camions blindés et braquage de banques. Drogue et jeux d'argent. Il maîtrisait ce genre de choses. C'était le seul monde qu'il connaissait. Il m'a introduit dans le milieu, mais c'est l'homme assis en ce moment à mes côtés qui a fait de moi ce que je suis devenu. Niall est mon mentor depuis une dizaine d'années. Il a endossé le rôle que Carrick n'a pas joué. Ensemble, nous avons propulsé notre business dans la modernité. À chaque étape, Carrick s'y est opposé. Le syndicat du crime tel qu'il est aujourd'hui, ce n'est plus la mafia de mon grand-père. Pour Niall, le seul moyen de prospérer, c'était d'agir proprement. En fin de compte, Carrick s'est laissé convaincre.

Aujourd'hui, cela n'a plus aucune importance. Il est parti. Le pendentif de Saint-Antoine me brûle la paume. Ma lignée s'est éteinte. Nous sommes plus proches que jamais d'une alliance avec les Russes, mais nous avons perdu l'un des nôtres. Le sacrifice me paraît injuste.

Mais ça va changer, désormais. Je le sens déjà entre Niall et moi. Ce poids de la responsabilité. Le fardeau de cette loyauté que je dois prouver à l'homme assis à côté de moi, de mon dévouement qu'il me faut affirmer auprès du syndicat. Ce ne sera pas une mince affaire de reprendre le flambeau de Carrick, et pourtant je suis impatient de m'y mettre. Niall ne cèdera pas facilement. Sean me défiera pour obtenir la place. De naissance, il est mieux placé que moi pour succéder à Niall. Pourtant, c'est ce que je veux. J'en ai tellement envie que j'en sens déjà le goût sur ma langue.

— Tu crois qu'on est prêts pour ce qui va se passer ensuite ? demande Niall.

— Oui.

Le sang va couler. Les têtes vont tomber. Et on entendra des carillons de mariage dans un avenir proche.

C'est la seule partie qui me pose réellement problème. Mais je le ferai, si Niall me choisit. Il n'y a rien que je refuserais de faire pour le syndicat, pour sceller cette alliance et faire ce que Carrick aurait voulu. J'épouserai une Russe et je prendrai la place qui me revient de droit en tant que second dans la hiérarchie, après Niall.

Rien ni personne ne se dressera en travers de mon chemin.

— J'aimerais m'en charger, dis-je à Niall.

Ses yeux noirs, brillants de respect, rencontrent les miens. De ses cheveux jusqu'à ses traits, tout est sombre chez lui. Les hommes se recroquevillent ou frémissent en sa présence. Il est dur. Mais juste, aussi. C'est ce qui me permet de savoir qu'il accédera à ma requête.

— Je n'attendais rien de moins.

Le silence retombe entre nous, tandis qu'il y réfléchit.

— Tu peux partir demain.

— Ce soir.

Il me toise du regard, soupesant mes motivations.

— Les obsèques ont lieu aujourd'hui, dis-je. Ils ne nous attendront pas. Ils ont déjà pris leurs dispositions pour changer le lieu de livraison samedi. Ils se préparent pour l'évidence.

Niall tambourine des doigts sur la flasque, puis il hoche la tête.

— Laissons les Russes en avoir pour leur argent. En gage de notre reconnaissance.

Je serre les poings sur le pendentif dans ma paume, ma force décuplée par l'adrénaline qui déferle dans mes veines. La soif de sang. La vengeance.

C'est ce dont j'ai envie ce soir.

Niall jette un œil sur sa montre, puis il se lève.

— Bon, si tu y vas ce soir, tu ferais mieux de t'y mettre tout de suite.

Ensemble, nous retournons à la porte. Avant de s'éloigner, il me donne une tape sur l'épaule et me la serre.

— Tu as perdu ton grand-père, dit-il. Mais sache que je te considérerai toujours comme mon fils.

— ALORS, C'EST ICI, HEIN ?

Rory lève les yeux vers la maison usée par les intempéries, depuis l'allée où nous nous trouvons.

— Ça ne m'étonne pas que ces salauds habitent ici.

Aucun de nous n'éprouve de remords pour ce qui va se passer. Le gang arménien ne cesse de se développer, de jour en jour, et ils ont bien l'intention de prendre leur part du gâteau. Ils ont marché sur les platebandes des autres. Nos platebandes, en l'occurrence, et celles des Russes également. Mais nous ne sommes pas les seuls. Apparemment, les Italiens aussi rencontrent des problèmes avec eux.

C'est une chose de marcher sur nos platebandes. Mais ouvrir le feu sur le café où mon grand-père se réunissait avec les Russes ? C'en est une autre. Pour un tel acte, il faut payer le seul prix acceptable.

Ronan prend la place qui lui revient de droit à mes côtés, et les autres suivent.

— Alors, on y va ? demande-t-il.

— Oui, *chef*, dit Sean en l'imitant. On y va ?

Nous marchons jusqu'au porche. Je n'ai aucune recommandation à leur donner, à l'exception d'une seule :

— Tuez-les tous.

2

Mackenzie

Penchée en avant pour garder l'équilibre, je replie les genoux et je les appuie derrière mes bras.

La posture du corbeau.

C'est une position simple. Un processus en deux temps, avec la posture la plus basique, en équilibre sur les bras. Et pourtant, il m'a fallu une éternité avant de la maîtriser. Si j'étais du genre à cogiter et à me demander le pourquoi du comment – ce que je ne fais pas –, ce ne serait pas très difficile à comprendre.

Le corbeau symbolise différentes choses selon les cultures. La magie, la transcendance, le destin, l'éveil intellectuel. Une représentation physique de l'espace entre le ciel et la terre. Les interprétations sont vastes et diverses. Mais une fois que la magie et les traditions ont été écartées, il ne reste que la réalité. Pour moi, une seule interprétation me vient à l'esprit. À mes yeux, dans son sens le plus élémentaire, le corbeau représente la mort.

Je ferme les paupières, j'étends les bras et j'expire, dépliant mes jambes en l'air pour former un arbre droit parfait. Trois respirations profondes. Inspirer par le nez, expirer par la bouche. Mon équilibre n'a jamais été aussi bon. Je maîtrise la coordination. Mes abdominaux ? Solides comme le roc. Je pourrais tenir cette pose pendant deux heures si je le voulais vraiment. Mais avant que j'aie le temps de me réjouir, Scarlett fait claquer son chewing-gum de l'autre côté de la pièce.

— Tu te déconcentres, Mack.

Je ricane en enchaînant, sans lui répondre, avec la posture du scorpion. Elle sait pertinemment que je suis plus concentrée que jamais, mais elle préférerait mourir plutôt que de l'admettre. Scarlett refuse que je me lance dans mon pèlerinage malsain. Pour preuve, ces derniers mois, elle a eu recours aux discours les plus créatifs. La voir utiliser ce vieux stratagème me prouve que c'est son ultime tentative. Ce serait touchant si elle n'avait pas l'air aussi abattue.

Vêtue de la robe noire qu'elle porte comme une seconde peau, perchée sur ses hauts talons rouges, elle ne fait aucun mystère sur sa destination de ce soir. Sur une échelle de dix, Scarlett décroche un quinze. Cette fille est une bombe atomique. Dommage qu'elle n'en soit même pas consciente. Elle coiffe ses cheveux bruns en vagues parfaites, ses yeux noisette sont soulignés au khôl et sa jolie petite pochette à paillettes est sans doute remplie de préservatifs.

Scarlett est une call-girl, une autre amie rencontrée dans la rue. Il se trouve que c'est dans sa ruelle sombre que deux types nous ont malmenées, un soir, Tal et moi. J'avais treize ans à l'époque. J'avais beau être dure comme la brique pour mon âge, ce n'était pas suffisant pour affronter deux hommes. Scarlett avait quatre ans de plus que moi et elle était beaucoup plus maligne. Et puis… elle avait un couteau. Elle m'a sauvée ce soir-là, aussi difficile que ce soit de l'admettre.

Je ne suis pas aussi proche d'elle que je l'étais de Tal, mais je suppose que pour des filles comme nous, c'est le mieux qu'on puisse faire. C'était une gamine ordinaire, elle aussi réchappée du système, avec une histoire qui a réussi à attendrir mon cœur de pierre. Si quelqu'un sait manipuler les hommes, c'est bien Scarlett.

Je me laisse retomber en souplesse sur le sol et mon regard croise le sien tandis que j'étire mes jambes.

— Le jour où je me déconcentre, je meurs.

C'est mon père qui disait cela, et ça n'a jamais été aussi vrai. Il s'est déconcentré en s'impliquant avec les Russes, et maintenant, il est six pieds sous terre. Je ne veux pas me résoudre à subir le même sort, mais ce monde ne cesse de m'attirer entre ses griffes.

— Tu veux savoir ce que je pense, bébé ? demande Scarlett.

Elle croise les jambes et lisse un pli sur sa robe.

Je fais rouler mon cou sur mes épaules jusqu'à ce qu'il craque, puis je réponds :

— Non. Je ne veux pas.

Elle continue quand même. Notre routine habituelle.

— Je crois que tu devrais prendre tout l'argent que tu as économisé, le donner à un détective privé et te concentrer sur ce que tu peux contrôler. Comme aller à l'université ou faire quelque chose de ta vie.

— Hmm, je grommelle. C'est toi qui dis ça. Pourquoi *moi* je pourrais le faire, et pas toi, Scarlett ?

Elle garde le silence pendant un moment. Son joli visage exprime la défaite.

— Tu n'es pas obligée de faire ça, insiste-t-elle.

— Et toi, tu n'es pas obligée de sortir chaque soir ni de vendre ton corps ! je rétorque.

Elle soupire et conclut à ma place :

— Et pourtant, on va continuer toutes les deux.

— C'est comme ça, Scarlett. On est irrécupérables. Mais Talia…

Je ne termine pas ma pensée. C'est inutile. Nous savons toutes les deux que Talia était la plus irrécupérable d'entre nous. Elle n'a jamais eu de chance. Encore maintenant, prononcer son prénom me remplit de chagrin et mon cœur se serre. Scarlett s'en rend compte, mais elle n'en parle pas. Elle me connaît trop bien.

— Laisse-moi t'aider, propose-t-elle.

Je ressens rarement de la chaleur dans mon cœur glacial et mort. Mais c'est pourtant ce qui se passe alors que mes yeux se posent sur la frêle silhouette de Scarlett, sur le sofa. Sous son armure en fils de fer barbelé, elle a un cœur en or. Cette fille est bien trop généreuse pour fréquenter des gens comme moi, et pourtant elle est là.

— Je préfère que tu restes en dehors de ça. Tu le sais bien.

La lueur qui s'attardait dans ses yeux disparaît, mais c'est pour son bien. Scarlett a une fâcheuse tendance à l'autodestruction. Elle aime prendre des risques. C'est sa façon de réagir à ce qu'elle a vécu. Quoi qu'il en soit, je désapprouve et je désapprouverai toujours ce comportement chez elle.

Chez moi, en revanche, c'est une autre histoire. Nous savons toutes les deux que c'est mon dernier jour à Southie, le quartier sud de la ville. Demain, j'emménage dans un motel miteux à Roxbury et j'entame un nouveau chapitre de ma vie. Dans un monde dont je ne sortirai peut-être pas vivante. À en juger par ce qui est arrivé à Talia, les chances sont maigres. Comme je refuse d'entraîner quelqu'un d'autre dans cette galère, je ne tiendrai pas Scarlett au courant, et nous en avons déjà discuté.

Mais elle va terriblement me manquer.

C'est la seule amie qui me reste, presque un membre de ma famille. Je n'ai jamais vraiment eu de frères et sœurs, et ma mère est morte quand je portais encore des couches. Un cancer.

Quant à mon père ?

C'était une putain de légende.

Jack Wilder, surnommé le Poing Américain. Le champion indétrônable dans l'univers de la boxe illégale. Jusqu'à la fin. Comme les Russes étaient incapables de le battre avec leurs poings sur un ring, ils l'ont vaincu avec un couteau émoussé dans une ruelle obscure.

Je crois que mon père a toujours su qu'il ne ferait pas de vieux os dans ce monde. Il n'a fait qu'accélérer le processus en se mêlant aux affaires de la mafia. Il s'est dit qu'en me transmettant la mentalité des Wilder, il me donnerait au moins une chance de survivre. J'étais encore en couches-culottes quand il s'est mis à m'apprendre à donner des coups de poing. Il ne savait rien faire d'autre. Cet homme mangeait, respirait et vivait pour la boxe. Il m'a toujours dit qu'il ne pouvait pas m'aider avec les maths ni m'apprendre à cuisiner, mais qu'il pouvait me montrer comment me défendre.

Pour moi, ça n'avait pas de prix. J'ai appris à être combative et à ne jamais m'excuser d'exister. Il m'a montré que je n'étais pas obligée d'être la plus grande ni la plus coriace, mais que je devais savoir frapper là où ça fait mal. Et les Russes m'ont frappée là où ça faisait mal quand ils me l'ont pris.

À l'âge tendre de treize ans, je ne pouvais rien y faire. Mais je peux faire un tas de choses pour Talia, en revanche. Ces connards de Russes et les gangsters irlandais qui gèrent le Slainte croient pouvoir faire ce qu'ils veulent sans conséquence. C'est peut-être vrai la plupart du temps, mais ils ne me connaissent pas.

Je suis la fille de Jack Wilder. Une Américaine irlandaise de troisième génération, avec du sang de champion dans les veines. J'ai été élevée dans les rues de Southie, et je n'ai peur de personne. J'affronterai chacun de ces fils de putes en combat singulier et je le ferai avec le sourire. Quand tout sera terminé, ils maudiront le jour où ils ont rencontré Talia Parker et où ils ont cru pouvoir lui chercher des embrouilles.

Scarlett a dû suivre le cheminement de mes pensées, parce qu'elle m'a décoché un coup d'œil empli de sous-entendus.

— Tu veux emporter mon couteau porte-bonheur, au cas où ?

— Non, je réponds en souriant. Tu en as besoin pour tes clients. Mon corps est une arme mortelle à lui seul.

Mon sens de l'humour ne la déstabilise pas le moins du monde.

— Ce n'est pas aussi facile que tu le penses, Mack. Crois-en mon expérience. N'oublie pas que tu peux te retrouver en infériorité numérique.

D'un bond, je quitte mon tapis de sol et je fais le moulin à vent avec mes bras.

Je sais qu'elle a raison, mais je ne veux pas qu'elle s'en rende compte. Scarlett vend son corps depuis des années. Son âme a quitté le navire il y a longtemps. Mieux que quiconque, elle sait ce que signifie l'infériorité numérique. On lit encore l'horreur dans ses yeux. Et pourtant, elle continue à prendre des risques tous les jours. Ça fait longtemps que j'ai fait la paix avec ses décisions. On ne peut pas chasser le naturel. Les personnes abîmées sont les seules à pouvoir se changer.

Quant à moi, je suis douloureusement consciente que je ne peux pas réécrire l'histoire. Ce qui est arrivé à Talia est arrivé. Je ne peux rien y faire. Mais j'obtiendrai des réponses. Je donnerai à l'agent Cameron la preuve qu'elle attend. J'y retournerai pour déposer la preuve sur son maudit bureau, avec un sourire aux lèvres, et illuminer sa putain d'année.

Scarlett me regarde m'étirer avec une indifférence feinte. Elle me regarde toujours d'un air triste, chaque fois que je me lance dans ma session d'entraînement de trois heures. Pourtant, elle est incapable de cacher l'éclat de fierté dans ses yeux devant mes progrès fulgurants.

J'y ai consacré ces six derniers mois. Un mélange d'arts martiaux, de yoga et de Pilates qui m'aide à rester forte et concentrée sans développer trop de masse musculaire. Scarlett dit que ça peut être un avantage, car du haut de mon mètre cinquante-sept, je suis aussi intimidante qu'un chaton. Les gens me sous-estiment, et j'ai l'intention de m'en servir sans retenue, de toutes les manières possibles.

— Tu vas assurer, me dit-elle.

— Comme toujours.

Je lui envoie un baiser avant de me diriger vers le réfrigérateur pour prendre une bouteille d'eau.

— Mais… sois prudente, d'accord ?

Je m'interromps en percevant des trémolos dans sa voix. Une petite boule d'émotion se forme dans ma gorge. Je m'empresse de la ravaler.

— Il te reste combien de temps ? je lui demande.

— Une heure. C’est suffisant pour que je te fasse un petit quiz sur toutes les manières différentes de mettre un homme à genoux. D’un point de vue théorique, naturellement.

Elle semble s’attendre à ce que j’échoue. Je me frotte les mains et je lui lance un regard diabolique.

— Envoie, Scarlett. Envoie.

3

Mackenzie

Boston est un véritable creuset de cultures. Chargée d'une histoire lourde en corruption, oppression et carnages, cette ville s'est bâtie sur le dos des immigrants. Des immigrants comme mon arrière-grand-père.

Quand ses frères et lui ont fui l'Irlande pour échapper au gouvernement britannique, ils rêvaient d'une vie meilleure. Ce qu'ils ignoraient, c'était qu'ils arrivaient dans une société qui les considérerait comme des parias dès l'instant où ils descendraient du bateau.

Mais comme tout le monde le sait, les Irlandais sont réputés pour leur esprit combatif, et ils n'ont pas baissé les bras aussi facilement. À l'époque, tout le monde se battait pour avoir une part du gâteau. On formait des alliances, et les guerres de clans faisaient rage. Peu de choses ont changé avec le temps. La corruption est mieux cachée, mais les alliances fonctionnent toujours. Bien sûr, chaque gang a connu des hauts et des bas. Les Italiens, les Irlandais, les Russes… ils ont tous été anéantis avant de renaître de leurs cendres, plus souvent que je ne m'en souviens. C'est le problème avec le crime organisé, ça ne disparaît jamais vraiment. Quand une maison mère s'effondre, il y a toujours d'autres joueurs prêts à prendre la relève. Ils veulent tous gouverner cette ville.

C'est un système soigneusement équilibré. Chacun a ses alliances, ses territoires. Tu ne marches pas sur mes platebandes, je ne marcherai pas sur les tiennes. Même à l'époque moderne, à Boston, il y a toujours de nombreux joueurs dans la partie. Des gros poissons et du menu fretin. Mais à présent, ce sont les Russes et les Irlandais qui tiennent le haut du pavé. Les Irlandais ont retenu de l'histoire une chose ou deux. Jouer le loup solitaire était courant à une époque, mais ce n'est pas très malin. Ce n'était pas pour rien que la hiérarchie des Italiens était efficace. Je te soutiens et tu me soutiens. La *familia,* ce n'est pas que de l'esbroufe. Si tu cherches des ennuis à l'un des gars, c'est toute la fichue famille que tu te mets à dos.

Et c'est exactement comme ça que fonctionne le Syndicat MacKenna. Descendants directs des Bedford Row Bandits, ils ont le meurtre dans leur ADN dès qu'ils sortent du ventre de leurs mères. Sauf qu'à la différence de leurs prédécesseurs, ils ont évolué avec le temps. Ils ont des patrons, des sous-chefs et des capitaines comme n'importe quelle organisation du crime moderne. Et ils ont aussi à leur solde des policiers, des sénateurs, des juges et une liste longue comme le bras. Oh, autre chose. Ils ont passé un marché en béton armé avec l'une des principales factions de la bratva russe de cette ville.

Où je veux en venir avec tout ça ? Il ne faut pas emmerder cette équipe.

Et pourtant, c'est exactement ce que j'ai l'intention de faire. Je m'apprête à découvrir la face cachée sordide de l'une des plus grandes organisations criminelles de la ville et fourrer mon nez dans ce qui ne me regarde pas.

Avec n'importe qui d'autre, je serais capable de me détendre et de faire comme si l'affaire était en bonnes-mains auprès de la police. Mais ce n'est pas quelqu'un d'autre, c'est Talia. Elle m'accompagne depuis que je l'ai rencontrée dans un foyer d'accueil, il y a neuf ans. Entre les orphelins, il existe un lien sans égal. Le fait de partager l'expérience de n'avoir personne d'autre dans le monde sur qui s'appuyer. Talia et moi, nous avons appris à nous appuyer l'une sur l'autre. Jusqu'à ce que l'État nous sépare et l'envoie ailleurs.

Quand elle m'a annoncé que le père de sa nouvelle famille d'accueil la maltraitait, je me suis empressée d'y aller pour lui éclater les couilles à coups de batte de baseball. Après ça, nous avons connu des hauts et des bas. Ce n'était pas facile pour nous, deux gamines dans les rues de Southie. Mais comme l'avait fait mon grand-père en arrivant ici, nous avons trouvé d'autres personnes comme nous et nous nous sommes tous unis. Nous tous contre le reste du monde.

L'État a fini par retrouver notre trace et nous avons atterri dans un foyer, toutes les deux. À partir de ce moment-là et pendant quelques années, la vie a suivi son cours. Grâce à Scarlett et à d'autres âmes généreuses, je n'ai jamais eu à vendre mon corps, pas une seule fois. Cela dit, je suis excellente pour crocheter les serrures et j'ai souvent gagné quelques billets dans des combats de rue clandestins. Talia, en revanche… elle n'était pas aussi dure que moi. C'était une fille douce et sensible qui croyait encore à la beauté du monde. Il n'en était que plus important pour moi de la protéger.

Pendant nos années dans les rues, c'est ce que j'ai fait. Mais quand elle a grandi et que nous avons emménagé dans notre premier appartement ensemble, les choses ont changé. Il se trouve que les opportunités sont rares pour les filles telles que nous. Talia voulait avoir un boulot pour contribuer au loyer, et pour ça, elle s'est mise à grenouiller dans les clubs illégaux. Elle a commencé à fréquenter des hommes mauvais, qui se servaient d'elle avec son consentement.

Je ne savais pas comment interrompre sa spirale infernale. Nous n'étions plus des enfants et Talia avait un tas d'autres problèmes. J'ignorais comment les arranger, et avant que je puisse essayer, elle avait disparu. Juste après avoir décroché un boulot chez les Irlandais.

Coïncidence ? Je n'y crois pas.

Les Irlandais sont peut-être responsables, peut-être pas. Quoi qu'il en soit, voilà ce que je sais. Je sais que les Russes fréquentent leur club. Et je sais que l'un de ces Russes s'intéressait beaucoup à elle.

Je n'ai pas réussi à lui soutirer un nom. Elle croyait que j'étais trop blasée et que je voulais simplement jouer les rabat-joie avec mes recommandations. Bien sûr, je n'avais pas envie d'avoir raison. Dieu sait que j'aurais vraiment préféré me tromper.

Maintenant, ce qu'il me reste à faire, c'est de découvrir qui est cet homme. C'est ce que je ne cesse de me dire en me regardant dans le miroir. Je prends une profonde inspiration. Mes doigts effleurent le pendentif en forme de cœur qui repose entre mes clavicules, puis je le retire pour le serrer dans la paume de ma main.

— Je vais le faire pour toi, Tal, je murmure. Quoi qu'il en coûte.

Mon cœur se serre dans ma poitrine. C'est presque trop. Ma motivation n'a jamais été plus forte et je n'ai pas besoin du pendentif pour m'en souvenir. Je le range avec mes autres possessions pour mieux me concentrer.

Mon père était champion de boxe. C'était le type le plus teigneux, le plus dur, le plus terrible à avoir jamais fréquenté les rues de Boston. Et son père avant lui ? Du pareil au même. Maintenant, c'est à moi de poursuivre cette lignée. Je suis peut-être une fille, mais dans ma famille, ça ne veut rien dire du tout. Nous sommes irlandais. Ces trucs-là font partie de notre ADN. Nous adorons nous battre. Nous adorons le grabuge. Et nous adorons avoir un public. Je sais que je suis sacrément douée sur un ring, mais je mentirais en disant que je ne suis pas nerveuse à cette perspective.

Ces types, là-bas ? Ce sont de foutus animaux, tous autant qu'ils sont. Ils ne seront pas tendres avec moi parce que je suis une femme. Ça n'a pas été facile de baratiner Johnny pour le convaincre de me laisser combattre. D'ailleurs, s'il ne m'en avait pas crue capable, il aurait refusé. Mais Johnny connaissait mon père et il a vu que j'étais sa digne fille. Je lui ai prouvé ma valeur à de nombreuses reprises dans cette salle de sport, au cours des six derniers mois. Et tout a conduit à ce moment précis.

Un combat avec les pires adversaires, les plus vicieux de toute la pègre de Boston, où tous les coups sont permis. La première étape de mon plan, et la plus importante. Aucun combat n'a lieu sans que les Irlandais et les Russes parient de l'argent. L'amour de ce sport coule dans leurs veines.

Malheureusement pour moi, je ne peux pas débarquer au Slainte la bouche en cœur et demander un boulot. Dans leur monde, ça ne fonctionne pas comme ça. Ils embauchent des gens en qui ils ont confiance. Le seul moyen de figurer sur leur maudite liste, c'est de se faire connaître. Et quel est le moyen le plus rapide pour moi d'attirer leur attention ?

Vous l'avez deviné. Je vais mettre KO l'un de ces fils de putes.

Je me fiche de savoir qui mordra à l'hameçon. Il

suffit qu'une seule personne s'intéresse à moi. Et les Irlandais ne respectent rien de plus qu'une bonne bagarre.

Je me regarde dans le miroir et je m'efforce de me calmer les nerfs en prenant une autre inspiration. Je fais craquer les jointures de mes doigts et rouler mes épaules. De toute ma vie, je n'ai jamais été en aussi bonne forme. Je suis prête comme jamais. Mes cheveux d'un noir de jais sont coiffés en une longue tresse qui tombe devant mon épaule. Une fine pellicule de sueur brille sur ma peau pâle, presque blanche, tandis que je sautille d'un pied sur l'autre. Mes yeux sont d'un bleu électrique et mon visage est dénué de maquillage. L'énergie qui vibre à travers mon corps est presque palpable. Elle insuffle de la vie en moi tandis que, dans ma tête, je récite le mantra de mon père.

— Tu vas tous les massacrer, fait alors une voix dans mon dos.

C'est Scarlett, qui me sourit.

Je fais volte-face et je croise les bras, la foudroyant d'un regard menaçant.

— Bon sang, Scarlett ! Je t'avais dit de ne pas venir ici, c'est dangereux.

Naturellement, elle hausse les épaules.

— Tu crois que ces types sont pires que ceux que je côtoie toutes les nuits ? Et puis, je suis venue pour te regarder combattre. Je ne raterais ça pour rien au monde.

La fierté dans sa voix est évidente et je souris malgré moi. Je ne le devrais pas, car ça ne fait que l'encourager. Et je voudrais vraiment que Scarlett reste en dehors de ça.

— Dès l'instant où c'est fini, tu t'en vas, lui dis-je. Rentre directement chez toi, et fais en sorte que personne ne te suive. Pour moi, tu ne seras qu'une spectatrice comme une autre.

Elle hoche la tête pour me rassurer, même si je sais qu'elle n'a pas écouté un mot de ce que je viens de dire. Avant que j'aie le temps d'insister, Johnny arrive.

— Tu es prête, Mack ?

J'acquiesce et j'enfile mon peignoir, ramenant la capuche sur mes cheveux pour cacher mon visage.

— Oui.

Johnny sourit et secoue la tête au moment où la musique commence. C'est moi qui l'ai choisie. *Mama Said Knock You Out*, de LL Cool J.

Plutôt sympa, non ?

Johnny me donne une tape sur l'épaule. Si je ne le connaissais pas mieux, je dirais qu'il a les yeux humides.

— Ton père serait très fier de toi, Mack, dit-il. Maintenant, va leur montrer ce que sait faire une Wilder.

Je hoche la tête et je suis Johnny hors de la pièce, en rythme avec la musique. Dans ce sport, tout est question d'attitude, et même s'ils ne me voient pas encore, je vais leur donner le spectacle qu'ils sont venus chercher. Chacun de mes pas me remplit d'énergie et me prépare à entrer sur le ring de fortune.

Mon adversaire est déjà de l'autre côté, prêt à en

découdre. Je sais qu'il est plus grand que moi, mais je l'ai déjà vu à l'œuvre et ça me rassure. Il est correct, mais son style de boxe a tout pris à la rue et ne doit rien à l'entraînement technique. Et puis, son arrogance et son tempérament nerveux prennent le dessus et ça se voit déjà sur son visage. Il croit affronter un homme de petite taille et il se dit que ce sera de l'argent facilement gagné.

J'attends que la musique s'arrête et que Johnny commence son laïus.

— Mesdames et Messieurs, vous êtes prêts ?

Toute la foule se met à crier et à applaudir, infusant l'atmosphère d'une énergie sauvage que seul ce genre de sport sanglant sait provoquer. L'air est imprégné d'une odeur de transpiration et de renfermé, réchauffé par les nombreux corps pressés les uns contre les autres dans ce vieil entrepôt poussiéreux. Nous y voilà. C'est le moment que j'aime. Le moment pour lequel je vis. Je me balance sur mes plantes de pieds tandis que Johnny nous annonce :

— Il vient de Dorchester... Un mètre quatre-vingt pour quatre-vingt-six kilos... J'ai nommé « Le Crochet », Donovan O'Connor.

L'homme au cou de taureau cogne des poings et tourne sur lui-même pour motiver la foule, qui l'acclame et l'encourage. Décidément, quel excès de confiance. Moi, la seule chose qui m'intéresse, c'est de gagner l'attention du public. Je jette un coup d'œil en direction des Russes et je note qui est présent ce soir.

Je n'en connais aucun. Mon père ne m'autorisait à

fréquenter que sa propre bande, et chaque fois que ces types passaient dans le coin, il me faisait déguerpir. Pourtant, en cet instant, tous les regards sont sur moi. Tant mieux. Je me tourne vers les Irlandais. Les seuls visages familiers sont ceux sur lesquels je me suis rencardée. Le boss n'est pas là par contre ses capitaines, si. Et l'un d'eux en particulier me regarde avec une curiosité sombre. Lachlan Crow. C'est le troisième dans l'ordre pour la succession sur le trône de la pègre irlandaise, et sa réputation le précède.

Ce type est un véritable enfer. Il peut vous tuer avec un grand sourire. En tout cas, c'est ce qu'on m'a raconté. Je ne sais pas trop quel est son rôle à part celui de gérant du Slainte, mais les rumeurs à son sujet sont diverses et variées. Je me demande si ce ne sont pas de simples histoires, inventées pour le faire paraître plus dangereux qu'il ne l'est réellement. Mais il me suffit d'un coup d'œil sur son visage, dénué de la moindre émotion, pour savoir qu'elles sont sans doute véridiques.

On voit que ses hommes le respectent, dressés comme des sentinelles à ses côtés, à quelques centimètres de distance prudente. Ils ne se considèrent pas comme les égaux de Lachlan. Dans cette vie, un homme ne gagne pas un tel respect sans commettre d'atrocités ni instiller la peur chez ceux qui le côtoient.

J'ai fait des recherches sur ces types, bien sûr, mais pas autant que je l'aurais voulu. Je n'ai pas pu fouiller son histoire personnelle et je tiens la majeure partie de mes informations des bruits qui courent. C'est l'un des avantages de vivre à Southie.

Naturellement, le nom de Lachlan est gravé dans mon cerveau. C'est lui qui possède le Slainte. C'est le gardien du seul lieu où je dois accéder pour obtenir ce que je cherche. J'espérais attirer son attention, mais je ne m'attendais pas à ce que son regard soit aussi intense. Je pensais qu'il me toiserait d'un coup d'œil, puis je comptais utiliser l'un de ses soldats pour décrocher un entretien avec lui. Or il me regarde droit dans les yeux. Il ne peut pas voir mon visage sous la capuche de mon peignoir, mais pendant un moment, je le croirais presque. Son regard est si vif, si pénétrant, que j'en suis déstabilisée. Je détourne les yeux pour me concentrer sur mon adversaire. Je m'inquiéterais de Lachlan plus tard. Une fois que j'aurai botté le cul de Donovan.

— Elle nous vient de Southie, continue Johnny. Un mètre cinquante-sept pour cinquante-quatre kilos… Mack Wilder, « Le Papillon ».

Comme on pouvait s'y attendre, des murmures confus se font entendre dans l'assistance. Une fois que ce peignoir sera tombé, tout le monde dans cette salle saura qui je suis. Après ça, je ne pourrai plus revenir en arrière.

Je me débarrasse du peignoir et le jette sur le côté. Le silence s'impose dans l'arène, y compris chez mon adversaire insolent. C'est peut-être ma paranoïa, mais pendant un instant il me regarde comme s'il me reconnaissait. C'est impossible. J'ai toujours fait profil bas quand je venais assister aux matchs de boxe.

Je n'ai pas entendu d'accent irlandais quand il provoquait la foule, et j'en déduis qu'il est de Boston. Mais je suis convaincue que je ne l'ai jamais vu ailleurs. Il est plus âgé que moi, de cinq ans environ, et je doute que nous ayons des amis communs.

Il penche la tête sur le côté et j'aperçois une balafre sur sa joue. Ça lui vient d'un combat, c'est évident. Ses yeux noirs globuleux balaient mon corps et je pousse un soupir de soulagement quand je prends conscience qu'il m'examine seulement.

— Tu te fous de ma gueule, Johnny, dit-il.

Il jette un regard circulaire avec une expression nerveuse, à la recherche de Lachlan. Donovan n'a pas peur de frapper une fille, ça ne fait aucun doute, mais il a besoin de la permission de son supérieur pour se livrer à un tel spectacle. Curieuse, je suis son regard et surprends Lachlan me dévisageant, les sourcils froncés. Ça ne lui plaît pas du tout, et je viens de le placer dans une position très désagréable. Tous ses hommes le regardent en retenant leur souffle. Ils se demandent s'il va se permettre de passer pour un faible. De décevoir tous les aficionados qui sont venus ici ce soir. Je lui adresse un sourire plein de défi. Qu'est-ce que tu vas faire, Crow ?

Lachlan hoche imperceptiblement la tête et Johnny hausse les épaules avec un clin d'œil dans ma direction.

— Elle a mérité sa présence ici, Donny. Elle est prête.

Je sens que mon adversaire est fébrile et je me tourne vers lui en faisant craquer mon cou, frappant l'une contre l'autre mes mains entourées de bandelettes.

— C'est quoi le problème, princesse ? On a peur d'une fillette ?

À présent, sa mâchoire se décroche et ses biceps se contractent. Son corps tout entier exprime la tension. On considère la boxe comme un sport d'hommes. Jetez une femme dans la mêlée et ces messieurs ne sauront plus quoi faire. Heureusement, ce n'est pas vraiment de la boxe.

Même si j'ai été entraînée comme une boxeuse avant tout, j'avais envie d'autre chose. Je voulais pouvoir me défendre en toutes circonstances.

La plupart des gens considèrent le MMA comme un truc d'hommes des cavernes, mais à mes yeux, c'est un art véritable. Il n'est pas uniquement question de force brute. Tout est affaire d'endurance, de contrôle, de coordination. Il s'agit d'apprendre à se fier à son instinct. À bouger avec fluidité et assurance. À ne jamais douter de soi, à ne pas montrer ses failles à son adversaire. En ce qui me concerne, les apparences sont trompeuses et pour cette raison, on m'a toujours sous-estimée.

— Tu es sûre de toi, petite ? me demande Donovan avec arrogance. Je ne retiendrai pas mes coups.

— Bla, bla, dis-je en levant les yeux au ciel. Tu es grand, costaud et musclé, je sais…

Lasse de tourner autour du pot, je m'avance vers lui

et j'attends le signal de Johnny. Dès qu'il jette le gant, j'assène à Donovan un violent crochet du droit avant de reculer d'un bond. Sa tête claque en arrière et il a l'air sonné. La foule éclate de rire, manifestement très amusée par la scène.

— Allez ! je m'exclame. Arrête tes conneries. Il faut donner à ces gens ce qu'ils sont venus voir.

— Tu vas le regretter, gamine, lâche-t-il dans un souffle.

Je lui adresse un sourire avenant et je change de jambe d'appui pour assurer un meilleur équilibre. Les genoux pliés, les coudes rentrés, je suis prête à frapper. Deux roulements d'épaules, une profonde inspiration.

Ici, la parole de Johnny fait loi, et il a déjà sonné le début du match. Il n'y a aucun round établi. On continue jusqu'à ce que quelqu'un perde connaissance ou capitule. La seule règle ? Pas de coups sous la ceinture. Bande de mauviettes.

Sans plus d'hésitations, Donovan fonce sur moi et enchaîne rapidement les coups de poing directs, arrière et avant. Je parviens à tous les parer et les esquiver, ce qui ne fait que l'énerver davantage.

C'est l'une des premières techniques que j'ai apprises. Les jeux de jambes passent en premier et le reste suit. Pour gagner, il faut être parfaitement gainé et avoir le sens de l'équilibre. Donovan n'est pas assez solide sur ses jambes. Il base tous ses mouvements sur ses poings, alors que je me sers de mon corps dans son intégralité.

Mais ce n'est pas ce qui me sauvera. Au combat, il

est plus fort, comme tous les autres. Moi, j'ai pour avantage de réfléchir avec mon cerveau et non avec ma queue. Mon short et ma brassière de sport le troublent déjà, c'est évident. Même si je viens de lui assener un coup de poing en pleine figure, il me considère toujours comme une paire de seins et de fesses. Allez comprendre.

Je profite de l'occasion pour lui décocher un crochet du gauche et un coup de pied au ras du sol. Ses poumons expulsent un sifflement quand mon talon entre en contact avec son tibia, et son visage se déforme pour exprimer une rage meurtrière. La foule rugit autour de nous. Elle crie et nous acclame. Au milieu du vacarme, je distingue les encouragements de Scarlett.

— En pleine poire ! hurle-t-elle au moment où je vise. Tu assures, Mack !

Et moi qui lui avais demandé de rester discrète. Je m'efforce de ne pas prêter attention à elle et je me concentre sur ma mission. Du point de vue de la taille, le combat n'est pas égal. Je n'aurai pas souvent l'occasion de mettre Donovan KO. Ce que j'ai fait de mieux, avec des adversaires plus impressionnants que moi, c'était toujours à terre. C'est précisément pour cela que je me suis intéressée au jiu-jitsu brésilien et au judo. Quand je me battais dans les ruelles, mes adversaires étaient presque toujours plus grands. Ça peut être intimidant si l'on ne sait pas comment faire. Mais ma spécialité, c'est la prise d'étranglement. Je suis très mobile, et par conséquent c'est beaucoup plus facile pour moi de manœuvrer une fois à terre. Je dois faire tomber Donovan pour mieux me battre.

Il lance un crochet du gauche qui m'atteint à l'épaule avant que je parvienne à l'esquiver sur le côté. Ça me fait un mal de chien et il s'en rend compte. Il sourit. Aussitôt, j'enchaîne les coups de poing, histoire de le déstabiliser et de le préparer au coup de grâce. Un uppercut du coude sous le menton.

Cette fois, il est fou furieux. Comme je l'avais prévu, il charge et, à l'aide de sa force brute, il me plaque au sol. L'impact me coupe le souffle et mes dents s'enfoncent dans ma lèvre. J'en fais des tonnes et je grimace en respirant péniblement. Le grand jeu !

Pendant une fraction de seconde, il baisse sa garde et l'arrogance reprend le dessus. Il s'imagine déjà avoir gagné. En général, c'est typique des hommes. Il estime qu'il vient d'affirmer sa domination en m'allongeant sur le dos. Un vrai boxeur sait que ça ne se passe jamais comme ça.

Je donne une impulsion avec mes hanches avant qu'il puisse écarter son bras. En un clin d'œil, je l'ai immobilisé, mes jambes positionnées à la perfection. J'ai à peine le temps de m'amuser de l'incrédulité sur son visage avant d'exécuter la triangulation parfaite pour l'étrangler. Mes cuisses se resserrent autour de son cou tandis que, de son autre bras, il décrit de grands mouvements.

Il parvient à me frapper au visage, mais sa force diminue déjà à cause de la pression sur son cou. Il soulève le côté gauche de mon buste en essayant de se dégager pour me plaquer au sol. Je me cambre et, avec mon bras, je le bloque du mieux possible sans relâcher ma prise. Le voilà, mon véritable test d'endurance. Chaque muscle de mon corps me brûle, consumant l'énergie nécessaire à cet exploit.

Les gestes de Donovan faiblissent. Il s'engourdit, la circulation du sang coupée. L'air lui manque. Je compte les secondes dans ma tête, fermée à tout ce qui m'entoure. Trois… quatre… cinq… six…

Enfin, au moment où je ne me sens pas capable de tenir une seconde de plus, il s'effondre contre mon corps et Johnny vient faire le constat. Il déclare la fin du match. Je m'extirpe péniblement de sous son corps, mais l'adrénaline m'envahit quand je balaie la foule du regard. Je trouve son équipe et je leur lance un sourire plein de morgue. *Dans les dents, bande d'enfoirés.*

Quelques-uns s'avancent pour récupérer leur ami évanoui, tandis que la foule vide lentement les lieux. J'essuie le sang sur ma lèvre et je les observe avec curiosité, dans l'attente. Il suffit que l'un d'eux essaie de mordre à l'hameçon. Que l'un d'eux s'intéresse à moi. Ça ne peut pas venir des Russes. Ils ont de nombreuses factions et bien plus de membres que je ne peux les compter. Le seul moyen de réduire les suspects potentiels, c'est de remonter directement à la source. Le club où tout est arrivé.

Tout le monde me regarde à la dérobée, mais Lachlan ne détache pas ses yeux de moi. D'après son visage, je n'arrive pas à savoir s'il est fâché ou impressionné. Naturellement, il a des soupçons. Ils viennent toutes les semaines assister à ces matchs, et il ne m'a encore jamais vue ici. Il n'a pas la moindre idée de qui je suis, mais moi, je sais une chose ou deux à son sujet.

On raconte qu'il a vingt-neuf ans. Qu'il est né à Belfast et qu'il y a grandi avant d'émigrer aux États-Unis à son adolescence. C'est le petit-fils de Carrick Crow, le sous-chef de Niall MacKenna. Il gère le Slainte et travaille pour le syndicat du crime, à faire Dieu sait quoi. Le reste est un mystère que je vais devoir dévoiler moi-même.

Mes yeux le détaillent sous toutes ses coutures. Son menton est rond, couvert d'une barbe d'environ une semaine. Elle est d'un brun cuivré, deux tons plus clair que les cheveux en bataille sur sa tête. Son regard est circonspect, ses yeux plutôt rapprochés. C'est ce qu'il y a de plus fascinant chez lui. Ses yeux endurcissent un visage qui, sans cela, serait doux et presque enfantin. Son regard me paraît familier, mais je n'arrive pas à mettre le doigt sur le sentiment qu'il exprime. De la mélancolie, peut-être ?

C'est possible, difficile à dire. En cet instant, ses yeux s'attardent sur mon corps. Ce n'est pas un regard ouvertement sexuel. Pas du tout, même. À vrai dire, je suis incapable de déchiffrer ses pensées, ce qui est rare. Décidément, cet homme est de plus en plus énigmatique.

Il a une posture de lutteur. Ça se voit dans son maintien, et pourtant je ne l'ai jamais vu se battre ici. Il a des muscles bien développés. C'est un homme tonique, fort et solide. Les callosités de ses mains sont typiques des boxeurs.

Il se racle la gorge et je lève les yeux vers les siens.

Une énergie sombre crépite entre nous tandis que je contemple l'iris de ses yeux sauvages. Des couleurs vives et enivrantes y tourbillonnent. Je suis incapable de détourner le regard. Je jurerais qu'ils sont gris, mais l'instant d'après on dirait qu'ils ont viré au bleu, et vice versa. C'est un regard à la fois saisissant et beau auquel je ne m'attendais pas. On dirait deux fenêtres sur cette façade à l'apparence froide.

La violence. Le désir. Le conflit. La douleur.

J'inspire en essayant de me convaincre que les battements effrénés de mon cœur sont causés par le combat, et rien d'autre. Sans doute le frisson de savoir que je suis à deux doigts d'obtenir mon entrée dans le milieu.

Il n'a toujours pas parlé. Mais il va le faire. Et quand il ouvrira la bouche, je sais que je percevrai son accent.

Je ne l'encourage pas. Au lieu de ça, je détache ma tresse et je passe mes doigts tremblants dans mes cheveux. Cette petite joute de regards est inattendue. Je parie qu'il a l'habitude que les femmes se pâment autour de lui. J'en remarque quelques-unes, d'ailleurs, qui attendent dans l'allée en espérant qu'il les aperçoive. Mais elles n'ont pas osé l'approcher. Je ne dois pas être la seule à connaître sa réputation.

Tout en réfléchissant, je distingue Donovan du coin de l'œil. Il fonce droit sur moi, un rictus aux lèvres. On dirait qu'il a soif de vengeance.

Je recule pour l'esquiver et je me prépare à lui résister, mais ce n'est pas nécessaire. Lachlan est entré en action. Il se jette de tout son poids contre Donovan, l'envoyant valser à la renverse avant de refermer son bras dans son dos pour l'immobiliser. Voilà qui confirme mes soupçons. Cet homme sait se battre. À en juger par sa vitesse et son agilité, il est naturellement doué pour ça.

Il se penche et lui chuchote quelque chose à l'oreille. Donovan ne détache toujours pas de moi son regard assassin, mais ce que lui a dit Lachlan semble le ramener à la réalité. Avec réticence, il recule et bredouille quelques mots inaudibles avant de battre en retraite. J'ai l'impression que c'est terminé, mais dans un coin de ma tête, je crains qu'il revienne à la charge plus tard. Il n'a pas l'air du genre à accepter facilement d'être vaincu par une femme.

Après une conversation avec ses hommes, hors de portée de mes oreilles, Lachlan me rejoint à grandes enjambées, la mine toujours aussi sombre. Ça me fait mal de l'admettre, mais il est beau. Et il est plus réservé que je le pensais. Une apparence calme assortie à sa mélancolie silencieuse. Cette impression est en contradiction totale avec le tueur qu'il est.

Il s'arrête près du pilier en béton en face de moi, tout en maintenant une certaine distance, le visage neutre.

— Désolé pour Donny, me dit-il. Parfois, c'est un abruti.

Comme je l'avais prédit, il a encore une pointe

d'accent qui lui donne un charme fou. Je bredouille rarement, mais là, c'est plus fort que moi. Malgré tout, je parviens à garder ma contenance et je m'efforce de rester imperturbable. Je dois à tout prix me concentrer sur le Russe.

— Ce n'est rien.

— Il n'y aurait pas un règlement implicite qui interdit aux femmes de combattre dans ces endroits-là ? demande-t-il.

— Eh bien... dis-je avec un sourire taquin. Heureusement que je ne respecte pas les règlements.

Je m'attends à ce qu'il me tende une perche. Un sourire. Un frémissement. Quelque chose. Mais je n'obtiens absolument rien.

— Tu as vaincu l'un de mes meilleurs boxeurs ce soir.

Je ne sais pas s'il s'agit d'un compliment, mais je le prends comme tel.

— Merci.

Lachlan demeure inébranlable, parfaitement indifférent, et je ne sais pas comment le secouer. Je dois jouer très prudemment.

— Je ne me rappelle pas t'avoir déjà vue ici, *papillon*.

Il met l'accent sur mon nom de combat, d'une intonation presque menaçante. Ça me fait mal de l'admettre, mais ce type est plus intimidant que je le pensais.

Je cligne des paupières tout en cherchant un plan. Je vais jouer la carte de la petite femme fragile en espérant l'attendrir et me garantir ses bonnes grâces la prochaine fois que je le verrai. Je doute que l'on puisse faire vibrer une quelconque corde sensible chez lui, mais je peux toujours essayer.

— Je ne me bats que quand j'ai besoin d'argent.

Lachlan plisse les yeux et je sais qu'il ne me croit pas. Il tapote des doigts contre sa cuisse et, pendant un bref instant, je me demande s'il est nerveux. Soudain, il tourne les yeux vers un groupe d'hommes, de l'autre côté de la salle. Je suis son regard et, aussitôt, une grimace m'échappe. Ces satanés Russes. Ils me dévisagent, mais l'un d'eux en particulier semble concentré sur Lachlan.

Je leur adresse un sourire arrogant en agitant la main. Je les déteste. Je les déteste tous.

Quand je me tourne à nouveau vers Lachlan, il a l'air anxieux, mais ça ne dure pas.

— Je dois y aller, me dit-il. À bientôt, papillon.

Je serre la mâchoire pour me retenir d'ouvrir la bouche. À tout le moins, j'espérais qu'il me proposerait d'aller boire un verre. Qu'il me demanderait mon numéro de téléphone. Mais son rejet massif me blesse, plus que je ne voudrais l'admettre.

Je savais que j'aurais dû commencer par flirter avec l'un de ses soldats, mais il a désamorcé mon plan en me prenant au dépourvu.

— Oui, je marmonne. À bientôt.

4

Lachlan

Dès l'instant où je quitte la fille, les gars me rejoignent. Comme d'habitude, ils me disent des conneries. Distrait et un peu fébrile, je m'approche du type qu'on m'a envoyé en guise de comité d'accueil. C'est un grand gaillard au cou entièrement couvert de tatouages. Ce gars est un vrai bœuf, que les Russes utilisent pour menacer les autres. Il s'appelle Boris et il a la tête de l'emploi.

D'un mouvement de tête, il indique la porte. Apparemment, quelqu'un aimerait me parler. Je me contente de lui répondre par un signe, sans un mot.

— Attendez-moi ici, dis-je à mes hommes. Et gardez un œil sur Donny. Il ne faut pas qu'il s'approche de la fille.

Ronan acquiesce et je franchis la porte à la suite du soldat. Une voiture noire attend au bord du trottoir, mais les vitres teintées m'empêchent de voir à l'intérieur. Sur la banquette arrière, j'ai la surprise de découvrir Alexei. Une fois n'est pas coutume, ce revirement de situation me déstabilise.

Dans la bratva russe, Alexei est connu sous le surnom de Fantôme. C'est un privilège de le connaître en personne, car l'honneur est rare. Ce type est le cerveau de toute l'organisation des paris et des jeux d'argent. C'est sans doute l'atout le plus précieux des Russes. Comme il se déplace rarement, je sais que c'est important.

Je lui accorde toute mon attention. Ce que la plupart des gens ignorent au sujet d'Alexei, c'est que cet homme est presque sourd. Il lit très bien sur les lèvres sans que ça se remarque. Si je m'en suis aperçu, c'est uniquement parce que ma grand-mère faisait la même chose. Par convention, je fais comme si de rien n'était, et s'il sait que je l'ai percé à jour, il n'en laisse rien paraître.

— Que me vaut ce déplacement spécial ? je demande.

— Viktor a appelé, répond Alexei. La fille. Elle t'appartient ?

Ces mots me prennent au dépourvu et Alexei s'en rend compte. Rien ne lui échappe. Avant de formuler ma réponse, je cherche à deviner ses motivations.

En plus de son infirmité, Alexei a une autre faiblesse. Les femmes. C'est à cause de ça qu'il vide le verre de Cognac dans sa main. Et c'est à cause de ça que ses yeux sont injectés de sang et qu'il affiche une mine sinistre depuis quelques mois. Je peux le comprendre. Les femmes n'entraînent que des ennuis. On raconte que sa dernière conquête en date lui en a fait voir de toutes les couleurs. Heureusement pour moi, j'ai un remède imparable. Je les évite, tout simplement.

Je me disais qu'Alexei aurait compris la leçon, depuis le temps. Alors bon sang, pourquoi s'intéresse-t-il à cette fille ? Elle ne me concerne pas, et pourtant d'après la tête que fait Alexei, je sens que ce problème ne va pas tarder à me concerner.

— Elle est irlandaise, observe-t-il. C'est ça ?

— Oui.

Elle est irlando-américaine, mais pour eux, c'est la même chose.

— Alors, elle fait partie de ton clan ?

Il veut que je dise « oui ». Pour cette seule raison, le mot « non » s'attarde sur mes lèvres. Les ennuis. Je les sens arriver au galop.

— C'est bon, dis-je en soupirant. Que veux-tu, l'ami ?

Il soupire à son tour avant de s'adosser contre la banquette. Si la fille faisait partie de mon clan, il serait déjà au courant. Il le sait aussi bien que moi.

— Je croyais que la fille t'appartenait, m'explique-t-il. C'est ce que j'ai dit à Viktor.

Viktor n'est autre que son patron. Je n'aime pas la direction que prend cette conversation.

— Tu veux bien me dire pourquoi ?

— Ivan a un problème avec elle. Viktor aimerait

passer un marché une fois que l'alliance sera scellée. La fille en échange du traître.

Putain de merde. Je me frotte la tête tout en expirant. Les Russes ignorent toujours qui les a trahis. Lors des négociations, Niall a demandé qu'une enquête soit menée et que le traître nous soit livré en guise de dédommagement pour la mort de Carrick. J'attends cela avec impatience.

L'intervention de cette fille dans les conditions du marché me perturbe fortement.

— Viktor a conscience que l'enquête peut prendre du temps, ajoute Alexei. Alors, il te demande de t'occuper d'elle en attendant.

— Que je m'en occupe, c'est-à-dire… ?

— Que tu gardes un œil sur elle.

Après une pause, il ajoute :

—… pour le bien de notre alliance, naturellement.

Je n'ai pas la moindre idée de ce que peut bien avoir fait cette fille. Et maintenant, ils veulent la placer sous notre protection ? Ils sont gonflés. La situation est trop instable. Trop volatile. Alexei en est bien conscient. Il a repéré à des kilomètres que cette fille était synonyme de problèmes.

— D'après Ivan, elle pourrait être une menace, poursuit Alexei. C'est un témoin potentiel de nos échanges avec son père, et comme notre relation avec lui s'est plutôt mal terminée, Ivan la recherche depuis des années.

C'est quoi ces conneries ? Impossible que cette fille, là-bas, soit une rescapée de la mafia russe. Et si c'est vrai, je me demande bien ce qui lui est passé par la tête pour débarquer sur le ring comme elle l'a fait ce soir. Elle ne semblait pas franchement inquiète.

Je n'ai pas envie de poser la question suivante. Et pourtant, elle franchit mes lèvres sans crier gare :

— Vous avez prévu quelque chose pour la fille ?

Alexei hoche la tête en regardant par la vitre.

— On lui laissera le choix. Elle peut épouser l'un des nôtres, qui la prendra entièrement sous son aile.

Il n'a pas besoin de me dire quelle est l'alternative. Il n'y a qu'une autre option possible. Ils sentent que c'est une menace, et à ce stade, ce compromis archaïque semble être la seule option qui lui reste. J'éprouverais de la compassion pour elle si je n'étais pas condamné au même sort, moi aussi. Les Russes tiennent beaucoup à leurs mariages arrangés. Si je veux prendre la place qui me revient aux côtés de Niall, je dois d'abord sauter le pas avec l'une des filles de Viktor.

Oh, pitié !

Je sais très bien pourquoi Alexei m'a choisi pour transmettre cette information. Il me prend pour un tendre, comme lui. En règle générale, nous n'impliquons pas les femmes dans nos affaires. Mais en donnant à Viktor une garantie, et en nous refilant le poids de cette responsabilité, il sait que je suis pieds et poings liés. L'honneur me contraint à respecter l'alliance que nous sommes sur le point de signer. Nous avons tous travaillé dur pour cela. C'est le seul moyen d'obtenir ma vengeance contre le meurtrier de Carrick et d'unir nos troupes.

Et maintenant, je dois utiliser la fille comme un pion. Ils m'imposent une exigence qui ne me plaît pas du tout, mais je n'ai pas le choix. Le syndicat du crime est déjà fragilisé. Ces derniers temps, ça n'a pas été facile entre nos deux gangs. Les soupçons demeurent. Les tensions sont élevées. Une graine de méfiance peut vite se changer en mauvaise herbe si l'on ne règle pas cette affaire au plus vite.

— Maintenant que nous nous comprenons, dit Alexei, je vais lui donner ta parole, d'accord ?

Je n'aime pas ça. Mais je tends quand même la main pour serrer la sienne.

— Tu as ma parole. Je me charge de la fille.

— Mazette ! s'exclame Rory en sifflant. Non, mais t'as vu son châssis à celle-là ?

Je réponds de mauvaise grâce :

— J'ai vu. Maintenant, arrête de me parler de ça.

Il me regarde en haussant les sourcils et je lui dis d'aller se faire foutre. Je ne suis pas d'humeur pour ces conneries. Il continue quand même :

— Non, sérieusement. Ces nichons… et ce cul… tout ce qu'il faut, là où il faut, je te le dis. On peut pas en vouloir à Donny de s'être laissé déconcentrer, en tout cas.

Je resserre les doigts sur le volant. Malgré mon humeur massacrante, ma queue m'a déjà fait savoir son opinion sur la question. J'aimerais que Rory arrête d'en parler. S'ils pouvaient tous la boucler…

— Tout ce qu'il faut, là où il faut, mais en attendant, cette pétasse me coûte cinq milles.

Rory sourit et jette un œil vers Ronan, qui a choisi de ne pas prendre position. Ronan adopte souvent cette attitude distante. Mais je le connais trop bien et je sais qu'il n'apprécie pas cette fille. Moi non plus, je dois dire. Elle a surgi de nulle part et elle a démoli l'un de mes meilleurs boxeurs. Ça ne m'a pas plu, et maintenant je comprends mon mauvais pressentiment.

— Tu crois qu'elle reviendra le mois prochain ? demande Rory.

— Ça t'arrive de fermer ton claque-merde ? je rétorque.

— En fait, ça m'étonne que t'aies pas au moins chopé son numéro. J'imagine que ça ne te dérange pas si je me mets sur le coup.

— Personne ne lui demandera son foutu numéro.

Cette fois, le regard désapprobateur de Ronan me brûle la nuque. Je lui lance un regard noir dans le rétroviseur, tout en me garant au bord du trottoir. Aussitôt, Rory quitte la voiture.

— J'ai des trucs à faire, dis-je à Ronan qui ne semble pas pressé de sortir. Tu ouvres l'œil, s'il te plaît ?

Il hoche la tête, mais son regard reste désagréable. D'habitude, Ronan est partant pour tous les coups ou presque. Il a l'air différent cette fois. Au fond, ça m'est égal – après tout, il a bien le droit d'avoir ses secrets, de temps en temps. J'ajoute :

— Une heure maxi.

Je lui fais comprendre qu'il doit sortir. S'il savait ce qui vient de se passer avec les Russes, il se sentirait obligé de me dire le fond de sa pensée. Ronan ne supporte qu'à petites doses ce genre d'informations. Une fois que je l'aurai mis au parfum, il sera bien obligé d'accepter la fille.

Il referme la portière et je rejoins le parking couvert, au centre-ville, où j'ai rendez-vous avec mon contact. L'inspecteur James m'attend déjà, les jambes croisées, adossé contre sa berline bleue, un journal et un café à la main.

Le garage est désert, mais je ne sors pas de la voiture. Il s'approche du côté passager et s'installe à côté de moi. Sans perdre de temps, il me remet le dossier.

— Le rapport balistique. Tu avais vu juste.

Je savais déjà ce que je trouverais dans le dossier, mais ça ne facilite pas les choses pour autant. Car cela confirme que la balle qui a tué mon grand-père n'appartenait pas aux Arméniens. Niall remettra les documents à Viktor pour prouver l'existence d'un traître dans leurs rangs, même s'ils avanceront forcément l'éventualité que le problème puisse venir de chez nous.

— Putain de merde… je marmonne.

— J'aimerais pas être à votre place, me dit l'inspecteur James avant de prendre une gorgée de café. C'est une sacrée nouvelle.

Je sors de ma veste une épaisse liasse de billets que

je dépose sur ses genoux. Il s'apprête à sortir de la voiture quand je l'arrête.

— J'en ai encore pour toi, dis-je en désignant l'argent liquide.

— Vous avez besoin de quoi ? demande-t-il.

— Des infos.

Il sort de sa poche un calepin et un stylo et me regarde fixement.

— À quel sujet ?

Je reporte mon attention de l'autre côté du parebrise en tambourinant des doigts sur le volant.

— Mackenzie Wilder.

5

Mackenzie

Je passe les six jours suivants à prendre des notes sur Lachlan et son gang, et à répéter mes mouvements de danse. Entre mes leçons et les enseignements de Scarlett, j'ai appris quelques trucs que j'ai perfectionnés. Mais ce n'est pas vraiment ce qui m'inquiète. Autrefois, Scarlett dansait dans des clubs du même genre que celui-là, en plus sordides, et elle me racontait tous les détails les plus glauques.

Je ne sais pas comment ça se passe au Slainte, mais je sais que ce n'est pas facile d'être une danseuse de charme. Il ne s'agit pas uniquement de se frotter contre une barre en remuant les fesses. Il faut être maligne et avoir une confiance en soi inébranlable. Certains hommes vous traitent comme de la merde. Ils vous rejettent parce que vos seins sont trop petits ou vos fesses trop grosses et que vous n'êtes pas à leur goût, ou bien ils ont les mains baladeuses et ils se croient tout permis. C'est soit l'un, soit l'autre. Ajoutez de l'alcool dans l'histoire et les problèmes sont garantis. Certains clubs ont des arrière-salles où il peut se passer autre chose si les clients sont prêts à casquer. J'espère du fond du cœur que le Slainte n'est pas de ce genre. Quoi qu'il en soit, je n'accepterai pas tout.

D'après ce que j'ai appris, ce club est bien plus sélect que les autres. Bien sûr, ça ne veut vraiment rien dire. Il est peut-être propre et présentable de l'extérieur, mais ce n'est qu'une fois à l'intérieur que je saurai où j'ai réellement mis les pieds. Malgré tout, je suis convaincue de pouvoir tirer mon épingle du jeu, même si je n'ai jamais travaillé comme danseuse de charme. Je dois juste être sexy et unique en mon genre, histoire de donner aux gérants une bonne raison de me garder à leur service.

Plus facile à dire qu'à faire, étant donné que je n'ai jamais eu de petit ami. En revanche, j'ai un corps soigneusement affûté et un joli minois naturel. Mes yeux bleus et mes cheveux noirs rendent les hommes complètement dingues. Il me suffit d'ajouter un peu de cuir et de dentelle pour qu'ils s'imaginent avoir affaire à une vraie tigresse.

Si seulement ils me connaissaient vraiment.

Je prends une grande inspiration et je jette un dernier coup d'œil dans le miroir. Tout est en place. J'ai dû patienter pendant six longues journées avant de me rendre au club, mais je savais que c'était important. Je ne veux pas trop en faire dès le début. Je dois procéder par étapes. Je suis persuadée que mon plan fonctionnera. Et ce n'est pas parce que j'ai une assurance sans faille. C'est parce qu'il ne me reste que cette option.

La veste en cuir noir moulante et la mini-jupe en lycra jouent en ma faveur. En dessous, je porte encore du cuir : un soutien-gorge noir à lanières et un string. Des bas résille et des yeux charbonneux complètent mon look. Je ne fais pas les choses à moitié. Ce soir, je sors le grand jeu.

Je lisse mes cheveux une dernière fois, puis je m'empare de mes clés et de mon sac à main, et je me dirige vers le trottoir. Attention, les gars, me voilà.

QUAND J'ARRIVE AU SLAINTE, IL EST UNE HEURE ET demie du matin. Ça me laisse le temps de prendre un verre et de me dégoter un Irlandais. Le plan est simple : l'un des soldats m'aura forcément vue combattre la dernière fois et va me reconnaître. Il me paiera un coup à boire. Il me parlera du match en question et je lui expliquerai que j'ai vraiment besoin d'argent et qu'il me faut un travail à tout prix. Et, oh, d'ailleurs, il se trouve que je suis une danseuse de charme.

Ça fera tilt dans sa tête et, l'instant d'après, il me dira qu'il peut m'aider. Je me la jouerai séductrice, infiniment reconnaissante et… bingo ! Ce sera dans la poche.

Je sais bien que ce plan peut varier de nombreuses manières. Mais je n'ai rien trouvé d'autre depuis le rejet de Lachlan, la semaine dernière. En fin de compte, c'est à lui que reviendra la décision de me donner un boulot. Et c'est cette partie qui me fait douter.

Le videur m'arrête à la porte et me toise du regard avant de m'accorder l'insigne honneur d'entrer dans son établissement réputé. Une fois à l'intérieur, je sens un poids quitter ma poitrine. Je n'étais encore jamais venue au Slainte, mais ce n'est pas vraiment ce que j'imaginais.

Le bar imposant est entièrement composé de chêne et d'acajou luxueux. Les murs sont d'un rouge cramoisi chatoyant et le parquet est en bois franc bien ciré. Une odeur de bière et d'alcool fort flotte dans l'air, charmant les clients en leur promettant tout ce qu'ils peuvent désirer par un automne aux températures fraîches comme on n'en connaît qu'à Boston. L'endroit est chaud et engageant, presque chaleureux. Mais une fois de plus, je suppose que ce n'est qu'une manipulation comme une autre de la part de Niall. Même si aucun panneau sur la porte n'annonce que cet établissement lui est associé de près ou de loin, il est de notoriété publique que c'est lui le propriétaire. Ce qui signifie que les clients se scindent en deux catégories. Soit des associés d'affaires soit des types bien trop naïfs pour savoir de quoi il retourne. Un rapide coup d'œil me confirme que, ce soir, il s'agit essentiellement de la deuxième catégorie de clientèle.

En soupirant, je m'approche du bar et je m'assois.

De toute façon, je ne pouvais pas m'attendre à tomber sur tous les membres du gang réunis, à attendre que quelqu'un comme moi débarque pour jouer les espionnes. Mais j'aurais préféré. Je fais signe au barman et je commande une téquila Patron avec glaçons, sel et citron vert.

Ça se laisse boire et ça me réchauffe le ventre, me donnant le courage nécessaire pour venir à bout de cette soirée. Je pivote sur mon siège et j'observe les environs. À l'avant du bâtiment, c'est un petit pub très confortable d'allure inoffensive. C'est là que les civils profanes viennent s'imbiber et profiter de l'hospitalité irlandaise. En bas et à l'arrière, en revanche, c'est une autre histoire.

En apparence, cet endroit est parfaitement légal. Et même si je ne doute pas que les affaires soient florissantes, je me demande quels autres genres d'activités criminelles l'établissement héberge. Mais c'est leur association avec les Russes, ou plus spécifiquement, avec le Russe de Talia, qui m'intéresse. Je dois savoir s'ils se livrent à du trafic de femmes. Combien de jeunes étudiantes risquent-elles d'être enlevées après avoir visité cet établissement ?

Il n'y a qu'un seul moyen de le savoir, et pour ça, je dois avoir accès à l'arrière-salle. Celle qui est fermée par des murs sombres et deux rideaux de velours, et gardée par un videur à la mine patibulaire. C'est là que dansent les filles. Contrairement aux autres clubs, c'est réservé aux VIP, sur invitation uniquement. C'est aussi là que travaillait Talia. Apparemment, elle n'était pas danseuse. Elle me jurait par tous les dieux qu'elle n'était que serveuse de cocktails, mais dès le début, j'ai eu un mauvais pressentiment. Quand je lui ai fait part de mes craintes, elle les a repoussées en m'affirmant qu'elle travaillait pour des types formidables.

Une chose est certaine, ils sont formidablement doués pour cacher ce qui se passe là-dedans. Quand j'ai déclaré sa disparition, j'ai appris que Talia n'était même pas enregistrée comme employée chez eux. Et officiellement, il n'y a aucun système de vidéosurveillance. Tout cela m'a paru franchement louche et je ne me suis pas gênée pour le dire, mais comme tout le reste était impeccable, la police n'a pas tardé à s'en laver les mains.

J'ignore si Talia est toujours vivante. Au fond, j'ai bien peur que non. Ça fait déjà un an. Un an au cours duquel j'ai épuisé toutes les autres options. En venant ici, je savais que je prenais peut-être un aller simple pour l'enfer. Mais je ne peux pas abandonner. Talia ne mérite pas d'être traitée comme une statistique parmi d'autres, et je ne m'arrêterai pas avant d'avoir découvert ce qui lui est arrivé. Dans le pire des cas, je lui donnerai une sépulture digne de ce nom et je ferai payer les responsables. Ces connards croient pouvoir enlever des femmes vulnérables sans que personne réagisse. Mais je suis ici pour leur prouver à quel point ils se trompent.

Le barman m'apporte un autre verre de téquila. J'ouvre mon porte-monnaie pour payer quand il secoue la tête.

— C'est la maison qui offre.

Merde. Je suis déjà repérée. Alors que je m'apprête à regarder autour de moi pour savoir de qui il s'agit, je sens sa chaleur corporelle dans mon dos. Je n'ai même pas à lever les yeux pour comprendre que c'est lui. Son parfum dérive dans l'air entre nous. Bois de cèdre, nuances citronnées, et le cuir de sa veste. Les mêmes senteurs que dans l'arène de boxe, quand nous avons discuté la semaine dernière.

— *Papillon.*

Son souffle effleure mon oreille en un murmure menaçant.

— Quel plaisir de te voir ici ! On dirait que tu me suis.

Non, mais écoutez-le, celui-là ! Je le suis ? Il prend ses désirs pour des réalités. Je me retourne sur mon tabouret et je me retrouve face à face avec le diable en personne. Il est bien plus proche que je le pensais et ma jambe le frôle. À sa tête, je vois qu'il a du mal à croire que c'est bien moi, assise dans son club. J'espère que c'est bon signe.

— Si je suis le papillon, dis-je d'une voix mielleuse, alors qu'est-ce que tu es, toi ?

— Ça dépend.

Il se penche encore plus. Dans ses yeux, le noir d'encre éclipse les nuances grises.

— Qu'en penses-tu ?

— Et si on appelait un chat un chat ? dis-je avec un grand sourire. Ou en l'occurrence, un corbeau, Monsieur Crow.

La menace dans son regard se change en un sentiment différent. Il plaque les deux mains sur le bar, me prenant au piège de ses bras.

— Comment connais-tu mon nom ?

— Oh, je t'en prie ! Tout le monde à Boston connaît la célèbre famille Crow. Ce petit club que tu gères, c'est un nid d'activités criminelles. Pour le… comment ça s'appelle, déjà ?

Je tapote un doigt sur mes lèvres.

— Oh, oui, ça y est… le Syndicat MacKenna.

Avant même que je puisse profiter de l'effet que mon sarcasme a eu sur lui, il m'attrape par le bras et me fait descendre du tabouret. Je suis entraînée dans un couloir sombre et bousculée dans un bureau, où il me pousse brutalement contre le mur.

Sans ménagement, il entreprend de me tâter le corps à la recherche de micros. Ses mains ne sont pas tendres et je rougis de manière inattendue lorsque ses paumes passent sur ma poitrine. Des vagues brûlantes déferlent à travers mon corps, partout où il me palpe effrontément. Bien sûr, ça ne me plaît pas, mais je réagis malgré moi. Jusqu'à ce qu'il remonte ma jupe en m'écartant les jambes pour me toucher à travers le string.

— Bon sang. Tu ne trouveras rien là-dedans si c'est ce que tu crois.

Son attention se pose sur ma gorge, où une veine palpite, et il serre les dents en me regardant droit dans les yeux. Il y cherche quelque chose de différent. Il essaie de m'arracher tous mes secrets. Je respire frénétiquement et il s'en rend compte. Il ne m'a toujours pas libérée. Sa paume est encore entre mes jambes, diffusant une chaleur plus intense à chaque instant. C'est la partie la plus vulnérable de mon anatomie, qu'aucun homme n'a encore jamais touchée, et il s'en accorde le droit. Pour lui, ça n'a rien de sexuel. Ses yeux sont voilés par le soupçon et la colère. Il attend que je lui demande d'arrêter. D'ôter ses sales pattes de moi. C'est ce qu'il veut, et je refuse de lui donner satisfaction.

— Putain, mais qui es-tu ?

Il s'écarte et je reprends mon souffle. Décidément, son accent est plus prononcé quand il est en colère, et pour une raison étrange, ça me fait sourire.

— Tu le sais déjà, dis-je d'une voix traînante. Mack Wilder. Ravie de te rencontrer officiellement, Monsieur Crow.

Il recule d'un pas et m'observe comme s'il se demandait de quel bois je me chauffe. Je l'ai déstabilisé, et ça me plaît. J'en profite pour le reluquer, moi aussi. Ce soir, il a l'air en forme. Il porte un jean taille basse et une veste en cuir noir. Chez lui, tout est sombre, puissant et mystérieux. Je devine une armure que peu de gens peuvent pénétrer. Je me sens presque étrangement attirée par son aura dangereuse. Presque.

Je ne suis pas complètement folle.

— Je te donne cinq secondes pour me dire ce que tu fous dans mon club, m'annonce-t-il de but en blanc. Avant que je te fasse regretter d'avoir mis le pied ici.

Une fois de plus, je lui souris. Je suis persuadée qu'il

est armé et je sais qu'il n'hésiterait pas à balancer mon corps dans une benne à ordures quelque part. En fait, il me regarde comme si c'était exactement ce qu'il envisageait. Mais je n'ai plus rien à perdre et je veux voir jusqu'où je suis capable de le pousser. Je décide de faire durer le suspense.

Avec insolence, je prends quatre secondes sur les cinq qu'il m'a accordées et je m'assois dans l'un de ses beaux fauteuils en cuir. Puis je croise les jambes. Ma jupe remonte sur ma cuisse, mais ses yeux ne quittent pas les miens.

Hmm, ça ne m'inspire pas confiance. Malgré tout, je persévère.

— Je veux un boulot, lui dis-je. J'ai entendu dire que tu cherchais une danseuse.

Ce qui se produit alors me laisse sans voix. Il éclate de rire. Un rire franc, spontané, authentique et explosif. Pour un type qui voulait me tuer il y a deux secondes, on peut dire qu'il change d'avis à une vitesse incroyable.

— Pitié, ma jolie… Tu rêves !

Il rit tellement fort que ses yeux sont humides de larmes.

— Tu es mignonne. Tu es même franchement canon. Mais tu sais déjà que je ne te donnerai aucun boulot.

Je croise les bras et fronce les sourcils.

— Et pourquoi ça ?

— Devine…

Son visage perd brusquement tout son humour et il se penche en me regardant droit dans les yeux :

— Peut-être parce que je ne te fais pas confiance.

— Et il faut que tu me fasses confiance pour me regarder remuer mon cul sur une scène chaque soir ? je rétorque.

— Bien plus que tu ne l'imagines.

Son expression est implacable et je sens mes espoirs se briser. Merde. Il est sérieux à cent pour cent. Ce type est bien plus difficile à convaincre que je le pensais. Pourquoi a-t-il fallu que ce soit lui qui me repère ce soir ? Je ne pouvais pas plutôt tomber sur l'un des idiots qui n'arrêtaient pas de me mater le décolleté l'autre soir ?

— Laisse-moi passer une audition. Ensuite, tu pourras prendre ta décision.

Je suis certaine qu'il va refuser tout net, mais soudain, une musique étrangement familière se fait entendre dans les haut-parleurs, si forte qu'elle nous interrompt. C'est assourdissant… et typiquement irlandais.

— Putain, mais qu'est-ce que c'est ? je demande en me couvrant les oreilles.

— Surveille ton langage, dit-il. C'est l'hymne national. Ça veut dire que le bar ferme ses portes.

— Eh, moi aussi, je suis irlandaise ! je proteste.

Il penche la tête sur le côté et me contredit aussitôt :

— Pour les gens comme toi, l'Irlande n'est qu'un folklore.

Ce qu'il dit réveille aussitôt mon côté tête brûlée. Je me lève d'un bond et colle un doigt contre son torse.

— Dis donc, l'ami, c'est à toi de surveiller ton putain de langage. Mon père était Jack Wilder, le fils de Joseph Wilder. Deux des plus grandes légendes de la boxe. Il n'y a pas plus Irlandais que ça !

— Oh, je vois qu'on est une petite créature fougueuse, dit-il en m'empoignant le bras pour m'immobiliser. Pas vrai ?

Pendant un bref instant, une lueur étrange passe dans son regard. Quelque chose qui ressemble à de la convoitise. Mais ça ne dure qu'une fraction de seconde. Aussitôt, ses barrières retombent et ses yeux retrouvent leur froideur. Sa paume descend vers mon poignet et l'enserre, comme s'il voulait me montrer comme ce serait facile de le briser. Mais au lieu de ça, son pouce teste mon pouls. Je cligne des paupières quand je prends conscience qu'il fait le détecteur de mensonges humain, qu'il essaie de voir si sa présence m'affecte.

Bien sûr, les battements de mon cœur redoublent. Ses yeux étincellent quand je passe la langue sur mes lèvres brusquement desséchées. J'essaie de dégager ma main, mais il s'y refuse. Sa peau est chaude contre la mienne et j'ignore pourquoi. C'est précisément le genre d'intimité que je n'apprécie pas. Être tout proche de quelqu'un, dans son espace personnel. Respirer le même air et sentir son parfum. Ça me fait paniquer. Maintenant, il sait que je peux avoir besoin d'un défibrillateur d'un instant à l'autre, et je ne peux rien faire pour dissimuler mon trouble.

Il me regarde comme s'il me détestait. Comme s'il se demandait ce qu'il fait encore là, à perdre son temps avec moi. Et en même temps, ses lèvres s'étirent pour former une ébauche de sourire, quelque chose d'enfantin qu'il semble incapable de maîtriser.

Reste impassible, Mack. Retrouve ton putain de masque. Ce type est un tueur, tu te souviens ? Un criminel, un voyou et un minable. Et je ne suis pas ce genre de fille. Je ne l'ai jamais été. Merde, que se passe-t-il ?

Il me regarde bouillir en silence sous sa poigne, conscient que je pourrais facilement me dégager, mais que je n'en ferai rien. À présent, je me rends compte que sa carapace ne se craquellera pas aussi facilement que je l'avais espéré. Lachlan est un homme suspicieux et mesuré dans tous ses faits et gestes, bien plus complexe que je l'imaginais.

— Alors, dis-je avec humeur, comme si je m'impatientais. Tu me laisses danser pour toi, oui ou non ?

Il se penche et incline mon menton vers lui pour me forcer à croiser son regard. Sa bouche n'est plus qu'à quelques centimètres de la mienne, si proche que nos souffles s'entremêlent.

— Résumons, ma jolie, dit-il. Tu débarques dans mon club, habillée comme ça…

Une fois de plus, ses yeux s'attardent sur moi, comme pour souligner ses paroles.

— Tu me connais par mon nom, et pourtant je ne sais rien de toi. Et tu veux me faire croire qu'un joli petit lot comme ça est incapable de se faire une place dans cette ville sans se rabaisser à danser ? Arrête-moi si je me trompe, mais j'ai bien l'impression que tu me racontes des bobards, Mack.

Il me faut une minute avant de protester. Hypnotisée par ses lèvres, j'essaie de comprendre ce qu'il vient de me dire. Seigneur ! Mais qu'est-ce qui ne tourne pas rond chez moi ? Je m'écarte pour prendre mes distances. Enfin, je lève les doigts et j'entreprends d'énumérer les raisons pour lesquelles il devrait m'embaucher.

— Je danse bien, lui dis-je. J'ai besoin d'argent. Et j'ai un ex complètement taré qui veut s'en prendre à moi. Alors, j'imagine que le meilleur endroit pour se cacher, c'est dans le repaire de la mafia irlandaise.

Je viens d'inventer cette dernière partie et il fronce déjà les sourcils, mais je me raccroche aux branches comme je peux.

— Est-ce que tu sais au moins à qui tu t'adresses, ma jolie ?

Il s'avance vers moi. Plus rien ne nous sépare.

— Tu vas finir par te retrouver avec du béton aux pieds si tu continues à jouer les grandes gueules.

— Va te faire foutre.

Je croise les bras et lui décoche un regard assassin.

— Je t'ai déjà dit que je sais qui tu es. Qu'est-ce que tu veux de plus ? Tu veux que je tremble dans mes bottes parce que le puissant Lachlan Crow…

Je n'ai pas le temps de finir ma phrase. Il m'empoigne les cheveux et me retourne brutalement pour me plaquer contre le mur. Son corps se presse contre le mien, par-derrière, et je sens son sexe en érection sur mes fesses tandis qu'il approche ses lèvres de mon oreille.

— Pas étonnant que tu aies un ex fou furieux, si tu es toujours aussi effrontée.

— C'est plus fort que moi, dis-je en souriant contre le mur. Je viens de Southie.

— Avec moi, tu apprendras à te calmer.

Je ne réponds pas et il me tire les cheveux pour me forcer à le regarder. À sa voix autoritaire, il est clair qu'il ne plaisante pas. Et pourtant, la chaleur de son corps contre mes fesses est indéniable.

— Je gère ce club…

Il serre mon visage entre ses doigts avant de les faire glisser sur la peau délicate de mon cou.

—… et tous ceux qui y travaillent. Si tu as un problème avec ça, je me ferai un plaisir de te montrer la porte.

Merde.

— Aucun problème, lui dis-je alors qu'il resserre sa poigne en guise d'avertissement. Tout ce que tu voudras. C'est compris.

Il se presse encore plus contre moi. Si fort que son corps me brûle presque le dos. Je suis prise au piège. Si je n'ai toujours pas fait de crise de nerfs, c'est un miracle.

— Je peux faire de ta vie un enfer.

— Je le sais, dis-je dans un murmure.

— Ce n'est pas le genre d'endroit d'où tu peux partir. Tu arrêteras quand je te dirai d'arrêter, et pas avant.

— Compris.

— Une danse, papillon. C'est tout ce que tu auras pour m'impressionner. Et je peux déjà dire que les chances sont contre toi.

Encore une fois, il m'entraîne hors du bureau, dans le couloir. Précisément là où je voulais être. Le videur nous ouvre la porte et j'aperçois l'espace VIP. L'agencement est intimiste, obscur, avec des sièges en cuir luxueux disposés autour de la scène. Ce n'est pas comparable avec les clubs de strip-tease que j'ai visités avec Scarlett pendant mes recherches, mais je pouvais m'y attendre. Ce spectacle privé est réservé aux hommes du syndicat MacKenna qui ont besoin de se détendre. À part eux, les seuls autres invités présents sont leurs associés d'affaires. À savoir les Russes. Et de temps en temps, un homme politique, un avocat ou d'autres figures de premier plan dont ils graissent la patte. Je sais que c'est ici que je trouverai mon homme.

Comme l'établissement vient de fermer, il n'y a personne. Il ne reste que le responsable de salle, qui éteint les lumières et les haut-parleurs fixés au plafond.

— Attends, lui demande Lachlan. J'ai une audition.

L'homme derrière l'estrade me dévisage avec curiosité et un intérêt manifeste.

— Tu veux que je reste ?

— Non, répond sèchement Lachlan.

Déçu, l'employé disparaît par la porte de derrière sans un mot. Avec un sourire narquois, je sors mon iPod.

— De toute façon, j'ai ma propre musique.

— Alors, vas-y.

Lachlan s'assied au pied de la scène et étend les jambes en attendant.

Ce ne sera pas facile de lui en mettre plein la vue. Je sais que je vais devoir me surpasser. Je décide de faire l'impasse sur la chorégraphie que j'ai répétée pour me lancer au feeling. Je crois que des mouvements naturels seront plus sexy qu'un enchaînement trop réfléchi. Si j'ai confiance en moi sur le ring, la danse en revanche, c'est tout nouveau pour moi. À ce jeu, on mise tout sur l'effet positif que l'on exerce. Sur le désir que l'on suscite.

Je n'avais jamais pris le temps d'y réfléchir. Quand chaque jour était question de survie, je ne voulais pas que les autres s'intéressent à moi. Parce qu'en s'attachant, on risque aussi de se perdre. Je ne suis pas douée pour ça. Je ne sais pas être douce et séductrice. Mais je sais ce dont je suis capable et je suis déterminée. J'espère que ça me suffira.

Je branche mon iPod et je lance la chanson que j'ai choisie. *Living Dead Girl,* de Rob Zombie. Je veux l'intriguer. Je veux être une énigme à ses yeux. Une contradiction entre timidité, douceur, dureté et gravité. Lachlan vit dans un monde de ténèbres. Il ne veut pas voir une princesse de la pop sur scène. Aucun d'eux n'a envie de ça.

Sous son regard, je me débarrasse de ma jupe et de ma veste, ne laissant sur mon corps que l'ensemble à lanières en cuir. Quand je lui jette un coup d'œil, je me demande ce qu'il pense de moi. Son visage est toujours un masque d'indifférence et il fait trop noir pour savoir s'il a une érection. Je m'efforce de calmer mes nerfs et je ferme les yeux en commençant à bouger.

Je dois faire comme s'il n'était pas là. C'est encore le meilleur moyen. Comme le veut la coutume, je rampe sur la scène et j'ondule des hanches, tournant lentement autour de la barre avec quelques jeux de jambes avant de passer aux choses sérieuses. Tant que je maîtrise ce que je fais, tant que j'y crois, j'ai confiance et je sais que ça se verra. J'ai la force et la coordination nécessaires pour réaliser quelques mouvements impressionnants. J'exécute des rotations en l'air, je tends les jambes sur le côté et je termine par la technique du boomerang. À la fin, je conclus par le mouvement du papillon, juste pour le plaisir, avant de me laisser glisser au sol et lâcher la barre.

La chanson se termine et j'ouvre les paupières. Lachlan est toujours là, mais cette fois, il ne parvient plus à cacher la chaleur dans ses yeux. Je sens son regard sur mes courbes et mes creux. Il me dévore comme s'il avait envie de me baiser.

— Alors, qu'en penses-tu ? je demande timidement.

— Je trouve que tu assures, admet-il à contrecœur. Continue.

Je souris et, à quatre pattes, je traverse la scène. La chanson qui suit, sur mon iPod, est *Sweet Dreams* de

Marilyn Manson. Je fais tournoyer mes cheveux et exécute quelques mouvements au sol, juste devant lui, pour lui offrir un joli petit spectacle privé dont il ne rate pas une miette depuis son fauteuil, en contrebas. J'accentue ma cambrure et j'oscille du bassin, le genre de déhanché qui fascine les hommes.

Une leçon de Scarlett me revient à l'esprit. Les hommes adorent qu'on flatte leur ego.

— J'aime ton jean, dis-je en rampant jusqu'au bord de la scène, laissant mes yeux tomber à son niveau. Il te va bien.

Il rit encore, mais sans joie cette fois.

— Oh, oui, flatte-moi, ma jolie. Ce jean te plaît, c'est ça ? Tu aimerais que je te penche pour te montrer ce qu'il y a dedans ?

— C'est tentant, dis-je en me laissant tomber sur le ventre avant de me hisser sur les épaules pour faire le pont. Très tentant, Monsieur Crow. Mais le problème avec les papillons, c'est qu'il faut les admirer de loin. Si on les touche, ils risquent de mourir.

À ces mots, son visage se ferme à nouveau. Je croyais qu'on jouait un jeu - que ce n'était qu'une plaisanterie -, mais je décèle autre chose en dessous. Quelque chose que je n'attendais pas. Une détresse si vive et si réelle que j'ai l'impression de me regarder dans un miroir.

Pendant un instant de flottement, je me sens connectée à lui. Sa douleur attire la mienne comme un aimant, et nos regards se rencontrent, nous liant de manière inattendue. Cette fois, c'est moi qui brise cette transe, muselant cette étrange énergie pour mieux la contenir.

La chanson se termine, mais je continue de bouger. Je n'ai toujours pas montré la marchandise à Lachlan et je me demande s'il va l'exiger. Il n'en fait rien.

— Ça suffit, dit-il enfin.

Je m'arrête et laisse pendre mes jambes sur le côté de la scène en attendant le verdict.

— Je ne veux pas de toi dans mon club, déclare-t-il.

Une boule nerveuse se forme dans mon ventre et une intense déception m'envahit. Ses soupçons envers moi sont trop forts, et même l'attirance qu'il éprouve malgré lui n'y change rien. Je ne doute pas de sa sincérité. Il ne veut pas de moi ici. À aucun prix.

J'essaie de trouver les mots pour objecter. Pour plaider ma cause. Mais ils ne viennent pas. La défaite pèse lourdement sur mes épaules et je ne pense qu'à Talia. Je l'ai laissé tomber. Bon sang, comment a-t-elle décroché un boulot ici ? Encore un mystère à élucider.

Je me lève sur mes jambes tremblantes et je fais la seule chose dont je me sens capable. Je le mets au pied du mur.

Je rejoins le fond de la scène à grandes enjambées et je ramasse mes habits comme si je m'apprêtais à sortir en trombe.

— Écoute, c'est pas grave. Tu as vu ce que je sais faire, mais si ça ne te plaît pas, j'irai faire mon show ailleurs. Il y a plein de clubs en ville…

— Mackenzie.

Mon nom dans sa bouche me fait l'effet d'un coup

de fouet et force mon attention. Il n'a pas bougé d'un pouce, mais ce n'est pas nécessaire. Après tout, c'est le Lachlan Crow dont j'entends parler dans les rues. L'homme que personne ne veut avoir comme ennemi. Il me foudroie du regard. La menace est évidente. Pourtant, je ne peux retenir un sourire intérieur. Parce que j'ai réussi à l'amener où je voulais.

Je prends le temps de réfléchir.

— Putain, tu es sacrément têtue, toi, me dit-il.

Je hausse les épaules.

— Combien demandes-tu ? ajoute-t-il.

— Ce que je peux gagner en venant danser tous les soirs dans ton club.

Je dois être intraitable sur ce point. C'est ici qu'il se passe des choses, et je ne peux pas me permettre d'être ailleurs.

— Tu pourrais travailler au bar, suggère-t-il.

— Je ne gagnerai jamais autant qu'en dansant sur scène. Tu ne peux pas me faire croire le contraire.

Son regard est glacial et brusquement dénué de compassion. Si je croyais pouvoir le manipuler, je me suis bien trompée. Pourtant, il ne semble toujours pas disposé à me laisser partir. J'ignore les raisons de cette réticence et ça n'a aucune importance. Je vais m'y raccrocher à deux mains et l'utiliser de toutes mes forces.

Rejetant mes cheveux par-dessus mes épaules, je récupère mes affaires. Je dois lui faire croire que je franchirai cette porte sans hésiter pour aller voir ailleurs.

— Je ne te fais toujours pas confiance, me dit-il.

Je me tourne vers lui et je le surprends me reluquant les fesses. Je souris, et il reporte son attention sur mon visage.

— Je sais.

— Tu as intérêt à ne pas m'énerver, ajoute-t-il.

— Je le sais aussi.

Il s'adosse dans son siège et croise les bras derrière sa tête tout en me dévisageant longuement.

— Viens ici.

C'est sa voix qui m'attire à lui, plus que ses mots. Il s'est montré distant et indifférent avec moi dès la minute où nous nous sommes rencontrés, mais en cet instant il est résolument calme. De toute façon, peu de femmes refuseraient un ordre de Lachlan Crow. Je laisse tomber mes affaires sur la scène avant de descendre les marches. Une fois devant lui, je plante mes yeux dans les siens avec provocation. Il désigne alors l'espace entre ses jambes.

— Plus près.

J'esquisse trois petits pas jusqu'à être si proche que je sens la chaleur de son corps sur ma peau à peine couverte. Il lève les bras et m'attrape par la taille pour m'attirer sur ses genoux comme une poupée de chiffon. Mon agacement est aussitôt étouffé par ce que je sens durcir sous mes fesses. Un sentiment étrange me déstabilise. Un sentiment inhabituel.

— Je ne veux pas te voir sur cette scène.

Il repousse mes cheveux derrière mes épaules et les serre dans ses poings.

— Bordel, je ne veux même pas te voir ici.

Mon rythme cardiaque s'emballe. Chez cet homme, tout me fait peur, même si je ne l'ai pas montré. Je sais que ça fonctionne comme ça. Il fait semblant de vouloir respecter les règles, pour moi et les autres filles. Mais sa menace ne me paraît pas vide de sens. Si je pensais l'avoir dans ma poche un moment plus tôt, à présent sa haine semble presque réelle. Personnelle, même. Quand je reprends la parole, c'est d'une voix moins cassante qu'avant :

— Dans ce cas, qu'est-ce que je fais sur tes genoux ?

Il me force à tourner la tête pour croiser mon regard et, pendant un moment, nous restons silencieux. Nous nous regardons dans les yeux, le souffle court. Je sens le cœur de Lachlan cogner dans mon dos. Il en a envie. Terriblement. Même s'il refuse de se l'avouer.

J'essaie de me lever, mais il me maintient en place d'une main brutale. Ce serait quelqu'un d'autre, je lui aurais déjà envoyé mon coude dans la figure. Mais je dois garder mon sang-froid. Rester impassible.

— Je suis venue ici pour trouver du travail… je proteste. Pas pour me faire tripoter.

Il tourne vivement ma tête sur le côté et ses doigts dérivent à nouveau vers ma gorge.

— Est-ce que tu travailles pour les flics ?

Je blêmis à cette accusation.

— Non.

— Alors, prouve-le ! me dit-il sur un ton de défi.

Je soupire. Bien sûr, c'est un test. Il veut me mettre mal à l'aise afin de voir comment je réagirai.

— Je ne vais pas te sucer juste pour avoir un boulot. Je ne suis pas désespérée à ce point.

Il arque un sourcil tandis que ses doigts continuent de me brûler la peau. Comment un homme peut-il dégager une telle chaleur ?

— Je n'ai jamais dit ça, répond-il.

— Alors, qu'est-ce que tu veux ?

— Un baiser.

Un baiser ? Je ne m'attendais pas du tout à ça.

— Et c'est censé prouver que je ne suis pas flic… comment ça ?

— J'ai mes méthodes.

Je peux accepter un baiser si c'est ce qu'il faut. Un baiser. C'est une pente glissante, j'en suis consciente, mais j'ai besoin de ce travail. Et quelque chose dans son regard inquisiteur me donne le frisson. Il veut voir si j'irai jusqu'au bout. Comme s'il remettait en cause cette étrange alchimie entre nous.

— D'accord. Comme tu voudras. Un baiser. Vas-y.

Ses yeux s'assombrissent quand il se penche, mais il ne passe pas à l'attaque. Il prend son temps, laissant traîner les choses. Ses lèvres effleurent les miennes, puis il prend ma lèvre inférieure entre ses dents. Il la pince et j'éprouve une légère douleur. Je lâche un sifflement et enfonce mes doigts dans ses épaules en sentant le goût de cuivre. Il gémit et me lèche la lèvre.

Le plaisir et la dépravation qu'il exprime font battre mon cœur. Je n'ai jamais rien ressenti de tel. J'ignore ce que c'est, mais la sensation déferle dans mes veines et ricoche à travers mon corps, prenant possession de moi comme un démon. Mes mains l'attirent et, l'instant d'après, je lui rends son baiser. Avec ferveur. Je ne sais pas ce que je fais, mais ce n'est pas nécessaire. Mon corps sait précisément ce qu'il désire.

J'enfouis les mains dans ses cheveux, que je tire tandis que sa langue se fraye un chemin dans ma bouche. Je suis comme enivrée, et ça n'a rien à voir avec la téquila. Il vient de réveiller quelque chose au plus profond de moi. Quelque chose dont j'ignorais l'existence. Ses mains sont sur moi, explorant des endroits où l'on ne m'avait encore jamais touchée. Il me caresse les seins, la taille, referme ses paumes sur mes fesses et me plaque contre son sexe en érection. Oh, mon Dieu, c'est tellement agréable. Pourquoi est-ce aussi agréable ? J'avais gravement sous-estimé le pouvoir d'une réaction chimique. Je ne suis plus capable de raisonner correctement et, comble du comble, je le désire, ici et maintenant.

Qu'est-ce qu'il m'a fait ?

Il me frappe l'intérieur de la cuisse et j'écarte les jambes sans me poser plus de questions. Sa grande paume se pose sur le tissu fin de mon string et me frotte tout doucement, entraînant une friction qui menace de m'enflammer. Un besoin insensé se love au creux de mon ventre et remonte dans ma gorge sous la forme d'un gémissement grave. Ça me terrorise.

Bon sang, mais que suis-je en train de faire ?

Il n'en faut pas plus pour renverser mon opinion ? Il lui suffit de me toucher ? Je suis hors de contrôle. Je ne reconnais pas ces désirs qui me parcourent le corps. Je veux qu'il me désire. Qu'il ait besoin de moi. J'ai envie de m'autoriser à être vulnérable. Ça me fait encore plus peur que de savoir qui est cet homme et ce qu'il fait. Je veux… Mon Dieu, je ne sais même pas ce que je veux.

Instinctivement, je pose la main sur son bras et je fais quelque chose qui ne m'arrive jamais. Absolument jamais.

Je déclare forfait.

Il reconnaît ce geste et il recule, le regard sauvage et un peu troublé. Troublé parce que, lui non plus, il ne comprend pas ce qui se passe entre nous. Il me libère et se redresse tandis que je recule de quelques pas hésitants, tout en essayant d'ajuster mes vêtements légers.

— Alors ? dis-je d'une voix aiguë. J'ai prouvé ce que tu voulais ?

Il détourne les yeux et se lève en passant une main sur sa nuque. Sa voix est sèche et rauque quand il prend la parole, et j'ai du mal à me concentrer sur ses mots.

— Un amuse-gueule.

— Pardon ?

— Tu peux être un amuse-gueule, répète-t-il. En début de spectacle. Deux chansons, pas de nudité.

Je ne sais pas comment réagir à ses conditions étranges, mais c'est mieux que tout ce que j'aurais pu demander. Malgré tout, je dois continuer à faire semblant que seul l'argent m'intéresse. Alors, je croise les bras et je le regarde d'un air frustré.

— Je ne gagnerai jamais assez avec deux danses par soir !

— Les gars sont généreux en pourboires, Mack. Ce n'est pas un club de strip-tease bas de gamme, au cas où tu ne l'aurais pas remarqué.

Je passe les doigts sur mes lèvres, attirant son attention vers elles, tout en faisant mine de réfléchir.

— Et le salaire fixe ? Il sera réduit aussi si je ne danse que deux fois par soir ?

Il hoche la tête.

— Pas de salaire fixe. Pas de lap-dance. Ce sont mes conditions, à prendre ou à laisser.

— Je croyais t'avoir dit que je ne joue pas selon les règles.

— Tu te trompes, me dit-il. Tu as débarqué dans mon monde sans prévenir. Alors tu vas jouer selon mes règles, papillon. Tu vas jouer selon *toutes* mes règles.

S'il avait perdu sa maîtrise de soi il y a quelques instants, il semble l'avoir retrouvée au centuple.

— Comme tu voudras, Lach.

Il hausse un sourcil et ses lèvres frémissent.

— Je crois qu'on va bien s'entendre, tous les deux, ma jolie.

6

Lachlan

— Arrête de faire la mauviette et frappe-moi.

Ronan se tourne vers moi en faisant rouler ses épaules. On dirait qu'il se rend à une réunion d'affaires, avec sa chemise blanche impeccable aux manches retroussées. Et ces lunettes. Il comprend très bien que ce n'est pas une tenue pour la salle de sport, mais il est plus à l'aise ainsi. Ça dure depuis qu'on est jeunes, quand il a emménagé avec moi. Ma mère lui a donné un jean et un tee-shirt, et il a passé toute la journée à les regarder. Puis il a décrété qu'il ne voulait plus s'habiller comme ça.

Alors qu'a fait ma mère ? Figurez-vous qu'elle lui a taillé un costume. À treize ans, il se pavanait dans le quartier tiré à quatre épingles. Il était déjà dangereux, mais les enfants ne le savaient pas. Ils lui donnaient du fil à retordre, parce qu'à l'époque, c'était un petit gringalet. Je suppose qu'en costume, il se sentait bien, et je ne lui ai jamais fait de réflexion. Peu de temps après, il a commencé la boxe avec moi. Il s'est remplumé, il a pris de la masse musculaire et personne ne lui a plus jamais cherché des noises. Malgré tout, il continue de porter ces satanés costumes.

Et nous voilà, des années plus tard. Il hésite à me donner un coup de poing au visage. Mon meilleur pote est capable de massacrer un homme à mains nues de six manières différentes, tant que ce n'est pas moi. Sa loyauté prend toujours le dessus, mais je sais qu'il va le faire. C'est un ordre et quand je lui donne un ordre, Ronan obéit. Il est doué pour ça. D'ailleurs, c'est tout ce qu'il demande. Pourvu qu'on lui fiche la paix, il obéit à tous les ordres que je lui adresse.

— Tu as peur de te battre avec le puissant Lachlan Crow ?

Sean est ridicule quand il imite notre accent. Il est né et il a grandi ici, et c'est loin d'être sa seule différence avec nous.

— Moi, je veux bien essayer. En fait, ce serait même un plaisir.

— Je ne vais pas me battre contre toi, Sean.

— Pourquoi pas ? Je croyais que tu étais le meilleur. En tout cas, c'est ce qu'on raconte.

En règle générale, je n'aime pas trop insister avec Ronan. Il finit toujours par faire les choses en son temps, pour des raisons qui lui sont propres. Mais dans le cas présent, je serai ravi de faire une exception s'il ne se ressaisit pas. De son côté, Sean persiste dans ses conneries. Ça ne lui a pas suffi de coucher avec deux de mes copines dans mon dos, maintenant il veut aussi m'arranger le portrait.

— C'est ce que disent les gars, me dit Sean. Mais tu refuses les combats clandestins. Pourquoi, Lachlan ? Tu es trop bien pour ça ?

— Va te faire foutre, Sean, grogne Ronan.

— Toi, tu ne veux pas te battre contre lui alors, laisse-moi ta place. Nous sommes à forces égales. D'ailleurs, je dirais même que Lachlan fait sept ou huit kilos de plus que moi. Il a un avantage.

Je me retiens de clouer le bec à ce sale con et ce n'est pas une mince affaire. Il s'est mis dans la tête qu'il voulait se battre contre moi, mais je sais que je le démolirais. Niall ne l'autoriserait pas. Il attend autre chose de moi. Alors ce bouffon peut débiter toutes les âneries qu'il veut, ça n'arrivera jamais.

Ronan finit par accepter de se lancer. Il s'avance et je me mets en position. Son regard alterne entre mes deux yeux. Il cherche des faiblesses et il essaie de deviner mon prochain coup. Un crochet du droit flagrant et soigneusement mesuré fuse vers moi. Je ne prends même pas la peine de parer le coup. Son poing me percute la mâchoire avec un craquement satisfaisant et projette ma tête sur la gauche.

— Tu es à côté de tes pompes, Crow.

Ronan retire ses gants et les jette par terre comme un gamin boudeur.

— J'arrête là.

En haussant les épaules, je rejoins le sac de frappe.

Les coups répétés me permettent de canaliser mon énergie. Je suis trop tendu et la douleur me fait du bien. D'après mon grand-père, rien de tel qu'un bon coup de poing à la tête pour vous éclaircir les idées.

Ronan lâche un grognement et je jette un œil vers lui pour savoir ce qui ne va pas. Ce type est tellement contrariant qu'on dirait une vraie bonne femme par moments. Pourtant, en voyant Donny entrer dans la salle, je ne peux m'empêcher de gémir à mon tour. C'est un réflexe. Moi non plus, je n'aime pas cet abruti. Il ne ferme jamais son clapet et la plupart du temps il sourit comme un cinglé. Si vous voulez mon avis, ce gars sourit trop. Toujours l'un de ces sourires mielleux qui n'augurent rien de bon. Je ne lui fais pas confiance, mais je garde ça pour moi. Tant que Niall le supporte, ce n'est qu'une épine dans mon pied que je subis en silence.

— Michael vient d'appeler, annonce-t-il. Les Russkoffs sont au club avec une quinzaine de minettes. Ils fêtent notre toute nouvelle acquisition.

Les yeux de Ronan étincellent quand j'écrase mon poing contre le sac, avec une telle violence que je sens quelques os frapper. La toute nouvelle acquisition dont il se vante est celle qui a causé la disparition de mon grand-père. Si Donovan n'était pas aussi bête, et un tel miracle n'est pas près d'arriver, je me servirais de sa tête au lieu du sac de frappe.

Mais c'est un demeuré, et tout le monde le sait. Trop bête pour se rappeler que nous avons perdu l'un des nôtres ce soir-là. Sa loyauté a ses limites. C'est un homme qui pense avec sa bite et qui fête ses victoires avec putes et cocaïne. Dans l'ensemble, nous évitons les drogues et nous ne sommes pas censés tremper dans ce genre d'affaires. Encore quelque chose que Niall laisse couler en ce qui concerne Donovan. Ce type n'en fait qu'à sa tête et il dépasse constamment les bornes. Tôt ou tard, sous l'emprise de la cocaïne, il va tuer l'une de ses putes.

Pour l'instant, je le surveille de près, mais ça me fait mal d'admettre que nous avons besoin de cet abruti étant donné l'instabilité de notre gang.

— Alors, qu'est-ce que vous en dites, les gars ?

Il hausse ses sourcils roux en nous regardant. Ses pupilles sont rondes comme des pièces de monnaie, mais j'ai le cerveau trop en vrac pour m'en inquiéter.

— Je suis crevé. Vas-y avec les gars, dis-je en désignant Ronan. Je vous rejoins dans un moment.

Ronan ajuste sa veste de costume et la lisse. Ces soirées sont aussi amusantes pour lui que les dîners mondains le sont pour moi, mais quelque chose d'autre l'attire vers le club.

Ils disparaissent au bout du couloir. J'essuie la sueur sur mon front. Les jointures de mes doigts sont en sang quand je retire les bandes de tissu et je sors la flasque de mon sac. Je verse un peu de liquide ambré sur les entailles fraîches et une rivière cramoisie ruisselle sur mon poignet. Je porte la flasque à mes lèvres. Elle se vide trop rapidement et je reste désœuvré dans la solitude silencieuse de la salle de sport.

Fébrile et trop tendu pour rentrer chez moi, j'ai

envie d'autre chose. J'apprécierais la tendresse d'une femme en ce moment. Le problème, c'est d'en trouver une qui ne soit pas une croqueuse de diamants.

Mes pensées dérivent vers Mackenzie. On ne peut pas se fier à cette fille. Je ne veux pas qu'elle s'approche de mes hommes. Et je regrette d'avoir posé les yeux sur elle. Ou les mains, d'ailleurs. Je me demande à quoi je pensais en me comportant ainsi. La sensation de son corps ne me quitte pas. C'est synonyme de problèmes. Si je veux sceller l'alliance avec les Russes, alors je dois être prêt à épouser l'une de leurs femmes et à leur livrer Mack. Si je tentais quelque chose avec elle avant de la leur remettre, je doute que ça leur plaise.

Je porte le goulot à ma bouche avant de me rappeler que le flacon est vide. Mon Dieu. Je n'ai pas l'énergie de chercher une femme ce soir. Ça fait des semaines que ma queue n'a aucune énergie. Non, ça aussi, c'est un mensonge. Ça fait des mois. Ma dernière, c'était Mandy. Jusqu'à ce que je la surprenne avec Sean dans mon bureau. C'est l'une des règles les plus importantes du syndicat, et ce connard l'enfreint allègrement. Si c'était ma femme, il serait déjà mort. D'ailleurs, j'avais tous les droits de lui infliger des dommages permanents pour lui rappeler ce qui se passe quand on touche la femme d'un autre.

Si ce n'était pas le fils de Niall, je l'aurais fait. Mais Mandy ne valait pas la peine que j'en perde le sommeil. Ni la concentration. Je n'ai encore jamais rencontré de femme qui mérite ce genre de migraine, et je n'en ai pas l'intention.

Je crois que je suis officiellement bousillé.

Je m'asperge le visage et j'enfile mon tee-shirt sur mon corps luisant de sueur. Les chaussures, la veste, le Glock. La même routine tous les jours C'est la vie que je désire, mais par moments elle me paraît creuse et je me demande bien pourquoi.

J'éteins la lumière, je ferme la porte à clé et je sors dans l'air frais de Boston. Au lieu de tourner à gauche pour rejoindre la voiture qui me conduira au Slainte, je tourne à droite. À présent, ces rues me sont familières. Je m'y sens chez moi. Et même si le temps s'est refroidi à cause de l'automne et de son emprise sur la ville, la promenade ne me déplaît pas. Seule la fraîcheur de l'air parvient à insuffler un peu de vie dans cette morosité qui m'envahit.

LA DOUILLE USAGÉE ROULE COMME UNE TOUPIE SUR LE bois strié de mon vieux bureau. J'ai beau la fixer du regard, je n'arrive pas à m'y faire. Je dois absolument en parler à Niall la prochaine fois que je le verrai.

Ça ne va pas lui plaire. Avec tout ce qui se passe en ce moment, c'est la dernière chose qu'il aura envie de gérer. Les territoires sont plutôt instables, et cette alliance avec les Russes est primordiale. Ensemble, on est plus fort, ne serait-ce qu'en apparence. Mais le problème avec les alliances, c'est la question de la loyauté. Nous ne pratiquons pas les affaires de la même manière. Pourtant, si nous voulons vivre avec notre temps, nous devons fermer les yeux sur ce genre de détails. Ils ont le Fantôme, et même si c'est un enfoiré, nous avons besoin de lui.

Je suis bien conscient de tout cela. Je refuse de laisser impunie la mort de mon grand-père. Mais me lancer sur le sentier de la guerre maintenant, ce n'est pas une option. Avec l'afflux massif des Arméniens vers l'Est pour décrocher une part du gâteau, on a besoin de toutes les factions sur le pont.

La porte de mon bureau s'ouvre brusquement et Ronan entre à grandes enjambées. Il hausse un sourcil en remarquant la douille et je m'en saisis aussitôt pour la glisser dans ma poche.

— Ça va, vieux ? je demande.

Il jette un dossier sur mon bureau, la mine renfrognée.

— L'inspecteur James te salue.

L'envie est forte d'ouvrir le dossier sans plus attendre. J'y passe lentement la main. Ronan est penché sur moi comme un foutu gardien de prison et j'aurais bien besoin d'un peu d'intimité.

— Putain, à quoi tu joues, Crow ? demande-t-il.

Je m'empare de mon verre de Jameson et je le vide d'un trait sans le quitter des yeux. Si je peux faire confiance à quelqu'un sans hésitation, c'est bien à Ronan Fitzpatrick. Il m'a suivi ici à seize ans et il a gagné ses galons dans la pègre, de sa propre initiative. Il s'est battu, il a tué et il a toujours fait ce que je lui demandais. Nous sommes aussi proches que peuvent l'être deux hommes, presque des frères.

C'est pour cette seule raison que je réponds à sa question.

— Je lui donne un boulot.

— Je ne lui fais pas confiance, rétorque Ronan.

— Ce n'est pas nécessaire.

Il grogne pour marquer sa désapprobation, en même temps qu'un autre coup retentit sur la porte. Ce bureau est un foutu moulin, ma parole !

— Entrez !

Mandy passe la tête par l'entrebâillement et sourit.

— Je vous dérange ?

— Oui, tu déranges.

Ronan a du mal à cacher son mépris pour cette femme.

— Non, dis-je en souriant. Qu'est-ce que tu veux, Mandy ?

Mon ami sort immédiatement de la pièce et je sens ma culpabilité disparaître avec lui. Je n'aime pas lui cacher des choses, mais c'est pour son bien. Moins il en sait, mieux cela vaudra. Quand je reporte mon attention sur Mandy, mon soulagement est de courte durée.

— Alors, quel est le problème, cette fois ? je demande d'un ton sec.

Elle tressaille devant ma réaction glaciale, puis elle fait la moue.

— Pourquoi Sasha a plus de danses que moi ? Elle est notée sur le planning…

— Tu sais bien que je ne veux rien savoir de ces conneries, dis-je sans la laisser terminer.

Pas perturbée le moins du monde, elle contourne mon bureau et s'y assied, cambrant le dos pour s'efforcer d'attirer mon attention sur sa poitrine. Ça fonctionnait peut-être avant, mais je ne la toucherai plus jamais.

— Tu as l'air crispé, fait-elle d'une voix douce qui se veut sans doute enjôleuse. Je peux arranger ça, Lachlan.

— Ça m'étonnerait. Tu n'as pas trouvé une bonne poire avec qui t'envoyer en l'air ce soir ?

Elle repousse ses cheveux par-dessus son épaule et pince les lèvres.

— Les autres ne sont pas aussi doués que toi.

— Ah bon ?

J'entre dans son jeu en lui souriant.

Elle hoche la tête et, à son tour, elle m'adresse un sourire timide. Autrefois, je la croyais sincère.

— Oui, Lachlan. Tu sais que c'est vrai.

— Tu es bien placée pour le savoir, dis-je en terminant mon whisky avant de faire tourner le verre dans ma main. Tu t'es tapé tout le monde.

Son regard brun se durcit et je détourne les yeux. J'aurais dû la mettre à la porte il y a longtemps, mais comme Sean est accro à cette fille, je la garde. C'est un rappel plutôt amer de ce qui arrive quand on fait confiance à une femme. Si je la renvoyais maintenant, ça ne ferait qu'ouvrir Sean à d'autres distractions. Des distractions comme Mackenzie. Le verre dans mon poing commence déjà à se fendiller quand je me rends compte que je suis en train de l'écraser.

— On dirait que tu n'es même plus capable de me regarder, dit Mandy.

À présent, il y a des larmes dans ses yeux, tout aussi fausses que le reste. La loyauté est la seule chose qui compte dans cette vie, et si votre femme n'est pas loyale, il n'y a aucune place pour elle dans votre lit.

— Tu viens à peine de t'en rendre compte ? je demande froidement.

Elle essaie de toucher mon visage et je repousse sa main.

— Fiche le camp de mon bureau et retourne au travail.

Tout en pestant à mi-voix, elle fait ce que je lui demande. Quand la porte se referme derrière elle, je me sers un autre verre de whisky.

Qu'elle aille se faire foutre.

Que toutes les femmes aillent se faire foutre. On ne peut pas leur faire confiance ni à elles ni à personne d'ailleurs. Même à notre propre alliance. La perspective d'épouser une fille que je ne connais pas m'est insupportable. Cette idée me fait horreur. J'ai déjà vu les filles de Viktor une fois ou deux, mais je ne m'en souviens pas. Et peu importe laquelle je choisirai, c'est évident qu'elle me haïra.

Je me passe les mains sur le visage et mon regard revient sur le dossier devant moi. Un pincement singulier se fait sentir dans ma poitrine à l'idée de ce qu'il contient. C'est peut-être l'anxiété, la paranoïa, le soupçon… un peu de tout. Et pourtant, ça me semble différent.

Enfin, j'ouvre le dossier d'un geste vif et je découvre la photo de la fille aux yeux bleus qui occupe mes pensées. Les cheveux noirs, la peau claire... On dirait l'héroïne d'une chanson romantique. Elle est vraiment parfaite. Comme l'a dit Rory. Je n'aime pas qu'il parle d'elle de cette manière.

J'ai l'impression qu'elle m'appartient déjà, mais c'est impossible. Je veux qu'elle s'en aille. Il le faut. Qu'elle décampe de ma vie et de mon esprit. Elle me déconcentre et je ne peux pas me le permettre en ce moment. Joker ! De toute façon, elle est trop jeune pour moi. Vingt-deux ans. Sept ans de différence à peine, mais dans mon monde, ça équivaut presque à trois décennies.

Mon pouce effleure la photo, puis je poursuis mon inspection. Ce que j'ai vraiment besoin de savoir se trouve là, à l'intérieur du dossier. Mes yeux balaient les documents. Curieusement, je suis fasciné par ce que je découvre.

Cette fille est une dure, j'en conviens volontiers. Il se trouve qu'elle a ses raisons. C'est une pupille de la nation depuis l'âge de treize ans. Elle a enchaîné les familles d'accueil avant de fuguer définitivement. Bon sang, mais que doit faire une fille de treize ans pour survivre seule ? Je préfère encore ne pas le savoir.

Son père était boxeur pour la pègre. Il a été supprimé dans une ruelle, et son assassinat porte la marque des Russes. C'est ce que mentionne le dossier, mais je connais bien les Russes. Le signe gravé sur le front de Jack Wilder était la marque d'un homme précis. Ivan Malikoff.

Quelle ordure !

C'est pour ça qu'il veut sa mort. Les Russes n'ont pas autant de critères moraux que notre gang. Certaines de leurs factions respectent des règles, mais leur organisation compte plus de membres que la plupart des pays n'ont de soldats. Il s'agit plutôt d'une unité où tous les coups sont permis, selon qui joue le rôle de chef.

Pourtant, ça m'interroge. Est-ce pour ça que la fille essaie de décrocher un boulot ici ? J'ai vraiment cru qu'on me faisait une blague quand Ronan m'a annoncé qu'elle avait débarqué dans mon club. Depuis mon entrevue avec l'inspecteur James, elle est dans mon radar. Alors, la voir débarquer au Slainte et demander un emploi… je ne l'avais pas vu venir. Tout le monde sait que les Russes fréquentent souvent le club. C'est de notoriété publique. Essaie-t-elle de venger la mort de son père ? Soupçonne-t-elle seulement Ivan de l'avoir supprimé ?

J'aimerais bien obtenir des réponses. Quand je prends sa photo pour la contempler une dernière fois, je comprends pourquoi je lui ai ouvert la porte de notre monde. Je ne lui fais pas confiance, c'est une évidence. Je vais devoir la garder sous surveillance étroite.

Par texto, je convoque Ronan dans mon bureau. Efficace comme toujours, il apparaît deux minutes plus tard.

— Oui ?

Depuis l'encadrement de la porte, il me regarde comme si j'étais devenu fou. C'est peut-être le cas.

— La fille, lui dis-je. Fais-le savoir à tout le monde. Mackenzie Wilder est sous la protection du Syndicat MacKenna.

Les yeux de Ronan étincellent, mais il choisit sagement de n'opposer aucune objection. Ça lui arrive rarement. Il serait plutôt du genre à bouder pendant des jours.

— Autre chose ?

Je m'adosse dans ma chaise et je tambourine des doigts sur le bureau.

— Et dis aussi aux gars que personne ne peut la toucher ni lui parler.

7

Mackenzie

La chambre que j'occupe à Roxbury est dans un hôtel miteux payable au mois. Il abrite un tas de personnages louches et on y entend de drôles de bruits toute la nuit. En fait, je suis presque certaine que tous les types de la ville défilent dans la chambre voisine pour prendre leur pied. Mais ce n'est pas cher, et même si c'est infesté de rats, j'ai déjà dormi dans des endroits bien pires. Personne ne sait que je suis ici, pas même Scarlett.

Et pourtant, lorsqu'on frappe à ma porte à dix-huit heures, je ne suis pas étonnée le moins du monde. Quand je plisse les yeux à travers le judas, c'est pour découvrir Lachlan et l'un de ses hommes de l'autre côté. Je me doutais bien qu'il se renseignerait à mon sujet, mais je ne m'attendais pas à le voir sur le pas de ma porte.

Je l'ouvre en souriant et je m'appuie contre le chambranle.

— Eh bien, ça alors ! dis-je d'une voix traînante. C'est un plaisir de te voir, Crow. Tu m'espionnes ?

Il me bouscule pour passer et jette un bref regard circulaire.

— Tu vas finir par t'attirer des ennuis avec ta grande gueule, répond-il.

— Je n'en doute pas.

Il adresse un geste à son homme de main, qui entreprend d'inspecter ma chambre à la recherche de micros éventuels. Sans protester, je le regarde passer son appareil devant chaque fissure visible. Ça fait partie du numéro de Lachlan, il veut me faire comprendre que, dans son monde, il n'y a aucune frontière. S'il veut faire irruption dans ma chambre et demander à ses sbires de me fouiller, il ne se gênera pas. Mes notes sont cachées au fond d'une boîte de tampons. Les chances qu'il essaie de la vider sont quasi nulles. Les hommes sont prévisibles pour ce genre de choses.

En feignant le désintérêt, je m'assois et je dévisage Lachlan. Il porte un jean taille basse, une chemise noire et son éternelle veste en cuir. Des bottes en cuir éraflées et une chaîne qui pend de sa hanche jusqu'à sa poche viennent compléter la tenue. Décidément, son look de seigneur des bas-fonds est parfaitement maîtrisé. Son corps est musclé sans être trop volumineux et quand il bouge, sa chemise épouse ses abdominaux, étirant le tissu. C'est quelque chose que j'ai toujours aimé regarder chez un homme. Les hanches droites. Je me demande comment il est sous ses vêtements.

Une pensée que je m'empresse de chasser.

Quand je lève la tête, les yeux de Lachlan pétillent. Il a surpris mon regard et il en est tout à fait conscient. Je remue sur ma chaise et reporte mon attention vers la porte toujours ouverte.

— Rien à signaler, déclare son homme.

Lachlan fait un autre geste et le type disparaît dans le couloir, nous laissant seuls tous les deux dans la chambre à l'atmosphère étouffante.

— Tu as fini ? je demande.

— Loin de là.

Il s'approche de moi et s'avance dans mon espace personnel, inclinant mon visage vers lui.

Mon Dieu. Il est si près que mon cœur s'emballe follement. Décidément, il n'a aucun sens des limites. Et ce genre de proximité… ça me terrorise. Pourtant, quand je le regarde dans les yeux, j'oublie tout. Aujourd'hui, ses iris ont la couleur de l'écume. Ils sont doux et attirants. Et il essaie de me soutirer mes secrets les mieux cachés.

Cherchant désespérément à détourner le regard, je pose les yeux sur ses lèvres. C'est une mauvaise idée. Je me rappelle encore leur sensation sur les miennes. Souples et légèrement obliques, c'est sans doute ce qui lui donne ce côté enfantin. Son sourire de biais, à peine imparfait. Je crois que je ne pourrai jamais l'oublier.

Comme s'il percevait mes pensées, les narines de Lachlan frémissent et un prisme de couleurs dangereux tourbillonne dans ses yeux. Pour le bouclier derrière lequel je me protège, c'est comme un marteau-piqueur.

Mon cerveau est en panne. Je sais que cet homme qui me dévisage est mauvais. Vraiment mauvais. Je sais qu'il a peut-être fait la même chose avec Talia. Qui sait, il l'a peut-être attirée pour la faire disparaître dès qu'elle a refusé de jouer selon les règles. Et même s'il n'a rien fait, il connaît probablement le coupable. Ce mystérieux Russe. Sans doute sont-ils amis.

Alors pourquoi est-ce que je réagis ainsi à sa présence ?

— Dis-moi pourquoi tu habites ici, me dit-il.

Je m'écarte en m'efforçant de retrouver ma contenance.

— D'accord, mais arrête de me toucher.

— Tu n'aimes pas ? demande-t-il.

La question semble sincère, ce qui ne fait que me troubler davantage. Depuis quand les hommes comme lui se soucient-ils de ce qu'une femme aime ou pas ? Je roule des yeux tandis qu'il se lève et fourre les mains dans ses poches en attendant ma réponse.

— Ce n'est que temporaire. Je ne veux pas que mon ex me retrouve.

— Roxbury, ce n'est pas très loin de Southie, observe Lachlan. Je t'ai vue te battre. Tu ne me sembles pas du genre à avoir peur.

Merde, il marque un point.

— Eh bien… Je suis peut-être de Southie, mais pas lui. Et il a complètement pété les plombs. C'est difficile de faire revenir à la raison un gars comme lui.

— Hmm…

Il passe les doigts sur ses lèvres. Pour lui, la situation est sans doute très ironique. Il semblerait que je tombe de Charybde en Scylla, comme on dit.

— Tu n'auras plus à t'inquiéter de lui, Mack.

Sa voix devient sérieuse.

— Maintenant, tu es sous ma protection.

Euh, ai-je bien entendu ? Il faut croire que cet homme a une corde sensible, tout compte fait.

— Merci, dis-je. Mais je n'ai pas besoin de ton aide. Je peux me débrouiller seule.

— Tu te rappelles ce que je t'ai dit à propos des règles que tu devais suivre ? demande-t-il.

Je me mords la lèvre pour réprimer un sourire insolent.

— Bien sûr. Ce que tu voudras, Lachlan.

— C'est gentil, dit-il. Maintenant, monte dans la voiture. Je t'emmène dîner.

JE FINIS DE ME PRÉPARER À LA HÂTE ET JE SORS DE l'hôtel pour découvrir, sur le parking délabré, la dernière chose à laquelle je m'attendais. Une foutue Maserati.

Une GranTurismo Sport bleue, pour être précise.

J'en salive presque en m'approchant, les doigts tendus pour l'effleurer. À la dernière seconde, je retire ma main. Je crois bien avoir entendu Lachlan rire.

— Elle te plaît, n'est-ce pas ?

— Mamma mia, dis-je en guise de réponse. Tu ne me laisserais pas conduire, par hasard ?

Il fait tournoyer les clés autour de ses doigts.

— Pas même si j'étais à l'agonie.

Pfff.

Il m'ouvre la portière et je me glisse comme du beurre sur le siège. Hmm... Il y a encore cette odeur de voiture neuve, avec un soupçon de bois de cèdre et de citron vert.

Lachlan monte à côté de moi et me jette un coup d'œil avant de faire rugir la bête. Je vous jure que j'ai failli avoir un orgasme rien qu'avec la vibration et le bruit. Mon Dieu, il vient clairement de passer à l'étape supérieure. Je propose :

— Pourquoi on ne sauterait pas le dîner ? Tu pourrais continuer à conduire pendant les deux prochaines heures.

Il quitte la place de parking et s'engage dans la rue.

— Je dois dire, Mack, que tu sais mettre l'ambiance, pas vrai ?

— Qu'est-ce que tu veux dire ?

— Tu aimes t'amuser, précise-t-il. Les voitures rapides, la boxe...

Soudain, il suspend sa phrase, mais je suis incapable de deviner ce qu'il pense.

Pendant une minute, tout en le regardant piloter dans les rues de Boston avec précision et fluidité, je laisse le doute m'envahir. Chez cet homme capable de conduire une voiture aussi belle, il y a quelque chose de terriblement sexy qui me remplit de désir. Une fois de plus, je dois me secouer pour penser à autre chose.

Seigneur, il faut vraiment que je me ressaisisse. Et que je me rappelle pourquoi je fais tout ça. Je ne peux pas me permettre d'éprouver des sentiments pour cet enfoiré. Je reporte mon attention de l'autre côté de la vitre et je garde le silence tandis qu'il conduit. Quand il m'a annoncé qu'il m'emmenait dîner, je m'attendais à ce qu'on aille dans un pub. Mais au lieu de ça, nous arrivons dans un restaurant huppé du quartier de Back Bay. Ce n'est pas n'importe quel restaurant, mais un établissement très réputé – et géré par les Russes.

Je le regarde à la dérobée en essayant de comprendre ses motivations. Ce n'est pas une coïncidence. C'est de la stratégie. Il veut que les Russes le voient ici avec moi. Mais pourquoi ?

Je n'ai pas le temps d'y réfléchir plus longtemps. Il sort de la voiture et je lui emboîte le pas. L'hôtesse ne demande pas le nom de Lachlan. Elle le reconnaît tout de suite. Deux minutes plus tard, nous prenons place à l'une des meilleures tables de l'établissement et le chef vient nous accueillir personnellement.

Je sais que je devrais sauter sur l'occasion pour observer ses associés d'affaires, mais je me sens mal à l'aise. Je n'ai pas l'habitude de fréquenter de tels restaurants. C'était le genre d'endroit devant lequel je me contentais de passer, quand j'étais petite, en regardant par la vitre les gens de la haute société déguster leurs bons repas. J'éprouve un tel ressentiment en songeant que Talia et moi devions faire la manche ou voler pour nous nourrir.

Cela m'a endurcie. Ces expériences de vie m'ont guérie des restes de fragilité que je pouvais encore avoir. Je n'aime pas m'associer à ces gens-là. Aujourd'hui encore, je vis en marge de la société. J'ai un lit bien chaud et le ventre plein, mais cette rancœur est toujours là, et je ne sais pas vraiment pourquoi.

C'est peut-être parce que je n'ai aucune place dans ce monde. Ni aucune famille. Ni personne pour me rechercher si je disparais. Il n'y a que Scarlett. Et un jour, elle disparaîtra sans doute, elle aussi. Je resterai toute seule, et je n'imagine même pas à quel point mon monde sera sombre à ce moment-là.

Je me trouve égoïste de penser cela. De laisser cette peur me dominer. Mais je ne dois pas y penser maintenant. Je reporte mon attention sur le menu et je fais semblant d'avoir l'habitude de ce genre de restaurant. Je commande du bar à la chilienne, et Lachlan commande un steak et un verre de téquila pure pour moi… pile comme je l'aime. En d'autres circonstances, je serais étonnée qu'il ait remarqué un tel détail, mais c'est un homme qui surveille constamment ce qui l'entoure.

En léchant le sel sur le bord du verre avant de boire

une gorgée, je me rends compte que c'est sans doute pour cela qu'il s'en souvient. Il pose sur moi un regard intense, tandis que je poursuis mon petit spectacle, pressant le citron vert pour en sucer le jus sur mon pouce.

— Tu ne prends rien ? je demande d'une voix douce.

— Pas tout de suite, répond-il en se penchant sur ses coudes. Nous prendrons un verre au club.

Nous. Il a dit nous. Il m'emmène dîner, et maintenant il parle d'aller boire un verre ? À présent, des drapeaux rouges s'agitent partout autour de moi. Je l'attire peut-être, mais je sais qu'il ne m'aime pas. La différence est énorme et ça se voit sur son visage. Il est affreusement soupçonneux et j'ai le fort pressentiment qu'il aimerait me voir disparaître. Alors pourquoi tout cela ? J'ai du mal à comprendre.

— Je croyais que les vrais Irlandais ne buvaient que de la brune, dis-je pour plaisanter.

Il fronce les sourcils et se carre dans sa chaise sans répondre. Décidément, ce type est un cliché de lui-même.

Le serveur nous apporte nos plats et nous mangeons en silence. Ça ressemble beaucoup… à un rencard. Un rencard avec un tueur en série qui me lorgne comme si j'étais une proie. Heureusement, Lachlan et moi sommes aussi doués l'un et l'autre pour jouer le mystère et nous n'éprouvons pas le besoin de remplir le silence. En fait, j'apprécie qu'il sache savourer le silence. Parfois, il suffit de se regarder par-dessus la table, même si c'est d'un œil noir.

Quand nous terminons le repas, c'est l'heure pour moi d'aller travailler. Lachlan paie et me raccompagne jusqu'à la voiture. Il m'ouvre même la portière, et ça me fait un peu peur. Il ne cherche tout de même pas à me séduire, si ?

Je n'ai pas à m'interroger bien longtemps. Nous prenons la route et je ne tarde pas à comprendre les raisons de cette sortie.

— Il y a une ou deux choses dont j'aimerais discuter, Mack.

— Je suis tout ouïe.

Je croise les jambes et lui accorde toute mon attention.

— Je ne suis toujours pas convaincu que ce club est une bonne idée pour une fille comme toi.

— Putain, ça veut dire quoi, ça ? je rétorque.

Il me regarde à la dérobée avant de poursuivre.

— Je me suis renseigné sur toi.

Je choisis de me tourner vers la ville.

— Ça ne m'étonne pas.

— Est-ce que tu as un problème avec les Russes ? demande-t-il.

Mon cœur se serre, mais j'essaie de garder mon sang-froid. Impossible qu'il connaisse mon plan. Bon sang, ce n'est pas possible. Mais sinon, pourquoi me poserait-il cette question ?

— Non, aucun problème.

— Il paraîtrait que ton vieux a perdu un combat.

— Il n'a pas perdu de combat ! On lui a sauté dessus dans une ruelle sombre…

— C'est exactement ce dont je parle, répond Lachlan. Tu vas devoir garder ces conneries pour toi si tu comptes bosser à mon service. On a beaucoup de Russes au club.

Je ferme la bouche et croise les bras. Alors, c'est ce qu'il pense ? Qu'il s'agit de mon père ? Au fond, c'est sans doute un peu le cas. Mais j'ai dévoilé mes émotions trop facilement. Une erreur de débutante.

— C'est pour ça que tu es ici, Mack ? Tu t'es mis dans le crâne l'idée de le venger ?

Naturellement, je nie tout en bloc.

— Je veux juste travailler. Les Russes, je m'en fiche.

Lachlan hoche la tête et, une fois de plus, tapote des doigts sur sa cuisse. C'est un geste que je n'arrive pas à interpréter. Est-il nerveux, agité, anxieux ? Son expression ne trahit rien.

— Autre chose, Mack.

Il attend que je me tourne entièrement vers lui pour continuer.

— Il n'y a qu'une seule règle à laquelle tu dois te soumettre si tu travailles pour moi. Tu ne dois jamais… et quand je dis *jamais*, c'est jamais… parler aux flics de quoi que ce soit.

— Tu es fou ou quoi ?

Sa remarque m'a vraiment vexée.

— Je viens de Southie. Putain, je ne suis pas une balance.

En tout cas, je ne l'étais pas. Avant Talia. Maintenant, ça m'est égal. Je chanterai comme un canari si cela peut permettre d'envoyer les coupables derrière les barreaux. Et je me fiche de ce que les autres diront.

— Pitié, ma jolie, dit-il en soupirant. Surveille ta langue si tu ne veux pas que je te cloue le bec moi-même. Si tu veux bosser pour moi, je te conseille de te comporter comme une dame.

— Je suis une dame, merde.

Je souris et il secoue la tête. J'aime le pousser à bout et je me demande bien pourquoi. En tout cas, cette histoire risque de mal se terminer.

— Une dernière chose, dit-il en se garant devant le club.

Je pivote sur mon siège et croise son regard intense, les yeux pleins de questions. À présent, la main le long de son corps tambourine avec insistance. Les paroles qui sortent enfin de sa bouche m'expliquent ce qu'il me faut savoir :

— J'aimerais mieux ne pas avoir à te tuer.

Et voilà. La réalité de la situation où je me trouve. Je prends son avertissement pour ce qu'il est. Je hoche sobrement la tête. Cette fois, je ne souris pas. À son intonation, je comprends qu'il est tout à fait sérieux.

— Ne me donne pas de raisons de le faire, papillon.

— D'accord, dis-je d'une voix étranglée.

Mais c'est encore un mensonge.

Sans un mot, il sort de la voiture et m'accompagne dans l'établissement. Nous passons devant les videurs et nous rejoignons l'arrière-salle, où il désigne une autre fille qui s'échauffe sur la scène.

— Voici Sasha, dit-il. Elle va t'aider à prendre tes marques.

J'acquiesce et tourne les talons quand il m'attrape le bras, d'une poigne de fer.

— N'oublie pas ce que j'ai dit, Mack. Rien qu'un amuse-gueule.

8

Mackenzie

Sasha, c'est la beauté naturelle faite femme. Elle est menue, avec de jolies courbes et un corps dont la plupart des hommes doivent avoir du mal à détourner les yeux. Ses cheveux sont d'un brun riche naturel et, comme moi, elle a les yeux bleus. Si je suis dure, Sasha est une tendre et sa voix est douce. Elle me fait vaguement penser à Talia et il se trouve qu'elle est également très gentille. Elle a grandi à Dot, alors c'est une voisine, en quelque sorte. Instantanément, nous devenons amies. Dans ces quartiers de Boston, on se serre les coudes.

Au cours des vingt minutes que je passe à m'échauffer avec elle, j'apprends qu'elle a vingt-trois ans et qu'elle danse depuis deux ans. Elle ne me dit pas qui l'a fait entrer au club et elle ne semble pas avoir peur de travailler pour la mafia irlandaise. De toute façon, je ne m'attends pas à ce qu'elle me déballe tout dès le premier jour, mais je me dis qu'à l'usure elle finira peut-être par s'ouvrir à moi.

En attendant, j'affiche mon plus beau sourire et, pour une fois, j'essaie de faire mon âge. Quand les autres danseuses arrivent dans les coulisses, je me rends compte que l'ambiance ne sera pas aussi détendue que je l'avais imaginé. Scarlett m'a prévenue, ce milieu est affreusement compétitif, et dans la plupart des clubs on a l'impression de revenir au lycée. Entre les regards hargneux et les remarques acerbes, je comprends clairement qu'elles me considèrent comme l'ennemi numéro un du moment. Ça ne va pas m'aider à soutirer des informations à ces filles, mais j'essaie de ne pas me décourager. Mon but premier, c'est de m'approcher des Russes. Je dois absolument savoir ce qui arrive aux femmes qui les fréquentent de près.

Je donne la dernière touche à mon maquillage avec Sasha, tandis que les autres filles bavardent. Quand une grande brune à la peau mate et au corps sculptural commence à ouvrir sa grande gueule, je m'efforce de l'ignorer. J'ai roulé ma bosse assez longtemps pour savoir comment ces jeux-là fonctionnent. D'abord, ce ne sont que des petits commentaires. Je ne reverse pas de commissions sur mes pourboires et elle m'en fait la remarque. Puis elle me reproche de ne pas faire de lap-dance sous prétexte que je me sens supérieure à elles. Mais quand elle se rend compte que ses paroles n'ont aucun effet sur moi, elle sort l'artillerie lourde. La hanche contre ma coiffeuse, elle me toise avec dédain.

— Non, mais regardez-la... dit-elle en faisant claquer son chewing-gum. Danseuse de charme, mon cul ! Je parie qu'elle fait des passes pour cinq dollars dans les ruelles.

Deux autres filles gloussent et Sasha se racle la gorge.

— Mandy...

Mandy ne s'arrête pas. Au contraire, elle passe à l'étape supérieure en me traitant de la pire des manières :

— Lachlan est défoncé ou quoi ? Franchement, embaucher cette sale pouffe...

Oh, non, elle n'a pas dit ça. Ne me dites pas qu'elle vient de me traiter de sale pouffe. Je lui saute au visage sans pouvoir me retenir.

— Qu'est-ce que tu viens de dire, putain ?

— Tu m'as très bien entendue.

Elle sourit et ajoute en laissant traîner ses mots, avec un geste théâtral :

— T'es qu'une traînée.

— Bon sang, Mandy, fait l'une des filles en essayant de la retenir. Tu as perdu la tête ? C'est la fille qui a assommé Donovan à la boxe.

— Tu crois que ça me dérange ? lâche Mandy. Mais regarde-la. Qu'est-ce qu'elle va me faire ? Hein ?

— Je vais te tuer si tu ne fermes pas ta bouche.

Avant que je puisse continuer, Sasha m'entraîne à l'écart, de l'autre côté de la pièce, pour me calmer les nerfs. J'ai toujours été une tête brûlée, mais c'est question de survie. Dans la rue, personne ne vous aide.

N'importe où ailleurs, je lui aurais tenu tête. Mais j'ai besoin de ce foutu boulot et, que ça me plaise ou non, je dois gagner la confiance de ces filles.

— Ne t'occupe pas d'elles, ma chérie, me dit Sasha.

— Sale pouffe, je grommelle. C'est elle la sale pouffe.

— Elles sont jalouses parce qu'il paraîtrait que tu es la nouvelle copine de Lachlan, explique Sasha.

— Ce n'est pas vrai ! je m'exclame avec véhémence. Je suis sûre qu'il me déteste.

Ses sourcils fins remontent sur son front et elle se penche vers moi pour murmurer :

— Il a dit à toute son équipe qu'ils avaient l'interdiction de poser la main sur toi. Ces types n'oseront même pas te regarder. Pourquoi fait-il ça s'il n'a pas l'intention de te garder pour lui ?

Je sais exactement pourquoi. Parce qu'il ne me fait pas confiance. Ces types défendent leurs femmes, c'est dans leur nature, mais en l'occurrence, je crois vraiment que ça n'a rien à voir. Ils protègent farouchement leurs camarades et leurs frères.

Je jette un œil vers les autres danseuses. Elles ne cessent de me regarder.

— Alors, c'est pour ça qu'elles ont une dent contre moi ?

— Oui, acquiesce Sasha. Certaines de ces filles font des pieds et des mains pour avoir ce que tu as décroché en cinq minutes.

— Ce n'était pas cinq minutes. Et je n'ai absolument rien fait.

— Je ne fais que transmettre le message, ma chérie, dit-elle en levant les mains. Je n'y suis pour rien. Tu devrais faire attention à Mandy. Elle est folle de lui, et parfois c'est une vraie garce.

— Bon à savoir.

Je regarde de l'autre côté de la salle en direction de la femme en question. Ma tigresse intérieure sort les griffes quand elle me décoche un regard noir avec un sourire de façade. Je sens déjà qu'elle va me rendre la vie difficile. Si seulement elle savait que je me ferais un plaisir de lui laisser Lachlan pour pouvoir me concentrer sur la mission que je me suis fixée.

En tout cas, j'essaie de m'en persuader tout en me levant pour rejoindre l'entrée de la scène. Ce n'est qu'un jeu. Et Lachlan ne représente rien pour moi. Rien du tout.

Pour mes deux danses, j'ai choisi *Closer* de Nine Inch Nails, puis *Heart Shaped Glasses* de Manson. Lachlan m'a peut-être accordé deux chansons, mais il ne m'a donné aucune recommandation sur leur durée. Et plus je resterai longtemps sur scène, mieux ce sera. Il essaie sans doute de me mettre des bâtons dans les roues, mais en fin de compte, les hommes restent des hommes.

Quand je monte sur scène, je porte un justaucorps en cuir clouté et des bottes noires qui m'arrivent aux genoux. Dans le salon VIP, il y a environ dix clients au total, et c'est bien plus intimidant que je le pensais. Ce soir, il y a aussi quelques Russes dans le public, comme je l'avais espéré. Ils sont faciles à repérer à cause de leurs tatouages. Et puis, ils ne s'habillent pas comme les Irlandais. Je vais rester concentrée sur eux pendant toute ma représentation.

Je reste douze minutes sur scène et j'en profite pour sortir le grand jeu. Je fais de mon mieux, consciente de la pression qui m'incombe. Je dois éveiller l'intérêt de ces hommes et faire comprendre aux autres danseuses que je ne compte pas me laisser faire. Quelques filles travaillent en salle et flirtent avec les gangsters, mais pour l'instant, il ne se passe rien de trop glauque. Ce sont des clients classiques, mais je sais que sous la surface, les ténèbres ne sont pas loin. Je vais devoir me rapprocher d'eux pour découvrir ce dont il s'agit exactement.

Pendant tout le spectacle, personne ne me crie de me déshabiller. Il faut croire que Sasha avait vu juste. Bien sûr, je n'ai pas envie de me faire tripoter, mais je vais avoir du mal à identifier mon suspect si tout le monde garde ses distances. Merci beaucoup, Lachlan Crow. En bonus, quand je termine, j'ai récolté de bons pourboires. Le responsable de salle m'aide à les ramasser avant de quitter la scène.

Je ne suis pas encore arrivée derrière le rideau qu'une paire de bras puissants m'agrippent et me plaquent contre le mur. Malgré la pénombre, je sens ses yeux pénétrants rivés aux miens.

— Papillon, gronde-t-il à mon oreille.

Il a l'air furieux, mais je n'en suis pas certaine. Il vient de recommencer. Une fois de plus, il s'avance contre moi, dans ma bulle, et je ne sais pas comment réagir à cela.

— Je suis en sueur, dis-je d'une petite voix.

Il enfouit son visage dans mes cheveux et prend une grande inspiration… J'en reste bouche bée.

— Ça te plaît d'être là-haut sur scène ?

Son intonation est frustrée. À sa façon de me coincer entre ses bras et à la tension qui irradie de son corps, je sais que c'est une question piège. Je patauge dans des eaux troubles. Il faut croire que j'ai réussi à provoquer la bête.

— J'aime gagner de l'argent, dis-je avec toute la conviction que je parviens à trouver.

— Ça te fait mouiller ? m'accuse-t-il. De danser pour ces types ?

— Quoi ?

Je suis perplexe. Il m'a dit qu'il ne voulait pas que je sois là. Il m'a dit qu'il ne me faisait pas confiance. Pourtant, ici et maintenant, son corps me dit tout autre chose. En cet instant, je ne sais pas s'il va me brutaliser ou me faire l'amour.

Ses mains glissent sur mon corps, mais je doute qu'il soit conscient de ce qu'il fait. Sa poigne est ferme, possessive, et son souffle est chaud dans mon cou. J'essaie de trouver une réponse, mais lorsqu'il frotte sa paume entre mes jambes, mes pensées volent en éclats. Il lui suffirait d'écarter le tissu pour avoir sa réponse. La friction de ses doigts me fait un effet explosif.

— Lachlan, je…

— Et merde, dit-il avant de reculer en secouant la tête. Ça ne marchera jamais.

— Qu'est-ce que tu veux dire ? J'ai fait un super boulot là-haut. Tu as vu tous mes pourboires ?

— Je sais que tu as fait du bon boulot.

Il se met à arpenter le couloir en me fusillant du regard.

— Du trop bon boulot, ma jolie. Ça ne me plaît pas. Pourquoi, bordel ?

Comme moi, il est évident qu'il ne comprend pas sa réaction. On dirait qu'il hésite entre m'étrangler ou me prendre sur-le-champ. Personne ne m'a jamais regardée comme il me regarde en ce moment. Comme si je lui appartenais. Comme s'il pouvait briser les jambes de quiconque oserait me toucher – et un bras aussi pour faire bonne mesure. Je ne devrais rien ressentir, mais c'est plus fort que moi. Et le pire, c'est que je n'ai absolument pas besoin de ça. J'ai besoin de me concentrer sur les Russes pour obtenir mes informations, dans un premier temps, du moins.

— Tu as déjà accepté de me laisser danser, dis-je sans conviction. Et je devrais sacrifier une bonne source de revenus parce que tu as envie de te rouler dans la paille avec moi ?

Il rencontre mon regard et éclate de rire, de ce rire sombre et menaçant qui le caractérise. J'ai une boule dans le ventre.

— Tu es bien arrogante, ma jolie !

Je me contente de hausser les épaules. Nous savons

tous les deux qu'il a envie de moi, à quoi bon le nier ? Je suppose qu'un homme comme Lachlan apprécie mon honnêteté. Il doit apprécier que je ne glousse pas à chacun de ses mots comme les autres femmes. Et puis, étant donné qu'il me bloque toujours le passage, il ne me reste que la franchise.

Une fois de plus, il se presse dans mon espace personnel. Il est si proche que je dois me dévisser le cou pour le regarder dans les yeux. Mon dos est plaqué contre le mur.

— Tu as raison, dit-il d'une voix blanche. Je ne te fais pas confiance, et pourtant j'ai envie de toi, Mack.

Je ne parle pas, mais ce n'est pas nécessaire. Ses yeux balaient mon visage. Il me regarde dans les moindres détails, comme s'il voulait se prouver quelque chose. Moi aussi, je dois avoir les pupilles dilatées. Une réaction biologique. Rien d'autre. Ma poitrine se soulève et retombe un peu plus vite que d'habitude. Après tout, je viens de danser. Le pouls qui palpite dans ma gorge ? Ça lui plaît beaucoup, je le vois dans ses yeux. Mais ce n'est rien. Je suis fatiguée, j'ai chaud. Je dois juste sortir d'ici, m'éloigner de sa présence dominatrice et de cette atmosphère étouffante.

— Je ne veux plus que tu danses, me dit-il. Je vais te trouver autre chose à faire.

— Hors de question ! Je ne veux rien faire d'autre. Je veux uniquement danser.

Les ténèbres s'insinuent dans ses yeux comme un brouillard dangereux, occultant leurs nuances grises. Il ne doit pas avoir l'habitude que les femmes osent lui tenir tête. Ni personne, d'ailleurs. Ça m'est égal. Il doit savoir que je ne me plierai pas à ses moindres caprices, quelle que soit sa réputation et aussi menaçant qu'il soit. C'est sans doute ce qui est arrivé à Talia. Elle était naturellement douce, soumise, trop serviable. Pour une personne mal intentionnée, ce n'était pas difficile de profiter d'elle.

— Nous verrons ça plus tard.

Lachlan s'écarte brutalement et fourre les mains dans ses poches.

— J'ai des choses à faire. Habille-toi et va au bar de devant. Un gars qui s'appelle Ronan va te ramener chez toi.

— Je n'ai pas besoin qu'on me raccompagne.

— Ce n'est pas négociable, dit-il en se dirigeant vers la porte. Bonne nuit, Mackenzie.

9

Mackenzie

Sans prêter attention aux recommandations de Lachlan, je descends dans la salle. Je suppose qu'il me reste une dizaine de minutes avant que l'un des gars vienne me chercher.

Je me promène dans la salle en tendant l'oreille aux conversations, épiant les Russes du coin de l'œil. Malheureusement pour moi, ils adorent parler dans leur langue maternelle, ce qui ne m'aide pas beaucoup. Mais rien qu'à les observer, apprendre à connaître leurs façons de faire et les voir réagir aux autres danseuses, c'est un bon départ. L'un d'eux est trop tactile à mon goût, même si la danseuse aguicheuse joue le jeu en gloussant.

En passant à côté de la table, je la heurte volontairement. Quelques verres se renversent. Je m'écrie :

— Oh, non ! Je suis vraiment désolée.

Le type lève les yeux vers moi et je lui adresse un sourire contrit.

— C'est mon premier soir.

Il sort un mouchoir de sa poche de costume et commence à essuyer le liquide tout en ronchonnant dans sa barbe. L'autre danseuse – je crois bien qu'il s'agit de Kaya – me lance un regard noir. Elle fait signe à quelqu'un de l'autre côté de la salle et, avant que je puisse entamer la conversation avec le client, l'un des gorilles irlandais sort de l'ombre.

Il croise les bras et baisse les yeux sur le Russe tout en grommelant un chapelet de mots incompréhensibles. J'en distingue un seul.

Lachlan.

Le Russe fronce les sourcils et me chasse d'un geste de la main tandis que l'Irlandais m'empoigne le bras et m'entraîne en fond de salle.

Il me lâche avec un regard mauvais et désigne les vestiaires.

— Tu n'as rien à faire dans l'espace lounge, me dit-il. Si c'était un autre client, il serait déjà en bas à attendre de se faire démembrer.

Je lui renvoie son regard en croisant les bras.

— C'était un accident. J'ai cogné sa foutue table. C'est bon, je n'essayais pas de coucher avec lui.

— Je m'en fiche de ce que tu faisais. Je dois en parler à Lachlan.

— Vas-y.

— Prends tes affaires, me dit-il. Tu dois partir. Maintenant.

Il s'en va et je m'habille. Je sais que je devrais rejoindre le bar de devant, mais je saute sur l'occasion pour jeter un œil de l'autre côté du rideau et observer la danse des autres filles. Mes soupçons étaient fondés. Les types sont pratiquement sur elles et essaient de les peloter tandis qu'elles se trémoussent sur la scène. Ça ne semble pas les déranger. Pourtant, quand arrive le tour de Sasha, le silence retombe et, curieusement, les clients évitent les jeux de mains. Enfin, elle récupère ses pourboires et elle quitte la scène. Après une retouche maquillage, elle s'apprête à y retourner.

Je l'attrape par le bras et l'arrête avant qu'elle disparaisse.

— Tu danses combien de fois ? je demande.

— Trois par soir.

— Et c'est tout ? j'insiste. Tu danses sur scène et tu fais des lap-dances. Rien d'autre ?

Elle part d'un petit rire désabusé en secouant la tête.

— Mais pas de lap-dances pour toi, ma chérie. Lachlan estime que tu lui appartiens, apparemment. Tu crois qu'il a envie que d'autres gars se frottent contre toi ?

Je remarque un étrange sentiment dans son regard et j'ai l'impression qu'elle ne me dit pas tout.

— Oh.

Je fronce les sourcils, dubitative. Est-ce parce qu'il ne me fait pas confiance ou parce qu'il a envie de moi ? De toute façon, quelle importance ?

— Et toi, tu fais des lap-dances ? je demande.

Sasha bafouille en détournant le regard vers une autre partie du vestiaire avant de me répondre :

— Euh, non. Techniquement, non. Je ne sais pas pourquoi, mais un jour Lachlan m'a dit que je ne devais plus en faire. Je ne lui ai pas demandé pourquoi.

Naturellement. Je lève presque les yeux au ciel. Qui remettrait en question les ordres de Lachlan ? Pourtant, je suis troublée. Éprouverait-il quelque chose pour Sasha aussi ? Et pourquoi cette idée m'agace-t-elle ?

Comme si elle suivait le fil de mes pensées, elle secoue la tête.

— Ce n'est pas ça, dit-elle avec douceur en se mordant la lèvre. Je crois que c'est par respect pour mon ex, mais je n'en suis pas certaine. Quoi qu'il en soit, je m'en fiche. Je m'estime chanceuse, c'est tout.

— C'est pour ça que les autres filles ne t'apprécient pas non plus…

Elle hoche légèrement la tête.

— Elles trouvent que je me donne de grands airs, mais je ne suis qu'une danseuse comme une autre. Ça m'étonnerait que les clients sachent faire la différence.

J'ai envie de lui poser d'autres questions tant qu'elle est de bonne humeur, mais un autre homme entre dans la pièce et aussitôt Sasha se crispe, silencieuse. Il pose sur elle un regard glacial et je vois son corps se raidir. À première vue, je croirais qu'il la déteste. Mais comme je suis attentive, je remarque le bref coup d'œil qu'il jette sur son corps et la manière dont ses pupilles se dilatent avant qu'il reporte son attention sur moi.

Je n'ai même pas à me renseigner pour savoir qu'il s'agit de mon garde du corps. Ronan Fitzpatrick. J'ai entendu parler de lui. C'est le bras droit de Lachlan, son homme de confiance. Il a immigré de Belfast à la même période et je suppose qu'ils sont amis de longue date. Ça m'ennuie de l'admettre, mais voilà un autre Irlandais franchement canon. Il est différent des autres. Tiré à quatre épingles, il porte un costume impeccable et des lunettes à monture noire. Sa posture est particulièrement tendue et il se protège derrière une barrière impénétrable, une politesse froide.

À côté de moi, Sasha semble mal à l'aise. Elle évite soigneusement le regard de Ronan. J'enregistre cette information pour plus tard avant de lui dire merci et au revoir.

À sa décharge, Ronan a la prévenance de me saluer et de prendre mon sac. Ses yeux ne quittent jamais mon visage pour s'aventurer plus bas. Il est d'une loyauté sans faille. Dans cette bande, s'intéresser à la femme d'un autre semble être passible de mort. Et apparemment, ils croient tous que j'appartiens à Lachlan.

Ronan m'escorte dans le bar en silence, puis il fait signe à un autre type qui nous rejoint quelques instants plus tard. Ensemble, nous sortons dans la rue, et le nouveau venu se présente. Il s'appelle Rory. Il monte derrière le volant et Ronan s'assied à côté de lui tandis que je m'installe à l'arrière.

Le silence est presque pénible pendant le trajet, alors je me mets à jacasser. Je dois créer des liens avec tout le monde, chaque fois que j'en ai l'occasion. Chacun de ces hommes pourrait avoir l'information dont j'ai besoin.

— Comment ça va ce soir, les gars ?

— Oh, merveilleux.

Rory m'adresse un sourire narquois et un clin d'œil dans le rétroviseur.

— Mais tu n'es pas censée nous parler, tu sais.

— Eh, mon pote, c'est un pays libre.

— Je déconne, fait Rory en riant. Si tu as besoin de quelque chose, mon ami Ronan est à ton service. Pas vrai, Ronan ?

Hmm, des hommes à mon service. Je pourrais m'habituer à ce genre de traitement.

— Au club, tu veux dire ? je demande. Ou j'ai droit à un bipper aussi ? Oh, ou une petite cloche. Je la sonne et il accourt…

Le rire de Rory est tonitruant, je crains presque qu'il se perfore un poumon.

— C'est une sacrée gonzesse, celle-là !

Ronan grommelle :

— Ça t'amuse ? J'ai l'honneur de t'annoncer que je vais te surveiller à chaque instant de la journée. Alors, je t'en prie, vas-y, essaie de faire un sale coup à Lachlan. Tu vas voir ce qui se passe.

Bon sang, on dirait que quelqu'un lui a volé son goûter.

— Tu es protecteur, toi. Qu'est-ce qui te fait croire que je compte faire un sale coup à Lachlan ?

— Il ne te fait pas confiance, m'explique Rory. Mais ne t'inquiète pas, il ne fait confiance à personne.

— On dirait que c'est très courant chez vous, les garçons, dis-je de mauvaise grâce.

Il ne répond pas. Quand j'arrive au motel, je ne suis pas étonnée de constater qu'ils s'apprêtent à passer la nuit sur le parking. Bienvenue dans ma nouvelle vie. Prisonnière de mon propre gré.

Après une douche brûlante et un coup d'œil rapide par la fenêtre, je sors mes notes de leur cachette et je déroule la feuille de papier. Accoudée contre le lavabo, je reste dans la salle de bain pour écrire, au cas où Lachlan déciderait de revenir frapper à ma porte. À mon grand soulagement, il ne vient pas. C'est beaucoup plus facile de réfléchir quand il n'est pas là.

Comme je n'ai pas eu l'occasion de faire connaissance avec les Russes ce soir, je passe en revue toutes les personnes que j'ai rencontrées et je note mes premières impressions et tout ce qui pourrait m'être utile. De toutes les danseuses, Sasha sera sans doute ma meilleure alliée pour obtenir des informations. Cette fille a bon cœur. Elle est un peu trop douce, comme Talia, et je m'en veux de l'utiliser. Mais je ne dois pas perdre de vue mon objectif.

Rory est un grand gaillard et, pour l'avoir vu à la

boxe, je sais qu'il est honnête et bon joueur. Pour moi, c'est capital. Bien sûr, ce n'est qu'une intuition, mais je doute qu'il soit lié à la disparition de Talia. J'inscris son nom au bas de la liste.

Ronan est plus difficile à cerner. Sous son apparence raide et peu sociable, je sais qu'il y a quelque chose de sombre en lui. Je ne l'ai pas vu reluquer les danseuses ce soir, à l'exception de Sasha. Mais je vais devoir le garder à l'œil. Sa loyauté envers Lachlan est totale et ce sera sans doute le plus difficile à percer à jour.

Quant aux autres, je les organise par ordre d'importance. Je veux en savoir plus sur Niall, car c'est lui qui mène la danse. Mais Donovan aussi. Quelque chose chez ce type me chiffonne. Je sais déjà qu'il a des problèmes de gestion de la colère, et à en juger par sa réaction après ma victoire, je suppose qu'il n'hésite pas à violenter les femmes. Voilà deux pistes du côté irlandais. Mais je ne peux pas exclure les danseuses. Mandy surveille jalousement son territoire et il est possible que l'une des filles ait fait du mal à Talia. C'est peu probable, mais je dois explorer toutes les pistes.

Après avoir passé deux heures à prendre des notes et à élaborer des stratégies, je grignote une barre de céréales et je m'effondre dans mon lit. Ça ne fait qu'une journée et je suis déjà épuisée. Pourtant, quand je me laisse tomber contre l'oreiller, les yeux vers le plafond, le sommeil ne vient pas.

10

Lachlan

— Allez, Crow, me nargue Dominic.

— Dégage.

Je me rue sur lui, mais je le rate.

— Ne fais pas le con, répond-il.

S'il n'avait pas raison, je le cognerais pour le punir d'avoir dit ça. Tous les gars nous regardent. Sean aussi, naturellement. Ils me voient tituber et rater mon coup. Je ne suis même pas capable de me concentrer sur ce que je fais. J'ai trop de problèmes en tête. Cette histoire avec les Russes. La conversation incontournable avec Niall. Et la fille aussi.

J'arrive toujours à botter le cul de Dominic. Toujours. Mais aujourd'hui, je ne réussirais même pas à frapper un foutu sac en papier.

— Laisse-moi essayer.

Ronan monte sur le ring, mais je le repousse d'un geste de la main sans quitter Dom du regard.

— Ce n'était pas une question, insiste-t-il.

L'instant d'après, il me décoche un parfait crochet du gauche en pleine mâchoire.

— Putain, tu es chatouilleux en ce moment, toi !

En guise de réponse, il revient à la charge. Je me jette contre lui et, bientôt, nous roulons sur le tapis de sol, enchaînant les coups de poing au visage et partout où nous parvenons à nous atteindre.

— Bon, les gars ! lance Jimmy. C'est fini.

Les hommes protestent un peu, mais je suis trop concentré sur Ronan pour m'en soucier. Je le frappe sans relâche et je réussis un beau coup de poing qui fait claquer sa tête sur le côté, le nez en sang. Il réplique par un uppercut, enfonçant mes dents dans ma lèvre.

Je recule en ramenant le bras, bien déterminé à l'achever. Il m'esquive par en dessous et écrase son genou dans ma poitrine. L'air est expulsé de mes poumons et je bredouille la seule défense qu'il me reste :

— Espèce de connard.

Je me redresse péniblement en crachant du sang, puis je m'essuie les lèvres du revers de la main. Ronan me dévisage, le corps tendu et le souffle court. Il n'est pas de nature bagarreuse, mais c'est un redoutable tueur. Décidément, quelque chose le perturbe en ce moment.

— C'est quoi, le problème ? je demande.

— C'est à moi de poser cette question ! Tu me

prends pour une baby-sitter, ou quoi ? Tu as cru que j'aimais perdre mon temps à ne rien foutre ?

Je souris malgré moi. Sacré Ronan, un vrai caractère de cochon.

— C'est toi qui as dit qu'on ne pouvait pas lui faire confiance.

— C'est toi qui l'as fait entrer. Ce n'est pas une blague, Crow. En ce moment, les gars t'observent. Sean t'observe. Il cherche une faiblesse.

— Je ne me fais aucune illusion.

Le silence retombe entre nous. Ronan est mon meilleur pote. Il surveille toujours mes arrières. Il me connaît mieux que quiconque. Mes secrets, mes failles. Mais pour l'instant, il me regarde comme si j'étais le concierge, comme s'il ne me reconnaissait pas. Je suis incapable de lui dire ce qui se passe, parce qu'il est bien trop fougueux. Il respectait Carrick tout autant que moi. Si je semais la moindre graine de doute dans son esprit au sujet de notre alliance, il ferait brûler tout leur syndicat et il serait prêt à mourir dans l'opération.

C'est Ronan. Loyal comme personne. Il est comme il est, et il a ses raisons. Il s'est mis dans la tête que je l'avais sauvé, alors qu'il s'est sauvé lui-même. Si ça l'aide à mieux dormir la nuit, je ne cherche pas à le contredire.

— Je peux savoir quand tu comptes m'expliquer tout ça ? demande Ronan avec amertume.

Je tourne la tête et je m'essuie le visage dans mon tee-shirt.

— Il n'y a rien à en dire, vieux.

Il rit. Venant de lui, ça me fait bizarre. En temps normal, Ronan ne rit pas. Il est calme, observateur, jamais drôle. Pourtant, ce n'est pas un rire plein d'humour.

— Ouais, va te faire foutre, dit-il en se dirigeant vers la porte.

— Je veux que tu la surveilles ! je lance dans son dos.

Il s'arrête, la paume sur la poignée de la porte.

— Tu es le seul en qui j'ai confiance, Ronan.

Son dos se redresse et, en guise de réponse, je perçois un bref hochement de tête. Ça ne lui plaît pas, mais il le fera.

— Je vais me débrouiller, Crow. Comme toujours.

11

Mackenzie

Le lendemain soir, Ronan vient me chercher pour m'emmener au club. Il semble avoir décidé qu'il pouvait s'occuper de moi tout seul, car Rory est absent. Ça ne me dérange pas. J'aimerais en profiter pour discuter avec lui. Une question lancinante refuse de quitter mon esprit. J'ai envie d'éliminer Lachlan de ma liste de suspects dans la disparition de Talia. Pourquoi c'est important à mes yeux, je n'en ai aucune idée. Il pourrait être impliqué tout autant qu'un autre.

– Et tu fais ça pour toutes les filles de Lachlan ? je demande.

Il s'arrête au feu rouge et me regarde comme si j'avais perdu la raison. C'est sans doute le cas, car je ne devrais pas poser ce genre de questions. Mais je tiens vraiment à savoir s'il a déjà conduit Talia quelque part.

— Je fais ce qu'on me demande de faire, répond-il.

Euh, d'accord. En désespoir de cause, utiliser le sarcasme :

— Non, sans déconner ?

— Bon sang, ronchonne-t-il. Tu es une vraie fouineuse, toi. Les femmes, il vaut mieux les voir que les entendre, pas vrai ?

— Oui, oui.

Un vrai cliché sur pattes, ce mec.

— Pour moi, ce sont les hommes frustrés qui disent ça, Ronan. Est-ce que quelqu'un a brisé ton petit cœur de gangster ?

Bien sûr, je plaisante, mais en voyant sa mine renfrognée, je sais que j'ai visé juste sans même le vouloir. C'est logique, quand on y pense. Il est maussade en permanence, replié sur lui-même. Je pourrais facilement jouer avec ses nerfs, et en temps normal je ne me ferais pas prier, mais j'éprouve tout de même une pointe de culpabilité.

— Tu veux savoir si Lachlan me demande de jouer les chauffeurs pour d'autres femmes ?

Ses doigts se resserrent autour du volant.

— Évidemment. Il fait la fête tous les soirs avec une fille différente. Je te conseille d'y réfléchir à deux fois avant d'essayer de lui mettre le grappin dessus.

Eh bien, j'ai vraiment touché la corde sensible. Qui aurait cru que les gangsters pouvaient être aussi susceptibles ? Et d'abord, pourquoi ce qu'il dit me dérange-t-il ? Son sourire est arrogant. Je suis persuadée qu'il s'en est rendu compte. L'enfoiré.

— Je ne vois pas de quoi tu parles, mon vieux. Je suis ici pour bosser. J'essayais juste de faire la conversation, c'est tout.

Il grogne pour toute réponse. Manifestement, je ne suis pas au bout de mes peines avec ce type. Je ferme la bouche et je garde le silence pendant le restant du trajet. Quand nous arrivons, Ronan m'accompagne à l'arrière et il s'assied à côté de la scène. Décidément, il ne va pas me lâcher une seule seconde.

Je rejoins les coulisses. Je suis en avance et je ne m'attends pas à ce que les autres filles soient déjà arrivées. Quand je tourne à l'angle du couloir et découvre Donovan, la queue enfoncée jusqu'aux bourses dans la bouche de Sasha, je reste pétrifiée. Avant que je me ressaisisse, il jouit bruyamment et repousse la tête de Sasha.

— Putain ! je m'exclame. Ça va hanter mes cauchemars.

Il fait volte-face et reboutonne son pantalon tout en me dévisageant d'un œil incrédule.

— Encore cette salope. Merde, qu'est-ce que tu fous là ?

Je ne réponds pas, mais je ne m'en vais pas. Il essaie de me mettre mal à l'aise, et le pire que l'on puisse faire avec un gars comme ça, c'est de le laisser croire qu'il a l'ascendant.

Un sourire se dessine sur son visage et il s'attrape le paquet à travers son pantalon.

— Tu veux être la prochaine, bébé ? On verra si tu

fais encore la maligne avec ma grosse queue dans ton cul !

— Pas même si tu étais le dernier homme sur Terre, dis-je avec un sourire franc.

— Pitié, Donny.

Sasha tire sur sa chemise.

— Tu ferais mieux d'être prudent. Elle est à Lachlan.

— À Lachlan ? fait-il en fronçant les sourcils. Tu te fous de moi. Il se tape cette gonzesse ?

— Elle est à lui, répète Sasha.

Ça ne pourrait pas être plus loin de la vérité, mais je ne le nie pas. Je veux voir ce qu'il fait de cette information. Il me lance un autre coup d'œil en coin. Cette fois, sa colère est manifeste. Avec un geste évasif de la main, il s'éloigne vers la porte.

— Tant pis, tu ne vaux pas le coup.

Dès l'instant où il part, je me tourne vers Sasha. Elle a des larmes au coin des yeux et son mascara a coulé.

— Sérieusement, Sasha ? dis-je avec un regard appuyé. Ce type ?

Elle s'assied devant le miroir, un sourire forcé aux lèvres.

— C'est ce que veut Donny, ma chérie. Et je préfère lui donner ce qu'il veut, sinon il ne me lâchera jamais.

— Lachlan est au courant ? je demande.

Son visage blêmit et elle secoue la tête.

— Tu ne dois rien lui dire, Mack. Je ne veux pas de problèmes. Ma mère est malade, je dois pouvoir m'occuper d'elle.

Je pince les lèvres et hoche la tête pour la

tranquilliser, mais je refuse que la conversation en reste là. Sasha commence à ajuster son maquillage et je m'assois à côté d'elle pour la regarder. Je suis déjà prête, de toute façon.

— Je me demandais si tu reviendrais, dit-elle.

— Je suis plus solide que j'en ai l'air.

— J'espère que tu sais où tu mets les pieds, répond-elle avec amertume.

— Comment ça ?

— Ce monde-là, c'est... un tourbillon, tu sais. La moitié du temps, j'hésite à venir. Ces types te protégeront comme l'une des leurs, mais si tu les laisses faire, ils se serviront de toi.

— Eh bien, ils feraient mieux d'ouvrir l'œil, parce que je pourrais très bien les utiliser, moi aussi, dis-je sur le ton de la plaisanterie.

Sasha rit en secouant la tête.

— J'en doute fortement, maintenant que Lachlan a fait connaître les ordres. Ils ne te toucheraient sous aucun prétexte, ma chérie. Mais ne va pas croire que ça signifie quelque chose. Il baisera toujours qui il veut. Ça fonctionne comme ça dans ce monde.

Je ravale la boule dans ma gorge tandis que Sasha applique son maquillage.

— Tu es sortie avec l'un de ces types, Sash ?

Une fois de plus, elle éclate d'un rire sans joie.

— Je n'appellerais pas ça « sortir ». Il me baisait quand il en avait envie jusqu'à ce qu'il mette les voiles et quitte la ville. C'est lui qui m'a entraînée dans ce monde, et maintenant je suis coincée ici.

— Mon Dieu, Sasha… c'est terrible. Je suis désolée.

Elle cligne des paupières, les yeux vitreux, et arrange son mascara.

— Ce n'est pas si terrible, dit-elle. Je ne vais pas t'embêter avec ça. Niall et ses hommes ont toujours été corrects avec moi, alors je ne m'en plains pas. Je ne suis pas en forme aujourd'hui et je ne veux pas que tu souffres comme je l'ai fait.

— Alors, à part Donovan, tu n'as pas eu de problèmes avec les autres ? je demande avec curiosité. Enfin… et les Russes ? J'ai entendu dire un tas de trucs à leur sujet.

Le visage de Sasha devient livide et je sais que ma question a fait mouche. Aussitôt, elle se ferme et entreprend de ranger son maquillage dans son sac.

— Aucun problème, dit-elle précipitamment. Les histoires habituelles, tu sais. Des chichis entre filles. Bon, je dois aller m'échauffer.

Avant que je puisse l'arrêter, Lachlan fait son apparition. Sans trop savoir pourquoi, sa présence m'agace déjà. Tout ce que Ronan m'a dit dans la voiture, et Sasha maintenant… Il pourrait aussi bien avoir une cible géante sur le front.

— Viens ici.

Il désigne la porte.

Vous cernez le personnage ? *Viens ici,* qu'il me dit, comme si j'allais lui obéir.

Et je lui obéis.

Il me plaque contre le mur et une fois de plus, me prend au piège de ses bras. Quand je lève les yeux vers lui, je découvre son regard possessif. Ça me fait un drôle d'effet au cœur, je voudrais que ça s'arrête.

— Tu as besoin de quelque chose ? je demande. Ou tu veux juste me manipuler comme ça te chante ?

— Qu'est-ce que je t'ai déjà dit sur ta grande gueule ? grogne-t-il.

— Qu'elle est jolie et que le rouge à lèvres me va bien ?

Il esquisse un semblant de sourire, malgré ses efforts pour ne pas le montrer.

— On va le boire ce soir, ce verre ! m'annonce-t-il.

— Quel verre ?

— Tu m'en as promis un.

Oui, c'est ça. Il m'a déniché un créneau dans son agenda, entre Mandy et Cinnamon. Pfff.

— Je n'ai rien promis. Et puis, ce soir, je suis occupée.

Son regard se durcit et il se penche un peu plus. Il sent bon.

— À quoi faire ? demande-t-il.

— Ça ne te regarde pas.

Il recule d'un pas et passe une main dans ses cheveux.

— Je ne joue pas à ça, Mack.

— Et alors ?

— C'est tout, dit-il.

Puis il s'éloigne dans le couloir.

12

Lachlan

Peu après vingt-trois heures, Niall fait une apparition au club. Quand il s'assied en face de moi dans mon bureau, je sais déjà la raison de sa visite.

— Viktor m'a appelé.

Je me frotte le visage en hochant la tête. J'aurais dû le voir venir.

— Est-ce qu'on a un problème, Lachlan ?

— Non, dis-je résolument. Cette fille n'est pas une menace.

— Il n'en est pas convaincu, dit Niall. Et moi non plus. Plus tôt nous réglerons cette affaire, mieux ça vaudra.

J'aimerais lui dire que je suis d'accord. C'est la meilleure chose à faire. Pour nous tous. Au lieu de ça, j'ouvre mon secrétaire et j'en sors le compte-rendu balistique.

— Ça confirmera à Viktor que c'est bien *leur* problème.

Niall hoche la tête tout en étudiant le rapport, avant de le glisser dans sa veste.

— Qui est cette fille qu'ils réclament ?

— Une gamine sans famille, des bas quartiers, lui dis-je. Elle sait garder sa langue. Je ne pense pas qu'elle sache quoi que ce soit, contrairement à ce que pense Ivan.

— Tu dois être prudent sur ce terrain-là, Lachlan. Je n'ai pas besoin de te rappeler ce qui se passe en ce moment.

Je jette un œil de l'autre côté du bureau, en direction de l'homme que je respecte depuis tant d'années. Je me suis toujours fié à son bon jugement. J'ai fait ce qu'il me demandait sans poser de questions. Et s'il m'avait dit il y a une semaine qu'il fallait supprimer la fille, j'ignore ce que j'aurais fait.

Dans notre métier, on ne tue pas les femmes. Niall n'aime pas ça. Il préfère l'éviter, dans la mesure du possible. Mais cette fois, c'est différent. L'intégralité de notre syndicat dépend de cette fille. Se mettre les Russes à dos, à ce stade, ce serait une condamnation à mort pour nous tous.

Je ne fais que souligner l'évidence. La logique voudrait que je la leur livre au moment venu. Elle ne doit pas se mettre en travers de mon chemin.

Niall soupire. Il lit en moi mieux que quiconque et ça ne fait que m'agacer davantage. Je voudrais qu'il sache que je suis prêt. Que je suis loyal envers le syndicat et rien d'autre. Mais en ce moment, mon silence est éloquent.

— Ça dépend de toi, Lachlan. Quoi qu'il en soit, la responsabilité repose sur tes épaules maintenant. Ton destin est lié au sien. Tu me suis ?

— Oui, je te suis.

Pas besoin d'être extralucide pour comprendre que je vais m'en mordre les doigts.

— Tu vas bientôt devoir rencontrer les filles de Viktor, poursuit-il. Sean et toi, tous les deux.

Je déboutonne mon col et le desserre en hochant sèchement la tête.

— Bien sûr.

Niall me dévisage d'un œil inquisiteur. Vais-je perdre complètement la boule ? Me ramollir à cause de cette fille ? Sean serait-il un meilleur choix que moi pour ce poste ?

C'est cette dernière question qui renforce ma détermination. Je ne peux pas laisser une femme contrecarrer mes projets pour le syndicat. Ce pour quoi je travaille depuis des années. Et mon ultime promesse à Carrick. Je lui ai dit que je le rendrais fier, et je tiendrai ma promesse quoi qu'il en coûte.

Rory frappe à la porte et ouvre. Niall et moi nous tournons vers lui comme un seul homme.

— Qu'y a-t-il ? demande Niall.

— Les Italiens s'en sont pris à l'un de nos gars, chez Micko. Ils croient que c'est nous qui avons intercepté l'une de leurs cargaisons hier soir.

— Foutus Italiens ! je m'exclame, à l'unisson avec Niall.

Rory lève les mains au ciel en haussant les épaules.

— Quand ce n'est pas eux, ce sont ces maudits Arméniens qui nous soufflent dans les bronches. En tout cas, je reconnais bien là leur manque de sérieux.

— Ça risque de continuer comme ça, dis-je. Apparemment, les affaires marchent mal pour eux à Cali, ils retournent tous dans l'est.

— Bah, fait Niall. Les temps changent. Une guerre se profile à l'horizon.

Il consulte sa montre avant de me regarder. Je sais exactement ce qu'il pense. Il y a beaucoup d'argent liquide entreposé dans le sous-sol en ce moment, pour le compte des Russes.

— Il faut qu'on livre ce soir.

Il acquiesce et donne ses ordres à Rory :

— Envoie la moitié de la bande chez les Italiens. Dis-leur de faire vite.

Ce plan ne me plaît pas beaucoup. Laisser le club sans protection, ce soir plus que les autres, ce n'est pas très prudent, mais Niall semble estimer que c'est une mesure nécessaire. Si on laisse quelqu'un marcher sur nos platebandes ou s'en prendre à nos gars, on passe pour des faibles. Les conséquences ne doivent pas se faire attendre. C'est le rôle du syndicat.

Niall se lève en ajustant son manteau.

— Quant à moi, je vous laisse. Je dois assister à un récital.

— Salue les filles de ma part, lui dis-je.

Il hoche la tête avant de s'éclipser.

13

Mackenzie

Lorsque j'ai commencé à travailler ici, Lachlan m'a dit que je devais être un amuse-gueule. Alors quand je découvre qu'ils ont changé mon planning pour me faire passer après Mandy, ça m'énerve. Elle va monter sur scène et se déshabiller intégralement, et moi je suis censée suivre avec mon numéro à peine aguicheur ?

C'est ridicule. Je suis sûre que Lachlan cherche à me punir pour mon insolence. Malgré tout, je n'en laisse rien paraître et je monte sur scène, prête à les éblouir. Il peut me mettre des bâtons dans les roues tant qu'il voudra. J'ai toujours aimé les défis.

Ce soir, je porte une robe minuscule en élasthanne habilement effiloché, qui couvre à peine mes tétons et mes parties intimes. Ce soir, j'ai choisi *Bad Girlfriend* de

Theory of a Deadman, et *Crazy Bitch* de Buckcherry. En accord avec mon humeur du jour.

Le début est électrique. Mes mouvements sont parfaitement au point et les hommes tirent la langue. Lachlan est au premier rang. Il m'observe avec un visage impassible. Mais il tambourine des doigts sur sa cuisse et les coups d'œil furtifs qu'il lance à ses hommes autour de lui en disent long. Au milieu de mon show, Mandy se faufile jusqu'à lui en sirotant malicieusement son verre.

Il reporte son attention sur elle et, en la voyant onduler des hanches en rythme avec la musique, je sens quelque chose s'agiter en moi. Merde, elle essaie de lui faire un petit spectacle pendant ma représentation. Cette fille ne manque pas de culot. Malgré tout, je me demande bien pourquoi ça me dérange.

Ça ne devrait pas. Je n'ai jamais eu l'intention de me rapprocher de Lachlan. Mais la situation est compliquée – troublante, je dois dire – et la seule chose que je sais en cet instant, c'est que je déteste le voir avec elle. Je me persuade que, si je cherche à m'attirer ses bonnes grâces, c'est uniquement pour rester sous sa protection. Que c'est uniquement parce qu'il peut m'apporter des renseignements utiles. Quand la musique se termine et que je rejoins sa table, j'essaie de me convaincre que mes raisons sont bonnes.

Il arque un sourcil et se renfonce dans sa chaise. Mandy lâche presque un grognement à mon approche.

— Je suis prête pour ce verre, lui dis-je.

— Ah, vraiment, ma jolie ? demande-t-il. Je suis pourtant certain que tout à l'heure…

Sans le laisser terminer, je m'avance entre ses jambes et je m'assois sur ses genoux. Maintenant que mon territoire est établi, je décoche à Mandy un regard satisfaisant.

— On peut rester ici. Comme tu voudras, Lach.

Mandy part à la recherche d'une autre victime pour la soirée et il éclate de rire, mais son humour est de courte durée. Il passe un doigt sur ma joue, puis sous le renflement de mes lèvres où les lasers de ses yeux sont rivés.

— Je n'aime pas qu'on se moque de moi, papillon.

— Je ne me moque pas. Je veux boire un verre avec toi. Comme promis.

— Alors, c'est moi qui choisis ?

J'accepte.

Il me prend par la taille et appuie mes hanches sur son sexe en érection avant de se pencher pour me murmurer à l'oreille :

— C'est ce que tu veux, Mack ? fait-il en me mordillant le lobe. Parce que je ne te promets pas d'être un gentleman quand je serai seul avec toi.

Merde. J'ai foncé tête baissée. Je me suis dit que je ne laisserais aucun d'entre eux me toucher. Ce que je devrais être en train de faire en ce moment, c'est de me promener dans le salon VIP tout en flirtant avec les Russes. C'est pour ça que je suis venue.

Mais je ne peux détourner le regard de Lachlan. Je me demande ce qu'il voit en moi. Je me demande pourquoi il a décidé de changer d'attitude. Aurais-je envie qu'il me désire ?

Non. Absolument pas.

Pour être cohérente, je dois me persuader qu'il a toutes les chances d'être impliqué. Il dirige ce club. Mieux que quiconque, il est au courant de ce qui se passe ici. Il faut vraiment que je reste dans ses petits papiers.

Ou du moins, c'est ce que je crois.

Je me mords la lèvre en hochant la tête. Un instant plus tard, il m'entraîne dans le couloir en direction de son bureau. Il me hisse par la taille et m'assied sur son bureau.

— Ne bouge pas.

Je souris quand il disparaît dans le couloir comme s'il avait le feu aux fesses. Bien sûr, je lui désobéis et je descends pour fouiller les tiroirs de son bureau tant que j'en ai l'occasion. Ça m'étonnerait que je trouve un document avec le nom de Talia, mais cela ne coûte rien de vérifier.

Quand j'entends le bruit de ses pas dans le couloir, j'en suis déjà arrivée à la conclusion qu'il n'y a rien d'intéressant, à part de la paperasse administrative. Tant pis. Je sors mon iPod et je parcours ma playlist pour qu'il ne me soupçonne pas quand il ouvrira la porte. Je choisis une chanson au moment où il entre avec un plateau. Et il n'apporte pas n'importe quoi, de la téquila Patron avec glaçons, sel et citron vert.

Si j'étais romantique, je pourrais trouver son attention touchante. Jusqu'à ce qu'il parle :

— Allonge-toi.

— Sur le bureau ? je demande, incrédule.

— Laisse tomber cette attitude effrontée.

J'essaie de gagner du temps, et il le sait. Une fois de plus, j'éprouve des sensations étranges. J'ai l'impression de perdre le contrôle. Je suis au bord d'une falaise, avec un mélange de crainte et d'excitation à la perspective de me jeter à l'eau.

Je souris en dépit du frisson qui remonte le long de ma colonne vertébrale.

— Comme tu voudras, Lachlan.

— Appelle-moi Lach, dit-il d'une voix rauque. Comme l'autre soir.

Sous le rideau de mes cheveux, je le regarde et je me demande s'il y pense toujours. Je n'ai pas à me poser la question bien longtemps. Quand je m'étends sur le bureau, la peau que dévoile ma tenue attire son regard et ses yeux brûlants descendent le long de mon corps. Il s'approche.

— Juste une fois, dit-il. Une nuit d'éclate, Mack. C'est tout ce que ce sera. Et tu ne dois jamais en parler à personne.

Je hoche la tête, même si je sais que c'est surtout lui-même qu'il essaie de convaincre.

Il prend la salière et je sursaute quand il se penche pour lécher ma lèvre inférieure. Il y dépose une pincée de sel et recommence dans mon cou, puis à la naissance de mon sein.

Quand il s'écarte pour admirer son œuvre, ma poitrine palpite furieusement. Je ne sais pas si c'est l'impatience de savoir ce qu'il va me faire, sa façon de me regarder, ou peut-être les tonalités suaves de *Voodoo* de Godsmack qui résonnent autour de nous, mais je suis dans tous mes états. Tout ce que je sais, c'est que la pensée de ses mains et de sa bouche sur mon corps me procure des sensations auxquelles je ne m'attendais pas. Une sorte d'énergie sombre nous attire l'un vers l'autre, de plus en plus puissante à chaque seconde. Je ne sais pas vraiment ce que c'est. J'ai l'impression d'être droguée, défoncée.

Il se penche sur moi et son souffle effleure ma peau avant même que ses lèvres me touchent. Tout mon corps frissonne en réaction et nos regards se rencontrent. J'ai l'impression que le monde a cessé d'exister. Ce sortilège entre nous, quel qu'il soit, est plus fort que lui, plus fort que moi. Encore maintenant, je vois le doute s'attarder dans ses yeux. Il s'oppose au désir sauvage que j'y décèle aussi. Il me désire, tout en sachant qu'il ne devrait pas.

Ma main me démange tant j'ai envie de le prendre pour l'attirer à moi. Il le remarque et on dirait que c'est ce qu'il attendait. Il se penche pour lécher le sel sur mes lèvres. Aussitôt, j'ai envie de les écarter pour lui. Ses dents mordillent ma peau sensible, ajoutant une légère douleur à la sensation piquante du sel. J'ai les mains dans ses cheveux. Je les agrippe et les tiraille tandis qu'il me goûte, me laissant pantelante et tout étourdie. Ses mains palpent l'élasthanne qui me couvre les tétons et, deux secondes plus tard, il le déchire afin d'aller plus vite.

Quand ses lèvres descendent sur ma gorge, je proteste en gémissant. Mais sa langue passe sur ma clavicule et je me rends compte de l'extrême sensibilité de cette zone. Lorsqu'il arrive à mon sein, je ne suis qu'un amas de désir pur. Sa langue effleure mon téton, délicatement, sans vraiment le toucher. Avec son pouce, il étale les minuscules grains de sel sur la pointe durcie. Au moment où je pense ne plus pouvoir supporter la distance, il s'approche de nouveau. Sa bouche chaude rejoint ma peau. Il suce, lèche et mordille mes seins. Je n'arrive même plus à distinguer où il commence et où je finis.

Puis, soudain, tout s'arrête. Quand il lève la tête vers moi, ses yeux sont en feu. J'ai l'impression que mon cœur va exploser. Il prend le quartier de citron et le place entre mes lèvres, et à ce moment-là, je comprends que je suis foutue.

Mon souffle est rapide, saccadé, lorsqu'il tend la main vers le verre. Il avale la téquila et il se penche de nouveau. Ses lèvres sont humides et son regard bestial quand il regarde le citron vert entre mes dents. Il l'écrase sous ses lèvres. Je sens le goût du sel et de la téquila avant que le citron glisse sur le côté. Bientôt, seules nos bouches se pressent l'une contre l'autre.

Je lui agrippe les cheveux et je gémis contre lui quand sa langue pénètre ma bouche. Je ne sais plus si j'essaie de le repousser ou de l'attirer à moi. Je n'aime pas ça. Je n'ai jamais demandé ce qui arrive. Alors, pourquoi suis-je aussi avide ?

Je ne connais pas la réponse à cette question et je

n'ai pas le temps d'y réfléchir. Il s'écarte un instant pour préparer un autre verre. Cette fois, c'est pour moi.

— Lèche.

Il me tend son poignet et j'obéis servilement.

Il sale sa peau dans un geste expert et je la suce comme il l'a fait avec moi. Elle est douce, chaude et délicieuse. Il gémit. Rien qu'en l'entendant, je manque faire une attaque sur son bureau. Je ne comprends pas ce qui se passe dans mon corps. Avec les doigts, Lachlan récupère le glaçon dans son verre vide et le passe sur mes lèvres. D'instinct, elles s'entrouvrent et des gouttes d'eau coulent au fond de ma gorge. Je me cambre lorsqu'il pose avec précaution le glaçon sur ma langue avant de me voler un autre baiser. La chaleur de sa bouche et le froid de la glace se mélangent pour m'entraîner vers des sommets que je n'avais encore jamais connus. C'est étrange et intrigant à la fois.

J'ai envie de le dévorer, ici et maintenant. Mais il s'écarte, insistant pour me faire avaler la téquila.

— Bois.

Sa voix est sèche, ses yeux chargés de désir.

Il me regarde boire tout ce qu'il me donne. À aucun moment, ses yeux ne quittent les miens. La téquila laisse une brûlure agréable sur son passage, aussitôt suivie par le jus de citron vert. Cette fois, il le presse le long de mon cou et entre mes seins.

Je suis à bout de souffle quand ses lèvres se posent dans mon cou et descendent lentement, léchant et suçant tour à tour. J'aimerais me ressaisir, mais j'en suis incapable. Je crois que c'était écrit. C'était ce que j'avais prévu, non ? Avec ses mains et sa bouche sur mon corps, mes pensées sont embrumées. Quel était le plan, déjà ?

L'une de ses mains dérive lentement vers le bas, entre mes cuisses.

— Écarte les jambes, ordonne-t-il.

C'est ce que je fais. Bon sang. C'est ce que je fais, comme ça. Je ne réfléchis même pas.

En quelques secondes, ses doigts sont en moi. Et je suis détrempée, je le sens sur sa peau. Un bruit monte de sa gorge quand sa bouche se pose sur mon sein, le prenant tout entier. Ça me rend folle. C'est tellement agréable. Je dois être en plein déni, parce que rien ne m'avait encore jamais paru aussi délicieux.

C'est un terrain tout nouveau pour moi, mais pas pour lui. Au fond, je me demande si ça se passe toujours comme ça avec Lachlan. Soudain, des visions indésirables surgissent dans mon esprit. Je l'imagine faire la même chose à Mandy.

J'ignore d'où me vient cette idée, mais aussitôt, je bredouille un mot que j'aurais mieux fait de garder pour moi :

— Mandy…

— Quoi ? fait-il en s'interrompant pour me regarder.

Je me cambre dans sa main, avançant les hanches contre lui.

— Je ne veux plus que tu la touches, dis-je avec mépris.

Je comprends mon erreur dès l'instant où elle sort

de ma bouche. Il a dit une seule nuit. Rien qu'un bon moment tous les deux. Moi aussi, c'est ce que je voulais, ou du moins je crois. Mais mon exigence ne le fâche pas. Ses yeux étincellent de satisfaction possessive, puis il reprend ses caresses avec une vigueur nouvelle. Ma vision se brouille et je produis toutes sortes de gémissements gênants. Lachlan doit apprécier, parce qu'il gémit à son tour.

L'orgasme m'éblouit par son intensité et je m'effondre contre le bureau. J'ai l'impression de ne pas en avoir eu assez. Il monte sur moi et baisse la fermeture de son pantalon tandis que ses lèvres trouvent les miennes.

— Tu es tellement mouillée pour moi, ma jolie, grogne-t-il. Dis-moi que tu me veux à l'intérieur de toi.

— Oui. Je veux te sentir en moi.

Un gémissement grave monte de sa gorge. D'une main, il parcourt mon corps tout en essayant, de l'autre, de baisser sa braguette. Je tends le bras pour l'aider et j'effleure la chaleur gonflée sous le tissu.

— Tu la sens ? demande-t-il d'une voix rauque. Tu sens comme je suis dur pour toi, papillon. Tu vas t'occuper de ça.

— Oui. Je t'en prie, Lachlan…

Soudain, tout s'arrête. Je l'entends à peine par-dessus la musique, mais quelqu'un frappe à la porte.

— Dégagez !

Lachlan lance l'un des verres sur la porte, le faisant voler en éclats. Son coup de sang me fait sourire. Je suis contente de ne pas être la seule à me sentir si étrangement affectée. Pourtant, les coups continuent. Lorsqu'il s'assied sur le bureau, sa mine est particulièrement sombre. Quant à moi, je suis incapable de détourner les yeux de la bosse dans son jean, trop étourdie pour comprendre ce qui se passe.

— Qu'y a-t-il de si important, merde ? tonne-t-il.

— Les Arméniens…

C'est la seule chose que j'entends avant que des coups de feu retentissent dans le bâtiment. Aussitôt, Lachlan me fait descendre du bureau et me pousse dans un coin.

— Reste ici.

Il retire sa veste et sort une arme de la ceinture de son jean.

Incrédule, je garde les yeux rivés sur lui. Des cris fusent à l'avant du bar. J'ai la tête en vrac, je ne comprends pas ce qui se passe. Tout à l'heure, il me donnait du plaisir avec sa bouche et ses doigts, et l'instant d'après une fusillade éclate. Je suis pétrifiée d'horreur, et je crois bien que ça ne m'était encore jamais arrivé.

— Mack ? dit Lachlan en claquant des doigts. Tu m'entends ? Ne bouge pas !

Je hoche faiblement la tête. Il me jette un dernier coup d'œil, comme s'il hésitait à quitter la pièce. Ce n'est pas la première fois que j'entends des coups de feu. J'ai toujours vécu dans un quartier malfamé et cela arrivait de temps à autre. Et puis, mon père rentrait parfois à la maison avec une balle logée dans le corps. J'ai même vu l'un de ses gars se vider de son sang sur le sol de la cuisine parce qu'il était trop obstiné pour se rendre à l'hôpital. Mais je ne m'attendais pas à me retrouver un jour coincée dans une fusillade. Je n'ai pas la moindre idée de ce qui se passe. Moi, c'est avec les poings que je me bats, pas avec des armes.

Je plaque les mains sur mes oreilles et je ramène les genoux devant ma poitrine. Une pression intense me comprime le cœur. Assise là, par terre, je me sens profondément inutile. Je pense à Lachlan et je me demande ce qui se passe, là dehors. Il a l'air fort, presque invincible. C'était ce que je pensais de mon père, autrefois. Mais il n'était pas invincible, pas plus que Lachlan. Et d'ailleurs, moi non plus.

Les voix de l'autre côté de la porte se rapprochent. Les coups de feu s'intensifient. J'entends un bruit sourd et je sais qu'un corps vient de tomber. Putain. Merde. Putain de merde. Je suis prise dans une tempête de balles et je suis à deux doigts de l'hyperventilation. Si l'un de ces types entre ici, je suis en ligne de mire.

Je repère le petit renfoncement derrière le bureau de Lachlan et je décide de m'y cacher. Je suis à mi-chemin, à quatre pattes, quand la porte vole en mille morceaux, projetant des échardes alentour. Un bruit étranglé m'échappe lorsqu'en levant les yeux, je découvre deux types terrifiants, pistolets aux poings.

Je m'attends à ce qu'ils me tirent dessus, mais ils ne regardent même pas mon visage. Il me faut une minute pour comprendre pourquoi. Un coup d'œil sur mon corps me rappelle, avec du retard, que Lachlan a déchiré ma robe et que l'on aperçoit mes tétons.

L'un des gars dit quelque chose dans une langue étrangère, probablement en arménien, puis il éclate de rire. L'autre hoche la tête et ils s'avancent. Merde. Je ne suis pas au top de ma forme, mais je vais devoir me défendre malgré ma tenue moulante à moitié déchirée. D'abord, je dois les déstabiliser.

— Lève-toi, dit l'homme avec un fort accent. Viens avec nous.

Hors de question. Je me redresse sur mes jambes tremblantes et je lève les mains en m'avançant. L'un d'eux m'empoigne par les cheveux et m'attire à lui. Je fais un pas, me laissant entraîner, puis je m'immobilise et j'écrase ma tête sur son nez de toutes mes forces.

Il pousse un juron et l'autre homme me saute dessus avant que je puisse retrouver mon équilibre. Il me jette par terre tout en proférant des mots que je ne comprends pas. Il me gifle à plusieurs reprises. Ma tête m'élance et je suis déboussolée, mais je dois réfléchir vite. Je dois retrouver le contrôle de la situation.

L'homme commence à me tripoter la poitrine avant de lancer quelque chose à son acolyte, qui saigne abondamment. Je profite du fait qu'il est déconcentré pour lui coller mon genou entre les jambes, puis je lui donne un coup de pied en plein torse. Quand il tombe à la renverse, je me redresse et détale en direction de la porte, mais je me heurte à une montagne de muscles.

Avant que je comprenne ce qui se passe, Lachlan me prend par la taille et me retourne. J'entends quelques coups de feu, un cri, et je comprends qu'ils lui tirent dessus. Non seulement ils tirent, mais ils touchent leur cible.

Nous tombons tous les deux contre le mur, pêle-mêle, et il parvient à nous entraîner hors de vue avant de glisser à terre.

— Mon Dieu, Lachlan ! je m'écrie. Tu es touché. Tu as reçu une balle à ma place…

Il saigne et je commence à paniquer. Mais je n'ai pas le temps de réfléchir que les hommes dans le bureau se remettent déjà à tirer à travers les murs. Des éclats de plâtre et de poussière explosent un peu partout. Lachlan me pousse derrière lui et m'ordonne de me plaquer au sol. La main sur le ventre, une grimace de souffrance sur le visage, il recule vers la porte.

— Lachlan !

— Mack… ferme-la et reste à terre.

Il passe la tête par l'encadrement de la porte, au ras du sol, et tire quelques coups rapides. J'entends un grognement, puis un bruit de chute. D'autres coups de feu résonnent de l'autre côté du mur, et Lachlan recule en titubant, les traits contractés.

Je ne sais pas exactement où il a été touché, et je ne sais pas combien de temps il pourra continuer comme ça. Mais où sont ses hommes ? La fusillade se poursuit à l'avant du club et nous n'avons nulle part où aller.

Un fracas retentit dans le bureau. En un clin d'œil, l'un des gars se rue sur Lachlan. Il ne porte pas d'arme et la moitié de sa main a été emportée. Lachlan essaie de se défendre, mais le type le frappe au poignet, envoyant voler son pistolet.

Aussitôt, je tends le bras et je m'en empare. Les deux hommes roulent au sol. Chancelante, je me lève et je braque le canon sur le type aux yeux noirs.

— Putain ! s'exclame Lachlan. Ne tire pas, merde ! Tu risques de m'achever.

— Alors, écarte-toi !

Il écrase son poing sur le visage de son ennemi, ce qui le désoriente juste assez pour lui permettre de se lever.

— Donne-moi l'arme, ma jolie.

Il tend la main, mais je ne bouge pas. Je suis pétrifiée. Je ne veux pas. Je ne veux pas voir mourir cet homme. Mon Dieu. Dans quoi me suis-je fourrée ?

— Non.

Mes lèvres tremblent et je les mords pour ne pas le montrer.

— Donne-moi ce foutu pistolet ! hurle-t-il.

Je recule d'un pas en secouant la tête. Je dois réfléchir. Je dois trouver un autre moyen. Il doit bien y avoir un autre moyen.

Lachlan se rue sur moi et m'arrache l'arme des mains avec une facilité déconcertante.

— Ferme les yeux, ma jolie.

C'est ce que je fais. Je les ferme pour ne rien voir. Mais j'entends, et c'est tout aussi terrible. Deux coups. Comme une idiote, j'ouvre les yeux à ce moment-là et je regarde les trous dans sa tête.

— Oh, Seigneur.

Je me retourne et vomis piteusement sur le sol.

Dans mon dos, Lachlan essaie de me ramener contre lui. De me réconforter.

— Putain ! je m'écrie. Putain, mais c'est quoi, ça ? Tu viens de le tuer ? Merde, tu l'as tué !

Il m'empoigne le bras et me fait pivoter, me plaquant sans ménagement contre le mur.

— Tu ferais mieux de te ressaisir, ma jolie. Ferme-la tant que je ne t'aurai pas fait sortir d'ici, compris ?

Je déteste cet homme. Je le hais. Je n'en reviens pas qu'il ait fait ça sous mes yeux. Je n'en reviens pas que Talia ait été impliquée dans tout cela. Maintenant, je le sais. Je le sens dans mes tripes. Elle est morte. C'est obligé. Impossible qu'elle ait survécu dans ce monde. Je ne le supporte même pas, alors que je m'en croyais capable. En fait, je suis lamentable, rien de plus qu'un imposteur.

Du liquide coule de mes yeux et je me rends compte que je suis en train de pleurer. Quelle honte ! Mack Wilder de Southie, la fière, la dure, qui chouine comme un bébé.

Lachlan va chercher sa veste dans son bureau et l'enveloppe autour de moi pour me protéger avant de m'entraîner dans le couloir. Le seul point positif, c'est que la fusillade a cessé depuis deux minutes. À présent, il règne un silence de mort, à l'exception du verre brisé qui crisse sous mes talons.

Une minute plus tard, j'aperçois Sasha. Elle accourt et me serre dans ses bras. Je me laisse enlacer. Pourtant, j'ai horreur des câlins. Mais l'espace d'un instant, c'est agréable. J'en ai terriblement besoin.

Puis Ronan et l'un des gardes arrivent, et Lachlan aboie ses ordres :

— Faites-les sortir d'ici.

Ronan nous prend par le bras, Sasha et moi, et nous dirige vers la porte d'entrée. Je ne proteste même pas. Je suis trop faible. Trop fatiguée. Je n'ai plus la moindre idée de ce qui se passe. Lachlan a été touché et je sais qu'il saigne. J'ai peur qu'il soit gravement blessé. Et en même temps, je n'arrête pas de penser à cet autre type qu'il a abattu. J'ignore ce que je devrais faire, mais apparemment, mes désirs ne comptent pas.

On nous bouscule sur la banquette arrière d'une voiture et les pneus hurlent sur l'asphalte. Ronan nous tire d'affaire. Sasha pleure toujours, pelotonnée de son côté du siège, tandis que je regarde fixement les rues, droit devant.

Nous roulons pendant une éternité. Je ne sais même pas où nous sommes. Le trajet me semble interminable. J'ai juste envie de retourner à mon motel et de prendre une longue douche chaude avant de me noyer dans une bouteille de téquila. Mais le téléphone de Ronan sonne et il marmonne quelques mots avant de faire un brusque demi-tour. Dans la direction opposée à celle que je voudrais.

— Où allons-nous ? je demande.

— Tu vas rester chez Lachlan.

Il croise mon regard dans le rétroviseur.

— Il a pris une balle à ta place. Le moins que tu puisses faire, c'est de t'occuper de lui.

14

Lachlan

— Où sont les autres filles ? je demande.

Dom désigne l'autre côté de la pièce, où quelques danseuses tremblent et pleurent avec hystérie. Bon sang. C'est la dernière chose dont j'avais besoin. Je perds beaucoup de sang et mon épaule me fait un mal de chien. Ce n'est pas la première fois qu'on me tire dessus, et je doute que ce soit la dernière. Heureusement, je pense que ce n'est qu'une égratignure.

Nous avons été sabotés de l'intérieur, voilà ce qui me fait vraiment mal. Je ne prends pas la trahison à la légère. C'est forcément l'un des Russes qui nous a livrés aux Arméniens.

Je m'imprègne de tous les détails quand quelque chose me frappe.

— Où est Mandy ?

— Elle a dit qu'elle ne se sentait pas bien et elle est rentrée chez elle, répond Rory.

Pas bien, mon cul ! Elle boude parce que je ne veux plus d'elle.

Je jette un œil vers Sean, de l'autre côté de la pièce. Il donne des ordres qui n'ont aucun sens.

Je me penche vers un type à la jambe sanguinolente. Malheureusement pour lui, cette blessure-là ne le tuera pas tout de suite. Il bafouille en arménien avant que je le frappe sur la tempe avec la crosse de mon arme.

— Tu as quelque chose à dire ? je demande. Ou tu préfères passer un long moment avec le faucheur ? Je te jure que tu l'aimeras encore moins que moi.

— Va te faire foutre, lâche-t-il.

Je lui frappe la tête contre le sol avant de me relever.

— Emmène-le en bas, dis-je à Dom. Ronan va s'occuper de lui.

Il hoche la tête et appelle Conor à l'aide. Conor est jeune et son cœur est bien accroché, mais il a encore des progrès à faire. Son visage est blafard et j'ai de sérieux doutes sur ce qu'il est capable d'encaisser.

— Qu'y a-t-il ? je demande.

— L'agent James n'est pas de service ce soir.

— Putain, Conor. Faut vraiment que je fasse tout moi-même ?

Il baisse les yeux avant de me regarder.

— Désolé, Crow. Que veux-tu que je fasse ?

Mon épaule me fait souffrir le martyre. Parfois, avec ce type, j'ai vraiment besoin de la patience d'un saint.

— À ton avis, bordel ? Même s'il était en plein milieu de son mariage, je m'en fiche ! Ramène-le-moi ici tout de suite.

— Je m'en charge, patron.

Une fois qu'il a détalé, les hommes en bleu commencent à arriver. Je me dirige vers le bar et j'attrape une bouteille de whisky. Pour le moment, ça fera l'affaire.

15

Mackenzie

En me demandant où habite Lachlan, j'imaginais le quartier d'Adam's Village, ou peut-être même Charlestown. Ça me paraissait évident. Ainsi, quand nous nous garons devant une résidence de Beacon Hill, je suis stupéfaite. C'est malin, quand on y pense. Les maisons en rangée, aux façades ordinaires en briques rouges, qui longent les parcs de Boston Common et Public Garden pourraient appartenir à n'importe quel quidam. Il y a même des buissons de roses devant l'entrée.

— C'est une sorte de repaire sécurisé ? je demande.

Ronan pince les lèvres, mais il ne répond pas. De toute évidence, il n'est pas ravi de m'emmener ici, son silence est éloquent. Lachlan Crow, le meurtrier, habite dans une petite maison pittoresque à laquelle personne ne penserait. Bien joué, enfoiré.

— Sash ?

Je me penche et je tends le bras pour lui tapoter l'épaule, mais je retire vivement ma main. Je ne suis pas douée pour ces conneries.

— Tu… euh, tu veux prendre mon numéro, si jamais tu as besoin de quelque chose ?

— Je l'ai déjà, dit-elle avec un léger hochement de tête. Lachlan me l'a donné au cas où j'aurais envie de t'appeler.

— D'accord, bon… Ronan va s'occuper de toi. Pas vrai, Ronan ?

Il grogne et je lui lance un regard noir avant de sortir de la voiture en claquant la portière.

— Je suis sérieuse, dis-je avec une pichenette sur son torse. Tu as intérêt à t'occuper d'elle.

Il jette un œil à la voiture et repousse ma main comme si je venais de le prendre en flagrant délit. Ce type est vraiment bizarre.

— Et toi, tu ferais mieux de t'occuper de Lachlan, dit-il.

— Oui, oui…

Je ne termine pas ma phrase, parce qu'il me bouscule à l'intérieur et referme la porte derrière moi. Je fais deux pas dans la maison avant de m'immobiliser en entendant des voix furieuses.

— Je ne vois rien du tout ici.

— Tu ne ferais pas la différence entre ton coude et ton cul, espèce d'abruti. Donne-moi ces fichus machins ! tonne une voix.

Je m'empresse de rejoindre le salon, où je découvre

des hommes blessés, éparpillés comme des meubles dans la pièce. Ils sont affalés sur des sofas et des chaises de cuisine. Les hommes encore valides essaient de se soigner. Lachlan est assis dans un relax, penché en avant, tandis que l'un de ses gars s'occupe de sa blessure à l'épaule. En voyant où il a reçu la balle, j'ai la conviction qu'il m'a sauvé la vie. La plaie sur son corps se trouve pile au niveau de ma tête. S'il ne m'avait pas retournée à ce moment-là…

Je frissonne en accourant.

— Bon sang, Lachlan. Vous devez tous aller à l'hôpital. À quoi vous jouez, bande d'idiots ?

L'homme assis devant lui s'arrête pour lever les yeux vers moi, comme si j'avais des envies suicidaires pour oser parler ainsi à Lachlan. Mais il se contente de sourire.

— Ton inquiétude me touche, ma jolie, susurre-t-il. Sincèrement. Tu penses pouvoir faire mieux que Conor ? Je serais tenté de le croire.

Je rêve, ou il est à moitié saoul ? Je lui arrache la bouteille de whisky des mains et je bois une rasade.

— Toi.

Je tends le doigt vers le gamin qui tâtonne maladroitement.

— Tu fais n'importe quoi ! Lâche-le, tout de suite.

— Oh, merci mon Dieu.

Avec un soulagement évident, il me donne la pince à épiler et se précipite vers la poubelle pour vomir. Quelle bande de bras cassés !

— Tu vas me rafistoler ? demande Lachlan.

Il a un sourire stupide sur le visage, comme si je n'y connaissais rien. J'ai envie de le gifler. Au lieu de ça, je m'assois sur l'accoudoir du relax et j'incline le dossier pour pouvoir travailler. Je stérilise la pince et je nettoie le sang autour de la blessure. Lachlan m'attrape le poignet.

— Tu sais vraiment ce que tu fais, ma jolie ?

— Tu crois que je peux faire pire que ce type ?

Je désigne Conor qui semble sur le point de s'évanouir d'un instant à l'autre, les yeux rivés sur les taches de sang.

— Va préparer des sandwichs aux gars, lui dis-je. Il faudra quelque chose pour absorber tout cet alcool.

Lachlan éclate de rire et Conor hoche la tête en retournant dans la cuisine pour mener à bien sa nouvelle mission.

— Tu devrais d'abord t'occuper des autres, me dit Lachlan dans un grognement. Je n'ai qu'une égratignure.

— Non, je te soigne en premier. Alors, détends-toi. Ce ne sera pas une partie de plaisir.

Après avoir purifié les outils, je porte le goulot à ses lèvres et je le laisse boire une autre gorgée. Puis je me lance. Son épaule est en mauvais état et la blessure se trouve juste au-dessus de son biceps. Ça saigne beaucoup, mais ce n'est pas gênant. J'ai souvent vu ce genre de choses. Lachlan me regarde attentivement, comme s'il ne m'en croyait pas capable. De temps en temps, il pousse un gémissement de douleur, mais il ne me demande jamais de m'arrêter. Après quelques hésitations, je lui confirme que tout va bien. Pas de balle, ce n'est qu'une éraflure. Je le nettoie et je le recouds.

— Où as-tu appris à faire ça, papillon ?

— Tu connais Doc Kilroy ? je demande.

Lachlan me regarde, les yeux voilés par la fatigue malgré son intérêt évident. C'est peut-être la seule chose qui le maintient éveillé.

— Oui, je le connaissais.

Son intonation exprime le respect et, au fond, ça me fait plaisir. Doc Kilroy nous aidait toujours après les combats de boxe clandestins. Il est mort il y a quelques années, à un âge avancé que je ne connaîtrai probablement jamais. Mais sans lui, le quartier n'est plus le même.

— Il venait soigner mon père et sa bande. Puis il en a eu marre des coups de fil en pleine nuit et il m'a appris à le faire moi-même.

C'est ce que je raconte à Lachlan, mais à vrai dire, je pense que Doc Kilroy n'aimait pas beaucoup les fréquentations de mon père. Il ne voulait pas avoir affaire à eux. Je ne peux pas lui en vouloir.

Une fois que Lachlan est recousu et que son bandage est en place, je récupère les outils pour aller m'occuper des autres. Mais il m'arrête en me prenant la main et passe son pouce sur mes phalanges.

— Merci, papillon.

— De rien, dis-je avant de me racler la gorge. Mais vous devriez tous prendre des antibiotiques.

— Ronan va s'en charger. Ça ne te dérange pas de t'occuper de mes hommes ?

— Ne t'inquiète pas. Repose-toi.

Il hoche la tête et je m'éloigne. Pendant tout le temps que je passe à désinfecter et recoudre ses hommes, il ne me quitte pas des yeux. Cette fois, ce n'est pas par soupçon. Il y a autre chose dans les profondeurs de son regard gris. Quelque chose qui me noue le ventre et qui fait battre mon cœur un peu plus vite.

Quand tout est terminé, je rejoins la cuisine pour voir ce qu'a préparé Conor. Des sandwichs au beurre de cacahuète et à la confiture sont empilés sur une assiette et il ronfle comme un bébé, adossé contre le réfrigérateur.

Je prends les sandwichs et, par automatisme, je les coupe en triangle. Aussitôt, j'ai un pincement au cœur. Talia et moi… C'était comme ça que nous partagions nos sandwichs. Elle disait qu'ils avaient meilleur goût coupés en diagonale plutôt qu'à la verticale. Bien sûr, elle avait raison.

Je ferme les yeux et je me ressaisis avant d'emporter l'assiette pour la faire circuler. Les types s'en emparent avec avidité et engloutissent leurs sandwichs tandis que j'apporte le dernier à Lachlan. Je m'arrête et je l'agite dans sa direction avec un regard interrogateur.

— Viens ici, me dit-il.

Je fais un pas de plus et il me prend l'assiette des mains pour la déposer sur la table à côté de lui. Puis il m'attrape par la taille, m'attirant sur ses genoux. Je sens le whisky dans son haleine, ainsi que cette odeur unique qui le caractérise. Comment peut-il sentir aussi bon après avoir autant saigné et participé à une fusillade, c'est un vrai mystère.

— Tu veux qu'on parle de ce soir ? demande-t-il.

Il a beau être à moitié ivre, il a l'esprit suffisamment clair pour amorcer cette discussion. Son expression est sérieuse, inquisitrice, et j'ai la certitude que demain, il se rappellera chacune de mes paroles. Je regarde fixement mes talons et je balance les jambes, remuant les orteils tout en réfléchissant. La logique voudrait qu'il n'y ait qu'une seule chose à dire. Je sais ce dont Lachlan est capable. Je le savais avant même de m'impliquer dans tout cela. Je n'y changerai rien, quoi que je dise. Par instinct de préservation, afin de retrouver un peu d'assurance, je lui donne la seule réponse possible :

— Je ne vois pas de quoi tu parles, Crow. Que s'est-il passé ce soir ?

Il me prend par le menton et m'adresse un sourire éméché, un peu bancal.

— Tu es une fille intelligente, Mack. C'est ce que j'apprécie chez toi.

— Eh bien, je ne peux pas dire que ça me surprenne, dis-je à mi-voix. La plupart des filles que tu te tapes doivent avoir un pois chiche dans le cerveau. Tu aimes les coups d'un soir, je me trompe ?

Son regard s'assombrit et le bras autour de ma taille se resserre un peu plus.

— Tu sais que ça change la donne, papillon.

Je détourne le regard, consciente qu'il a raison. Ce soir, j'ai vu quelque chose que je n'aurais pas dû voir. Quelque chose qui rend Lachlan vulnérable. Et le crime organisé a une philosophie très claire dans ce genre de cas. Et cette philosophie, c'est qu'il faut faire disparaître toute trace de vulnérabilité.

— Que veux-tu que je te dise, Lach ?

— Je dois savoir que je peux te faire confiance, ma jolie. C'est tout.

Il y a quelque chose de différent dans sa voix. Une certaine urgence. Il ne veut pas être obligé de me faire du mal. Je le regarde dans les yeux et je me blinde. Mentir ne devrait pas me poser de problème. Je suis ici pour Talia. C'est la seule raison.

Mais c'est plus compliqué, et ça n'a pas lieu d'être. Je suis trop impliquée dans cette histoire. Lachlan n'est personne pour moi. Tant pis si je trahis sa confiance. Il ne signifie rien et, si nécessaire, il en ferait de même sans la moindre hésitation. Alors, pourquoi suis-je incapable de mentir et de lui dire que oui, il peut me faire confiance ?

Je préfère changer de sujet.

— Ils voulaient m'emmener, ce soir.

Lachlan me regarde en secouant la tête, comme si ce n'était même pas envisageable.

— Ça ne serait pas arrivé, Mack.

— Mais les femmes, c'est leur business, non ? j'insiste. Que m'auraient-ils fait ?

Sa main remonte le long de mon dos et décrit des cercles, me massant à travers ma robe. Un geste de réconfort. Il croit que je lui pose cette question parce que j'ai peur, mais en réalité, je me demande si c'est ce qui est arrivé à Tal.

— Ce gang utilise tout ce qui leur tombe sous la main, ce qui peut leur rapporter de l'argent. Tout et n'importe quoi. Ils ne sont pas sanctionnés ni limités par une hiérarchie. Il n'y a pas de règles chez ces types-là.

Il soupire en laissant courir ses doigts sur mes bras.

— Tu viens d'ici, alors tu comprends, dit-il. Tu sais comment les territoires sont divisés. Pas vrai ?

— Oui.

— Tu es de Southie. Tu en es fière. Ça fait partie de toi. Eh bien, pour nous, c'est la même chose. Avec nos territoires et nos femmes.

— Je sais, dis-je à mi-voix.

— Tu n'as pas aimé ce que tu as vu ce soir, poursuit-il. Mais c'était nécessaire, Mack. Tu dois le comprendre. Si on n'abat pas ces types-là, tu sais ce qu'ils feront ?

Je le sais. Je le sais très bien. Mais j'étais sous le choc. Lachlan interprète mon silence comme de l'ignorance et il m'explique :

— Ils reviendront avec des renforts. Tous les hommes qu'ils pourront mobiliser. Ces types ne sont pas comme nous. Ils se foutent des femmes ou des enfants qui croiseraient leur chemin. Ils ont vu ton visage. Et ça te met en danger.

Je le regarde en clignant des paupières, intriguée

par ses paroles. Il n'est tout de même pas en train de dire qu'il a tué cet homme pour moi.

— Je t'ai dit que tu étais sous ma protection. Je ne veux pas mettre ta vie en danger ni celles de mes frères, Mack. Tu comprends ?

J'acquiesce et je le regarde attentivement tout en posant la question qui me brûle les lèvres :

— Ils ont déjà enlevé une fille de chez vous ?

— Non.

Sa réponse est sans appel.

— Tout le monde sait qu'on ne touche pas à nos femmes. Ni les Italiens, ni même les Russes d'ailleurs. Ces connards sont les seuls abrutis à croire qu'ils peuvent faire comme bon leur semble. Ils viennent de déclencher une guerre à cause de ça. Et bientôt, ils seront tous morts.

Je lève les mains et je fais la grimace.

— Je ne veux pas connaître les détails.

— Non, il ne vaut mieux pas.

Il ferme les yeux et, d'épuisement, sa tête roule sur le côté.

— Tu en sais déjà trop.

J'ai envie de me lever, mais Lachlan resserre sa poigne. Il dérive vers le sommeil et je sais que c'est l'occasion idéale pour passer sa maison au peigne fin. Mais je suis éreintée. Lessivée, physiquement et mentalement. Son corps est chaud et je me sens bien là où je suis. Je sais que je ne devrais pas, mais je me blottis et pose ma tête sur son torse, laissant le sommeil m'emporter à mon tour.

Quand je me réveille le lendemain matin, je suis seule sur le relax. La douche coule au bout du couloir et je sais que Lachlan n'est pas loin.

J'entre d'un pas incertain dans la cuisine et je manque avoir une crise cardiaque en découvrant Ronan, attablé. Il lit le journal avec désinvolture. Comme s'il ne s'était rien passé hier soir, comme si c'était un matin comme un autre. En même temps, je ne suis pas dupe. Pour lui, ce doit être la routine.

— Comment va Sash ? je demande tout en fouillant les placards vides de Lach.

J'ai une migraine lancinante, et il n'y a même pas de café.

— Elle va bien, répond sèchement Ronan.

— Hmm… je grommelle en me frottant les tempes.

Il me semble avoir vu un café de la chaîne Dunkie's au coin de la rue, hier soir.

— J'ai besoin de café. Tu m'accompagnes ?

Il lève la tête et roule de gros yeux. Décidément, ce type est vraiment bougon.

— Je vais y aller, me dit-il en se levant. Qu'est-ce que tu veux ?

— Deux cafés noirs et deux biscuits à l'érable. Et des petits chaussons aux pommes, aussi.

Ronan se dirige déjà vers la porte quand j'ajoute :

— Oh, et des pains aux raisins…

Agacé, il pousse un grognement.

— Il faut vraiment qu'on t'achète une clochette, Ronan. Ce serait beaucoup plus pratique.

La porte se referme en claquant et je ricane.

Quelques minutes plus tard, Lachlan arrive dans le couloir. Mon Dieu, il ne porte qu'un boxer noir. Ses cheveux sont encore mouillés et des gouttelettes ruissellent sur son torse. Hier soir, il était couvert de sang, et naturellement je n'étais pas d'humeur à me rincer l'œil. Mais ce matin, c'est une autre histoire. Comme je le supposais, son corps est à tomber par terre. Il est vraiment parfait.

Sur son torse et ses biceps, je remarque des tatouages que je n'avais pas vus hier soir. Il y a un motif celtique et quelques mots en gaélique. J'ignore ce que ça veut dire, mais je suppose qu'il s'agit de symboles en rapport avec son syndicat du crime.

— Bonjour, papillon.

Il s'avance et effleure mon visage. Sa caresse est douce, ses yeux pleins de tendresse… je ne peux m'empêcher de remarquer que quelque chose a changé entre nous.

Mes doigts soulignent son bandage, lui arrachant une grimace.

— Tu as encore mal ce matin ?

— Comme si on m'avait tiré dessus, répond-il d'un air désabusé. Mais ce soir, ça ira bien mieux.

Il se penche et me mordille l'oreille.

— Quand je serai dans ton corps.

Je lève les yeux et lui adresse un sourire nerveux. Comment pourrais-je oublier ce que nous avons commencé hier soir ? Bien sûr, il souhaite aller jusqu'au bout.

— Tu es intimidée, ma jolie ?

Ses doigts descendent le long de ma gorge et un frisson me parcourt.

— Pas du tout.

C'est un mensonge.

Il se penche et ses lèvres frôlent les miennes. Dans ses bras, je me liquéfie. Je ne sais pas comment il réussit ce tour de force. Je lui rends son baiser, parce que… En fait, je n'en sais rien. J'ignore si c'est une bonne stratégie ou si, tout simplement, j'en ai envie.

Quand la porte d'entrée s'ouvre et que les chaussures de Ronan claquent sur le plancher, je me détache avec gratitude. Sans caféine dans le sang, je suis incapable de répondre à toutes les questions qui se bousculent dans ma tête.

Je traverse la cuisine et plante un baiser mouillé sur la joue de Ronan en lui arrachant des mains le sac de beignets. Il recule, sous le choc, et décoche un regard inquiet en direction de Lachlan.

— Quoi ? je demande sur un ton innocent.

Ronan pose les cafés sur le plan de travail avant de prendre ses distances, aussi loin que le lui permet la cuisine exiguë. Il me regarde comme si je risquais de me jeter sur lui d'un instant à l'autre. Je lève les yeux au ciel et je me retourne, pour découvrir Lachlan qui me dévisage, les sourcils froncés. Il m'attire à lui.

— Mackenzie, murmure-t-il à mon oreille, sur un ton menaçant.

Il m'agrippe si fermement que j'ai du mal à respirer. Bon sang, on dirait qu'il va m'assassiner.

— Crow, je réponds en souriant. Ce n'était qu'un bisou innocent sur la joue. Je prends mon café très au sérieux, tu sais.

Sa main se fraye un chemin jusqu'à mon cou. Il a l'air furieux.

— Ne touche jamais mes hommes comme ça. Et surtout pas Ronan, je te le conseille.

C'est quoi, ce délire ? Je jette un œil en direction de Ronan et un échange silencieux s'opère entre les deux hommes. J'ai le pressentiment que Ronan n'aime pas être touché. Ces deux-là sont très protecteurs l'un envers l'autre, mais curieusement, ils restent très secrets.

— D'accord, dis-je en repoussant Lachlan. Je ne toucherai plus le pauvre petit Ronan. Quant à tes ordres… sache que je n'appartiens à personne, Lachlan Crow. Tu ferais mieux de te rentrer ça dans le crâne.

— Tu crois que tu peux partir comme ça ? demande-t-il. C'est toi qui as débarqué pour coller tes fesses contre ma queue, en plein milieu du club, si je ne me trompe pas. Et quand mes doigts étaient entre tes jambes, c'est toi qui m'as ordonné de ne plus revoir Mandy. Même si tu n'avais pas vu ce que tu as vu hier soir, tu n'aurais jamais pu me quitter après ça, ma jolie. Ne prends pas ces paroles pour des menaces en l'air.

Ronan se racle la gorge derrière nous et, profondément gênée, je me tourne vers lui. Pendant une seconde, j'avais complètement oublié sa présence.

Et il fixe Lachlan du regard comme s'il avait l'intention d'avoir une grande conversation avec lui. Quand je me tourne à nouveau vers Lach, ses yeux sont sur moi. Apparemment, il est lui-même étonné par ce qu'il vient de dire.

Il prend son café sur le plan de travail et jette un œil à son homme de main :

— Je dois m'occuper des Arméniens, dit-il. Tiens-toi tranquille aujourd'hui, Mack.

Il tourne les talons et s'éloigne dans le couloir, m'offrant une vue imprenable sur son beau fessier. Bien sûr, Ronan surprend mon regard et secoue la tête. Crétin.

16

Lachlan

Entre les dégâts au club et les Arméniens qu'il nous faut traquer, j'ai eu une matinée chargée.

Quand je vois Ivan Malikoff s'avancer dans les décombres, c'est la cerise sur le gâteau. Donovan est à côté de lui et il hausse les épaules d'un air faussement contrit.

— Je lui ai dit que tu étais occupé, m'annonce-t-il. Il n'a rien voulu entendre.

Je lève la main pour lui faire signe de reculer et je désigne mon bureau d'un mouvement de la tête. Ivan me suit dans le couloir avec un sourire suffisant. Ses yeux d'un bleu glacial balaient les gravats alentour. Quel connard.

Ivan a des couilles, mais pas de neurones. Il a reçu trop de coups sur la tête, et à ce stade, il ne lui reste plus que les muscles. Je trouve qu'il aurait sa place dans un cirque plutôt que dans la mafia russe.

Je m'assois sur mon bureau éclaboussé de sang et je croise les bras.

— Que me vaut cet honneur, Ivan ?

Un grognement monte de son torse en forme de tonneau et il pointe vers moi un doigt boudiné.

— Alexei me dit que tu protèges la fille.

Et merde. Ils sont obsédés par cette fille.

— Tu n'es pas venu jusqu'ici pour me confirmer ça. Je te l'aurais dit au téléphone.

Il secoue sa tête cabossée en signe de dégoût.

— C'est une nuisance, crache-t-il avec mépris.

— Non, pas pour moi.

J'affronte son regard et, j'ajoute :

— Il faut dire que, moi, je n'ai pas supprimé son père.

Ses narines frémissent et je suis étonné de ne pas voir de la vapeur s'en échapper. Ce type me fait penser à Donovan, en plus gros et plus bête. Dieu sait combien de personnes il a refroidies pour satisfaire ses envies meurtrières.

— C'est elle qui te l'a dit ? demande Ivan.

— Non, je réponds. J'ai vu le rapport de police. Tu as laissé ta marque sur son front, à la vue du monde entier, espèce d'idiot. Si tu tombes pour ça, ce sera à cause de ton génie, pas à cause de la fille.

En russe, il me traite de chien galeux. Il ne se doute pas que je comprends tout ce qu'il dit. Je n'aime pas ce fumier. J'ai presque l'impression de le détester pour le compte de Mack. C'est son impulsivité qui a entraîné tout ce qu'elle a traversé et qui lui a forgé son caractère. Cette fille a dû se défendre dans la rue, dès l'âge de treize ans. Tout ça à cause de l'ego surdimensionné de cette tête de nœud.

— Je veux qu'elle meure, dit Ivan.

Tous les muscles de mon corps brûlent d'une rage avec laquelle je ne suis pas encore totalement familier. J'ai presque envie de plaquer Ivan sur le sol ensanglanté pour causer d'autres dégâts. J'ai envie de protéger Mack. Un peu trop. Je dois vraiment me ressaisir et prendre du recul sur la situation.

— Ça ne dépend pas de toi.

Il jette un œil sur moi en haussant les épaules.

— Tu demandes combien ?

— Rien. Ce n'est pas négociable.

Il ne cligne pas des paupières. Il ne bouge pas. Ses yeux sont vitreux, il n'écoute rien de ce que je lui dis. Je doute fort qu'il cède sur ce sujet. Si Viktor savait qu'il est ici, il serait fou de rage. Mais Ivan sait très bien que je ne moucharderai pas.

— Explique-moi pourquoi tu veux sa mort, dis-je avec insistance. Elle n'a rien vu. Elle ne sait rien. Alors pourquoi ?

Il hausse les épaules. Je comprends. C'est une question de principe. Mack lui rappelle son père, l'éternel vainqueur sur le ring. Celui qu'il n'a jamais pu battre. Il l'a vue combattre et son ego en a pris un coup.

— Tu dois lâcher l'affaire, Ivan, dis-je sur le ton de l'avertissement. Pour l'alliance. Cette fille est sous ma protection maintenant, et quoi que tu dises, ça n'y changera rien.

Il plisse les yeux et je vois ses bras trembler. Il aimerait bien me descendre, moi aussi, je le sais. À n'importe quel autre moment, il l'aurait peut-être même envisagé. Je serais ravi de lui dire que le sentiment est réciproque. Tuer cette ordure pour sauver Mack me remplirait d'une joie profonde. Mais étant donné la situation actuelle, je ne peux pas faire une chose pareille.

Il retourne vers la sortie, mais il marque une pause pour me regarder une dernière fois.

— D'accord, c'est oublié, déclare-t-il. Mais tu devrais la surveiller attentivement. Avec moi, sa mort aurait été rapide et indolore. Je ne peux pas promettre que ce sera le cas avec les autres.

17

Mackenzie

Ronan a passé la journée à jouer les baby-sitters avec moi et je n'ai pas pu fouiller la maison de Lachlan comme je l'aurais voulu.

Mais ça n'a aucune importance. Je doute qu'il y ait quelque chose d'intéressant. La décoration est minimaliste, rien que le strict nécessaire. Les rares endroits que j'ai pu inspecter – sa chambre et son placard à pharmacie – ne contenaient rien d'important.

Au lieu de ça, je mets à profit les neuf heures d'absence de Lachlan pour asticoter Ronan. Je vois bien qu'il a autant envie que moi d'être ici. C'est un soldat, je crois, mais je sais pertinemment qu'il figure en bonne place dans la hiérarchie. Si Lachlan veut qu'il me surveille, c'est pour de bonnes raisons. À voir la tête qu'il fait quand il est avec moi, il estime vraisemblablement que ses services seraient mieux employés autrement. Il préférerait être au front, à protéger Lachlan. Dans ce genre d'organisations mafieuses, il est courant que les hommes entretiennent des relations fraternelles, mais je crois que Ronan et Lachlan sont encore plus proches que ça. J'aimerais bien mener ma petite enquête, mais je doute qu'il se confie à moi. Il est trop malin.

Je le bombarde de questions auxquelles il ne répond pas, pour la plupart, puis j'essaie de le convaincre de m'emmener faire les courses. Le seul moyen de passer le temps en s'amusant, c'est avec un peu d'alcool. Il refuse tout net. Apparemment, nous n'irons nulle part tant que les Arméniens seront dans la nature. Puis il retourne à sa lecture.

Sur un coup de tête, je lui pose une question bête pour essayer d'attirer son attention. Mais je suis étonnée par sa réaction.

— Alors, que penses-tu de Sasha ?

Il hausse les sourcils et me regarde comme si j'avais dévoilé l'un de ses petits secrets. Tiens, c'est intéressant. Il ajuste son col de chemise. On dirait qu'il a chaud, tout à coup, et le rouge lui monte aux joues. Qui aurait cru que cet Irlandais bougon en pinçait pour l'une des danseuses ?

— Elle est jolie, hein ? j'insiste.

Il hausse les épaules.

— Pas mal. Comme les autres.

— Et elle est incroyablement souple, aussi. Tu l'as vue sur scène ? Bon sang, cette fille au lit, ce doit être de la bombe.

— Je n'en sais rien.

Il referme brusquement son livre et s'approche de la fenêtre.

J'ai touché la corde sensible et je sais que je marche sur un fil, mais j'y vois une occasion. Je pourrais bien aider Sasha sans trahir sa confiance.

— Quel dommage, dis-je en triturant mes ongles d'un air absent.

Je laisse à Ronan quelques instants pour mordre à l'hameçon et, curieusement, il demande :

— Quoi ?

— Ce Donovan est toujours dans ses pattes. Franchement, ce type est flippant.

— Il lui pose problème ? demande Ronan.

Il se racle la gorge, visiblement mal à l'aise.

— Je n'en suis pas certaine, mais il me semble bien. Il la suit toujours partout et il essaie de se retrouver seul avec elle dans les coins sombres, si tu vois ce que je veux dire.

Il regarde toujours par la fenêtre, mais ma remarque lui donne le frisson.

— Je devrais peut-être l'appeler, voir si elle a envie de nous rejoindre. Elle a peut-être besoin de compagnie…

— Non, intervient Ronan.

— Bon, d'accord.

Je souris et, quand il se retourne, il me lance un regard assassin.

— Si tu ouvres ta grande bouche pour en parler à quelqu'un, tu peux tirer un trait sur ton café du matin.

— Ah, bien joué, Ronan, dis-je en riant. Bien joué.

Peu après minuit, la porte d'entrée s'ouvre avec fracas. Assise sur le sofa, je me passe du vernis à ongles. Je me suis ennuyée comme jamais et la compagnie maussade de Ronan n'a rien arrangé. Je lève les yeux pour découvrir Lachlan, debout dans la cuisine. Il regarde Ronan, puis moi. Une énergie sombre et inquiétante émane de sa personne. Cette expression est inhabituelle chez lui.

Je sais que Lach est un homme dangereux. Je suis consciente des affaires louches dans lesquelles il trempe. Et pourtant, il a toujours été mystérieux à mes yeux… tranquille… menaçant, mais avec une force calme. Jusqu'à présent, j'ai pu voir plusieurs aspects de sa personnalité, mais jamais rien de tel. Je constate qu'il a enlevé sa veste et que sa chemise est tachée de sang. Par-dessus, il porte un étui d'arme à feu que je n'avais encore jamais vu. Quelque chose me dit qu'il s'en est beaucoup servi ce soir.

Avant que je puisse ouvrir la bouche, il s'éloigne dans le couloir et disparaît dans la salle de bain. Toute la tuyauterie craque quand il fait couler l'eau dans la douche et je me mords la lèvre en lançant à Ronan un regard interrogateur. Bien sûr, il m'ignore copieusement, mais la tension dans son corps est manifeste.

Sur la pointe des pieds, je rejoins la porte de la salle

de bain et je m'y appuie. J'éprouve le besoin étrange de… je ne sais pas, de réconforter Lachlan. Une chose est sûre, c'est un sentiment nouveau pour moi. D'habitude, ce n'est pas mon genre. Les seuls sentiments dont je me soucie, ce sont ceux de Talia et de Scarlett. C'est comme ça que mon père m'a éduquée, et encore, je sais qu'il aurait vu d'un mauvais œil ces amitiés fusionnelles. Il m'a toujours dit que les amis, c'était bien joli, mais que ça représentait une faiblesse. Comme il avait raison !

Alors, pourquoi suis-je triste à l'idée que Lachlan ait passé une soirée difficile ? Franchement, ça me dépasse.

Je colle mon oreille sur la porte, mais je n'entends rien à part l'eau de la douche. Des volutes de vapeur passent sous la porte et j'imagine Lachlan, de l'autre côté, sous le jet brûlant. J'aimerais savoir ce qu'il ressent en ce moment. Éprouve-t-il ces fichues émotions que je déteste tant ? Sous la façade de gangster, y aurait-il toujours une conscience ? J'aimerais aller vers lui, et en même temps, ça me fait horreur. De toute façon, qu'est-ce que je ferais de plus ?

Je porte la main à mon cou et j'effleure mon collier du bout des doigts en essayant de me remémorer la raison de ma présence. J'ai l'impression de trahir Talia rien qu'en envisageant ces pensées-là. En ce qui concerne mes recherches, je ne suis pas plus avancée qu'au début. Et maintenant, je suis plantée dans ce couloir, à m'interroger sur mes sentiments pour Lachlan.

Je gémis en appuyant mon front sur la porte.

Brusquement, je sursaute. J'ai senti quelqu'un à côté de moi.

— Merde, Ronan, dis-je dans un souffle. Fais du bruit pour t'annoncer.

Il hausse les épaules.

— C'est l'habitude. Je te conseille de le laisser tranquille un moment.

Je jette un œil vers la porte, puis vers lui.

— Pourquoi ?

— Il n'est pas dans son assiette en ce moment, Mack. Ce soir, nous avons perdu un homme.

— Qui ? je demande.

— Il s'appelait Johnny. Ce n'était qu'un gamin.

— Je suis désolée.

Je suis sincère.

— Que s'est-il passé ?

— Ils l'ont eu quand il sortait du pub, explique Ronan. Il n'avait pas la moindre chance.

J'essaie de repousser la compassion qui m'envahit. Je ne devrais pas ressentir cela, mais c'est plus fort que moi. À la tête de Ronan, et en voyant à quel point Lachlan était bouleversé, il est évident que ces types sont attachés les uns aux autres. Comme Tal et moi, sans doute. Je peux comprendre cette affection. Je comprends, et c'est bien le drame. Parce que dans une certaine mesure, je m'identifie à eux. Ça les rend un peu plus humains à mes yeux, et je n'ai pas besoin de ça.

Ronan a raison. Le mieux que je puisse faire, pour Lachlan et pour moi, c'est de lui ficher la paix. Après un dernier coup d'œil vers la porte, je hoche la tête et je m'éloigne dans le couloir. Il a sans doute raison. Au moins, ça m'évite de devoir y réfléchir.

À UNE HEURE DU MATIN, RONAN A SOMBRÉ DANS SON fauteuil et je suis en train de me ronger les ongles. Lach n'est toujours pas réapparu. Je me rappelle ce qu'a dit Ronan, mais je n'ai jamais été très douée pour obéir aux ordres.

Je décide d'aller jeter un œil pour satisfaire ma curiosité. Rien de plus.

Je m'aventure dans le couloir et j'entrouvre la porte de sa chambre. Il est assis sur un fauteuil, dans un coin, une bouteille de whisky et un kit de premiers secours sur la table à côté de lui. Il est penché en avant, la tête dans ses mains, seulement vêtu d'un jean. Pendant un moment, je reste immobile et je contemple son profil.

C'est un très bel homme. L'obscurité qui l'entoure et l'émotion manifeste sur son visage renforcent cette impression. Je ne voulais pas le considérer comme une personne, mais en le voyant sous cet angle, le contraire serait impossible.

Je fais un pas timide dans sa direction, faisant craquer le plancher. Il lève les yeux. La blessure à son épaule saigne encore et il a une nouvelle entaille à l'autre bras. Il ne semble même pas s'en rendre compte.

Je m'approche de lui et je fouille dans la trousse de secours à la recherche d'une aiguille. Puis j'avale une lampée de whisky pour me calmer les nerfs avant de m'asseoir sur ses genoux et d'entreprendre de nettoyer ses plaies. Nous n'échangeons pas un mot. Il me laisse faire et je me concentre soigneusement sur mon travail. Je n'aime pas voir sa douleur. Je n'aime pas voir la douleur chez qui que ce soit. La plupart des gens ne le savent pas. Je fais semblant que ça ne m'atteint pas, mais c'est faux. En le voyant comme ça, j'ai de la peine.

— Je suis désolée, lui dis-je avec douceur en enroulant un nouveau bandage autour de son épaule.

Je me penche ensuite sur son autre blessure.

— Tu n'es pas obligée de faire ça.

— Ce n'est rien, ça ne me dérange pas.

— Tu es superbe avec mes vêtements, observe-t-il d'une voix rauque.

Je me force à sourire, mais je ne réponds pas. J'ai fouillé ses tiroirs aujourd'hui, car Ronan refusait d'aller chercher mes affaires. Je porte l'un de ses tee-shirts et un pantalon de jogging que j'ai retroussé à la taille.

Il tend la main et me prend le menton. À contrecœur, je me résous à rencontrer son regard. Je l'ai évité depuis que je suis entrée, et il s'en est rendu compte. Il voit bien que sa souffrance me met mal à l'aise. Il me dévisage longuement, alternant entre mes deux yeux. Je veux savoir ce qu'il pense. Il ne dit rien. Ses doigts effleurent mon menton et je ferme les paupières. Comment une seule caresse peut-elle me faire autant de bien ? Mon corps réagit au sien, mais pire encore, mon esprit aussi. Je ne pense pas qu'il le fasse exprès. Ce sont la cause et les effets de sa présence.

Son corps est tendu, contracté sous le mien. J'ai envie de l'apaiser. Pendant quelques minutes, j'essaie de me fermer à tout le reste. Aux questions, à la culpabilité, aux jeux que je joue. J'écarte la trousse à pharmacie et je fais ce qui me paraît juste.

Je m'agenouille devant lui, laissant remonter mes doigts sur ses cuisses. Je n'ai encore jamais fait ça, mais Scarlett et moi en avons discuté. Pour rire, elle m'a même fait une démonstration sur une banane, un jour.

Cette fois, c'est différent. Lachlan est un homme, à cent pour cent. Il a connu de nombreuses femmes, je n'en doute pas. Et elles le faisaient bien mieux que moi, j'imagine. Je préfère ne pas y penser. J'ai des papillons dans le ventre et je ne sais plus vraiment ce que je fais. Mais une chose est certaine, j'ai envie de lui faire plaisir.

Mes doigts se rapprochent de son entrejambe et je le prends à travers son jean. Ses yeux s'assombrissent. Presque aussitôt, je sens qu'il durcit sous ma main. Encouragée, je commence à le caresser à travers le tissu. Il est bien monté, ça se voit.

Une voracité insatiable s'empare de mon corps quand je constate l'effet que je lui fais. Ses yeux sont chargés de désir et chacune de ses inspirations est plus brève que la précédente. Il est intensément conscient de mes mouvements. Je suis incapable de me soustraire à son regard. Avec le désir vibrant et presque mélancolique qu'ils expriment, ses yeux sont d'une beauté magnétique.

Je prends sa ceinture et la détache avant de baisser sa fermeture éclair. En découvrant l'énorme bosse sous son boxer en coton, j'en ai le souffle court. J'essaie de me rappeler tout ce que m'a dit Scarlett à ce sujet. Elle m'a dit que tout était question de montée en puissance. D'attente et d'impatience. C'est ce que j'ai envie d'offrir à Lach. J'ai envie qu'il oublie sa douleur.

Je me penche en avant et frotte ma joue contre le tissu. Il frissonne. Une chaleur intense me brûle la peau et j'y enfouis un peu plus mon nez, prenant une grande inspiration. Il sent tellement bon, même à cet endroit-là. C'est l'odeur caractéristique à laquelle il m'a habituée, avec des accents plus musqués.

Sa main vient se glisser dans mes longues mèches de cheveux, qu'il caresse tandis que je l'embrasse sur toute sa longueur, par-dessus le tissu. Sa gorge émet déjà de petits bruits impatients et je sais que je lui fais du bien. En haut de son boxer, une petite tache humide trahit son excitation. Laissant mes instincts les plus primaires prendre le dessus, je lèche le tissu avant de le prendre dans ma bouche.

Lachlan gémit et resserre sa poigne dans mes cheveux. Il avance les hanches contre mon visage et baisse brusquement son boxer. Bon sang, il est énorme. Sa queue est tellement gonflée et engorgée que ça me semble presque douloureux. Je le regarde par en dessous.

— Suce-la, ma jolie.

L'émotion fait vibrer sa voix et je perçois la force de son désir. Il me fait de l'effet. J'ai envie de tout lui donner. Sans trop savoir où commencer, ma main se referme autour de sa base et je le caresse deux fois, de bas en haut, de haut en bas. Sa peau est veloutée, douce et souple, chaude contre ma paume. Je la porte à mes lèvres et ma langue effleure son gland.

Il tressaille à mon contact. Encouragée, je continue à le caresser, la main fermée autour de son sexe, tout en le prenant timidement dans ma bouche. Ce n'est pas si difficile. Pour tout dire, il a bon goût. Quand je lève les yeux vers lui, je vois qu'il a du mal à garder les siens ouverts. Il gémit chaque fois que je le suce.

À le voir comme ça, je suis détrempée. Putain, comme cet homme est beau ! D'une beauté brutale et dévastatrice. Et en cet instant, il est à moi. Je le trouve sombre, mystérieux et malsain à tous égards, mais on dirait que c'est précisément ce qui m'attire. Je le désire. Je le désire avec une telle force que ça m'effraie. Je ne dois pas me laisser entraîner. Pas encore.

Je décide de glisser une main entre mes jambes. Lach marque son approbation avec un grognement, puis il s'interrompt.

— Enlève ton tee-shirt, toi aussi, ordonne-t-il.

Je déglutis sans le retirer de ma bouche, puis je m'écarte pour passer le tee-shirt par-dessus ma tête. Enfin, je quitte le pantalon de survêtement. Au moins, j'ai un joli soutien-gorge en dentelle. Ses yeux s'assombrissent et je comprends que ça lui plaît.

— Ah, putain, lâche-t-il. J'adore regarder tes seins.

Tu es tellement belle, Mack. Maintenant, reprends-moi dans ta bouche.

C'est ce que je fais. Je l'enfonce un peu plus profondément cette fois, et il grogne. Mes doigts bougent frénétiquement sous ma culotte et il n'en rate pas une seconde, comme si c'était le spectacle le plus sensuel qu'il ait jamais vu.

— Plus fort, m'encourage-t-il. Tu ne vas pas me faire mal.

Je redouble d'ardeur et serre le poing autour de lui. Ses mains ont retrouvé mes cheveux et s'y agrippent tandis qu'il perd complètement le contrôle. À présent, c'est lui qui guide mes mouvements. Il va et vient dans ma bouche pour prendre tout ce qu'il attend de moi. En temps normal, ça ne me plairait pas, mais avec Lachlan, c'est torride. Je ne l'avouerais jamais, mais j'aime qu'il me contrôle de cette manière. J'aime que cet homme, grand et assassin, me manipule et m'ordonne quoi et comment faire.

Maintenant, il touche au but. Je sens son corps se crisper, son souffle s'accélérer. Les bruits érotiques qui montent de sa gorge deviennent plus forts. Sa poigne est si ferme dans mes cheveux que c'en est presque douloureux, mais il n'en a pas conscience. Il s'abandonne entièrement aux sensations. Il s'abandonne à moi.

— Montre-moi tes beaux yeux bleus, gronde-t-il. Allez, Mack. Regarde-moi, ma jolie.

Je lève les yeux vers lui et il donne un grand coup dans ma bouche avec un rugissement. Le flot qui gicle me prend au dépourvu, et pourtant je suis prête. J'avale tout et, en même temps, je jouis en gémissant, la bouche pleine. Une fois que c'est terminé, il se retire et me caresse les cheveux.

— Ça alors, Mack...

Il ne dit rien de plus et je me contente de sourire. La tension a quitté son corps et je sais que c'est grâce à moi. Mon cœur recommence sa danse folle dans ma poitrine. Il me regarde comme s'il avait du mal à croire que j'étais bien réelle. Je ne sais pas pourquoi cela m'affecte à ce point, mais je suis émue.

Comme moi, Lachlan cache ses véritables sentiments. La chaleur de ce moment ne dure pas longtemps.

— Tu devrais dormir, dit-il après avoir retrouvé son souffle.

— Toi aussi.

— Les hommes comme moi n'ont pas ce luxe. Tu devrais le savoir.

Je pose mon menton sur sa cuisse et je lui prends la main. C'est un geste instinctif, mais maintenant, je ne sais pas quoi en faire. Je commence à décrire de petits cercles sur sa paume tout en le regardant.

— Alors, que font les hommes comme toi ?

— Que faisait ton père ? demande-t-il.

Par réflexe, je serre un peu plus sa main.

— Je n'ai pas envie de parler de lui. Ce n'était pas la même chose.

— Parce qu'il était gentil et que je ne le suis pas ? avance Lach.

Je secoue la tête.

— Ce n'est pas ce que je voulais dire.

D'ailleurs, je ne sais même pas ce que je voulais dire.

Je sais bien que mon père n'était pas parfait. Mais il est mort maintenant. Et je veux seulement garder les bons souvenirs.

— C'est lui qui t'a propulsée dans ce milieu, dit Lachlan avec douceur. Tu n'avais aucune chance, ma jolie. Il aurait dû te protéger.

Des larmes me piquent les yeux et je retire ma main.

— Tu n'es pas différent. Pas meilleur. Vous vous mariez et vous avez des enfants, vous aussi, non ? Vous leur donnez cette vie-là. En quoi est-ce différent ?

— Oui, bien sûr, dit-il avec franchise. Mais nous les protégeons au péril de nos vies. Je ne laisserai aucun de mes enfants se défendre tout seul. Ni ma femme, d'ailleurs.

Je me demande pourquoi il évoque ce sujet. Sa voix est douce, mais ce qu'il dit m'agace.

— Ce n'est pas la même chose, je répète. Ne parle pas de ce que tu ne comprends pas, Lachlan.

— J'essaie.

Il reprend ma main et entrelace nos doigts.

— J'essaie de te comprendre, Mack.

— Non, dis-je avec humeur. À moins que tu sois prêt à me parler de ta vie.

— Que voudrais-tu savoir ?

Il n'y a aucun humour dans sa voix. Il est ouvert et honnête avec moi, et ce sera peut-être ma seule chance de lui poser des questions et d'obtenir des réponses. Je me lance avec enthousiasme.

— Sur quel genre d'affaires travaillez-vous exactement ?

Il cligne des yeux et passe une main sur son visage.

— Tu sais bien qu'il ne faut pas poser ces questions-là.

— Évidemment, dis-je en haussant les épaules. Mais je sais aussi que je suis une femme morte si jamais je parle, alors tu peux bien me le dire ! Je veux savoir où je mets les pieds.

— Tu veux la vérité ? demande-t-il.

J'acquiesce.

— Tu es foutue, ma jolie. Tu ne t'en tireras pas. Tu auras peur de ton ombre pendant le restant de tes jours si tu essaies.

Je resserre ma main dans la sienne et je cherche à croiser son regard. Ses paroles ne sont pas menaçantes. Elles n'expriment aucune malveillance, rien que la plus honnête vérité. Après ce que j'ai vu hier soir, je savais que je ne pourrais pas revenir en arrière, mais je ne suis pas certaine qu'il parle de la fusillade.

— Peur à cause de vous ou à cause d'eux ? je demande afin de mieux comprendre.

— Nous ne sommes qu'une seule et même personne.

— Je n'y crois pas.

Il soupire et, une fois de plus, se frotte le visage. Ses doigts effleurent ma peau tandis qu'il réfléchit.

— Je ne peux pas te laisser partir, Mack, me dit-il.

Peu importe les raisons. Il vaut mieux que tu l'acceptes dès maintenant.

— Et que vas-tu faire de moi ?

Il me regarde pendant un moment. Je jurerais presque apercevoir une pointe de culpabilité dans le gris de ses yeux.

— Je ne sais pas. Nous verrons plus tard.

Il reste très vague. Malgré l'intimité que nous venons de partager, il est évident qu'il ne me fait toujours pas confiance. Je ne le lui reproche pas, mais il va devoir se détendre un peu si je veux pouvoir mener à bien ma mission. Je dois savoir s'il traite toutes les femmes de la même manière. S'il est possible qu'à tout moment, elles se retournent et le poignardent dans le dos. Ce doit être épuisant.

— Et tu me gardes parce que tu en as envie ou parce que c'est ton devoir ?

— Il n'y a aucun doute là-dessus.

Il se penche vers moi et prend mon visage dans ses mains.

— J'en ai envie.

— Pourquoi ?

— Je ne sais pas, fait-il en haussant les épaules. Tu ne me causes que des ennuis. Tu es un électron libre, Mack. Mais ça me plaît peut-être de te garder ici, avec moi.

— Jusqu'à ce que tu te lasses. Puis tu trouveras quelqu'un d'autre. N'est-ce pas ? C'est comme ça que ça marche.

Je ne sais pas pourquoi je lui demande tout cela. Ces

questions n'ont aucune importance. Ça ne compte pas. Et pourtant, j'ai envie de savoir.

— Je sais garder ma queue dans mon pantalon, me dit-il. D'ailleurs, c'est souvent le cas, jusqu'à ce qu'un joli petit lot comme toi débarque et change tout.

Je fronce les sourcils. Il se penche pour m'enlacer. Un moment plus tard, il me hisse sur ses genoux et ses bras se referment autour de ma taille.

— Mack.

Il pose sa main sur mon cou et me caresse la peau, propageant un frisson le long de ma colonne vertébrale.

— Je n'aurais envie ni besoin de rien d'autre si tu dormais dans mon lit toutes les nuits.

— Oui, c'est ça…

— J'aime que tu sois possessive. Ça m'excite, ma jolie. Parce que je me sens déjà très possessif envers toi.

Le silence retombe entre nous et je l'entends murmurer :

—… mais je ne devrais pas.

Je me laisse aller dans son étreinte et je ferme les yeux. Je connais bien ce sentiment.

— Je ne sais pas assez de choses sur toi, lui dis-je.

— Alors, continue. Je ne t'ai jamais demandé d'arrêter.

— Comment t'es-tu retrouvé dans ce milieu ?

— Mon père est né là-dedans, et par ma naissance, j'avais tous les droits de prendre sa succession. Mais c'est mon grand-père qui m'a appris les ficelles.

— Quand pourrai-je le rencontrer ? je demande.

Ses mains se crispent autour de moi et tout son corps se raidit.

— Aïe…

— Il est mort, me dit-il d'un ton sec. N'en parle pas.

— Bon, d'accord.

Il se détend et je pense que la conversation vient de se terminer abruptement. Mais Lachlan m'étonne en m'expliquant, quelques minutes plus tard :

— Il est mort tout récemment. Et mon père quand j'avais dix ans. Je ne l'ai pas vraiment connu. Quand ma mère est tombée enceinte, il était de retour à la maison pour une visite. Il lui envoyait de l'argent afin de subvenir à ses besoins, et puis il est mort. C'est mon grand-père qui s'est occupé de moi lorsque je suis arrivé. Et maintenant, Niall et les gars sont ma famille. C'est tout ce qu'il te faut savoir.

— Et ta mère ?

— Elle est morte, elle aussi. Quand j'avais seize ans.

J'enfouis mon visage au creux de son cou. Pour la première fois depuis longtemps, j'éprouve un sentiment familier envers quelqu'un d'autre que Talia et Scarlett. Voilà ce qui nous unit. Lui aussi est orphelin. Comme moi, il a fait ce qu'il a pu pour survivre.

J'aperçois le médaillon suspendu sur son torse et je l'effleure du bout des doigts.

— Saint Antoine, je murmure.

Il ne répond pas. Ce pendentif revêt une grande importance pour lui. Comme celui qui pend à mon cou, en forme de cœur. Je ne suis pas catholique, mais mon père l'était et j'en connais suffisamment pour savoir exactement ce que signifie ce saint.

— Tu as peur pour ton âme ? je lui demande.

— Ça dépend des jours, répond-il vaguement. Parfois, ça dépend même des minutes. Dans mon métier, est-ce qu'on peut vraiment s'inquiéter de ces choses-là ?

Il plaisante, mais son humour lui sert à détourner ma question. Sous ce vernis, je décèle la vérité. Il a peur. Il craint de perdre son humanité. Le bien et le mal. Ses propres ténèbres.

Je poursuis mon interrogatoire tout en me persuadant que je fais uniquement cela pour l'amadouer et servir mes propres intérêts.

— Alors, que désire un homme tel que Lachlan Crow ?

Il baisse les yeux vers moi et sourit.

— À toi de me le dire, ma jolie.

Sans cesser de lui masser la paume, je décide d'être honnête :

— Tu veux plaire à Niall. Si tu veux tout savoir, je dirais même que tu aimerais reprendre le flambeau. Monter en grade dans l'organisation. Et peut-être même devenir le grand Roi qui règne sur tout…

Ses doigts se referment autour des miens et il les serre. J'ai touché juste. Son regard est dur, luisant, et une fois de plus, rempli de soupçons.

— Tu es trop observatrice, ça va te jouer des tours, me dit-il. Il ne vaudrait mieux pas, papillon.

— Oui, peut-être.

Je refuse que la conversation s'arrête là. Je veux obtenir des réponses tant qu'il est encore disposé à m'en donner. Je sens que ça ne se produira pas souvent.

— Et qu'est-ce que tu fais à part gérer le club ?

— Je ne peux pas te le dire, Mack. Même si tu étais ma femme, tu ne le saurais pas. C'est pour ta protection.

Sa femme ? Je m'éclaircis la voix et je regarde fixement son torse, effleurant les lignes de ses tatouages.

— Dis-moi une chose au moins.

— Quoi ?

— Est-ce que vous faites, ou avez fait, du trafic de femmes ?

— Non, répond-il avec assurance. Jamais. Et nous ne le ferons jamais.

Quand je le regarde dans les yeux, je le crois. Je ne sais pas pourquoi. Je n'ai aucune raison de le croire. Je dois être objective. Voir les choses d'un point de vue logique. J'ai beau avoir un tas de sentiments contradictoires pour cet homme, la vérité est simple. Talia travaillait pour lui, et maintenant elle a disparu. Il y a forcément une explication, quoi qu'il me raconte. Il n'en sait rien, peut-être, à moins que je me trompe. Dans tous les cas, je ne peux pas lui faire confiance. Lachlan Crow n'est loyal qu'envers une seule chose, son syndicat du crime.

— Allez, dit-il en me donnant une tape sur les fesses. Essayons de dormir un peu. Une longue journée m'attend demain.

— Toujours à cause des Arméniens ?

Il hoche la tête et me conduit jusqu'au lit. Pendant un moment, j'hésite, mais je finis par monter à côté de lui en soupirant. Décidément, je ne sais plus ce que je fais.

18

Mackenzie

— Quand pourrai-je reprendre le travail ? je demande.

Lachlan lève les yeux de son petit déjeuner.

— Jamais.

— Comment ça ?

Ronan et lui échangent un coup d'œil.

— Je te l'avais dit, ma jolie. Les choses vont changer. Maintenant, le seul pour qui tu danseras, c'est moi.

— Tu rêves !

Cette perspective me donne des palpitations.

— Tu ne peux pas me priver de ce boulot !

Lachlan se carre dans sa chaise et croise les mains derrière la tête tout en m'observant.

— Tu aurais dû y penser plus tôt, avant de venir

dans ma chambre hier soir. N'oublie pas à qui tu parles, papillon.

Je croise les bras avec obstination.

— Je ne quitterai pas le club.

— Si je te le dis, alors tu le feras, bordel !

— Je pourrais aussi m'en aller tout de suite, dis-je sur un ton menaçant.

Il éclate de rire, aussitôt imité par Ronan.

— Tu aurais les Arméniens sur le dos en moins de deux minutes, ma jolie. Tu crois vraiment que je permettrais une chose pareille ? Je t'ai dit que je te protégerais, et je suis sérieux. Même si pour ça, je dois te menotter à mon lit, ce qui n'est pas pour me déplaire, soit dit en passant.

Merde. Ça ne se passe pas comme je l'avais prévu. Il a raison au sujet des Arméniens. Mais je ne suis pas ici pour jouer à la poupée avec Lachlan. Je suis ici pour obtenir des informations. Je m'efforce d'être docile, même si cela va à l'encontre de ma nature.

— Écoute, Lachlan, dis-je calmement. Je n'ai vraiment pas envie d'être la petite femme que tu enfermes chez toi pendant que tu fais Dieu sait quoi. Je ne peux pas rester assise à t'attendre. Ça me rendrait folle. Tu m'as promis un emploi, tu ne peux pas m'en priver comme ça. Je peux faire autre chose si tu ne veux pas que je danse. Je peux faire la comptabilité, les cocktails, n'importe quoi. Mes talents sont infinis, tu sais.

Il m'adresse un petit sourire suffisant et je sais qu'il

pense à hier soir. L'avantage, c'est qu'il semble m'écouter. J'en rajoute une couche :

— Et puis, je ne veux pas te savoir là-bas sans moi. Mandy croit pouvoir mettre le grappin sur toi et elle va tenter quelque chose.

Il a retrouvé son sourire enfantin. Allez comprendre. Ronan, en revanche, est plus suspicieux que jamais. Il me regarde en fronçant les sourcils.

— Voilà ce qu'on va faire, ma jolie, dit Lach. Tu peux continuer à travailler au club quelques heures par soir. Je vais te trouver quelque chose à faire. Mais tu feras ce que je te demande.

— Bien sûr.

J'affiche un grand sourire victorieux.

— Tout ce que tu voudras, Lachlan.

Ronan lève les yeux au ciel et gémit. Je profite du fait que Lachlan s'est remis à manger pour lui tirer la langue en souriant. J'arrive toujours à mes fins.

Lachlan

EN RENTRANT CHEZ MOI, J'AI À PEINE LE TEMPS DE ME changer avant de repartir. Ça n'a pas grande importance, parce que mademoiselle dort. Dans mon lit, rien de moins. Je m'approche du bord et je la regarde pendant un moment. Dans son sommeil, elle a l'air encore plus jeune et plus vulnérable que d'habitude.

Elle se prend pour une dure à cuire. Elle croit qu'elle peut évoluer dans mon monde, encaisser tout ce que je lui impose. Je ne suis pas du même avis. J'ai vu ce mode de vie anéantir même les gars les plus costauds. À son âge, elle devrait être à l'université et sortir avec des joueurs de football américain qui font les gros bras dans les pubs le week-end. Pas avec des hommes qui regardent par-dessus leur épaule à chaque coin de rue et qui se demandent qui va leur tirer dessus cette semaine.

Maintenant, je n'ai plus le choix. Elle est là, que ça me plaise ou non. C'est ça, ou elle se retrouve six pieds sous terre. Cette option n'est pas entièrement dénuée d'intérêt, pour être honnête. J'ai failli me faire tuer ce soir, parce que je pensais à cette fille en train de me sucer la queue. Bon sang. Elle me met la tête à l'envers. À cause d'elle, je perds ma concentration et je déploie des ressources que je ne peux pas me permettre d'utiliser. Ronan n'arrête pas de râler et je dois aussi affronter Niall. J'ai l'impression d'avoir tout le monde sur le dos. Je ne peux pas la laisser partir, mais je ne veux pas non plus qu'elle reste. Elle me trouble. Sa manière de me toucher. Son regard sur moi. Je devine la fille fragile qui se cache derrière cette façade, et pour moi, c'est une faiblesse.

Elle est dans mon lit, ma maison et même dans mes vêtements. Elle met tout sens dessus dessous. Je devrais souhaiter son départ. Je n'ai pas de place dans ma vie pour une femme, sauf pour l'une des filles de Viktor. Et encore moins une femme qui me fait des cachotteries.

Des images de Mandy et de Sean sur mon bureau brouillent ma vision, se mêlant à celles de toutes les autres, avant elle, qui se sont foutues de moi. Puis je pense à Carrick. Il voulait tellement que je me marie. Si j'avais eu mon mot à dire, je crois qu'il aurait apprécié Mack. Il m'aurait demandé de lui donner deux ou trois bébés pour perpétuer notre lignée. Mais ce n'est pas ce que je veux. Je n'ai jamais voulu cela. Ce que j'ai toujours voulu, c'est prendre ma juste place aux côtés de Niall, et cette fille… elle pourrait tout détruire.

Mes doigts dérivent vers la cage thoracique de Mack, puis sa gorge. Je pourrais y mettre un terme tout de suite. Elle murmure quelque chose dans son sommeil et mes yeux se posent sur son visage. Elle n'est pas réveillée, mais ses paupières frémissent. Elle rêve. Un autre gémissement. Cette fois, je l'entends nettement. Mon prénom.

— Merde, je murmure.

Alors, je me penche et je l'embrasse. Je me demande pourquoi, mais je sais que j'en ai envie.

— Tu fais chier, Mack.

Quand je m'écarte, elle gémit.

Sans un regard en arrière, je m'éloigne dans le couloir. Je dois régler une affaire que je repousse depuis trop longtemps déjà et qui ne peut plus attendre.

Ronan ouvre brusquement les yeux lorsque j'entre dans le salon. Il en a ras-le-bol de dormir sur mon canapé et je le comprends. Sa frustration monte un peu plus chaque jour où je le contrains à rester dans cette maison avec Mack. Mais c'est le seul en qui j'ai confiance. Je sais qu'il la protégera et qu'il ne tentera rien.

Je m'assois et jette le dossier sur ses genoux. Il l'ouvre pour prendre connaissance des documents. Ses yeux parcourent une feuille après l'autre. Il me rend le dossier sans prendre la peine de parler. C'est inutile, et de toute façon, Ronan est un homme de peu de mots.

— Ivan veut mettre la main sur elle, dis-je en guise d'explication. Alexei a promis à Viktor qu'on la surveillerait jusqu'à ce qu'ils retrouvent le traître.

À l'éclat de ses yeux, je vois qu'il a compris. Il me répond par un bref hochement de tête. Maintenant, il connaît la raison de sa présence ici. Il sait pourquoi il doit monter la garde et pourquoi je me montre aussi méfiant.

— Je dois aller voir Niall, lui dis-je. Je ne peux plus remettre cette visite à plus tard.

— Alors, vas-y. Moi, je n'irai nulle part.

NIALL NE TRAVAILLE PAS CHEZ LUI. LA PLUPART DU temps, il est au Slainte, ou dans l'un de ses bureaux. Il aime faire la distinction entre sa famille et le milieu, et je ne peux pas le lui reprocher. En cette heure matinale, j'ai rendez-vous avec lui au restaurant tenu par sa sœur.

Je m'installe sur une banquette en cuir et, moins d'une minute plus tard, je suis accueilli par un petit déjeuner irlandais complet. Le vieux adore les p'tits dejs irlandais.

— Je n'aime pas être tiré du lit au milieu de la nuit, me dit-il.

Il croise les mains sur la table et me dévisage attentivement.

— J'espère que c'est important, Lachlan.

— Bien sûr, sinon on ne serait pas là.

Je sors le dossier de mon manteau et il secoue la tête avec un geste de la main.

— Le repas d'abord.

Nous mangeons. L'établissement est calme et il n'y a qu'une poignée de clients éparpillés dans la salle. Je n'ai même pas faim, mais quand Niall ordonne de manger, on la boucle et on mange.

Ensuite, j'écarte mon assiette et je l'attends en silence.

Il finit par jeter sa serviette dans l'assiette et il la fait glisser en bout de table.

— Bon, très bien. Maintenant, tu peux foutre ma journée en l'air.

Je souris. Niall me connaît bien. Si j'ai demandé cette réunion, ça n'annonce rien de bon. Il est déjà sur le qui-vive après ce qui s'est passé avec les Arméniens et leur tentative de braquage au club. Ce n'était pas une coïncidence. Ce que je dois lui dire, en revanche… ça va l'anéantir. Niall ne prend pas la trahison à la légère. Et les quelques clichés qu'Alexei a réussi à extraire de son système de sécurité, même s'ils ne sont pas nets, même s'ils ont du grain, ont prouvé que j'avais raison.

J'aurais tellement voulu me tromper. Il doit y avoir une taupe dans nos rangs, sinon les Arméniens n'auraient jamais obtenu le code du coffre-fort.

Je fais glisser les photos vers lui et il en prend connaissance sous mon regard attentif. Il ne fait pas un bruit. Il ne frémit même pas. C'est pour ça que Niall est le patron. Il se contrôle toujours. C'est parce que je le connais bien que je vois la pointe de ses oreilles virer au rouge.

Il range le dossier dans sa veste, puis il joint les mains sur le bois stratifié de la table.

— Ce soir, dit-il.

Enfin, il se lève, quitte la banquette et s'en va.

19

Mackenzie

Assise dans la salle de bain, je suis en train de me maquiller quand le portable de Lachlan retentit dans la pièce voisine. Il répond et, en bonne fouineuse que je suis, je laisse traîner mes oreilles. La conversation est à sens unique, sa voix étouffée. Je colle ma joue contre la porte pour mieux entendre.

Je ne discerne que des réponses brèves, par oui ou par non, puis il raccroche. J'abandonne l'idée de comprendre lorsque les pas de Ronan se font entendre, suivis par sa voix :

— Sean t'a contacté ? demande-t-il.

— Oui, Niall veut qu'on se retrouve. À dix-neuf heures.

— Et qu'est-ce qu'on fait d'elle ? grommelle Ronan.

Lachlan soupire.

— Bon Dieu, elle ne peut pas venir au club. Je demanderai à Conor de la surveiller.

Un bref silence s'ensuit. J'imagine à peine la tête de dix pieds de long que doit tirer Ronan. Il ne me fait pas confiance et Conor est l'une de leurs dernières recrues. Accessoirement, ça pourrait jouer en ma faveur. Parce qu'il est hors de question que je rate cette réunion ce soir. C'est l'occasion que j'attendais.

— Ça te dérange si je pars tout de suite ? demande Ronan. J'ai des choses à régler.

— Bien sûr que non, répond Lachlan. Dis à Conor de ramener ses fesses.

Un moment plus tard, la porte d'entrée se referme en claquant, puis Lachlan me fait une peur bleue en venant frapper à la porte de la salle de bain.

— Ça va là-dedans, ma jolie ?

Je prends mon tube de rouge à lèvres et j'ouvre la porte en lui faisant les yeux doux.

— Oui, je termine de me maquiller.

— Tu n'iras nulle part.

— Je sais, dis-je en fronçant les sourcils. Mais je m'ennuie à mourir, Bon Dieu ! Laisse-moi respirer, tu veux ?

Il entre dans la salle de bain et me prend en sandwich entre son corps et le lavabo.

— J'ai un remède contre ça, dit-il.

Je me mords la lèvre et je lève les yeux vers lui, prise dans un étau de fer. Il m'embrasse à me faire tourner la tête. La tension quitte presque immédiatement mon corps. Je ne sais pas comment il fait. Si un autre que lui essayait de s'imposer à moi, il recevrait mon genou entre les jambes.

Le souffle de Lachlan s'accélère tandis qu'il enserre ma taille un peu plus fort. Son sexe en érection se presse contre mon ventre. Son désir ne fait aucun doute. Ces derniers jours, il n'a fait qu'aller et venir et nous n'avons eu le temps de rien, mais je savais qu'il voudrait continuer là où nous nous étions arrêtés. Au fond, c'est aussi ce que je désire.

Je lève les mains et fais courir mes doigts dans ses cheveux, puis le long de son cou, lui arrachant un grognement. C'est un bruit tellement viril. J'ai envie de l'entendre, encore et encore.

Soudain, la sonnerie de son téléphone retentit et le moment est gâché.

— Putain de merde, peste-t-il en décrochant. Quoi encore ?

Je n'entends pas ce que dit la voix, à l'autre bout de la ligne, mais Lachlan se crispe. Après quelques jurons étouffés, il raccroche.

— On est toujours interrompus, dit-il en ajustant ses vêtements. Tu as intérêt à être prête ce soir, ma jolie. Je compte bien terminer ça.

— Je n'en doute pas.

Une vague de culpabilité déferle sur moi à la perspective de ce que je compte faire.

— Je dois y aller.

— D'accord.

Il effleure mes lèvres une dernière fois, comme si

c'était parfaitement normal. Je crois que ça le surprend tout autant que moi.

— Sois sympa, ma jolie. Ne donne pas à Conor trop de fil à retordre.

— Bien sûr, dis-je tout en pensant le contraire.

Il se tourne pour partir, mais à la dernière seconde, ses doigts s'attardent sur mon collier. Je retiens mon souffle tandis qu'il l'examine, puis son regard interrogateur croise le mien.

— Je ne pensais pas que tu étais du genre à porter des cœurs autour du cou.

Je réprime l'émotion dans ma voix et je lui réponds avec un sourire triste, les yeux dans les yeux :

— Non, ce n'est pas mon genre.

20

Mackenzie

Maintenant que Lachlan et Ronan sont partis, je fais rapidement le calcul. Ronan doit être plus haut placé sur l'échelle hiérarchique que je le pensais. Il a dû se rendre à la réunion de ce soir, et Lachlan n'était pas ravi de me laisser aux mains d'une nouvelle recrue. Quand il est parti, il avait l'air soucieux. Et autre chose aussi. Un sentiment proche de la peur. Je me suis empressée de le chasser de mes pensées. Il ne peut pas vraiment être inquiet à mon sujet, si ?

Quoi qu'il en soit, ça n'a aucune importance. Assise là, à l'abri de la forteresse où il habite, je planifie déjà ma trahison.

Conor est jeune, à peu près de mon âge. Au sein de l'organisation, il n'est que le larbin de Lachlan. Il obéit à ses moindres desiderata. Ce soir, il a pour mission de jouer les baby-sitters. Si j'avais cru qu'il serait facile de lui fausser compagnie, je me trompais lourdement. Il me surveille avec un œil de lynx depuis une heure et il n'a toujours pas bougé, pas même pour aller aux toilettes. J'ai tout lieu de croire que Lachlan l'a menacé de le tuer s'il m'arrivait quelque chose pendant son absence. Conor est en alerte maximale. Ses yeux sortent de leurs orbites à chaque petit bruit. Bon sang, à le voir aussi tendu, je suis sur les nerfs moi aussi.

J'ai envisagé de m'enfuir par la fenêtre, mais en inspectant la vitre, je me suis rendu compte qu'elle était blindée. De toute façon, les fenêtres n'ouvrent pas, c'était une cause perdue. La maison est bien plus sécurisée que je le pensais de prime abord. Il faut croire que Lachlan est paré à toutes les éventualités. Tant mieux pour lui, mais pas pour moi. Je suis coincée ici, la réunion commence dans une heure et je n'ai toujours aucun plan.

Il ne reste qu'une seule solution, mais elle va m'attirer de gros ennuis, sans compter que je me sentirai minable après-coup. Ai-je vraiment le choix ? C'est pour Talia que je le fais.

J'entre dans la cuisine et je fouille dans les placards en faisant mine de chercher à manger. Je sens que Conor me regarde. Je dois la jouer fine.

En fredonnant, j'ouvre un placard du bas. Soudain, je pousse un cri. Je m'efforce de le rendre dramatique. Conor accourt dans la seconde, les yeux hagards. Je recule en tendant vers le placard un doigt tremblant.

— Qu'y a-t-il ?

— Une a… une araignée ! je m'écrie en sautillant d'un pied sur l'autre et en agitant les mains. Énorme. Ça me fiche la trouille. S'il te plaît… enlève-la.

Il lève les yeux au ciel et se penche à la recherche de l'araignée incriminée. C'est à ce moment que je passe à l'attaque. Profitant de sa position vulnérable, je glisse la main sous son menton et je referme le bras autour de son cou. Agrippant mon propre biceps, je serre et je tire, tout en appliquant mon autre main sur sa nuque. Il a tout juste le temps de paniquer avant que sa circulation sanguine soit coupée. Il n'a pas l'habitude de ce genre de combat, et j'imagine que sa seule arme, c'est le pistolet à sa hanche. Il n'a même pas le temps de s'en emparer. Rapidement, il perd connaissance.

— C'est bien, Conor, dis-je à mi-voix. Maintenant, fais dodo.

Quand il devient inerte dans mes bras, je le tire dans la cuisine et je l'assois sur une chaise. Heureusement que Lachlan n'achète pas des meubles en bois bas de gamme. Comme je n'ai pas de corde, j'utilise des draps et des torchons, ainsi qu'un ruban adhésif.

Une fois qu'il est bien attaché, certaine qu'il ne bougera pas, je marque une pause. J'éprouve un pincement de remords.

— Désolée, mon vieux, dis-je en lui tapotant la tête. Je reviens le plus tôt possible.

Après un dernier coup d'œil, je prends mes clés et ma veste, puis je rejoins la porte d'entrée.

Je m'arrête au motel pour enfiler une robe sexy et des talons hauts. Il ne me reste qu'une dizaine de minutes avant le début de la réunion. J'opte pour un taxi au lieu de prendre le métro, et dix minutes plus tard, j'arrive au Slainte.

Je ne sais pas combien durent ces réunions en temps normal, mais j'espère que c'est assez long. Une fois à l'intérieur, j'essaie de me la jouer cool le temps de deviner où le rendez-vous a lieu. Je sais qu'il y a un sous-sol, mais je n'y suis jamais descendue. En jetant un regard circulaire, j'aperçois une serveuse de cocktails qui franchit une porte latérale en emportant une tonne d'alcool dans la cage d'escalier.

Je saute sur l'occasion et je me précipite vers elle, posant la main sur son bras.

— Salut, dis-je en souriant. Nikki, c'est bien ça ?

— Oui, fait-elle en haussant les épaules. Excuse-moi, je dois descendre.

— Je m'en occupe. Au fait, je suis la copine de Lachlan, Mack.

— Ah, oui.

Elle se redresse et me regarde d'un air inquiet, comme si je risquais de lui arracher la tête ou je ne sais quoi.

— Tout va bien ? demande-t-elle.

— Tout va bien, dis-je pour la rassurer, avant de lui prendre le plateau des mains. Mais Niall voulait que je me charge des boissons ce soir. À cause des oreilles sensibles, tu vois.

Elle se mord la lèvre pendant un moment, mais elle finit par hocher la tête. Je lui souris. Honnêtement, je pensais que ce serait plus difficile. Il faut croire qu'il y a beaucoup d'avantages à appartenir à Lachlan.

Nikki s'éloigne et je m'empresse de sortir de la salle. Je prends une grande inspiration tout en descendant l'escalier sur la pointe des pieds. Je m'engage dans le couloir. Il fait sombre et c'est franchement lugubre en bas. Si le rez-de-chaussée est élégant, avec un ameublement moderne, on dirait que cette partie du bâtiment a été pillée et laissée telle quelle. Des murs de briques nues longent le couloir où je m'avance, conférant au lieu une impression de froid.

Il y a plusieurs pièces ici, mais la plupart des portes devant lesquelles je passe sont fermées à clé. Si j'avais plus de temps, je les crochèterais pour voir ce qu'elles renferment, mais je ne peux pas. Je dois rejoindre la pièce au bout du couloir, où la porte est ouverte. De la lumière éclaire le sol en béton. Aux murmures graves qui me parviennent, je comprends que la réunion a déjà commencé. Je me rapproche un peu plus et je m'arrête un moment, l'oreille tendue.

— Il y a une putain de taupe dans nos rangs, s'exclame une voix. Une putain de taupe ! Si j'attrape ce sale menteur, ce misérable voleur…

Merde. J'ignore qui c'est, mais il a l'air furieux.

— En sommes-nous certains ? demande quelqu'un d'autre. C'était peut-être un coup de chance.

Un ricanement.

— Tu te fous de ma gueule ? Ils avaient tout prévu dans les moindres détails. Ils connaissaient forcément l'agencement des lieux. Ils ont foncé tout droit vers le coffre.

— Je suis bien d'accord avec toi, renchérit un autre homme. Vous avez vérifié les antécédents de tout le monde au club ?

Cette fois, c'est la voix de Lachlan qui répond :

— Oui. Les employés ne connaissent pas les détails du dépôt. Pour leur donner la combinaison, c'est forcément l'un des nôtres.

— Attends une minute, fait alors une voix mielleuse, celle de Donovan. Et ta petite danseuse ?

— Quelle danseuse ?

Un silence gêné s'ensuit et le plateau dans mes mains se met à trembler nerveusement. J'imagine à peine ce que Lach pense en ce moment. Ça n'est pas bon pour moi.

— Je m'en porte garant, Donny, répond Lachlan d'un ton glacial. Faut-il que je te le répète ?

— Je dis juste que la fille a débarqué aux combats de boxe et que les Russes l'ont reluquée comme un morceau de viande. Le jour d'après, elle travaille au club et elle réchauffe ton lit, et comme par hasard les Arméniens fracassent notre porte. Pour moi, ça fait beaucoup de coïncidences.

— Dois-je te rappeler que les Arméniens ont essayé de la tuer ? fait Lachlan. Et ça ne te regarde pas si elle réchauffe mon lit. Elle sait tenir sa langue. C'est peut-être pour ça que la moitié des gars ne savent pas que c'est elle qui t'a botté le cul sur le ring.

Des murmures graves et des ricanements se font entendre, puis quelqu'un s'exclame :

— Ça suffit.

Le silence retombe dans la salle et je comprends qui vient de parler. Niall.

— Si Lachlan dit qu'elle est réglo, c'est qu'elle est réglo. Il connaît les enjeux.

À présent, mes bras tremblent, sur le point de s'effondrer sous le poids du plateau. Je le savais, mais l'entendre rend la chose plus réelle. La menace est évidente dans la voix de Niall. Ce que je fais risquerait bien d'entraîner la mort de Lachlan. Sa loyauté envers Niall ne signifie rien. Dans la mafia, si on foire, on est mort. Pendant un bref instant, j'envisage de tourner les talons et de remonter les marches. Je trouverai un autre moyen de me procurer les informations dont j'ai besoin. Mais brusquement, la porte s'ouvre en haut de l'escalier et j'entends des bruits de pas.

Merde.

Je balaie le couloir du regard. Autour de moi, il n'y a rien d'autre que des portes closes. Je suis prise au piège et je n'ai pas le choix.

Avec une grande inspiration, j'entre dans la salle d'un pas déterminé. La tête basse, je commence à distribuer les verres comme si j'étais venue pour ça. Je ne croise pas le regard de Lachlan, mais je sens qu'il me suit autour de la table. L'homme qui descendait les marches entre dans la pièce et s'assied. Il n'a pas eu le temps de me voir épier derrière la porte.

Quand j'arrive près de Lachlan, il me prend le poignet dans un étau de fer. Je baisse les yeux sur lui et je me mords la joue. La fureur que j'aperçois dans ses yeux n'augure rien de bon.

— Qui est-ce ? lui demande l'homme assis à côté de lui.

Je lève les yeux et je comprends tout de suite qu'il s'agit de Sean MacKenna. Je ne l'ai pas vu dans le salon VIP, mais je sais que c'est le fils de Niall, le premier dans la succession au trône. Copie conforme de son père, il est loin d'avoir la beauté de Lachlan. Ses yeux sont ternes et bruns, ses cheveux aussi. Ses traits sont d'une grande banalité et il n'a aucun charme. Pourtant, il me baise du regard comme s'il en avait le droit.

Mes yeux reviennent sur Lach. La veine de son cou palpite furieusement. Mon propre cœur est gonflé d'angoisse. J'aimerais prendre mes jambes à mon cou, mais c'est impossible. Comme s'il me testait, Lachlan me lâche le poignet pour voir quelle sera ma réaction.

Je m'avance à la droite de Sean et je lui sers son verre. Aussitôt, il m'arrache le plateau des mains et m'attire sur ses genoux. J'ai envie de lui donner un coup de coude en pleine face. Il le mériterait. Mais je me rappelle pourquoi je fais tout cela. Je dois rayer de ma liste les suspects potentiels. Jouant le rôle que je me suis attribué, je glousse comme une écervelée, comme si j'étais flattée par ses attentions. En réalité, mon dégoût est tel qu'il est presque palpable.

— Je veux bien la prendre comme femme de ménage, celle-là ! lance Sean à la cantonade.

Quelques hommes éclatent de rire, mais quand je regarde Lachlan, seules la colère et la peine se devinent sur son visage. Même Ronan me regarde, les sourcils froncés. En cet instant, je me déteste. Je ne veux pas faire souffrir Lachlan. Si c'était un test, j'ai échoué lamentablement. Je l'ai humilié devant tous ses hommes, et encore pire, devant son rival.

Je devrais ordonner à Sean de ne pas me toucher, mais je ne dis rien, trop paralysée par les émotions. Le besoin impératif de trouver des renseignements pour Talia. La peur dans ma poitrine. Les sentiments que j'éprouve envers Lachlan. Des sentiments que je ne comprends toujours pas entièrement.

— Lâche-la, Sean, ordonne Niall.

Il pince les lèvres. Un silence de mort s'impose dans la salle et je me lève, les jambes tremblantes. Niall me fixe d'un regard critique et noir.

— C'est toi que Lachlan protège ?

Mes yeux se posent sur Lach, mais il ne me regarde plus. Son cou est tendu et les muscles de ses avant-bras se contractent lorsqu'il serre les poings sur la table.

— Oui, dis-je d'une voix aiguë.

— Crois-tu mériter une telle faveur ? demande Niall.

Atterrée, je me tourne vers lui. Il me regarde comme si j'étais un déchet, mais je ne peux pas le lui reprocher. Je viens de me comporter comme une cruche sur les genoux de Sean. C'est peut-être son fils, mais de toute évidence, Niall ne lui donne pas de passe-droit. J'ai manqué de respect envers Lachlan et je sais qu'il me le fera payer.

— Je ne sais pas.

Encore une fois, je pose les yeux sur Lach. J'ai presque envie de me jeter dans ses bras et de lui dire que ce n'était pas mon intention. Que je suis déboussolée et que j'ai agi sans réfléchir. Que je n'ai pas toute ma tête. J'ai dû occulter ma vraie personnalité, la contenir pendant des années. Elle n'a pas sa place dans ma vie. En tout cas, c'est ce que me dirait mon père. Mais il a toujours été fort, et qu'est-ce que ça lui a apporté ?

— Tu ferais mieux d'y réfléchir, me dit Niall sur le ton de l'avertissement. Il n'y a pas de place pour les maillons faibles dans cette organisation. Ni ailleurs.

Je hoche la tête, honteuse d'être le point de mire de tous les regards. Seigneur, c'est vraiment la décision la plus stupide que j'aie jamais prise. Au lieu de gagner leur confiance, j'attire les soupçons sur moi. Évidemment, ils prendront la défense de Lachlan. Mais Sean est le fils de Niall et, honnêtement, je m'attendais à ce qu'il soit plus impressionnant. Je me doutais qu'il tripotait les filles chaque fois qu'il en avait envie. C'est ce que semble dire Sasha, mais plus je passe de temps ici, plus je me rends compte que ce n'est pas le cas.

— Nous avons des questions à régler, dit Niall. Maintenant, sors. Donny, referme la porte derrière elle.

Je fais ce qu'il me dit sans un regard en arrière. Donovan me suit dans les escaliers, et quand nous arrivons en haut, il m'agrippe par les bras et me retourne. Devant son nez cassé et sa lèvre charnue, je tressaille. Je me demande bien pourquoi je n'ai pas remarqué plus tôt le détail de ses traits.

— Espèce de sale conne, lâche-t-il d'une voix sifflante. Tu ne sais pas à qui tu as affaire.

Intérieurement, ses mots ont l'effet escompté. Ma paranoïa naturelle s'emballe. Tous mes drapeaux rouges s'agitent, mais je ne le montre pas.

— C'est quoi, ton problème ?

Je dégage mon bras.

Il penche la tête sur le côté et me dévisage attentivement.

— Là où je fourre ma queue, ça ne te regarde pas.

Il s'avance dans mon espace personnel et ses pupilles s'agrandissent quand il ajoute :

— Jusqu'à ce que ton tour arrive.

Le plaisir sur son visage lorsqu'il prononce ces mots me terrifie. Je croyais avoir déjà vu le mal, mais en voyant Donovan en cet instant, je comprends que je me trompais. Étant donné qu'il coince souvent Sasha entre quatre murs, ses mots me bouleversent encore plus.

— Tu es complètement fou ! dis-je en essayant de reculer. Lachlan t'assassinerait s'il savait…

Il me plaque contre la porte et sourit.

— Lachlan s'en fout ! Tu es la fille de la semaine, rien de plus. Et quand il en aura terminé avec toi, je te ferai regretter de ne pas être morte.

Avant que je puisse prendre pleinement conscience de sa menace, il me pousse de l'autre côté de la porte et ferme à double tour derrière moi. Les larmes brouillent ma vision quand je retourne dans le club. Je ne sais pas ce que je fais. Je ne peux plus me fier à mon instinct. Je me noie sous le poids de sentiments inattendus. Des sentiments qui me sont interdits. Les lignes sont tellement floues que je ne sais même plus ce qui est réel ou pas.

Quand j'arrive à la porte d'entrée, le videur s'avance et croise les bras devant son torse robuste.

— Le patron demande que tu l'attendes à l'arrière, dit-il.

Bien sûr. Je suis trop abattue pour émettre une quelconque objection et je me dirige vers le vestiaire, dans l'arrière-salle, en espérant au moins pouvoir apercevoir Sasha. Je la retrouve quelques minutes plus tard, mais elle n'a pas l'air franchement contente de me voir. Je me demande bien pourquoi.

— Qu'est-ce que tu as fait ? s'exclame-t-elle.

— Comment ça ?

Elle m'attrape par le bras et m'entraîne dans le couloir, loin du regard intrigué des autres filles.

— Tu m'as promis que tu ne dirais rien au sujet de Donny.

Sa lèvre tremble et ses yeux se remplissent de larmes. J'essaie de m'expliquer :

— Sash, je n'ai rien dit à Lachlan…

Elle croise les bras et secoue la tête.

— Non, c'est encore pire. Tu l'as dit à Ronan. Bravo, il a tabassé Donny et maintenant, ce sera encore plus difficile plus moi.

— Ronan te protégera. Donovan ne devrait pas te harceler comme ça, Sash. Et toi, tu ne devrais pas être obligée de le supporter.

— Putain, ce type est un cinglé, Mack ! Tu crois vraiment que ça va l'arrêter ? Au contraire, il sera encore plus déterminé. Et maintenant, Ronan croit que...

Elle renifle et détourne le regard en passant un pouce sous ses yeux.

— Il croit quoi ? je lui demande avec douceur.

— Il va me prendre pour une pute et il ne voudra plus entendre parler de moi.

Le chagrin dans sa voix finit de ruiner le peu de respect que j'avais encore pour moi-même.

— Je suis désolée. Je pensais t'être utile.

— Oui, mais tu t'es plantée. Tu ne comprends pas comment fonctionne ce monde. Ça fait cinq minutes que tu es ici. Ce n'est pas ton rôle d'arranger les choses.

Je baisse les yeux sur mes chaussures en acquiesçant.

— Je suis vraiment désolée. Maintenant, je n'interviendrai plus.

Je me tourne pour partir, mais Sasha me retient. Elle m'attire à elle pour me serrer dans ses bras. Je me crispe, comme d'habitude, mais je me laisse faire.

— Tu dois être prudente, Mack, dit-elle. Que tu sois sous la protection de Lachlan, ça ne change rien. Il se passe toujours des choses. Surtout quand Donny est impliqué.

— Qu'est-ce que tu veux dire ?

Je m'écarte pour pouvoir la regarder droit dans les yeux.

Elle jette un œil vers la porte et se mord la lèvre. C'est peut-être important et je sais que je dois la pousser aux aveux.

— Tu peux me le dire, Sash. Tout me dire. Je veux savoir où je mets les pieds.

— Écoute, tout ce que je dis, c'est qu'il y a eu d'autres filles qui ont essayé de tenir tête à Donny et ça s'est mal terminé pour elles.

— Qui ? je demande.

Elle secoue légèrement la tête. La peur dans son regard est manifeste.

— Je ne peux pas le dire.

— Y avait-il une certaine Talia parmi elles ? dis-je de but en blanc.

Elle écarquille les yeux et jette un œil autour d'elle tout en reculant. Merde. Maintenant, j'ai vraiment tout gâché, mais c'était plus fort que moi. Elle sait quelque chose et amie ou pas, elle doit absolument me le dire.

Je referme brutalement les doigts autour de son bras et je l'entraîne plus loin dans le couloir.

— Tu dois me le dire, Sash.

— Je ne sais pas, répond-elle en secouant frénétiquement la tête. Je ne sais rien ! Je veux juste travailler. C'est tout. Lâche-moi, Mack.

Je l'ai poussée dans un coin et tout son corps tremble sous le poids de mon regard. J'imagine à peine la tête que je dois avoir et je fais de mon mieux pour paraître moins tendue.

— C'était ma meilleure amie, je murmure. S'il te plaît, Sash. Je dois savoir ce qui lui est arrivé.

— Mon Dieu.

Son visage blêmit. Elle se prend la tête à deux mains et inspire profondément.

— C'est pour ça que tu es ici, pas vrai ?

— Non, dis-je avec conviction. J'ai rencontré Lachlan à la boxe. Il m'a proposé un emploi. Mais je sais que Talia a travaillé ici avant sa disparition.

Je risque de mourir pour mes propos, mais je fais confiance à Sasha. Elle ne caftera pas, à moins qu'on ne lui laisse pas le choix. Elle fait déjà bien assez d'efforts pour garder la tête basse et ne pas attirer l'attention. À mon avis, cette fille a ses propres secrets.

— Écoute, je n'en sais rien, d'accord ? Je te le jure. C'était une fille très gentille, mais elle n'a travaillé que quelques semaines ici. Je ne sais pas ce qui lui est arrivé. Un jour, elle a arrêté de venir au boulot. Puis la police est venue et a posé un tas de questions. Je ne savais rien à l'époque, et je n'en sais pas plus aujourd'hui.

— Tu dois bien savoir quelque chose. Dis-moi qui elle fréquentait. Quel homme ? Tu peux au moins me dire ça.

— Je dois prendre soin de ma mère malade ! Seigneur, Mack, est-ce que tu essaies de me faire tuer ?

Le poids de ma culpabilité menace de me broyer. Rien de tout cela n'est aussi facile que je le pensais. Je ne veux pas faire peur à Sasha ni l'impliquer. Mais il faut que je sache. Et je ferai tout ce que je peux pour la protéger si nécessaire.

— Ça ne te retombera pas dessus. C'est promis.

Sasha hésite, puis elle se met à faire les cent pas. Elle s'est tellement tiré les cheveux qu'ils sont emmêlés et ses yeux ont l'air fatigués. Je ne peux m'empêcher de me demander quel genre d'homme a bien pu entraîner une fille aussi gentille dans un milieu pareil pour l'abandonner. Je ne le connais pas, mais je le déteste déjà.

Sasha s'arrête enfin. Apparemment, elle a pris sa décision.

— Quelques types s'intéressaient à elle, me dit-elle avec empressement. Donny, Sean et un Russe. Je ne connais pas son nom. Il n'est venu que quelquefois et je n'ai jamais fait attention à lui. Tu devrais faire pareil, Mack. Tu devrais lâcher l'affaire avant qu'il t'arrive la même chose.

— Je ne peux pas.

Elle secoue la tête et pousse un soupir déchirant.

— Alors, toi aussi, tu vas mourir.

Sans ajouter un mot, elle me bouscule et me laisse en plan, seule en face du chagrin qui déferle dans ma poitrine.

21

Mackenzie

Ronan vient me chercher peu après minuit. Il m'accompagne à l'extérieur du club, sur le trottoir où Lachlan m'attend déjà dans sa voiture.

Aucun d'eux ne me parle. La mine sombre, Ronan me pousse sur le siège du côté passager, puis il referme la portière derrière moi. J'ai à peine le temps d'attacher ma ceinture que Lachlan démarre en trombe dans la nuit. Les jointures de ses doigts sont blanches autour du volant et il a les traits tirés.

Je pourrais m'excuser, mais j'ai le pressentiment que ça jouerait contre moi.

Quand nous arrivons chez lui, il me tire par le bras. Conor est toujours ligoté à la chaise. Son regard assassin se remplit de crainte quand il pose les yeux sur Lachlan.

— Putain de merde ! aboie Lachlan. Détache-le. Tout de suite !

Je m'empresse d'obtempérer et je dénoue ses liens. Il fait la grimace quand j'arrache le ruban adhésif. Encore une fois, je me sens pitoyable.

— Je suis vraiment désolée, dis-je à mi-voix.

Il ne m'accorde même pas l'honneur d'une réponse. Dès qu'il se lève, Lachlan lui ordonne de partir. Et nous restons seuls, tous les deux. Lui, avec son regard froid et dur, et moi… tremblante dans mes talons aiguilles.

— Viens ici.

Je le rejoins, les yeux baissés. En silence, je prie pour son indulgence. Je sais ce qui va se passer. Je le sens aux tréfonds de mon être. Mais je ne voulais pas que ça se produise ainsi.

Une fois que j'arrive à portée de sa main, il me saisit à la gorge et me plaque contre le mur, les yeux brûlants de rage.

— Tu veux t'envoyer en l'air avec Sean ? demande-t-il. C'est ça ?

— Non, dis-je en secouant la tête avec énergie. Je ne veux pas.

— Tu devrais peut-être aller réchauffer son lit, ma jolie. Ça m'éviterait d'avoir à te surveiller. D'ailleurs, je suis sûr que tous les gars aimeraient tirer leur coup avec toi.

Je cligne des paupières pour chasser les larmes que ses paroles pleines de haine me font monter aux yeux.

— Tu ne le penses pas.

— Si, je le pense. À quoi tu me sers ? Tu n'es qu'une

garce désobéissante qui fait le contraire de ce qu'on lui demande.

— C'est ce que tu aimes chez moi ! je rétorque.

Son regard étincelle et je sens la chaleur de son érection pressée contre mon corps.

— Vraiment ? Dis-moi, ma jolie, crois-tu que ça me plaît de voir ma copine faire les yeux doux aux autres gars en s'asseyant sur leurs genoux ?

La honte m'envahit et je suis incapable de répondre. Ça ne fait que l'énerver davantage.

— Putain, tu ne comprends pas ! tonne-t-il. Tout ce que je risque pour toi. C'est comme ça que tu me remercies ?

La fureur dans sa voix me fait trembler et il resserre sa poigne autour de mon cou.

— Je suis désolée ! dis-je en pleurant.

— Ne me mens pas.

— Excuse-moi. Je n'aime pas Sean. Je voulais juste...

Je suis à court de mots. Que pourrais-je bien dire pour ma défense ?

— Je veux que tu t'en ailles, me dit-il. Débrouille-toi toute seule. Tu es comme toutes les autres.

— Non.

Mes yeux sont humides et je suis sincère. Je ne veux pas qu'il pense cela de moi.

— Je sais que tu ne veux pas me renvoyer. Je serai sage, c'est promis. Je t'appartiens, Lachlan. Je te le jure.

— Tu m'appartiens ?

Il éclate d'un rire cruel en agrippant l'ourlet de ma robe pour la déchirer à mains nues.

— Il me semble que je n'ai pas encore eu ce plaisir.

Mon corps tout entier tremble nerveusement sous l'effet de l'adrénaline. Il est terriblement fâché contre moi, et pour être honnête, je m'en veux aussi. Mais je n'ai pas envie que ça se passe de cette façon. J'ai peur, pour la première fois de ma vie. Je suis morte de peur. Parce qu'il pourrait me faire très mal. Pas physiquement, mais de la pire des manières. Il pourrait me détruire.

Lachlan a ce pouvoir. Et je ne veux pas qu'il l'exerce. Je veux qu'il… Je ne sais pas. Qu'il soit gentil avec moi. En tout cas, pour l'instant. Pendant ce moment de vulnérabilité. C'est tout. Je supplie :

— Lachlan, attends…

Il continue de déchirer ma robe, réduisant le tissu en pièces, les yeux rivés sur mon corps. Ses mains sont brutales et punitives, et il ne m'écoute pas. Je dois lui faire comprendre. Je prends alors son visage entre mes mains, avec délicatesse, pour le forcer à me regarder.

— Lach, je murmure. Attends, je t'en prie.

— Tu me pries ? répond-il sèchement. J'en ai assez de te voir jouer les allumeuses, ma jolie. Soit tu es avec moi, soit tu es contre moi. J'aime autant te prévenir que la deuxième option signerait ta perte.

Bien sûr, c'est la colère qui parle. J'essaie de ne pas me laisser atteindre et, de mes pouces, je lui caresse le menton.

— Je sais. Mais je ne veux pas que notre première fois ensemble se passe comme ça. Je… laisse-moi m'occuper de toi.

Mes paroles semblent le toucher et ça me déstabilise. Je ne pensais pas être capable de l'émouvoir. Il s'interrompt et plonge ses yeux dans les miens. Son expression se radoucit légèrement et je décèle la culpabilité dans son regard. Profitant d'avoir son attention, je prends ses mains dans les miennes et je recule jusqu'à ce que ses jambes viennent heurter le sofa. Il me regarde sortir mon iPod de mon sac à main et parcourir ma playlist. Je lance la musique et je le pose sur la table basse avant de retirer ma robe en lambeaux, sur *Burning Desire* de Lana Del Rey. Je veux que ce soit langoureux et tout doux. Je veux qu'il brûle de désir, tout comme moi.

— À partir de maintenant, je ne danse que pour toi, lui dis-je à voix basse. Tu t'en souviens ?

Lachlan ne détache pas une seule seconde ses yeux de moi. Il est évident que j'ai perdu sa confiance. Je ne devrais pas, mais je suis détruite. Là d'où je viens, la confiance est primordiale. La loyauté. C'est ma loyauté qui m'a mise dans une telle galère, et j'aimerais pouvoir le lui dire. Mais c'est impossible. Alors, je vais me rattraper. Je vais m'offrir à lui sur un plateau d'argent. Une chose que j'avais juré de ne jamais faire.

Une fois qu'il ne me reste que le soutien-gorge et la culotte en dentelle noire, je m'avance entre ses jambes et je me retourne. En ondulant des hanches, je danse en rythme avec la musique et je descends sur ses genoux. Je frotte mes fesses contre son sexe en érection. Même à travers son jean, je sens qu'il est dur. Bientôt, il sera en moi. Mon premier. C'est étrange, mais je suis sereine à cette perspective. Mieux, j'en ai envie.

Au bout d'un moment, il commence à se détendre et ses mains s'aventurent le long de mon corps tandis que je me presse contre lui. Ses paumes se referment sur mes seins à travers la dentelle. En même temps, il avance le bassin. Quand je baisse les yeux sur ses mains, j'aperçois ses avant-bras musclés. Chez lui, tout est fort. Primitif. Viril. Je me sens minuscule. Fragile. Je n'aurais jamais cru apprécier cette sensation, et pourtant…

Il m'attire contre son torse et me maintient en place tandis que l'une de ses mains descend lentement dans ma culotte. Il y trouve la moiteur de mon excitation, et le gémissement qu'il pousse vibre contre mon dos. Il enfonce ses doigts. Je les regarde bouger sous le tissu, fascinée par ce que je vois, tout en me plaquant contre lui. Il se montre plus attentionné que je le pensais, mais ça ne dure pas. Quand ma tête tombe contre son épaule et que mon regard croise le sien, je vois un changement s'opérer en lui.

De sa main libre, il m'empoigne à la gorge et il approche ses lèvres de mon oreille :

— À partir de maintenant, ça va changer, me dit-il. Ce n'est pas un jeu, Mack.

— Je sais.

Il m'agrippe le menton et le serre entre ses doigts tout en me fusillant du regard.

— À partir de maintenant, tu vas obéir à tous mes ordres. N'est-ce pas, ma jolie ?

Je suis incapable de bouger la tête et d'ouvrir la bouche, mais cela n'a aucune importance. Il me force à acquiescer, tout en répondant à ma place :

— Oui, Lachlan.

Quand il lâche enfin ma mâchoire, je réponds en écho, comme il le désire :

— Oui, Lachlan. Tout ce que tu voudras, à partir de maintenant. Je serai sage.

Il glisse la main dans ma culotte et la referme sur ma fesse. C'est presque une caresse tendre malgré la fureur de son regard. Ça me trouble et, quand il fait claquer sa paume sur ma fesse, je sursaute en poussant un cri. Il va me laisser une marque sur la peau.

— Est-ce que tu as la moindre idée de ce que tu as fait ce soir ? gronde-t-il.

— Oui, je gémis. Excuse-moi.

Ses doigts redoublent de frénésie entre mes jambes, ils sont plus brutaux et viennent heurter mon clitoris. Je me cambre sur ses genoux.

— Est-ce que tu es une salope ? demande-t-il.

Sa violente accusation m'ébranle, mais je suis trop enivrée pour protester. Je suis sur le point de jouir. C'est imminent.

— Non. Je ne suis pas une salope.

Sa poigne se resserre sur mes fesses endolories, comme s'il me donnait un avertissement. Il me mord le lobe d'oreille.

— La réponse exacte, Mack, me dit-il dans un souffle, c'est : oui, Lachlan. Je suis une salope pour toi. Rien que pour toi.

Bon sang. Mais pourquoi est-ce que cela m'excite ? Ça ne devrait pas ! Je devrais être en colère ou quelque chose comme ça. Pourtant, je le supplie avec incohérence et mon excitation est telle que sa main clapote chaque fois qu'elle bouge en moi.

— S'il te plaît…

— Réponds-moi, insiste-t-il en ralentissant.

Je secoue la tête et commence à remuer sur sa main. Je lui dirai tout ce qu'il voudra pourvu qu'il n'arrête pas ce qu'il est en train de faire.

— Oui, Lachlan !

Je crie tellement fort que si l'un de ses hommes est en poste dehors, il m'entend forcément.

— Je suis une salope, rien que pour toi.

Il grogne en enfonçant ses doigts un peu plus.

Je hurle lorsque l'orgasme déferle sur moi, accompagnant les vagues de plaisir par des mouvements du bassin. Pendant ce temps, il inonde mon cou de baisers brûlants. Enfin, il retire sa main et referme ses doigts encore mouillés sur mes joues, les passant sur mes lèvres avant de les glisser à l'intérieur.

La partie animale de mon être sait déjà ce qu'il veut et je le lui donne. Je lui suce les doigts, sous son regard intense. Un bruit sourd monte de sa gorge. Ça lui plaît.

— Et qu'est-ce que tu me dis maintenant ? demande-t-il.

Je cligne des yeux et il me faut une minute pour comprendre ce qu'il attend. C'est très arrogant de sa part, mais aussi terrible que ce soit, j'aime ça.

— Merci, Lachlan.

— Pour ?

— Pour m'avoir fait jouir.

— C'est bien. Maintenant, tourne-toi, ordonne-t-il d'une voix rauque.

Je me lève juste assez pour me retourner, à califourchon sur ses cuisses, les mains sur ses épaules. Il me dévisage avec des yeux interrogateurs. Il se demande sans doute s'il peut me faire confiance. S'il doit continuer comme ça ou me jeter dehors. J'ignore si c'est mon besoin de réponses qui m'anime, toujours est-il que je me penche en avant pour prendre possession de sa bouche.

Son goût est suave, doux et tant d'autres choses que je suis incapable de définir. Ce qui lui est passé par la tête un instant plus tôt a disparu, remplacé par une avidité euphorique. Ses mains trouvent le fermoir de mon soutien-gorge et, en un clin d'œil, il me l'a entièrement retiré. Il empoigne violemment mes seins avant de reculer pour les contempler.

— Cette poitrine, fait-il d'une voix rauque. Toi et cette putain de poitrine.

C'est tout ce qu'il me dit avant d'y coller la bouche. Il me lèche les seins comme s'il ne pouvait pas s'en rassasier. Mes doigts glissent dans ses cheveux, descendent le long de son cou. Je rejette la tête en arrière et je m'autorise à me laisser aller aux sensations, du moins pour l'instant. Cet homme me fait du bien. Tellement de bien.

— Putain, dit-il en me soulevant.

Il enroule mes jambes autour de sa taille et m'emporte dans le couloir.

— Je vais éclater si je ne te pénètre pas tout de suite.

Après avoir ouvert la porte de sa chambre d'un coup de pied, il m'allonge sur le lit. Il détache sa ceinture et, d'un geste preste, il se débarrasse de son pantalon sans me quitter des yeux.

Une boule me noue le ventre quand je le découvre devant moi. Il est parfait. Athlétique et sculptural, il est tellement sexy que j'ai presque l'impression d'être cette salope qu'il voudrait que je sois. Mon attirance est bien trop forte. Sa queue se dresse entre ses jambes, les bourses lourdes de désir, et une goutte perle déjà au bout de son sexe. Ça me semble presque douloureux et j'ai envie de l'apaiser. J'en ai une envie si forte qu'elle m'effraie.

— Je n'arrête pas d'imaginer dans quelles positions je vais te prendre, Mack, tu n'as pas idée, me dit-il d'une voix gutturale en s'étendant sur moi.

Le cou tendu, je dépose des baisers dans son cou. Ma voix se réverbère contre sa peau.

— Raconte-moi.

Il tourne la tête et me mordille les doigts.

— Sur mon bureau, dans ma voiture, au club…

Mes mains descendent dans son dos musclé et je l'attire à moi. Il sourit.

— Hmm, ça te plairait ? lui dis-je.

J'écrase mes lèvres sur les siennes et je referme les jambes autour de sa taille. J'ai besoin de le sentir en moi et le plus tôt sera le mieux. Ça ne me dérange même plus de l'avouer. Au moins, ce sera fait. Pour arrêter d'y penser, c'est le moyen infaillible. Mais Lachlan s'écarte et, avec un chaste regard, il prend mes poignets dans sa main. Apparemment, il compte prendre son temps.

— Tu sais ce que j'avais envie de te faire ce soir ?

Je ferme les yeux et expire lentement, redoutant ce qu'il va dire.

— Quoi ?

— Je voulais te pencher sur la table et bouffer ta jolie petite chatte devant tout le monde.

J'ouvre les yeux et je suis stupéfaite par la possession intense qui brûle dans ses yeux. Il croit vraiment que je lui appartiens. Je ne sais pas quoi penser. Éprouvera-t-il la même chose après ce soir ?

Il écarte mes jambes et se penche juste assez pour pouvoir saisir sa queue et l'enduire entre mes cuisses. Un bruit étranglé monte de ma gorge. Ça lui plaît. Mais quand il se met en position, je me crispe. Aussitôt, il s'en rend compte.

— Qu'y a-t-il, ma jolie ? demande-t-il. Tu as peur qu'elle soit trop grosse ?

— Oui.

Bien sûr, c'est un mensonge. Il gémit avant de s'avancer, soutenant son poids sur ses coudes. Ses lèvres trouvent les miennes.

— Je vais te faire du bien, murmure-t-il contre moi.

Il commence à me pénétrer et, comme je m'y attendais, je ressens un léger élancement. Elle est vraiment énorme.

Je me mords la lèvre et il ferme les yeux. Tout son corps se contracte sous mes mains.

— Putain, tu es serrée ! grogne-t-il.

Soudain, ça se produit. Il se heurte à ma résistance, et elle se brise. Ce n'est pas aussi cuisant que je le craignais, mais Lachlan s'en aperçoit. Il s'interrompt et ouvre brusquement les paupières. Les yeux dans les yeux, nous gardons le silence pendant un long moment. Seules nos respirations se font entendre dans la chambre. Je lève une main tremblante pour lui caresser la nuque.

— Tu es mon premier.

Ce que je viens de dire semble embraser une véritable fournaise dans ses yeux. Sa bouche s'écrase sur la mienne et il m'embrasse jusqu'à ce que mes lèvres enflent sous sa voracité. Quand il s'écarte, ses yeux sont remplis de désir et mon propre cœur cogne violemment dans ma poitrine.

Il commence à bouger les hanches en moi. Son pouce se pose sur mon clitoris. À aucun moment, ses yeux ne quittent les miens, et je suis incapable de détourner le regard. En un sens, c'est encore plus intime que l'acte lui-même. Savoir qu'il est le premier et le seul homme à me posséder de la sorte. Mais c'est son regard rivé au mien, tandis qu'il me remplit entièrement, qui fait battre mon cœur.

Bientôt, je me cambre sous son corps, submergée par l'intensité des sensations. Je ne m'attendais pas à ce que ce soit aussi bon. Je n'imaginais que la douleur. Mais c'est très agréable. Il va et vient dans la moiteur de mon sexe. Ses mains me marquent au fer rouge de sa possession et ses yeux impriment une seule pensée en moi. Je lui appartiens. Rien qu'à lui. C'est ce qu'il me fait comprendre quand je me disloque autour de lui.

La tension déferle le long de son dos et de ses biceps tandis qu'il s'efforce de garder le contrôle. Son corps est luisant de sueur et il semble à deux doigts d'exploser. Enfin, il penche la tête et entrouvre les lèvres dans un gémissement de plaisir. Avec un dernier coup de reins, il libère une giclée chaude à l'intérieur de moi. Ce n'est qu'à ce moment que je prends conscience que nous n'avons même pas utilisé de préservatif. Il n'en a pas parlé, mais je le vois dans ses yeux. Il pense la même chose.

— Je prends la pilule, dis-je de but en blanc. Et je suis saine, c'est logique.

— Oui, répond-il en souriant. C'est logique. Moi aussi, ma jolie.

Son regard s'attendrit quand il se penche pour m'embrasser. Cette fois, le baiser est doux et attentionné. Ça me terrorise. Je ne fais pas ce genre de choses, je ne me livre à aucune forme d'intimité. Mais ce n'est même pas ce qui me perturbe. Ce qui me perturbe, c'est justement de ne pas être perturbée par ses caresses. Par ses baisers. Je devrais l'être. Je devrais être atterrée. Je ne peux pas me permettre de baisser mes défenses devant cet homme.

Quand il s'effondre à côté de moi sur le lit, j'essaie de m'éclipser vers la salle de bain, mais il m'attrape le poignet.

— Bon sang, où crois-tu aller comme ça ? demande-t-il.

— J'allais juste me nettoyer.

Il m'attire brusquement à lui et passe un bras autour de moi.

— Tu ne quittes pas mon lit dès l'instant où j'ai giclé en toi, ma jolie.

Il a l'air sincèrement vexé. Je m'efforce de ne pas penser au liquide entre mes jambes et je me détends contre son corps. Pourtant, c'est évident, autant pour lui que pour moi : ça n'arrivera pas.

— On ne t'a jamais fait le moindre câlin, Mack ? demande-t-il.

À cette question, je me raidis. Non, jamais. Ça me convient très bien. Et alors ?

— Écoute, Lachlan, lui dis-je. Depuis le temps, tu devrais avoir compris que je suis une fille cassée. Il me manque ce truc qu'ont les autres. Ce truc qui donne aux femmes des envies de câlins et de tendresse. Je ne veux pas ce genre de choses, et je n'en ai pas besoin. Je n'ai pas cette fibre en moi, d'accord ? Alors, laisse tomber.

Il tourne mon visage vers le sien et me regarde avec une expression attristée. De la pitié.

— Tu te trompes cruellement, Mack, me dit-il avec douceur. Tu ne le vois peut-être pas, mais moi, si.

J'ouvre la bouche pour le contredire, mais une fois de plus, il m'embrasse et me pince les fesses.

— Viens, dit-il en prenant ma main dans la sienne. Allons prendre une douche.

22

Mackenzie

Je me réveille en pleine extase. Au sens propre du terme, puisque Lach a enfoui son visage entre mes jambes.

Oh putain, ce type et sa langue ! Une chose est sûre, il sait s'en servir. Je lui agrippe les cheveux, je me cambre et je remue les hanches, produisant toutes sortes de bruits affolés tandis qu'il me dévore. Je ne vois que ses cheveux bruns qui rebondissent entre mes cuisses. Ce spectacle est tellement érotique.

C'est un mélange de tout cela qui me fait basculer. Bon sang, je n'ai même pas tenu deux minutes. Ce n'est pas normal, si ?

Lachlan se retire. Ses lèvres sont encore humides quand il avance les hanches entre mes jambes. Il me fixe du regard. Avec intensité. Ses yeux alternent entre les miens, comme pour me sonder. Quelque chose a changé entre nous. Je sais qu'il le sent, lui aussi.

Il écarte les cheveux de mon visage. Puis il m'embrasse. C'est à la fois doux et hésitant, comme s'il testait quelque chose. Je l'embrasse à mon tour et j'enfonce mes doigts dans son dos. Il me rend folle. Comme si j'avais perdu la tête, comme si je ne me rappelais pas pourquoi je fais tout ça et qui il est réellement.

Il grogne et murmure quelque chose d'incompréhensible contre mes lèvres. Ses mains parcourent mon corps et me caressent les seins tout en plaquant contre moi son sexe en érection. Un bruit monte de ma gorge et, au-dessus de moi, il se crispe. La douceur s'attarde sur ses lèvres quand il m'embrasse avec une ardeur nouvelle. Enfin, il pince ma lèvre entre ses dents et il fait un mouvement brusque.

J'ai à peine le temps de comprendre ce qui se passe. Ses yeux étincellent et il me retourne pour me plaquer sur le lit. Il remonte sur mon corps, enfourchant l'arrière de mes cuisses. Ses mains se glissent dans mes cheveux et il enfonce mon visage contre l'oreiller.

— Putain, qu'est-ce que tu me fais ? s'exclame-t-il.

Je ne réponds pas, car je sais que c'est une question rhétorique. Il est tout aussi perturbé que moi par ce qui se passe entre nous. Je n'y comprends rien et, lui non plus, il n'en veut pas. Mais à sa queue rigide pressée contre mes fesses, je sais qu'il me désire.

Sa poigne se resserre dans mes cheveux quand il me pénètre par-derrière.

— Je n'ai pas demandé ça, dit-il en empoignant ma fesse pour la serrer avec ardeur.

Je réponds dans un murmure :

— Je sais.

Il me baise vigoureusement, les mains sur mes épaules tandis que ses hanches claquent contre mes fesses.

— Tu fais chier, Mack, grogne-t-il. Tu fous tout en l'air.

Je l'accepte. J'accepte sa punition. Pire encore, je l'apprécie. Je suis contente qu'il soit aussi fou que moi. Cette situation me pèse un peu moins sur la conscience.

— C'est toi qui as tout foutu en l'air ! je réplique avec force.

Ses lèvres se posent sur ma nuque et remontent lentement vers mon oreille, à coups de langue et de dents.

— Personne d'autre n'aura tout ça, dit-il dans un murmure menaçant. Tu me l'as donné, Mack. C'est à moi. Tu comprends ?

Il me tire les cheveux et je gémis.

— Va te faire foutre, connard.

— C'est moi qui vais te foutre. Tu seras dans mon lit tous les soirs, ma jolie. Tu chevaucheras ma queue, tu recevras mon sperme. Maintenant, ce corps m'appartient. C'est bien compris ?

En guise de réponse, je jouis autour de lui. Il enfouit son visage dans mes cheveux et me donne un violent coup de reins avant de se vider en gémissant. Enfin, il s'effondre contre moi, le corps lourd et humide de sueur.

Je ne bouge pas. Je n'essaie pas de le repousser, malgré la sensation inconfortable. Ses mots mêlés aux pensées qui tourbillonnent dans ma tête ne tardent pas à l'emporter sur ma gêne physique. Sa respiration s'apaise et il m'embrasse dans le cou. Cette fois, il n'a plus la moindre brutalité en lui. Sérieusement, ce type doit être bipolaire.

Il roule sur le côté, laissant son bras autour de ma taille. Je change de position, plus à l'aise, et je rencontre son regard.

— Putain, une vierge, marmonne-t-il. Dis-moi comment c'est possible, Mack.

Je hausse les épaules en détournant le regard.

— Je n'ai jamais trouvé personne à qui offrir ça.

Lachlan prend mon visage entre ses mains et me force à le regarder. Sa voix est pleine de tendresse quand il reprend la parole.

— Merci, ma jolie, dit-il avec sincérité. De me l'avoir offert.

Je me racle la gorge et je lui adresse un sourire hésitant tout en me recroquevillant dans ma coquille.

— Alors, qu'est-ce qu'on fait aujourd'hui ?

— Aujourd'hui.

Son visage s'assombrit.

— Tu reviens au club avec moi. Je veux te garder à l'œil.

En fin de compte, le petit numéro que j'ai imposé au pauvre Conor a joué en ma faveur. Comme Lachlan a envoyé Ronan en mission, il ne fait confiance à personne pour me surveiller.

Ce soir, je suis de retour au club, chargée de faire l'inventaire. J'imagine que Lachlan se fiche éperdument de connaître son stock avec précision, mais il cherche à m'occuper. Je ne vais pas m'en plaindre, car cela me place exactement dans la position que je voulais. Je peux garder un œil sur les Russes, et sur Donny aussi. Maintenant que Sasha m'a dit qu'il tournait autour de Talia, mes doutes se fondent sur autre chose qu'une simple aversion spontanée.

Le problème, c'est qu'il n'est pas là ce soir. Curieusement, je ne l'ai pas vu très souvent dans le coin depuis mon arrivée. Il ne doit venir qu'en cas de besoin ou quand ça lui chante, ce qui signifie que je devrais le surveiller aussi à l'extérieur. Cela risque de me poser problème, car je sais que maintenant, Lachlan ne me lâchera plus la bride.

Au milieu de mon service, je décide d'aller voir comment va Sasha. Je me sens mal à cause de la manière dont notre conversation s'est terminée la dernière fois, et je tiens à m'assurer qu'elle va bien. Mais quand je m'aventure dans les coulisses et que je la trouve avec une lèvre fendue et un hématome dans le cou, je vois rouge.

— Mon Dieu, mais que s'est-il passé, Sash ? je demande.

Elle jette un œil inquiet autour d'elle avant de me

regarder d'un air suppliant. Je pince les lèvres et désigne le couloir, loin des oreilles indiscrètes. Une fois que nous nous sommes éloignées, je croise les bras et j'examine son corps. Elle tremble de peur et ça me met hors de moi. En essayant de faire preuve de douceur, je lui demande :

— C'est Donny qui t'a fait ça ?

Elle se mord la lèvre, les yeux au sol. Je prends ça pour une réponse. Bon sang, mais où est Ronan quand on a besoin de lui ? J'essaie de négocier :

— Laisse-moi en parler à Lachlan. Il mettra un terme à tout ça une bonne fois pour toutes, Sash.

Le venin qui se déverse de sa bouche quand elle éclate de rire me saisit.

— Non, bordel ! Il ne fera rien, dit-elle sèchement. Tu ne sais pas comment ça marche, Mack. Donny est l'un des leurs. Nous sommes des intruses. Lachlan ne dira rien et il ne fera rien pour arranger ça.

— Ce n'est pas mon avis, dis-je faiblement.

Elle m'adresse un regard plein de pitié et elle secoue la tête.

— Eh bien, je suis désolée pour toi. Tu l'apprendras à la dure.

Je me tords les mains en essayant de trouver un moyen de réparer les dégâts. Sauf à lui faire mordre la poussière en combat singulier, je ne vois pas beaucoup d'options.

— Alors, laisse-moi lui parler... je propose.

Sasha secoue la tête, abattue, les épaules basses.

— Non, Mack. Laisse tomber. Il finira bien par se lasser de moi.

— Ça ne suffit pas. Je ne vais pas rester plantée là pendant que tu…

— Tu n'as pas le choix, rétorque-t-elle.

Sa lèvre se met à trembler et des larmes s'échappent de ses yeux. Ce terrible moment me rappelle que je suis un être humain atroce. Parce que je ne sais pas comment la réconforter. Chaque fois que j'ai pleuré dans ma vie, mon père me demandait d'arrêter de brailler. Et quelque chose me dit que cette approche ne fonctionnera pas avec Sasha.

— Je suis désolée, Sash.

— J'ai peur, admet-elle. Il me terrorise. Il sait où j'habite, quel est mon planning… il est même au courant pour ma mère malade. Il m'a dit des choses. Des choses terribles. Et je ne sais pas ce qu'il est prêt à faire si je ne lui donne pas ce qu'il veut.

Soudain, ce n'est plus Sasha que je regarde. C'est Talia. Mon estomac se retourne quand je me demande si elle a ressenti la même chose. Comme si elle était prise au piège dans une situation inextricable et qu'elle ignorait vers qui se tourner. Elle ne serait jamais venue me voir, parce qu'elle savait que je prendrais les choses en main. C'était sa faiblesse. Talia avait le cœur sur la main et elle protégeait farouchement ceux qu'elle aimait. Cela ne fait que renforcer ma détermination. Je ne veux pas laisser Donny s'en tirer plus longtemps.

— Écoute, Sash, dis-je. Je vais m'en occuper,

d'accord ? Tu dois me faire confiance. Tu t'en sens capable ?

En clignant des paupières, elle lève ses yeux bleus vers moi et me regarde avec perplexité. L'épuisement sur son visage est presque insoutenable. Le stress commence à laisser des traces sur son corps, elle est maigre. Ses pommettes ressortent et les cernes noirs sous ses yeux sont évidents. Sa mère est mourante, et en plus elle doit supporter ce psychopathe qui cherche à abuser d'elle chaque fois qu'il en a l'occasion. J'ai envie de lui tordre le cou.

— Pourquoi ? demande-t-elle. Ça ne te concerne pas.

— Parce que c'est ce que font les amis, lui dis-je. Et je suis ton amie.

— D'accord.

Son corps s'affaisse de soulagement.

— De toute façon, je n'ai pas le choix.

23

Mackenzie

Plus tard ce soir-là, je suis dans la réserve en train de terminer mon inventaire quand quelqu'un m'attrape par-derrière et plaque la main sur ma bouche. Instinctivement, j'essaie de lui donner un coup de tête, mais quand il m'empoigne les cheveux et que je sens son eau de toilette, je me détends.

— Tu es une petite créature vraiment dangereuse, n'est-ce pas, papillon ?

Il pose sa bouche contre mon oreille pour la mordiller. Je garde les lèvres scellées tandis que mon corps fond contre le sien. Des baisers brûlants pleuvent sur la peau sensible de mon cou et sa main descend à la recherche du string sous ma robe.

— C'est à qui, tout ça, ma jolie ? demande-t-il d'une voix rauque.

Son sexe en érection se presse déjà dans mon dos.

Mon côté bestial aime savoir qu'il est venu me dénicher ici rien que pour ça.

— C'est à toi, Lach.

Il gémit et me mord la nuque en remontant le tissu de ma robe autour de ma taille. Il frotte sa queue dure contre mes fesses comme une arme.

— C'est ta faute, me dit-il. Je n'ai pas réussi à me concentrer pendant toute la soirée. Maintenant, tu vas arranger ça.

— D'accord.

— Penche-toi, les mains sur l'étagère.

Je fais ce qu'il m'ordonne parce que… j'en ai très envie. Ses doigts brutaux écartent mon string et, quelques instants plus tard, le bruit de sa braguette se fait entendre dans l'espace exigu.

— Je n'ai pas de temps pour la douceur ce soir.

Il insère son épaisse queue entre mes cuisses.

— Je vais te baiser de toutes mes forces, te fourrer vite fait avant de partir.

J'étouffe un gémissement. Bon sang, je ne devrais pas trouver ça aussi torride !

Lachlan m'agrippe par le bassin et s'enfonce en moi. Il avait raison sur un point. Ça n'a rien de tendre ni de doux. Les bouteilles d'alcool s'entrechoquent sur l'étagère tandis que ses hanches claquent frénétiquement contre mes fesses. Il s'enfonce si profondément que ses bourses rebondissent contre moi. Il gémit et, en même temps, pétrit la chair de mes fesses et de ma poitrine.

— Tu sais ce que j'aime chez toi, Mack ? gronde-t-il.

J'aime que tu sois une petite salope insolente et que tu me laisses quand même faire tout ce que je veux. Ça m'excite, putain, tu n'as pas idée…

Je n'essaie même pas de le nier. Je suis trop concentrée pour ne pas perdre l'équilibre sous l'assaut de ses coups, pour rester droite malgré l'énergie électrique qui bourdonne à travers tout mon corps. Avec lui, je me sens comme une princesse et comme une vulgaire petite traînée.

— Dis-moi que tu aimes ça, ordonne-t-il.

— J'aime ça.

Et c'est la vérité. Je n'y suis pour rien.

— Tu aimes que je me serve de toi comme une petite salope. Que je te penche et que je t'enfile où je veux, parce que tu m'appartiens.

— Hmm, je gémis. Va te faire foutre, connard.

Je peux presque sentir son sourire irradier dans mon dos. Apparemment, mon impertinence l'excite tout autant que ma docilité, parce qu'à présent, il me baise comme un forcené. J'ai le cerveau tout retourné quand ses doigts implacables s'enfoncent dans mes hanches et qu'il jouit en grognant.

Je suis à bout de souffle, en nage. Je sens son sperme couler entre mes cuisses lorsqu'il se retire. Je n'ai toujours pas joui, mais ça ne tient qu'à un fil. Je m'attends à ce qu'il se reboutonne et s'en aille, mais au lieu de ça, il me retourne dans ses bras et me plaque contre l'étagère.

Ses lèvres trouvent les miennes avec une infinie délicatesse en comparaison avec la violence de nos rapports, et ses doigts se dirigent vers l'endroit où je le désire ardemment. Je ferme les yeux et rejette la tête en arrière tandis qu'il s'occupe de moi. C'est intime de l'avoir si près de moi, à respirer le même air… d'être vulnérable devant lui. Mais en cet instant, cela ne me dérange pas. Je sais qu'il guette le moindre frémissement, le moindre soupir, chaque gémissement insoutenable qui franchit mes lèvres. Il les avale tous et me les rend sous forme de tendresse quand il m'embrasse.

Il ne lui faut qu'une minute pour me faire basculer, puis je m'effondre contre lui.

— Je t'ai épuisée, mon amour ?

Quand j'ouvre lentement les yeux, son visage affiche un sourire satisfait.

— Oui.

— Formidable, murmure-t-il contre mes lèvres. Tu sais que si quelqu'un d'autre te touche, je le tue, Mack. Ne l'oublie pas.

Ce ne sont pas des paroles en l'air. Je crois vraiment qu'il tuerait quiconque essaierait de poser la main sur moi. Refermant les bras autour de lui, je lui caresse la nuque en le regardant avec gravité.

— Je ne te ferais jamais ça.

Il hoche la tête, mais il n'a pas l'air convaincu. Après hier soir, je ne peux pas lui en vouloir.

— Je dois y retourner, me dit-il. Ça finira très tard, mais Ronan est en chemin et il te ramènera à la maison.

À la maison. Chez lui. Il utilise ce mot sans la moindre pression. Dans une autre vie, j'imagine quelle aurait pu être ma rencontre avec Lachlan. Si Talia était encore là, si elle n'était pas la raison de tout cela, pourrais-je me retrouver avec un homme comme lui ? Être la petite femme d'un gangster ? Je n'en sais rien, mais au fond, je sens que ce serait toujours plus fort que moi.

Lach effleure mes lèvres une dernière fois avant d'ajuster ses vêtements, puis il s'éloigne en direction de la porte. Un dernier regard, puis un clin d'œil.

— Sois gentille, papillon.

— Promis.

Il se retourne, mais au même moment, des paroles m'échappent sans prévenir. Des paroles folles.

— Lach ?

— Oui, ma jolie ?

— Fais attention à toi.

Il me répond par son adorable sourire enfantin. Le pire, c'est qu'à mon tour, je souris à ce bel idiot.

Quand la porte s'ouvre à nouveau, j'imagine que c'est Ronan. Je finis de compter les bouteilles avant de me retourner. Mais quand je découvre Sean et ses yeux sur mon corps, mon estomac se noue. C'est pour ça que Lachlan est venu me baiser ? Parce qu'il savait que l'un de ses hommes essaierait de me coincer comme ça ?

— Salut, me dit Sean avec un clin d'œil. Je ne savais pas que tu étais ici.

Oui, bien sûr. Quel connard ! J'ébauche un sourire affable et je hausse les épaules.

— Ce n'est rien. J'allais justement partir. Ronan me ramène.

J'espère que ça le fera reculer, mais malheureusement, ce n'est pas le cas.

— Tu es un joli petit lot, toi.

— Merci, dis-je sèchement.

J'essaie de passer devant lui pour rejoindre la porte, mais il m'attrape par le bras et me maintient sur place.

— Tu es pressée ? demande-t-il.

— Je vous l'ai dit, Ronan m'attend.

— Aux dernières nouvelles, Ronan obéit à mes ordres, rétorque-t-il. Il peut attendre un peu.

Si c'était quelqu'un d'autre, je l'aurais déjà assommé à coups de poing. Mais il s'agit du fils de Niall. Et je suis dans une position très précaire. Sean le sait pertinemment. Je doute que beaucoup de femmes aient déjà eu le cran de lui tenir tête, en sachant ce qu'il est capable de leur faire.

— Je comprends pourquoi Crow t'apprécie, dit-il. Pourquoi tu ne resterais pas boire un verre avec moi ?

— J'aimerais beaucoup.

J'essaie de rester calme et patiente.

— Mais la journée a été longue et je suis très fatiguée. Si on remettait ça à plus tard ?

Il plisse les yeux et resserre sa poigne autour de mon bras. La panique s'empare de moi. Je ne veux pas lui faire mal, mais il est hors de question qu'il me touche. Je sais bien que je devrais accepter son invitation. Lui poser des questions, essayer d'obtenir les renseignements dont j'ai besoin. C'était mon plan initial. Mais c'était avant que je commence à m'intéresser à Donny. Maintenant, dans la mesure du possible, je préfère garder mes distances avec Sean.

— Laisse-moi reformuler ça, dit Sean sur un ton qui n'admet aucun refus. Tu couches avec l'un de nos hommes alors même que le syndicat est vulnérable. Et je ne lui fais pas assez confiance pour valider une fille au prétexte qu'il se la tape. Voilà ce que nous allons faire. Nous allons boire un verre ensemble, et tu vas répondre à mes questions. C'est compris ?

Sale fumier. Je dégage mon bras tout en hochant la tête.

— Bien sûr.

La porte s'ouvre et Ronan apparaît dans l'encadrement. Ses yeux deviennent accusateurs dès qu'il m'aperçoit avec Sean dans l'espace réduit.

— Ah, le timing est parfait, dit Sean. Ronan, va nous chercher quelque chose à boire, tu veux bien ?

Je décoche à Ronan un regard alarmé pour lui faire comprendre que ce n'est pas mon initiative. Il pince les lèvres et, tout naturellement, sort sans dire un mot.

— Viens, asseyons-nous.

Sean désigne la table et les chaises en fond de salle.

Je le suis avec obéissance, malgré mon envie de lui donner un coup de poing dans les reins. Je tire ma chaise hors de sa portée et je m'assois. L'agacement fait briller ses yeux quand il les pose sur moi. Quelques instants plus tard, Ronan revient avec deux verres, probablement remplis de whisky. Je prends le mien et l'avale d'un trait sans prêter attention à son contenu.

— Tu peux partir maintenant, lance Sean à Ronan.

Il est toujours debout à côté de moi, presque protecteur. Son hésitation ne fait aucun doute. Je lève les yeux vers lui et je souris pour lui faire comprendre que je me débrouillerai. Sean est peut-être le fils de Niall, et il intimide peut-être tout le monde, mais s'il croit pouvoir poser ses sales pattes sur moi, c'est ce qu'on verra.

Ronan serre les poings, et pourtant il s'en va comme on le lui a demandé.

Sean sirote son whisky tout en me dévisageant par-dessus le bord du verre, avant de le reposer sur la table.

— Je suppose que Crow t'a prévenue que nous avons un traître parmi nous, me dit-il. C'est le protocole habituel. Je suis sûr que tu comprends.

— Naturellement.

Mon sourire est forcé. Lachlan ne m'a jamais parlé de ça.

— Posez-moi toutes vos questions, Monsieur MacKenna.

Ma réponse froide et impersonnelle l'agace, ça se voit dans ses yeux, et cette petite victoire me réjouit.

— Crow a tendance à se laisser déconcentrer par une jolie paire de seins, dit-il en sautant sur l'occasion pour me lorgner à nouveau. Mais il se lasse vite. Quand il fait venir des inconnues dans nos rangs, ça peut nuire au syndicat.

Ah. Ce type n'est vraiment pas croyable !

Je me carre dans ma chaise et je le toise du regard. Il croit pouvoir m'atteindre avec son petit subterfuge. Ça fonctionne peut-être avec la plupart des autres filles. Il les met dans tous leurs états, puis elles lui tombent dans les bras pour chercher du réconfort. C'est plutôt pervers, mais ça me montre à quel point Sean souffre de la concurrence de Lachlan. Ça ne m'étonne pas. Avec la mort du grand-père de Lach, les choses sont en train de changer au sein de l'organisation. Niall va sûrement désigner quelqu'un pour assurer la relève. Au premier abord, on pourrait penser que la priorité revient à Sean, mais j'ai l'impression que ce n'est pas aussi évident que ça. Niall ne me paraît pas du genre à confier son précieux syndicat à quelqu'un sans mérite.

Alors, Sean considère Lachlan comme une menace. Quand je pense à la réaction de Niall devant la petite scène de son fils hier soir, et à son attitude défensive envers Lach, ça me semble même évident. Histoire de confirmer ma théorie, je décide de le provoquer un peu.

— Écoutez, Monsieur MacKenna, je ne suis pas une fille très intrépide. Je sais ce que fait Lachlan. Je connais l'existence du syndicat, mais ça ne m'intéresse pas. Pour tout vous dire, je l'utilise uniquement pour sa queue. Elle est énorme. Vraiment massive, et j'adore la chevaucher…

— Ça suffit ! tonne-t-il en abattant son poing sur la table.

J'ai ma réponse. Je suis incapable de retenir le sourire qui me vient. Bien sûr, je m'aventure sur un terrain glissant, mais ce connard l'a bien cherché. Il bouillonne de colère pendant un moment avant de prendre une décision. Quand il reprend la parole, sa voix est calme et mesurée.

— C'est drôle, dit-il. Tu te pointes ici, et la semaine d'après les Arméniens font irruption au club. Ils emportent l'argent des Russes…

Il marque une pause pour mettre l'accent sur la fin de sa phrase, et une graine de soupçon commence à germer dans ma tête. On dirait qu'il essaie délibérément de m'en dire trop.

Il s'adosse dans sa chaise et croise les jambes.

— Et maintenant, les soupçons pèsent sur Crow. Ses propres hommes commencent à douter de sa capacité à diriger sans accrocs. Et tu sais ce qui se passe quand tes propres hommes doutent de toi ?

Je lève les yeux en direction de Sean par-dessus la table. En prononçant ces paroles accusatrices, il n'a rien d'un ami inquiet. Il semble presque… satisfait, et je le déteste encore plus.

— Ce n'est pas très difficile à deviner, dis-je sur un ton évasif.

Il sourit.

— Non, en effet.

— Vous ne devriez pas vous réjouir si les perspectives sont si sombres pour votre soi-disant frère, dis-je sèchement. Je ne pense pas que ça corresponde à votre code d'honneur.

Il se penche par-dessus la table et prend mon visage entre ses mains, me serrant comme pour me broyer.

— Sache que je t'ai à l'œil, fait-il avec mépris. Un faux pas, Mackenzie, et personne n'entendra plus jamais parler de toi.

Je ne tressaille pas, je ne me recroqueville pas. C'est ce qu'il attend. Au contraire, je le regarde droit dans les yeux et je lui montre le semblant de respect dont il a tant besoin. Entre Donovan et lui, je me demande lequel est le pire.

— Vous n'avez rien à craindre de moi. Je reste jusqu'à ce que Lachlan se lasse, c'est tout.

Un sourire arrogant se dessine sur son visage et il me lâche.

— Ce sera plus tôt que tard, crois-moi.

Je me lève en lissant ma robe.

— Je peux partir maintenant ?

Il n'a pas perdu son sourire sinistre. Ses yeux se promènent sur mon corps une dernière fois, puis il hoche la tête. Quand j'ouvre la porte, je découvre Ronan debout juste derrière. Mon cœur glacial se réchauffe un peu. Je tends la main et je lui ébouriffe les cheveux. Comme toujours, il s'empresse de s'écarter.

— Oh, Ronan, je susurre. Ça me touche tellement que tu veilles sur moi. Tu crois que tu pourrais nous débarrasser de lui ?

Son regard suit Sean qui passe près de nous en sifflotant un air guilleret, puis il me prend par le bras.

— Allons-nous-en.

Ronan me conduit hors du club, par la porte de service. Nous ne sommes qu'à cinq ou six mètres de la voiture quand il s'arrête net et me pousse dans son dos.

— Que se passe-t-il ? je demande.

Des coups de feu éclatent tout autour de nous et Ronan m'entraîne à couvert derrière l'un des véhicules stationnés. Il sort son arme et retire sa veste.

— Il faut vraiment que je réponde ? lâche-t-il de mauvaise grâce.

— Non, dis-je d'une petite voix aiguë. C'est bon.

24

Lachlan

Tac. Tac. Tac.

— Ce sont de vrais cafards, putain ! s'écrie Rory par-dessus le crépitement des armes à feu. On croit les avoir tous tués, mais il en sort toujours d'autres entre les lattes.

J'acquiesce avec un grognement.

Ces satanés Arméniens.

Nous n'étions qu'une poignée à être au courant de la réunion avec les Russes ce soir. Niall s'est assuré que tout le monde soit étroitement surveillé. Étant donné que l'entretien de ce soir avait lieu dans l'un des clubs russes, difficile de croire que ce soit l'un d'entre eux qui ait tout organisé. Et pourtant, je pense que c'est exactement ce qui s'est passé.

Une balle passe en sifflant à côté de ma tête. Je m'accroupis sous la table retournée et j'ouvre le feu jusqu'à ce que mon chargeur soit vide. Deux de leurs pantins s'effondrent avant que je puisse remettre des munitions. Il ne me reste plus qu'un chargeur, dans ma poche. En arrivant, je ne m'attendais pas à une guerre. Il ne s'agissait même pas d'un échange, ce qui me permet de déduire une chose. Celui qui livre nos renseignements le fait uniquement pour perturber notre alliance avec les Russes.

Alexei me rejoint en rampant comme un chat. Cet homme est d'un calme assassin, avec les réflexes qui vont avec. En même temps, c'est nécessaire. Viktor ne sera pas content que son bien le plus précieux se retrouve au milieu de ces rafales de balles. Mais au combat, Alexei n'est pas un fainéant.

Il fait feu à six reprises, touchant au moins trois hommes au passage. Puis il se tourne vers moi et débite tout un chapelet d'ordres en russe. C'est trop rapide pour que je saisisse tout, mais je comprends qu'il y a des munitions à l'arrière. Le problème, c'est que la majeure partie de la fusillade se passe là-bas.

Je hoche la tête et fais signe à Rory d'aller chercher Conor. Le jeune se pisse presque dessus, sous la table où il s'est caché. Alexei et moi, nous nous dirigeons dans la direction opposée. Nous rasons le mur, à couvert derrière d'autres tables et chaises. Quand nous arrivons à la porte d'entrée, Alexei me parle par gestes pour me faire comprendre qu'il va passer par-derrière. Je lui réponds que je le couvre en surveillant l'entrée, puis il disparaît de l'autre côté de la porte.

Pendant ce temps, je jette un regard circulaire pour

évaluer la situation. Nos hommes ne sont pas trop mal en point, à l'exception de Conor, blessé au bras. Il survivra. Mais quand je compte les Russes, je ne trouve Ivan nulle part. Après un autre coup d'œil, je comprends que quelque chose cloche.

Sortant mon téléphone de ma poche, j'essaie d'appeler Ronan. Mais je reçois un coup par-derrière. Et ce n'est même pas un maudit Arménien.

Deux recrues russes m'ont encerclé, couteaux à la main. Ils sont jeunes, trop jeunes pour avoir du plomb dans la cervelle. Je retire ma veste et la jette. Ils auraient pu me coller une balle dans la tête et en finir une bonne fois pour toutes, mais de toute évidence, ce n'est pas leur intention. S'ils cherchent un combat, alors ils l'auront.

— Donne-moi ça, merde ! je crie à Rory.

Il me lance le flacon de pilules et j'en avale trois avec une grande gorgée de whisky. En quelques instants, la douleur s'atténue et le délire prend le dessus.

— Ramène-moi à la maison.

Rory marmonne quelque chose à propos du club et de mes blessures, mais je n'en ai rien à cirer. Mes yeux se ferment et ma tête roule sur le siège en cuir.

— Mack.

C'est le seul mot que je parviens à prononcer. Quelque part dans mon état lamentable, je sais que j'ai besoin de la voir. On a essayé de la tuer ce soir. On a essayé de nous tuer tous les deux.

Après s'être garés devant la maison, Rory et Michael me portent à l'intérieur et m'aident à remonter le couloir. Ronan commence à se plaindre de mes blessures, mais je l'envoie bouler.

Je retrouve la fille, couchée dans mon lit, exactement à sa place. Les gars déposent mon poids mort sur le fauteuil, dans le coin, et Mack se redresse en écarquillant les yeux.

— Lach ? murmure-t-elle en balayant mon corps de son regard paniqué. Mon Dieu !

Elle est debout et se rue vers moi avant même que je le lui demande.

— Vous auriez dû l'emmener à l'hôpital ! hurle-t-elle à Rory.

Il me regarde et lève les yeux au ciel avant de sortir de la chambre en traînant des pieds. Je souris et parviens à attirer Mack sur mes genoux, le bras autour de sa taille.

— Tu es réveillée, papillon.

Elle acquiesce contre mon torse. Tout me semble plus doux. Ou plus dur. Je n'en sais trop rien. Les lignes sont floues et les analgésiques dans mon sang essaient de m'assommer. Mais moi, j'ai envie d'être en elle.

Je n'ai pas pour habitude de garder les femmes avec qui je sors, mais dans mon délire je suis prêt à avouer que j'aimerais l'avoir à mes côtés. En gémissant, j'enfouis mon visage dans son cou.

— Tu as toujours mon odeur, lui dis-je avec fierté.

Elle se tourne dans mes bras et pose ses lèvres sur mon torse, puis sur ma gorge.

— On dirait que ça t'étonne, murmure-t-elle.

Mes bras se referment autour d'elle.

— Ronan m'a dit que Sean t'avait parlé.

— Oui, dit Mack. On a bu un verre et je lui ai dit que j'adorais ton énorme queue.

Elle affiche un immense sourire et un grondement sourd monte de ma gorge. Je suis fier d'elle.

— Alors, je n'ai pas besoin de le massacrer ? dis-je en l'attirant tout contre moi.

— Non, chuchote-t-elle.

— Danse pour moi, je demande en reposant ma tête contre le dossier. Tu as dit que tu ne danserais que pour moi.

Ma voix est pâteuse et Mack sourit. C'est un sourire authentique, pas comme ceux qu'elle adresse aux autres. Elle est splendide quand elle sourit comme ça. Ses yeux se posent sur le bandage de fortune enroulé autour de mon bras et sur la coupure qui me barre le torse.

— Ta peau est entaillée, observe-t-elle. Je dois nettoyer tes plaies.

— Après.

Elle me regarde et secoue la tête, mais à mon grand soulagement, elle fait ce que je lui demande.

— D'accord, Lachlan.

Prenant mon visage entre ses paumes, elle m'embrasse sur la bouche avant de se retourner sur mes genoux.

Elle presse ses hanches contre moi et je gémis. Je suis un poids mort. Je ne suis même plus capable de la toucher. Mais elle ne m'a jamais fait autant de bien qu'en cet instant. Douce, féminine et chaude, là où je ne suis que dureté.

— Tu me fais planer, ma jolie.

Elle me répond avec un sourire.

— Je crois que c'est autre chose, Lach.

Elle fait passer mon tee-shirt par-dessus ma tête. Ses seins rebondissent quand elle ondule des hanches, effleurant mon cou du bout des doigts. À un moment donné, elle se penche et déboutonne mon jean. Puis je la pénètre et tout le reste s'efface.

Je ne dure pas longtemps. J'en suis incapable. Elle prend du plaisir sur moi, puis je la remplis du peu qu'il me reste.

Enfin, elle s'écarte et dépose un baiser sur ma joue. Son souffle est chaud et agréable.

— Je ne veux pas te livrer, dis-je dans l'obscurité.

Un silence s'ensuit et je comprends que j'ai merdé. Mais Mack caresse toujours ma peau, sans se douter de rien.

— Dors, Lachlan. Je vais m'occuper de toi.

25

Mackenzie

Quand je me réveille, la place est vide à côté de moi. Mais son parfum s'attarde sur l'oreiller. Je me tourne et enfouis mon visage dans le tissu en inspirant. Il sent si bon, mon gangster indomptable.

Ronan a dû m'aider à mettre le corps inerte de Lachlan au lit une fois que j'ai fini de le nettoyer et de le recoudre. Il saignait beaucoup, mais les entailles sont plus vilaines que graves. J'imagine à peine dans quel état doivent être les hommes qui lui ont infligé ça.

Je ferme les yeux et expire. Ça devrait peut-être me contrarier, mais ce n'est pas le cas. J'ai vite appris que rien n'était tout blanc ni tout noir dans ce monde. Quelqu'un a essayé de me tuer hier. Ronan refuse de me dire qui, mais je sais qu'il était Russe. Et il s'est enfui après que Ronan lui a tiré une balle dans la jambe.

Puis Lachlan est rentré, abîmé lui aussi. J'ignore dans quelles affaires ils trempent, mais ils sont pris pour cible, et à vrai dire, je me fous complètement de savoir qui est responsable. S'ils visent Lachlan ou moi, alors ils représentent une menace. C'est aussi simple que ça.

Refoulant la détresse que ma logique suscite, je me dirige vers la cuisine. J'ai presque une démarche de cowboy.

Comme d'habitude, je ne trouve pas grand-chose dans les placards. Ronan a fait quelques courses, mais apparemment il n'a pas le bec sucré.

Bon, des cornflakes, alors.

Je prends un bol et je m'assois à table en face de Ronan, qui fronce déjà les sourcils, pour une raison qui m'échappe. Il est en pleine forme ce matin.

— Où est Lach ? je demande.

— Il avait des choses à faire.

— Il a à peine dormi, je grommelle, la bouche pleine de céréales.

— Bienvenue dans sa vie, répond sèchement Ronan.

Je continue de manger sous son regard scrutateur. Il plisse les yeux et je devine les rouages qui tournent dans sa drôle de caboche. Quand ma cuillère retombe enfin dans le bol vide, je suis prête à l'interroger.

— Tu as quelque chose à dire, Ronan ?

Je ne m'attends pas vraiment à ce qu'il me réponde. La majeure partie du temps, j'ai de la chance si j'arrive à obtenir un grognement.

— Que t'a dit Sean hier soir ? demande-t-il.

Sa voix est calme et posée, mais son corps est plus

tendu qu'à l'accoutumée. Je crois savoir pourquoi. Et je doute que Lachlan approuve cette conversation.

— Comme d'habitude, dis-je en toute honnêteté. Que Lach est un homme à femmes, qu'il se lassera vite de moi, qu'il y a une taupe… oh, et que les Arméniens ont volé de l'argent au club. L'argent des Russes, je crois.

Ronan me dévisage, mais il ne dit rien. Je me demande ce qui se passe dans son ciboulot. Ce ne doit pas être très reluisant. Je ne suis pas censée savoir tout ça, mais allez comprendre, Sean me l'a dit et j'aimerais bien savoir pourquoi. J'ajoute :

— Il a dit aussi que les hommes de Lachlan ne lui faisaient pas confiance.

Ronan tape du poing sur la table et je sursaute. Ce type est d'un calme presque effrayant, comme un tueur en série ou un professeur. Même s'il est toujours un peu boudeur, je ne l'ai jamais vraiment vu en colère. Mais là, il semble à deux doigts de piquer une crise phénoménale.

— C'est rien que des conneries ! Ce n'est pas qu'envers le syndicat que les gars sont loyaux, c'est envers Crow.

— C'est bon, Ronan. Calme-toi. Pas besoin d'en faire tout un foin.

Il fulmine et je poursuis :

— Je sais que les hommes de Lach sont loyaux, pas la peine de me le dire. La loyauté, c'est aussi essentiel là d'où je viens.

Par instinct, je lève la main pour effleurer mon

collier, mais il n'est pas là. Mon cœur remonte dans ma gorge et je me tâte le cou, en proie à la panique.

— Qu'y a-t-il ? demande Ronan.

— Mon collier !

Je me lève d'un bond en repoussant ma chaise.

— Je ne l'ai plus.

Ma réaction à son absence est brutale et spontanée. C'est plus fort que moi, c'était la seule chose qui avait de l'importance à ses yeux. Mon dernier lien avec Talia. Je reviens dans le couloir au pas de course et je retourne la chambre de Lachlan à sa recherche. Je suis à bout de souffle lorsque quelqu'un entre derrière moi.

— Mack ? demande Lachlan.

— Mon collier, dis-je d'une voix étranglée. Je ne trouve pas mon collier !

— C'est moi qui l'ai.

Je fais volte-face et je le regarde sans y croire. La chaîne en argent est là, suspendue entre ses doigts.

— J'ai demandé à Conor de le faire nettoyer ce matin, dit-il. Il en avait bien besoin.

— Ce n'était pas à toi de décider !

Je lui arrache le collier des mains et je le serre dans mon poing tremblant.

Il me regarde comme si j'étais folle et je sais que des larmes coulent sur mon visage. Je m'en fiche. Il peut penser que je suis faible. Quand mes yeux se posent sur le pendentif en forme de cœur dans ma paume, j'ai envie de hurler ma frustration. Il est différent. Ce n'est plus le même. Il est brillant et propre, comme neuf, mais on ne dirait pas celui que Talia m'a laissé.

— Tu n'aurais pas dû faire ça ! Si ce n'est pas cassé, il n'y a rien à réparer. On ne te l'a jamais dit ?

Je ne sais pas à quoi je m'attendais, mais certainement pas à ce qu'il s'avance et me prenne dans ses bras pour me serrer contre son cœur. Il me frotte le dos sans me lâcher... il me réconforte. C'est surréaliste, et pourtant c'est vrai.

— Viens, ma jolie.

Il m'attire sur le lit et je me roule en boule sur ses genoux. Je renifle contre lui. Ça me gêne. Bon sang, je suis atterrée par cet étalage d'émotions. Lachlan sèche mes larmes par ses baisers. Contre toute attente, il se montre très prévenant et attentionné.

— Ça ne se reproduira pas, me dit-il. Je croyais que ça te ferait plaisir.

Sa voix tendue me remplit de culpabilité. Son geste partait d'une bonne intention, mais il ne comprend pas ce que ce collier signifie pour moi. Maintenant, j'ai l'impression qu'il ne me reste plus rien de Talia. Tout ce qui semblait ancien a disparu, et ça ne me plaît pas. Elle n'était pas étincelante ni parfaite. Comme moi, elle avait ses parts d'ombre. Mais je ne peux pas en vouloir à Lachlan de ne pas l'avoir su.

— Je suis désolée, lui dis-je.

Il essuie mes larmes en secouant la tête.

— Va prendre une douche, ma jolie. Aujourd'hui, on sort.

26

Mackenzie

Certains hommes emmènent leurs femmes au cinéma, faire les boutiques ou dîner au restaurant. Le mien ? Il m'emmène dans une salle de boxe. Et je souris comme une débile quand nous entrons.

— Tu vas te battre contre moi ? je demande.

Il éclate de rire.

— Si ça peut te faire plaisir, ma jolie.

— Et tes blessures ?

Il me regarde d'un drôle d'air et quelques-uns de ses gars ricanent.

— Ne m'insulte pas, Mack.

Je souris en secouant la tête. Je sais qu'il a fait de la place pour moi dans son emploi du temps. Du temps dont il ne dispose probablement pas, étant donné les Arméniens qui le traquent toujours et les nombreux problèmes à gérer au club. Quand je lève les yeux vers lui, une vague d'émotion me submerge. Je me hisse sur la pointe des pieds et lui plante un baiser sur les lèvres, devant tous les autres gars. Naturellement, Lachlan apprécie cette attention.

— Va te changer.

Il me donne le sac que j'ai préparé et il tend le doigt vers le fond de la salle. Puis il me donne une tape sur les fesses et je détale.

Quand je reviens, en tenue d'entraînement, Lachlan discute avec un type. Je prête à peine attention à son interlocuteur, parce que Lach a retiré son tee-shirt et qu'il ne porte qu'un pantalon de sport noir, taille basse. Je salive presque en le regardant. Je ne doute pas qu'il y a d'autres beaux garçons dans cette salle. La testostérone et la sueur, il n'y a que ça ici. Mais je n'ai d'yeux que pour Lachlan. Il est plus grand et plus fort que moi, et j'adore ça. Quand il me serre dans ses bras, la nuit, je me sens petite et en sécurité. C'est de la folie. Mais en le regardant, je ne lui trouve pas un seul défaut, de ses tatouages jusqu'au médaillon en or sur sa poitrine. Tout dans son corps est addictif. Il est musclé et sec, son ventre est plat et les os de sa hanche ressortent, indiquant le chemin vers le glorieux objet de sa virilité. Une partie de mon cerveau, mon côté un peu fou, a presque envie de lui demander de s'habiller tout le temps comme ça.

— Mack, viens ici, me dit-il.

Je m'approche avec obéissance et il m'attire à lui. Il me présente avec fierté :

— Jimmy, voici Mack.

— C'est un plaisir de te rencontrer, fait Jimmy en hochant la tête. Il paraît que tu fais de la boxe ?

Je lève les yeux vers Lachlan et je souris.

— À mes heures, dis-je timidement.

Une fois de plus, Lachlan rit. C'est agréable. Ça n'arrive pas souvent.

— Eh bien, vous pouvez utiliser le ring aussi longtemps que vous le voudrez, tous les deux, dit Jimmy. Et les autres équipements aussi.

Tiens, encore un avantage d'être avec Lachlan. Éviter d'attendre son tour à la salle de sport. Je doute que quiconque ici ose lui refuser quoi que ce soit. Mais en regardant les visages familiers autour de moi – exclusivement des membres du syndicat –, je comprends que la salle de sport leur appartient.

Jimmy nous abandonne et Lach m'aide à enfiler des gants. Pendant l'heure qui suit, nous nous en donnons à cœur joie et je me réjouis qu'il ne retienne pas ses coups. Au bout d'un moment, nous attirons même un public avec nos rires et nos insultes compétitives. Ses pieds sont agiles et il arrive toujours à me battre. Je suis impressionnée par sa force, et encore plus par son corps torride, mais je n'en laisse rien paraître.

Quand nous avons terminé, Lachlan et moi sommes couverts de sueur, mais je suis trop fière pour dire qu'il m'a épuisée. Nous partageons une bouteille d'eau, puis il me donne une autre claque sur les fesses.

— À la douche, ma jolie.

Je jette un œil dans la salle remplie d'hommes et il secoue la tête.

— Ne t'inquiète pas pour ça, je m'en charge.

Il me prend par la main et adresse à Jimmy un hochement de tête tandis que nous rejoignons le vestiaire. Je suppose qu'il s'agit d'un signal pour dire à tous les autres d'aller se faire foutre, mais je n'ai pas l'occasion de lui poser la question. Dès l'instant où nous sommes à l'intérieur, il me plaque contre le mur et se presse contre moi.

— Mack, gémit-il en déposant un chemin de baisers le long de mon cou. Je suis tellement dur pour toi, ma jolie.

Pour le prouver, il me prend la main et l'appuie sur la bosse dans son pantalon. Il ne ment pas, elle est solide comme le roc. Je jette un œil vers la porte ouverte du vestiaire et je me mords la lèvre. Je proteste sans conviction :

— On pourrait nous entendre.

Les yeux de Lachlan étincellent et il sourit.

— Oh, je veux qu'ils t'entendent, papillon. Je veux que tous les hommes sachent qui te pénètre. Le seul homme qui te pénétrera jamais.

— Tu ne me possèdes pas, dis-je en riant.

Il attrape mes poignets et les maintient à une main au-dessus de ma tête tandis que l'autre baisse mon short.

— Si, répond-il d'une voix rauque. Je te possède.

Malgré moi, je souris à ses conneries d'homme des

cavernes. Inutile de nier que j'aime me sentir impuissante en sa présence.

D'après son regard perçant et ses mains baladeuses, il est évident qu'il a fini de parler. Après avoir retiré mon short, il baisse ma culotte et referme mes jambes autour de sa taille. Puis il me prend par les hanches et m'empale sur sa queue, prenant appui sur le mur derrière mon dos.

Avant de bouger, il rencontre mon regard et son expression change subtilement.

— Je sais que tu as été une dure toute ta vie, ma jolie, dit-il. Mais tu n'es pas obligée de faire ça avec moi. Je te protégerai. Et je me vanterai toujours parce que tu m'appartiens. C'est comme ça.

Je refoule la vague d'émotions que m'apportent ses paroles. C'est ce que j'ai toujours voulu, même si je suis trop fière pour le reconnaître. Depuis combien de temps n'avais-je pas laissé quelqu'un faire attention à moi ? Depuis quand n'ai-je pas eu à craindre les dangers tapis dans chaque recoin ? C'est ce que me promet Lachlan. Ici et maintenant, pendant un moment, je me laisse convaincre que c'est possible.

Il me baise avec vigueur. Plus fort que jamais. Et je lui donne exactement ce qu'il veut en criant quand l'orgasme m'ébranle. Toute la salle de sport m'a sûrement entendue. Lach me torpille toujours et je ne peux m'empêcher de caresser les muscles de son torse et de ses épaules. Il est tellement sexy. Et il me désire. Je me tends pour lui lécher le cou et goûter le sel de sa peau. Il gémit et je redouble d'ardeur.

Enfin, il m'empoigne les fesses et s'enfonce au plus profond avant de frémir une dernière fois en jurant comme un charretier. Je me détache de son cou avec un bruit de succion et je souris en constatant le beau suçon que je lui laisse, à la vue de tous.

— Oups.

Lachlan sourit et m'embrasse avec force en me serrant dans ses bras. Je me demande où il puise toute cette énergie après ce que nous avons fait aujourd'hui. En plus, il est encore blessé et il ne devrait pas se donner autant de peine. Je me laisse glisser le long de son corps jusqu'à ce que mes pieds touchent le sol.

— Bon, dit-il en prenant ma main dans la sienne. Et maintenant, à la douche.

27

Mackenzie

Une autre semaine s'écoule et je n'ai pas de nouvelles pistes. Je m'ennuie atrocement. Je traîne au club et Lachlan me colle en permanence dans les pattes de Ronan, ce qui doit vraiment le rendre fou de joie. Mais j'ai réussi à faire de Sasha mon alliée. Elle a accepté de me prévenir si elle aperçoit le Russe que fréquentait Talia. Plus je passe du temps ici, plus elle me fait confiance. Bien sûr, le fait que j'éloigne Donovan l'aide dans ce sens.

Jusqu'à présent, ce connard s'est tenu à l'écart de l'établissement, mais ce soir il est ici. Je suis assise au bar, à attendre Lachlan pour rentrer, quand je remarque Donovan se glisser dans les coulisses. Comme Sasha passe en premier, il sait qu'elle est déjà là-bas pour se préparer. Malheureusement pour lui, je compte bien contrecarrer ses projets. Je suis prête et, pour être honnête, je comptais les minutes avant ce moment.

Nous avons consacré chaque journée de la semaine à réaménager la réserve du sous-sol en vestiaires de fortune rien que pour Sasha. En guise d'excuse, j'ai inventé toute une histoire sur les vacheries constantes des autres filles. Lach a ronchonné pendant deux secondes avant de se laisser convaincre, grâce à mes charmes et mes lèvres. Secrètement, je pense que ça ne le dérange pas, car il voit bien que Sasha et moi sommes devenues amies. Il se trouve que Lachlan est absorbé par ses activités de gangster et que la présence d'une amie à mes côtés le tranquillise. Il croit sans doute que ça m'empêchera de chercher les ennuis. Ah, ah.

Profitant que Ronan est en grande conversation avec Conor, je descends de mon tabouret de bar et je suis Donovan à l'arrière. Quand il entend mes pas dans son dos, il fait volte-face et me regarde froidement.

— Tu veux ma photo, toi ? lance-t-il.

Eh bien, on est susceptible aujourd'hui. Je ne peux m'empêcher de l'asticoter en souriant.

— Tu cherches Sash ? je demande. Tu ne la trouveras pas ici.

Il avance d'un pas en faisant ressortir les muscles de ses bras, comme un parfait abruti.

— Qu'est-ce que ça peut te foutre, ce que je fais ?

Je reste campée sur mes jambes et je hausse les épaules.

— À moi, rien. Mais à partir de maintenant, tu vas foutre la paix à Sasha.

La contrariété fait briller ses yeux et il éclate d'un rire tonitruant.

— Putain, mais tu te prends pour qui ?

Je le prends au dépourvu en plaquant mes mains sur son torse.

— Allez, dis-je avec provocation. Tu aimes frapper les filles ? Vas-y, montre-moi ce que tu sais faire. Mais contrairement à celles que tu choisis, je te promets que je ne me laisserai pas faire.

Chaque muscle de son corps est tendu et on dirait que ses veines vont exploser. Mais il ne bouge pas.

— Elle a une grande gueule, la petite pute de Crow. Si tu crois qu'il te protégera éternellement, ça va te faire bizarre.

— Je ne le vois nulle part, dis-je en écartant les bras. Alors, si tu veux jouer les gros durs, vas-y, fais-toi plaisir.

À son regard, je vois bien qu'il en a envie. Le fait que je sois sous la protection de Lachlan le met hors de lui. Comme il sait qu'il ne peut pas me toucher sans en subir les conséquences, il se dérobe. Pour le moment. Mais je crains que ça ne dure pas très longtemps.

— Tu vas le regretter, gronde-t-il. Putain de gonzesse de merde.

— Il y a un problème ?

Je me retourne pour découvrir Lachlan. Il dévisage Donovan en plissant les yeux dangereusement. J'adresse un clin d'œil au boxeur.

— Je ne sais pas, Donny. Un problème ?

— Non, lâche-t-il. Je disais juste à Mack qu'elle a beaucoup de chance de t'avoir. C'est tout.

Avec un rictus malveillant, il quitte la pièce en fredonnant un petit air. Il est bien trop jovial à mon goût. Quand je me retourne, Lach regarde toujours la porte derrière laquelle Donny a disparu, presque comme s'il envisageait de se lancer à sa poursuite.

— Préviens-moi s'il te cause des ennuis, Mack.

— Hmm, dis-je en battant des cils. Tu comptes défendre mon honneur ?

Il s'approche et m'attire dans ses bras. Son expression est grave.

— Toujours, ma jolie.

L'INCIDENT AVEC DONNY M'A MIS LES NERFS À VIF, MAIS il a confirmé le sérieux de Lachlan. Ce dernier refuse de me perdre de vue et il a clairement l'intention de me protéger. Voilà qui va me poser problème.

Je me résous à ce que j'avais juré de ne pas faire. Je baisse rarement les bras, mais dans cette situation, je n'ai pas le choix. J'ai essayé de faire les choses à ma manière, notamment parce que je ne voulais entraîner personne dans ma chute. J'ai mis tout mon argent de côté en attendant de pouvoir décrocher un boulot ici. Mais maintenant, je crois que les dépenses s'avèrent nécessaires. Je connais un ancien flic devenu détective privé et je crois qu'il pourrait m'aider à obtenir les renseignements dont j'ai besoin. Le seul problème, c'est que je ne vais pas pouvoir le rencontrer moi-même.

Quand je trouve enfin un moment de solitude dans le bureau de Lach, je sors mon téléphone portable et j'appelle Scarlett.

— Salut, ma chérie, répond-elle. Il était temps que tu m'appelles.

— Désolée, je murmure. Mais ça n'a pas été facile.

— Oui, je m'en doutais. Alors, comment ça se passe ?

— Euh, pas super, je réponds honnêtement. Ils me surveillent en permanence et… eh bien, je vais avoir besoin de ton aide.

— Enfin ! fait-elle en soupirant. C'est d'un ennui mortel ici. Dis-moi ce que je peux faire pour toi.

Je jette un œil vers la porte, consciente que Lachlan sera de retour d'une seconde à l'autre, et je déballe :

— Je voudrais que tu ailles voir mon gars, au Dot. Dis-lui qu'il me faut tout ce qu'il peut trouver au sujet de Donovan O'Shea.

Scarlett éclate de rire et je l'entends inscrire quelque chose, comme si elle risquait d'oublier. Je sais qu'elle s'en souviendra, parce qu'elle est plus maligne que moi.

— Ça marche, ma chérie.

— Pour le paiement, prends tout ce dont tu as besoin dans mon coffre. Et c'est moi qui te contacterai. Pas le contraire.

— D'accord.

La porte tourne sur ses gonds et Lach m'adresse un coup d'œil intrigué en me voyant au téléphone. Je lui réponds avec un sourire, m'efforçant de ne pas attirer ses soupçons.

— D'accord, mamie. Je dois y aller maintenant. Prends soin de toi et embrasse papi pour moi.

Scarlett ricane à l'autre bout de la ligne.

— Bien sûr, je n'y manquerai pas, ma chérie. Je m'y mets tout de suite.

Un déclic se fait entendre et je range mon téléphone dans mon sac, croisant les jambes tandis que Lach contourne son bureau et s'assied sur son fauteuil.

— Je croyais que tes grands-parents étaient morts, dit-il.

— Oui, mais ce sont les parents d'une famille d'accueil chez qui je suis restée quelque temps. Ce sont mes seuls proches, en quelque sorte.

Lachlan accepte mon explication sans plus de soupçons. Je me sens à la fois soulagée et coupable.

— Viens ici.

Il tapote la surface de son bureau.

Je souris et je me lève pour m'approcher de lui, d'une démarche langoureuse. Depuis le premier soir où il m'a prise, j'ai appris une chose ou deux au sujet de Lachlan Crow. Il adore faire l'amour le matin. De toute façon, il adore ça n'importe quand. Le jour comme la nuit. Et il a déjà honoré quelques promesses dans ce bureau. Cela dit, nous n'avons toujours pas baptisé sa voiture.

Notre relation est décapante. Si au début j'espérais avoir les idées plus claires en couchant avec lui, je me suis bien trompée. J'ignore toujours s'il se tape quelqu'un d'autre dans mon dos. J'ai trop peur de le lui demander. Trop peur de tous les sentiments qui bouillonnent en moi. Si je garde mes distances, en règle générale, c'est précisément pour cela. Mais contre Lachlan, je n'ai aucune protection. Aucune armure suffisamment forte pour m'en préserver.

Quand il pose sur moi son regard avide et bestial, alors que je m'assois devant lui, je sais plus que jamais que c'est la vérité. J'avais sous-estimé l'effet que ça pouvait faire d'être regardée de la sorte. Et non par n'importe qui, mais par lui. Il réveille quelque chose en moi. Il m'insuffle de la vie. Et je ne sais pas comment arrêter cela. Je crois que je ne veux pas que ça s'arrête.

Ses paumes remontent sur mes cuisses, retroussant lentement ma robe. Ses iris gris se dilatent lorsqu'il m'empoigne les fesses et m'attire au bord du bureau. Il écarte mes jambes et s'avance entre mes cuisses, franchissant la distance qui nous sépare.

— Je passe une sale journée, Mack, dit-il en refermant le poing dans mes cheveux. Et j'aimerais que tu changes ça.

— Tout ce que tu voudras, je murmure.

Il m'embrasse. Puis il me prend la main et la pose sur la bosse dans son jean. Je saisis sa queue chaude et je la frotte à travers le tissu. Presque aussitôt, ses paupières se ferment et il pousse un soupir déchirant.

Aujourd'hui, il n'a pas l'air dans son assiette. Il est plus tendu que je ne l'ai jamais vu. Et je sais que ce doit être très difficile pour lui. Il en a besoin. Il a besoin que je le décharge de son stress. J'en ai envie.

Je baisse sa braguette et glisse la main dans son boxer, le caressant vigoureusement comme il l'aime. Il ne bouge pas. Il respire à peine. Les yeux clos, il profite du moment. Je me laisse tomber à genoux devant lui et il sourit. Je sais déjà ce qu'il pense.

— Tu es le seul homme devant qui je me sois jamais agenouillée, lui dis-je.

Je ne pensais pas qu'il puisse durcir encore davantage, mais je me trompais. Il agrippe mes cheveux et s'enfonce dans ma bouche sur toute sa longueur jusqu'à ce que je me retrouve contre son bassin.

— Ah, putain, ma jolie, lâche-t-il dans un soupir.

Bientôt, il me baise le visage. Avec force et vigueur. La seule chose que je peux faire, c'est de me retenir à sa cuisse d'une main tout en lui agrippant la fesse de l'autre. Il hisse ma bouche avant de la repousser le long de sa queue, produisant tous ces bruits que j'aime tant. Je suis obsédée par ses gémissements, par le fait que j'en suis la cause. Lach ne m'a jamais paru plus sexy qu'en cet instant. Il me regarde comme si je pouvais le sauver et je ne sais pas comment réagir. J'ai envie de le soulager. J'ai envie d'être tout pour lui, mais je ne peux pas le sauver. J'en suis incapable.

Une larme s'échappe de mon œil. Je me dis que c'est à cause de la déglutition. Enfin, il prend ma tête à deux mains et s'enfonce tout entier, libérant son sperme dans ma bouche.

— Avale, dit-il d'une voix éraillée.

Je m'exécute docilement. Et même quand sa poigne se relâche et qu'il me caresse les cheveux, je continue de le sucer. Je prends soin de lui. Putain, qu'est-ce qui ne tourne pas rond chez moi ?

Il s'est à peine ramolli. Je sais que nous n'en avons pas terminé. Comme je m'y attendais, il se penche et m'assied sur le bureau, attirant mes fesses tout au bord. Puis il s'agenouille jusqu'à ce que son visage se retrouve entre mes jambes. Il me pousse légèrement et je m'appuie sur mes coudes, les yeux vers le plafond.

Enfin, il pose sa bouche sur moi. Il commence à sucer, lécher et mordiller. Je n'ai pas envie d'y prendre du plaisir, parce que j'ai l'impression de ne pas le mériter. Mais quand il enfonce sa langue en moi, mon cerveau se ferme complètement.

Mon souffle s'accélère et mon pouls s'emballe. Je me cambre involontairement quand il presse son visage entre mes cuisses. Je le déteste. Je le déteste de me faire autant de bien. Il me perturbe. Il trouble mon équilibre. Ça ne devait pas se passer comme ça.

Malgré tout, je lui caresse les cheveux. Bon sang, je n'avais encore jamais été aussi tiraillée. Toutes mes frustrations, mes incertitudes, mon excitation… tout cela se combine pour former une bombe atomique. Et quand elle explose, je crie son nom.

Je m'effondre sur le bureau. Sans s'interrompre, il me pénètre. J'ai beau être épuisée, mon corps l'accueille avec avidité. Lach gémit, puis il m'attire avec lui sur le fauteuil.

Il retient mes bras derrière mon dos et entreprend de me lécher la poitrine sans relâche. Bientôt, je n'y tiens plus.

— Putain, ces seins, lâche-t-il. J'adore ces seins.

Il n'arrête pas de le dire. Je lui souris et il redouble d'enthousiasme.

— Bouge les hanches, s'il te plaît, murmure-t-il avec empressement.

Je sais ce qu'il veut et je le lui donne. Une lap-dance sur sa queue. Il se carre dans son fauteuil et profite du spectacle. Je fais rouler mes hanches dans un mouvement circulaire et je le sens se gonfler encore plus entre mes jambes.

— Tu es splendide, ma jolie, dit-il. J'adore te regarder faire.

— Je suis la seule, n'est-ce pas ?

Ces paroles m'ont échappé avant que je puisse les retenir.

Lachlan grogne et referme ses doigts sur mes hanches, reprenant le contrôle dans une baise effrénée.

— Tu es la seule, papillon, dit-il entre deux coups de reins. La seule que je veux.

Quand j'ouvre les yeux et rencontre les siens, je le crois. Il est ouvert et honnête, perdu dans la frénésie de l'extase. Je doute qu'il soit capable d'inventer un mensonge en cet instant, même s'il le voulait. Et mon cœur est plus léger. Quand il colle son visage contre mon cou et jouit de nouveau, je fais une chose que je crois bien n'avoir encore jamais faite auparavant. J'enroule mes bras autour de sa taille et je lui offre un câlin.

28

Lachlan

— Attends, dis-je en effleurant l'écran. Juste ici.

Alexei fait un arrêt sur image et, bientôt, la magie de l'informatique opère. Il clique, appuie sur quelques boutons et l'image devient nette. Ivan. Il a dit quelque chose aux Arméniens avant de quitter le club ce jour-là. Ensuite, ils ont ouvert le feu dans l'établissement.

Alexei se renfonce en soupirant dans sa chaise.

— Il ignore que les caméras existent, confirme-t-il. Viktor les a fait installer après que l'un de nos gars a commencé à faucher dans la caisse.

— Alors il ne se doute pas que nous sommes au courant de sa trahison ?

Alexei secoue la tête en tendant la main vers son cognac.

— Je n'en sais rien. Ça fait une semaine qu'on ne l'a pas vu. Viktor n'est pas content.

Je tambourine avec agitation sur le bureau en bois. Cette nouvelle devrait me soulager. Maintenant, nous avons la certitude que c'est Ivan qui transmet les renseignements aux Arméniens. Mais ça n'explique toujours pas comment il est au courant de tout cela. Ivan n'est qu'un soldat, il n'a pas accès aux détails de chaque réunion ni de chaque dépôt d'argent.

Et puis, il y a toujours la question du rapport balistique concernant mon grand-père. Quelque chose cloche dans cette histoire. C'est trop propre. Trop facile. Ivan est un parfait abruti, mais il n'a aucune raison de tuer Carrick. Il doit forcément y avoir autre chose.

D'un côté, j'ai envie de m'en contenter. C'était peut-être un accident. Il est rare que nos hommes se fassent toucher par des tirs amis, mais c'est déjà arrivé. Or, quel que soit l'angle sous lequel j'étudie la situation, ce n'est pas l'impression que ça me donne.

— Niall ordonnera une réunion.

Alexei hoche la tête.

— J'en informerai Viktor.

Il me tend un verre de cognac et je l'accepte.

— C'est sans doute moi, la cible, dis-je.

Il lève les yeux et j'aperçois une touche d'humour dans son regard d'habitude si sérieux. J'ai toujours trouvé Alexei trop faible vis-à-vis des femmes. À présent, il se rend compte que je suis atteint de la même folie.

— Il voudra bientôt procéder à l'échange.

J'avale le contenu de mon verre et je laisse l'alcool me brûler de l'intérieur.

Voilà.

Voilà la raison pour laquelle je ne veux pas accepter qu'Ivan soit le vrai coupable. Je ne peux pas me séparer d'elle. Mais je n'ai pas le choix. Alexei me regarde et il comprend. Il sait très bien ce que j'éprouve.

— Putain, je ne sais pas ce que je vais faire.

— Alors, nous sommes deux dans le même cas.

Il hausse les épaules et entrechoque son verre avec le mien.

29

Mackenzie

Après une autre semaine dans le lit et dans la vie de Lachlan, les frontières sont plus floues que jamais. Lorsque j'entre dans la salle de bain pour le trouver en train de se raser, la scène me semble familière. La vapeur se diffuse encore dans la pièce, imprégnant l'atmosphère du parfum de son gel douche. Où que je regarde, nos affaires sont éparses, mêlées les unes aux autres. Un tube de rouge à lèvres, son après-rasage… un panier de linge sale où ses jeans côtoient ma lingerie en dentelle.

Tous les jours, c'est la même routine. Nous nous réveillons et il se coule en moi, cherchant désespérément à apaiser l'envie dévastatrice que nous avons pour le corps l'un de l'autre. C'est sans espoir. Ce que je pensais pouvoir désamorcer en couchant avec lui se renforce un peu plus chaque jour. Je sais que c'est la même chose de son côté. Parfois, il me prend deux fois, et nous finissons ensemble sous la douche. Nous prenons notre temps pour nous nettoyer mutuellement, puis je m'installe et je me maquille tandis qu'il se rase.

En ma présence, il a baissé sa garde. Maintenant, quand il me regarde, il n'y a plus de soupçons, mais autre chose. C'est agréable. Avec lui, je me sens chez moi.

Et je ne devrais pas.

Il infiltre mes pensées, mon âme, jusqu'à ma force de vie… refermant ses doigts tout autour pour serrer lentement. Chaque fois que j'interroge mes sentiments, je crois devenir folle. Les activités de Lachlan… ce n'est pas nouveau pour moi. Je connais les hommes comme lui. Je n'ai connu que ça, toute ma vie.

Ce sont des hommes comme mon père. Des hommes qui se croient invincibles. Il était intrépide et dangereux, et ça ne m'a jamais dérangée que notre maison soit constamment pleine de types au tempérament bagarreur. Parce que c'était mon héros. Et les héros ne sont pas censés mourir.

Pourtant, il n'est plus là.

Et un jour, peut-être demain ou dans un an… Lachlan aussi mourra. C'est le métier qu'il a choisi. C'est presque écrit dans leur charte.

Famille, loyauté, honneur et sang.

Je ne me berce pas d'illusions. Vous vivez pour le syndicat, vous mourez pour le syndicat. C'est comme ça. Un jour, Lachlan donnera sa vie pour sa bande. Il disparaîtra, comme toutes les personnes dans ma vie. Et alors, que m'arrivera-t-il ? Pourquoi me suis-je attachée à un homme qui me fera forcément souffrir tôt ou tard ?

Je l'observe et je sais qu'il le sent, mais il ne dit rien. Conscient que je le regarde, il continue. Cet homme est plus complexe que je le pensais. Je n'ai jamais pris le temps de le considérer comme une personne. Je n'ai jamais pris le temps de réfléchir à ce que représente la vie qu'il mène.

Les paroles de Sean reviennent me hanter. Le fardeau du soupçon pèse sur Lach. Ses propres hommes ne lui font pas confiance. Je savais que ce problème avec les Arméniens le taraudait, mais j'ignorais à quel point c'était grave. Et maintenant, je me retrouve complètement submergée par cette histoire. Je crains qu'il s'en aille et qu'il ne revienne jamais. Chaque fois qu'il franchit cette porte, j'ai envie de le supplier de rester. Mais c'est un luxe dont je ne dispose pas, un luxe totalement irréaliste.

Tôt ou tard, il va se rendre compte que je l'ai trahi. Tôt ou tard, il comprendra que tout était un mensonge. Et il me détestera. Il souhaitera peut-être ma mort. Rien que d'y penser, je sens mes yeux piquer. Cette infime partie de mon cerveau qui contrôle mes émotions a envie de se laisser aller et de tout lui avouer maintenant. D'implorer son pardon et de croire qu'il me dira toute la vérité au sujet de Talia.

— Tu me regardes, dit-il enfin.

Il a un petit sourire aux lèvres, et malgré les ténèbres de mon cœur, ça me fait sourire, moi aussi.

— C'est plus fort que moi, dis-je en haussant les épaules. Tu es trop beau.

Il grogne et m'écarte les jambes, m'attirant au bord du comptoir et avançant son corps tout contre le mien, autant que l'espace exigu nous l'autorise.

— Ne pars pas au travail aujourd'hui, dis-je en passant les mains sur son torse. Tu peux bien attendre un peu pour briser des crânes et faire tes trucs de criminel.

Je suis prête à user de mes charmes féminins pour plaider ma cause. Ma main descend lentement, de plus en plus bas, mais il me prend le poignet pour m'interrompre.

— Je n'irai pas au Slainte aujourd'hui, dit-il. Et toi non plus.

Je cligne des yeux.

— Ah bon ?

— Non. Nous avons quelque chose de prévu ce soir.

Quelque chose ? Il est nerveux et j'ignore pourquoi. C'est la première fois que j'entends parler d'un événement prévu ce soir.

— Quel genre de chose ?

— Une petite fête pour Niall, dit-il. C'est son anniversaire.

— Oh.

À présent, je comprends pourquoi il est nerveux. C'est une fête officielle. Et y aller avec moi, c'est un grand pas pour lui. D'après ce que je sais au sujet de son organisation, Niall sélectionne attentivement les membres de sa société. C'est nécessaire, j'imagine. Un homme tel que lui ne peut pas faire confiance à tout le monde.

Je suis tiraillée entre l'enthousiasme à la perspective de pénétrer au cœur de l'organisation et la culpabilité qui me ronge. Lachlan n'a aucune arrière-pensée, il veut simplement que je l'accompagne. Il se porte garant pour moi et je ne sais pas ce qu'il lui arrivera si quelqu'un apprend la vérité sur mes véritables motivations.

Il se penche et m'embrasse, réveillant en moi un tourbillon d'émotions qui se change en tornade déchaînée. Je l'attire à moi et je le dévore. Lach ne s'en plaint pas. Quand je descends du comptoir pour me mettre à genoux devant lui, ses yeux irradient d'un désir brûlant.

Je déboutonne son jean et je le libère. Sa queue est lourde dans ma paume. Je le prends dans ma bouche tout en refermant la main sur ses fesses musclées.

— Putain, grogne-t-il en se penchant en avant.

Il se retient au bord du lavabo tandis que je lui donne la plus belle fellation de sa vie.

Il ne tarde pas à se vider dans ma bouche avec un rugissement, puis il titube en arrière et s'adosse contre le mur, tout étourdi.

— Waouh, ma jolie, dit-il à bout de souffle. Tu es vraiment spéciale, tu sais ?

Je lui souris. Il a l'air tellement détendu. Tellement à l'aise avec moi. Il n'a plus rien de cet homme du début qui ne voulait pas entendre parler de moi. *Je t'en supplie, Lachlan, ne me déteste jamais.*

Il m'aide à me lever et referme son pantalon avant de me donner une claque sur les fesses.

— Prépare-toi, m'ordonne-t-il. On doit te trouver une robe.

Nous déjeunons dans un bar à vin huppé de Back Bay, puis Lach m'emmène passer l'après-midi à Newberry Street. C'est le haut lieu du shopping de luxe, des choses que je ne pourrais pas me permettre en temps normal. Mais Lachlan insiste afin que je porte une tenue de créateur ce soir, et je ne peux pas lui refuser cela.

Je finis par jeter mon dévolu sur une robe du soir, noire et sexy, fendue à la cuisse. Elle est magnifique et se marie à la perfection avec des talons aiguilles noirs. Quand Lachlan m'a vue dans la cabine d'essayage, il a décrété tout net que les recherches s'arrêtaient là.

Après avoir retouché mon maquillage et consacré vingt minutes supplémentaires à ma coiffure, je le rejoins. Ronan et lui sont en costume. Lachlan est d'une beauté à couper le souffle. Il a un petit côté menaçant et je suis follement fière d'être à son bras ce soir.

Il m'escorte jusqu'à la voiture conduite par Ronan, une BMW noire classique. Nous prenons place à l'intérieur et, presque aussitôt, je perçois la nervosité de

Lach. Il s'est remis à tambouriner des doigts sur sa jambe.

Je lui prends la main, entrecroisant mes doigts avec les siens.

— Tu n'as aucun souci à te faire, lui dis-je. Mon comportement sera exemplaire ce soir. Pas de prises d'étrangement ni rien de bizarre.

Il hoche la tête, mais il reste crispé.

— Je suis sûr que je n'ai pas besoin de te dire à quel point la situation est tendue en ce moment, Mack. Niall ne sait pas à qui se fier. Mais c'est important pour moi qu'il te fasse confiance.

Je déglutis et lui réponds avec un sourire hésitant.

— Je comprends.

Le reste du trajet se déroule en silence. Lachlan doit réfléchir à son programme de la soirée tandis que je me demande quoi faire. C'est trop long. Plus je reste longtemps, plus j'aurai du mal à partir. Et plus Lach risque de souffrir. Je devrais changer de stratégie, d'une façon ou d'une autre, mais j'en suis incapable.

Nous arrivons et Ronan gare la voiture. Je suis étonnée de constater que la petite sauterie de ce soir a lieu dans le salon chic d'un hôtel luxueux.

— Niall voulait un lieu public cette année, m'explique Lach en me prenant la main pour me conduire à l'intérieur.

Je traverse le hall, flanquée de mes sentinelles, Lachlan et Ronan. Naturellement, nous attirons tous les regards. Les deux hommes qui m'encadrent exsudent la puissance et le danger, ainsi qu'une élégance rare quand ils sont en costume comme ce soir. Les femmes leur jettent des coups d'œil envieux tandis que les hommes soupirent en regrettant de ne pas leur ressembler, ne serait-ce que pour une nuit.

Ensemble, nous franchissons plusieurs couloirs avant de déboucher dans le salon réservé pour l'occasion. L'éclairage est tamisé, très doux, et les tons gris et pourpre des murs tendent vers le pastel. Le parquet en bois de chêne brille à la lueur des bougies et, de l'autre côté de la salle, la moitié des tables sont déjà occupées. Je suis frappée par l'étendue de l'organisation, car il doit y avoir au moins une cinquantaine d'hommes présents ce soir.

Lachlan me conduit dans la salle et me présente aux uns et aux autres. Après le dixième visage inconnu, je sens la panique s'insinuer dans ma poitrine. N'importe lequel de ces hommes a pu fréquenter le club et rencontrer Talia. Je n'avais jamais pris conscience de l'échelle de leur organisation, ni même celle de leur alliance avec les Russes, d'ailleurs. L'échec pèse lourdement sur mes épaules. Je n'ai aucun moyen de connaître l'identité de tous ces hommes et de rayer leurs noms de ma liste de suspects. Il me faudrait des années.

— Tiens, quoi de neuf, l'ami ? s'exclame un vieux monsieur.

Lachlan lui donne une tape sur l'épaule et ils bavardent pendant quelques instants avant que l'homme pose enfin les yeux sur moi.

— Regardez-moi ça !

Je lève les yeux vers Lachlan. Il sourit.

— Regarder quoi ? je demande.

— Des cheveux noirs et des yeux bleus, dit l'homme.

— C'est un vrai régal, acquiesce Lach en caressant mon cou dans un geste possessif, les yeux rivés aux miens. Ma beauté de Galway.

Pendant un moment, j'oublie tout le reste. La fierté dans sa voix est indéniable, l'affection dans son regard authentique. Mon cœur se serre et explose dans ma poitrine.

— Tu t'en es trouvé une superbe, mon gars, dit l'homme.

Sa voix change un peu quand il désigne quelque chose derrière nous d'un hochement de tête.

— Mais tu ferais mieux d'aller voir Niall, il t'attend.

Lachlan et moi nous retournons et son corps tout entier se crispe quand nos yeux se posent sur la table, de l'autre côté de salle. Niall est là, assis à côté d'une femme, la sienne sans doute. De l'autre côté, il y a un homme. Un homme puissant, à n'en pas douter, avec des cheveux bruns et un regard froid dardé sur Lachlan. J'effectue un rapide tour de table et je repère les trois belles blondes assises à côté de l'homme. Entre elles et lui, il y a une place libre. Deux places libres.

Je lève les yeux vers Lachlan pour essayer de comprendre ce qui se passe.

— Putain, lâche-t-il en croisant mon regard.

Je n'aime pas ce que je vois dans ses yeux. Le regret. Il regrette de m'avoir amenée, mais je ne comprends pas pourquoi. Avant que nous ayons l'occasion d'en discuter, un autre homme apparaît, la mine grave.

— Dom… fait Lachlan pour le saluer.

Un échange silencieux s'opère entre les deux hommes. Les yeux de Dom se posent sur moi et il désigne le bar, de l'autre côté de la salle.

— Et si vous alliez faire connaissance avec ma femme, Cara ? propose-t-il. Elle s'ennuie toujours dans ces soirées. Si ça ne vous dérange pas, elle aimerait beaucoup avoir un peu de compagnie.

Je consulte Lach, mais il évite de croiser mon regard. Quelque chose me semble bizarre, mais de toute évidence, il cherche à m'éloigner. Je me contente d'acquiescer et de suivre Dom de l'autre côté de la salle.

Cara doit avoir quelques années de plus que moi, à peine. Elle a de longs cheveux châtains et des yeux verts. Elle sourit quand je m'assois à côté d'elle, puis Dom s'en va.

— Salut, dit-elle. Mackenzie, c'est ça ?

— Oui, mais tu peux m'appeler Mack.

Elle hoche la tête et fait signe au barman. Nous commandons à boire, puis elle reporte son attention sur moi.

— Je comprends pourquoi Lachlan t'apprécie, dit-elle. Vous allez très bien ensemble.

— Merci.

Je lui adresse un sourire forcé avant de jeter un œil vers l'homme en question.

À présent, il est assis entre deux blondes à la table

de Niall. Et en le voyant, mon cœur se serre encore un peu plus.

— Elles ne t'arrivent pas à la cheville, me dit-elle d'un ton grave. C'est tellement archaïque, pas vrai ? Ce que Niall veut lui faire faire. Je ne comprends pas.

Je n'ai aucune idée de ce dont elle parle, mais ça me plaît de moins en moins chaque seconde. Si elle comprend que je ne suis au courant de rien, elle n'en dira pas plus. Je dois continuer à la faire parler. Je décide de prétendre que ma relation avec Lachlan n'est qu'une passade.

— Ça ne me dérange pas, lui dis-je. Lach et moi, on prend du bon temps, c'est tout.

— Je m'en doutais, dit-elle. Il ne t'aurait pas fait venir s'il avait su qu'elles seraient ici ce soir.

Un peu trop raide, je m'efforce de hocher la tête.

— Mais je suis curieuse, naturellement. Comment ça va se passer ?

Elle jette un œil dans la salle et je suis son regard avec réticence. À présent, Sean est assis en face de l'une des filles, mais tout le monde reste concentré sur Lachlan. Comme s'il était un trophée à remporter. Et je n'aime pas ça. Je n'aime pas ça du tout.

— J'imagine que Niall va bientôt choisir entre Lachlan et Sean, me dit Cara. Puis celui qui deviendra sous-chef prendra l'une d'elles pour épouse. Après le mariage, leur alliance sera scellée.

La salle tout entière se met à tournoyer autour de moi et je dois me raccrocher au bar pour me soutenir. Cara me lance un regard intrigué et j'essaie de sourire.

Bon sang, j'ai été tellement bête. Ces derniers mois, je me suis laissé charmer par Lachlan. J'ai utilisé Talia comme excuse pour me rapprocher de lui. Je l'ai laissé entrer dans ma peau. Dans mon corps. Et pendant tout ce temps, il s'est moqué de moi. Mon cœur – celui que j'avais pourtant juré ne pas posséder – vient de dégringoler dans ma poitrine. J'ai du mal à respirer, à rester droite sur mon siège. Je sens une pression derrière mes yeux, mais je ne peux pas me permettre d'y céder. Merde, je dois vraiment me ressaisir.

Quand je croise les yeux de Lachlan de l'autre côté de la salle, il détourne la tête, honteux. Et cette réaction me donne la détermination, les munitions dont j'avais besoin. C'est un rappel douloureux de ce que je fais ici et du peu d'importance que cet homme devrait avoir à mes yeux. D'ailleurs, je suis contente de ce qui vient de se produire. C'est exactement contre cela que mon père a essayé de me mettre en garde. Les gens chercheront toujours à me la faire à l'envers. Il avait raison.

Et j'en ai assez de jouer avec Lachlan. Qu'il aille se faire foutre. Je suis ici pour découvrir ce qui est arrivé à Talia. Et en cours de route, tant pis si je blesse quelqu'un.

— Je sais ce que tu penses, me dit Cara d'une voix douce. Tu te demandes comment tu t'es laissé entraîner dans tout ça, n'est-ce pas ?

— Il ne signifie rien pour moi, lui dis-je à nouveau.

À son regard, je vois bien qu'elle ne me croit pas, et je m'efforce de changer de sujet. Si j'ai appris une chose, c'est qu'en général les gens aiment parler d'eux, et Cara ne fait pas exception à cette règle. Quand je lui demande comment elle a rencontré Dominic, elle passe une vingtaine de minutes à me le raconter pendant que je vide deux autres verres de téquila.

— Alors, ça ne te dérange pas de mener cette vie ? je demande quand elle s'interrompt pour reprendre sa respiration.

Elle hausse les épaules et entreprend de déchiqueter la serviette sous son verre à cocktail.

— Ce n'est pas si terrible. Enfin, je sais que la plupart des gens ne seraient pas de cet avis. J'ai grandi avec les Italiens, alors je connais ce monde. Je sais ce qu'il implique. Mais ces hommes, là-bas ? Ce sont des types bien. Je peux dormir sur mes deux oreilles, ils ne trempent dans aucun trafic sordide.

Il y a une telle conviction dans sa voix que je suis presque tentée de la croire. Il est évident qu'elle est sincère. Alors, que faire maintenant ? J'ai envie de l'interroger à ce sujet, mais je suppose qu'il vaudrait mieux la faire boire un peu plus d'abord. Je nous commande une autre tournée et je continue :

— Donc tu n'as jamais eu de problèmes avec eux ?

— Absolument pas. Ils traitent bien leurs femmes, tant qu'on respecte les règles.

Voilà une condition intéressante. *Tant qu'on respecte les règles.*

— Je sais que ça peut paraître étouffant au début, me dit-elle. Mais on s'y habitue avec le temps. Je n'aurais pas pu rêver d'un homme meilleur que Dom.

Ces gars protègent et choient leurs femmes, je peux te le garantir.

— C'est un homme bien, ça se voit.

Bien sûr, c'est un mensonge. Je viens de prendre la décision de détester tous les hommes. Mais si je veux lui soutirer des informations, Cara doit croire que je suis son amie.

Le barman nous sert nos verres et nous discutons pendant dix minutes supplémentaires avant que l'alcool commence à lui faire de l'effet.

— Hmm, gémit-elle. Je dois aller aux toilettes.

— Oui, moi aussi.

Je l'aide à se lever et je l'accompagne. Pour une curieuse raison, je sais que les filles de mon âge adorent ce genre de choses. Quand je jette un œil de l'autre côté de la salle, Lach est en grande conversation avec l'une des jolies blondes. Qu'il aille au diable. Qu'ils aillent au diable tous les deux.

Je ne prends pas la peine de signaler notre départ. Nous n'en avons que pour quelques minutes et les toilettes sont de l'autre côté du hall.

Une fois à l'intérieur, je vaque à mes petites affaires tout en discutant avec Cara, restée près des lavabos. Elle est particulièrement silencieuse et je crains de l'avoir poussée à trop boire. Mais quand j'ajuste ma robe et sors de la cabine, je comprends pourquoi elle ne disait rien.

Deux hommes se trouvent dans les toilettes avec nous et l'un d'eux braque une arme sur sa tempe, tandis que l'autre pointe la sienne vers moi. Les deux pistolets ont des silencieux et, sans poser la question, je sais que ces types font partie de l'équipe arménienne. Je jette un œil vers Cara, qui tremble comme une feuille.

Merde. Putain de merde. Impossible d'essayer de me défendre tant qu'ils la tiendront en joue. Ils lui colleraient une balle dans la tête avant que je puisse régler son compte au premier gars. Si tant est que je ne me fasse pas descendre au passage.

— Toi, tu viens avec nous, aboie l'homme qui me vise. En silence, sinon ta copine y passe.

Cara sanglote et elle reçoit une gifle violente. Oh, malheur ! Je n'ai pas d'autre choix que d'obéir à leurs ordres jusqu'à ce qu'ils baissent leur garde.

— Tout va bien, Cara, dis-je sur un ton apaisant. Reste calme et fais ce qu'ils te disent.

Elle me décoche un regard suppliant et je lui souris pour la rassurer, malgré l'état critique de mes nerfs. Je sais que nos chances de survie seront minces une fois que nous aurons quitté ce bâtiment. Mais pour l'instant, nous n'avons franchement pas le choix. Je les soupçonne d'être entrés dans les toilettes deux minutes à peine après nous. Presque comme s'ils nous attendaient, comme si quelqu'un les avait avertis de notre arrivée. J'y réfléchirai une prochaine fois.

Je m'avance et l'autre homme m'empoigne par le bras. Ils nous conduisent hors des toilettes, puis dans le couloir en direction d'une sortie latérale, pressant le canon de leurs armes dans nos côtes.

— Si vous criez, vous êtes mortes, nous menace l'un d'eux.

Je pense à Lachlan, à la fête, assis avec ses futures femmes potentielles. S'est-il seulement rendu compte que j'étais partie ? Non, sans doute. Mais Cara est une épouse, et c'est tout autre chose. Dom va s'en apercevoir. Et ensuite ? Ils se mettront à notre recherche. Ça leur prendra du temps. Je ne peux pas compter là-dessus. Je détaille les deux hommes tandis que nous marchons en essayant de trouver une occasion à saisir. Mais elle ne vient pas.

Au bout du couloir, deux hommes de Niall sont affaissés, face contre terre sur la moquette. Je n'ai pas à voir l'impact des balles pour savoir qu'ils sont déjà morts. Ces types sont des barbares pour oser débarquer ici, dans un hôtel, et abattre des gens. La panique m'envahit progressivement, mais je ne peux rien faire. Si je ne l'avais pas encore compris, maintenant je sais qu'ils n'hésiteront pas à nous tirer une balle à nous aussi. Mon seul espoir, c'est qu'ils se servent de nous comme monnaie d'échange pour une rançon ou autre chose. Pourvu que cela nous maintienne en vie assez longtemps et me permette de trouver une solution.

Dès l'instant où nous franchissons la porte latérale, on nous jette à l'arrière d'un fourgon dans une ruelle avant de démarrer dans un crissement de pneus. Cara est presque en hyperventilation. Elle a du mal à garder son calme, tandis qu'ils nous attachent soigneusement. J'ai peur qu'ils la tuent si elle continue.

— Cara, je murmure. Tu dois rester tranquille, d'accord ?

— La ferme ! tonne l'un des hommes.

Puis il dit quelque chose dans une langue étrangère et l'autre acquiesce. Je ne comprends pas ce dont il s'agit avant qu'il soit trop tard, avant qu'il s'approche de moi et m'assène un coup de crosse derrière le crâne.

30

Mackenzie

Quand je reprends connaissance, j'ai l'impression d'avoir le corps tout entier lesté de plomb. Un bruit lancinant résonne sans discontinuer dans l'espace réduit où je me trouve. L'écho paraît amplifié.

Il me faut une minute pour prendre conscience que ce sont des pleurs. Ou plutôt des sanglots douloureux. Quand j'ouvre péniblement les paupières, c'est pour découvrir le visage apeuré de Cara en face de moi. Elle est allongée sur le côté, encore ligotée, et me regarde avec une terreur évidente.

Ce n'est pas elle qui sanglote, parce qu'elle est bâillonnée. Je me rends compte que moi aussi. La lumière est tamisée et une odeur d'iode et de rouille me monte aux narines. Mes yeux s'accoutument à la pénombre et je jette un regard circulaire. Merde, nous

nous trouvons dans un conteneur. Avec une dizaine d'autres femmes, toutes attachées et bâillonnées comme nous.

J'essaie de remuer les bras. Ils sont complètement engourdis et je suis incapable de les bouger. La corde qu'ils ont utilisée pour nous attacher est fermement serrée autour de mes poignets et de mes chevilles. Je suis étendue dans une position très désagréable, artificielle. Je serai impuissante tant que je n'aurai pas trouvé un moyen de la détacher.

Tandis que je m'emploie à frotter mes poignets pour me dégager, mes yeux balaient l'espace afin de découvrir l'origine de ces terribles hoquets. À présent, ce ne sont plus uniquement des pleurs, mais des grognements. Enfin, je l'aperçois. Dans l'un des recoins sombres de la prison mortelle où nous sommes enfermées, un homme va et vient entre les cuisses d'une fille, penchée sur une table pliante, le pantalon autour des chevilles.

Une rage meurtrière monte en moi quand je comprends ce qui se passe sous mes yeux. Ce sale porc abuse d'elle, alors qu'elle est ligotée et sans défense. Pendant ce temps, son compagnon regarde la scène d'un air blasé, assis non loin de là.

Un gémissement de protestation monte de ma gorge et les deux hommes se tournent vers moi. Ils échangent des paroles rapides en arménien, puis celui qui monte la garde s'approche. Plus il s'avance, plus je comprends mon erreur. Je ne peux rien faire pour aider cette fille. Absolument rien, parce que je suis attachée comme un morceau de viande dans ce trou à rats.

Il se baisse et écarte le bâillon de mes lèvres pour me permettre de parler.

— Ils vont vous tuer, dis-je sèchement. Ils vous découperont membre après membre.

L'homme rit aux éclats et me hisse sur mes pieds comme une poupée de chiffon. Il dit quelque chose dans sa langue et l'autre homme s'esclaffe. Puis il m'entraîne de l'autre côté du conteneur, où il essaie de me jeter sur une chaise la tête la première. À chaque pas, je me débats contre sa poigne, mais c'est presque impossible à cause des liens qui m'entravent. Il desserre la corde autour de mes chevilles juste assez pour m'écarter les jambes avant de me retourner, me poussant sur la chaise. Quand il commence à remonter ma robe autour de ma taille, je lui écrase le pied et je lui donne un coup de tête, produisant un craquement satisfaisant.

Ça ne lui plaît pas beaucoup, naturellement. Il m'attrape et me jette contre le mur si violemment que je vois trente-six chandelles avant de m'effondrer par terre. Puis il me décoche de nombreux coups de pied dans le ventre et dans les côtes.

— Eh ! s'exclame l'autre homme en tournant vivement la tête. N'abîme pas la marchandise, abruti !

Je lève les yeux vers mon agresseur. Son visage est en sang et il a l'air fou de rage. Pendant un moment, je doute qu'il s'arrête. Mais son ami ajoute quelque chose dans leur langue et le nom d'*Aman* suffit à le dissuader.

On m'abandonne sur le sol, à cracher du sang, tandis que l'autre homme se termine. Je suis contente quand il finit enfin et laisse la pauvre fille tranquille. Lorsqu'on la jette comme un déchet à côté de moi, ses grands yeux verts rencontrent les miens et ça me brise complètement. Elle a l'air reconnaissante, même si je ne comprends pas vraiment pourquoi. Elle ne doit pas avoir plus de dix-neuf ans. Et en voyant son visage maculé de larmes, ce n'est plus elle que je vois, mais Talia.

Est-ce ce qui lui est arrivé ? S'est-elle retrouvée au mauvais moment dans une querelle entre gangsters ? Cette idée suffit à me tirer quelques larmes.

— Ils vont venir nous aider, dis-je à la fille.

Elle ne comprend pas ce que je dis, naturellement. Malgré tout, j'ai l'impression que mes paroles la réconfortent.

— Ils vont venir, je répète.

31

Mackenzie

Pendant toute la nuit, différents hommes continuent d'aller et venir. Ils apportent de nouvelles femmes, attachées et bâillonnées, à divers degrés de conscience. Certaines semblent détenues depuis longtemps. Je sais que ça signifie qu'ils s'apprêtent à lever l'ancre.

Je regarde en silence, m'efforçant de remarquer tous les détails importants. Je n'ai pas grand-chose à me mettre sous la dent. La majeure partie d'entre eux ressemblent à des fantassins et se contentent d'obéir aux ordres. Enfin, un autre homme arrive. Il porte un costume luxueux.

Je ne comprends pas leur conversation, mais les hommes qui nous ont enlevées agitent les mains avec animation, leurs armes sur l'épaule. Ils nous désignent, Cara et moi, et le type en costume commence à s'énerver. Il leur hurle dessus avant de se passer la main dans les cheveux à plusieurs reprises.

Il est nerveux, lui aussi, je le constate en l'observant. Pour des prisonniers, il n'est jamais très bon de susciter la nervosité. Je jette un œil vers Cara. Elle est si pâle qu'elle semble sur le point de s'évanouir. Elle est trop pétrifiée pour pleurer, et c'est tant mieux. D'ailleurs, toutes les autres filles sont aussi muettes que des carpes. Elles savent aussi bien que moi que ce type est en train de décider de notre destin à toutes.

Après avoir fait les cent pas tout en parlant pendant quelques minutes, il fait un geste de la main, comme pour leur dire de continuer. Cela pourrait signifier un tas de choses et c'est épuisant d'essayer de deviner. Mes mains sont toujours liées, et maintenant que j'ai sans doute des côtes fêlées, essayer de me dégager me fait un mal de chien. Mais je continue malgré tout, parce que chaque fois que je regarde la fille en face de moi, je me dis que je ne leur permettrai pas de la faire encore souffrir. Toutes ces femmes ont des familles et des amis. Des gens qui se demanderont où elles sont passées et qui ne sauront jamais ce qui leur est arrivé. Et c'est un sort pire que la mort. Ne pas savoir, c'est ce qui me ronge au sujet de Talia. Impossible de faire son deuil, de tourner la page. Toujours ces questions interminables et toutes sortes de scénarios qui me passent par la tête.

Quand j'ai débarqué dans ce milieu, j'ai maudit les Irlandais dès le départ. Ils étaient coupables par association. Talia travaillait dans leur club et elle a disparu. Pour moi, c'était aussi simple que ça. Mais maintenant, tout commence à se mêler dans ma tête. Les deux fois où j'ai failli me faire tuer, ce gang était impliqué. Je n'ai que des questions, aucune réponse. Rien ne se déroule comme je le pensais. Les frontières entre le bien et le mal se fondent dans un monde aux mille nuances de noir et de blanc. Le Syndicat MacKenna ne trempe pas dans la traite des femmes. Mais ces hommes, si. Alors qui sont les véritables monstres ici ?

Depuis le temps, Lachlan et Dom ont dû se rendre compte de notre disparition. Après la bombe qu'on m'a larguée sur la tête ce soir, je suis douloureusement consciente de ma place au sein de la hiérarchie. Je ne suis même pas assez bien pour être une petite amie, sans parler d'une épouse. Mais l'une de leurs femmes est ici, et c'est la seule chose qui me sauve. Je veux croire qu'ils retourneront la ville entière pour la retrouver. J'en ai l'intime conviction. Dans ma vie, personne n'est jamais intervenu pour me tirer d'affaire, mais je dois croire que cela va changer.

Cette fois, je ne protesterai plus. Je veux que ces animaux soient éradiqués de la surface du globe. Je veux que tous ceux qui participent à cette horreur soient réduits en poussière. Un seul coup d'œil à cette cage de métal suffit à comprendre ce qu'ils comptent faire de ces femmes. Elles deviendront toutes esclaves, vendues au plus offrant.

Comme si elle percevait mes pensées, la fille en face de moi se remet à sangloter. Ils ne lui ont pas remis son bâillon après en avoir terminé avec elle, et elle ne cherche même pas à être discrète. J'essaie d'attirer son attention, mais elle ne lève pas les yeux.

— Eh... je chuchote.

Elle ne me regarde toujours pas. Le type en costume est de plus en plus fébrile. Il jette un œil vers nous, puis il donne un ordre à l'un de ses hommes.

— Tu ne dois pas faire de bruit, dis-je à mi-voix. S'il te plaît.

— Je ne peux pas, répond-elle en hoquetant. Ils vont nous tuer !

Avant que je puisse la calmer, le soldat a surgi entre nous. Il lui donne un violent coup de pied dans le ventre. Quand je lui hurle d'arrêter, je reçois sa chaussure en pleine poitrine. La fille en face de moi lâche un sanglot déchirant et se met à appeler au secours. L'homme en costume aboie un ordre et l'autre s'avance. Autour de moi, le monde ralentit. Je regarde la scène, atterrée. Il crie sur la fille. Dans sa langue, il la traite de tous les noms en la rouant de coups. Enfin, sa botte entre en collision avec son visage.

On entend un affreux craquement et sa tête vole en arrière, contre le métal.

Je suis pétrifiée. La perte de contrôle me terrorise. L'impuissance de cette situation que j'ai évitée toute ma vie. Mon père m'a élevée comme une combattante. Il m'a appris à me protéger et à viser le meilleur. C'est dans ce moment sinistre que je me rends compte de son erreur. C'était à moi de protéger cette fille. J'aurais dû en faire plus pour elle. Pour Talia. Pour Scarlett et toutes ces pauvres âmes qui ont besoin que l'on veille sur elles.

Pourquoi n'en ai-je pas fait plus ? Pourquoi faut-il toujours que j'échoue ?

Je suis comme toutes ces femmes. Impuissante et insignifiante. Pendant toute ma vie, je me suis prise pour une dure. Je me suis dit que je pouvais tout affronter. Mais c'est faux. Pas ça. Les larmes brûlent mon visage comme de l'acide. Je dois admettre que je ne suis qu'une spectatrice comme un autre de ce crime contre l'humanité. Des femmes disparaissent nuit et jour, aspirées dans ces trafics inhumains. Et en ce moment, je suis au cœur de l'horreur. Je ne peux plus le nier. Quand le soldat pousse la tête de la fille du bout du pied, elle roule sur le côté et je croise son regard sans vie.

Toutes les émotions que j'ai soigneusement contenues pendant deux décennies explosent en même temps. Je hurle. Je les traite de bêtes immondes. De sales porcs. Tous les mots les plus insultants qui me passent par la tête. J'ai envie de les tuer et j'ai envie de le faire à mains nues.

— Allez vous faire foutre ! je crie. Bande de minables connards ! Ils vont vous trancher la queue et vous la fourrer au fond de la gorge !

Le soldat devant moi me tire par les cheveux et dit quelque chose qui fait rire son ami. C'est alors que l'homme en costume arrive, le regard froid et calculateur.

— Tu es la fille qu'ils ont enlevée aux Irlandais, dit-il.

— Oui, et ils vont vous faire regretter le jour de votre naissance. Je vous le garantis.

Il fait un signe à ses hommes, qui me lâchent. Aussitôt, il prend la relève. Il essaie de m'entraîner vers la table de l'autre côté de la salle. Celle où la fille était penchée quelque temps plus tôt.

— Eh bien, dans ce cas, dit-il. Autant profiter de mon dernier jour sur Terre. Je vais te baiser à vif et leur envoyer tes membres par la poste, pendant que ton amie sera expédiée à l'étranger.

Mon cœur cogne si violemment que je suis incapable de respirer. Ses mots ne sont ni une menace ni une plaisanterie. C'est une promesse. J'y ai réchappé une fois, mais pour le coup, je suis fichue. J'essaie de réfléchir, de trouver un plan. Je sais que si je lui casse le nez, ils m'abattront sans sourciller. Je dois me la jouer fine. Je dois trouver quelque chose. Mais je reste muette, figée, tandis qu'il déchiquette le tissu de ma robe.

Il se penche et plaque son corps contre le mien, appuyant son sexe en érection contre mes fesses. La nausée me noue la gorge et je fais un effort pour ne pas vomir.

— Je vais te montrer ce que sait faire un homme, un vrai ! siffle-t-il à mon oreille.

J'entends le bruit de sa fermeture et j'essaie de me débattre. Ça ne fait que l'exciter encore plus. Il sort un couteau de sa poche et lacère ma robe tandis que ses soldats lancent des remarques salaces. Il aboie un ordre et l'un d'eux cherche dans sa poche pour en sortir un téléphone. À mon grand dégoût, ils commencent à prendre des photos. L'homme en costume me redresse brutalement et déchire le tissu qui me cache la poitrine, avant de m'empoigner les seins en riant pendant qu'ils le photographient.

Je ne peux plus le supporter. C'est impossible. Je vais riposter, et ensuite je mourrai. Mais ce sera toujours mieux que ça. Mieux que de le laisser faire. J'espère seulement que Lachlan et Dom le feront souffrir. Qu'ils lui feront payer ce qu'il nous a fait.

Quand il me retourne encore, je prends une vive inspiration. Ça y est. Je vais lui casser le nez, puis le frapper de toutes mes forces entre les jambes. Au moins, si je lui fais suffisamment mal, je sais qu'il n'essaiera pas de me la fourrer. À ce stade, c'est ma seule option.

Ses mains courent le long de mon corps et j'en ai la chair de poule. C'est maintenant ou jamais. Je deviens inerte pour lui faire croire qu'il a gagné. Ça ne lui prend qu'une minute pour relâcher sa poigne. Brusquement, je prends mon élan et je lui saute dessus avec une telle violence que je manque m'assommer. Avant qu'il puisse se ressaisir, je fais volte-face et je lui écrase mon talon dans les bourses. Il hurle furieusement. Aussitôt, ses deux hommes braquent leurs armes sur moi et attendent les ordres, prêts à faire feu.

Je ferme les yeux et je pense à Lachlan. À ces

derniers mois passés à ses côtés. J'ai l'impression que mon cœur va se briser. Je me demande s'il pensera à moi quand il sera marié. S'il se souviendra de ce que nous partagions. Malgré tout, après la souffrance et la trahison que je ressens, j'éprouve encore des sentiments pour lui. J'aurais seulement aimé savoir si une petite portion de son être avait encore des sentiments pour moi, en retour.

Le bruit est assourdissant. Les trois hommes sont en train de crier. Puis le coup de feu part. J'attends la douleur. J'attends de m'effondrer au sol et de me vider de mon sang. C'est plus long que je le pensais. Le vacarme dans ce conteneur est vraiment trop fort. On dirait que des bombes explosent. Comme un carambolage sur l'autoroute. Quelque chose m'entaille le bras et je pousse un sifflement de douleur. Mais ça ne me tue pas.

Je saigne, je le sens bien. Soit le tir est franchement raté, soit il s'est passé autre chose. Ce n'est qu'en entendant sa voix que je comprends.

— Mack !

J'ouvre les yeux et c'est alors que je le vois. Mon ange, sur le seuil, avec un fusil d'assaut dans les mains. Lachlan est entouré d'une dizaine d'autres hommes. L'un des soldats arméniens est déjà étendu, mort, sur le sol. L'autre saigne abondamment. Il a plaqué son bras contre son ventre et il tient une fille devant lui pour se protéger.

Lach me hurle dessus, mais tout se déroule avec une lenteur infinie. Le bruit est trop violent. Une douleur lancinante me torpille le crâne, mes oreilles sifflent. Il y a du sang partout autour de moi et je ne sais même plus à qui il appartient.

Lachlan s'approche. Les yeux écarquillés, il parle d'une voix forte. Je ne l'entends pas, mais mon corps est attiré vers lui comme un aimant. Mon salut. Je suis si proche. Je veux juste sentir ses bras autour de moi, sentir l'odeur de son corps tout contre le mien. Je sais qu'avec lui, je serai en sécurité.

Mais je ne l'atteins pas.

Quelqu'un passe un bras autour de moi, par-derrière, et appuie le canon d'une arme sur ma tête. Soudain, je comprends. L'homme en costume.

— Jette ton arme, sinon elle mourra, ordonne-t-il.

Lachlan se fige. Ses yeux s'aventurent sur mon corps – une loque sanguinolente – et, l'espace d'un instant, je me demande si c'est la fin. De toute façon, il aurait fallu qu'il se débarrasse de moi avant de se marier. Je vais peut-être mourir, après tout.

Ces pensées ne durent pas longtemps. Parce que Lach est incapable de cacher la colère meurtrière qui le submerge. Une autre bouffée d'adrénaline déferle dans mes veines quand je vois ce brasier dans son regard. J'ai envie de lui demander de tous les tuer. Mais l'homme derrière moi me tire les cheveux avec une telle vigueur que, cette fois, je sais que je ne dois rien tenter. Lachlan réfléchit soigneusement à son prochain mouvement tandis que ses hommes restent prudemment en retrait, les armes au poing, sur le qui-vive.

— Voilà comment ça va se passer, déclare l'homme

dans mon dos. Je vais rejoindre le bout du port. Puis je libérerai la fille en arrivant à ma voiture et nous partirons chacun de notre côté, pour cette fois.

Le regard de Lach est éloquent. Il n'acceptera pas. Nous savons tous les deux que je serai morte dès l'instant où nous arriverons au bout du port. Mais l'homme derrière moi me bouscule pour avancer. Il croit avoir le dessus.

Nous faisons quelques pas. Le doigt de Lachlan frémit sur la gâchette. L'homme en costume s'en aperçoit.

— Jette-le ! ordonne-t-il de nouveau en enfonçant son canon contre ma tempe.

Lachlan baisse son arme et la panique s'empare de moi. Ce taré va le buter. Je sais qu'il va le buter. Une fois de plus, il essaie de me pousser en avant, mais je ne bouge pas. Au contraire, je lève la jambe et je lui lance mon talon dans le genou. Il pousse un cri de douleur et j'enchaîne en écrasant son autre pied. Sa main se relâche et je profite de cet instant de déconcentration pour m'écarter de lui.

Avant qu'il puisse réagir, Lachlan tend son arme et tire dans la main de l'homme. Il hurle de douleur. À présent, il est désarmé, et Lachlan enchaîne avec deux balles dans les rotules. Une fois qu'il est à terre, Lachlan lui tombe dessus à coups de poing, en proie à une rage folle.

Aussitôt, tout le monde passe à l'action. On détache les filles et on les emmène en sûreté. Personne ne s'approche de Lachlan et je n'essaie même pas d'intervenir. Je n'ai pas une once de remords pour ce fumier, même quand son sang est si abondant qu'il s'étouffe avec.

Lorsqu'enfin sa tête retombe mollement par terre, Lachlan le tire par les cheveux. Il sort un couteau de sa poche et l'appuie contre sa gorge. Je ferme les yeux. J'ai envie qu'il le fasse et je ne le regrette pas un instant. Je refuse de le regretter. Et pourtant, je ne veux pas voir ça.

Quand tout est terminé, Lach m'attire contre son torse et me serre dans ses bras.

— Mack, dit-il dans un souffle.

Je gémis et m'accroche à lui de toutes les forces qu'il me reste, à savoir pas grand-chose. Je suis lasse d'être forte. Lasse d'essayer de tout faire par moi-même. Est-ce si mal de me laisser réconforter ? D'être soulagée dans la fausse impression de sécurité que je trouve auprès de lui ? Ces bras m'abriteront et me protégeront. Autrefois, je croyais ne jamais vouloir de cela, et aujourd'hui, il occupe la première place dans mon cœur. Même si ce n'est qu'un immense mensonge.

— Merci d'être venu, lui dis-je. Pour Cara.

Il me repousse comme si je l'avais brûlé et il me dévisage avec incrédulité.

— C'est ce que tu crois ?

Je regarde fixement le sol. Je ne peux pas lui répondre sans pleurer et je refuse de me laisser aller à cela.

Le silence s'impose autour de nous et je me soutiens à la paroi du conteneur. Lachlan ne me touche pas. Il ne parle pas. Mais je sens la colère qui émane de son corps.

— Emmenez les filles loin d'ici, dit-il à ses hommes.

Des bruits de pas se font entendre. Au bout de quelques minutes, toutes les détenues ont vidé les lieux. Puis ils font entrer un groupe de soldats arméniens.

— Alignez-les contre le mur, ordonne Lach.

Ses hommes obtempèrent et je les regarde forcer les Arméniens à s'agenouiller face au mur.

Lachlan sort son Glock et incline mon menton pour me regarder dans les yeux. La fureur sur son visage ne s'est pas atténuée, mais j'y décèle autre chose à présent. De la détermination.

— Je veux que tu regardes, Mack, dit-il. Tu peux faire ça pour moi, ma jolie ?

Même si je vois bien la conclusion logique de ce qu'il me demande, mon cerveau ne l'a pas encore entièrement analysé. Je hoche la tête. Pour être honnête, je ferai tout ce qu'il me demandera.

Il s'éloigne et presse son arme sur la tête du premier homme, puis il me regarde.

— Est-ce que celui-ci t'a touchée ? demande-t-il.

Mes lèvres refusent de coopérer. C'est l'homme qui m'a enlevée à l'hôtel. Celui qui m'a frappé la tête avec la crosse de son arme et qui a essayé de me violer.

Lachlan répète sa question dans un rugissement :

— Est-ce que ce sale porc t'a touchée, Mack ? Est-ce qu'il a touché ce qui m'appartient ?

Je hoche imperceptiblement la tête et Lachlan appuie sur la détente. Je devrais peut-être hurler, j'imagine. Je ne sais pas. Mais je suis trop abasourdie. Je garde les yeux rivés sur Lach qui passe au suivant, le souffle court et les yeux remplis d'une rage que je n'avais encore jamais vue.

— Et lui ? demande-t-il. Ce type a cru qu'il pouvait toucher la femme de Lachlan Crow ?

Une fois de plus, je suis incapable de répondre. C'est l'autre type de l'hôtel. Celui qui a giflé Cara. Devant mon silence persistant, Lach applique le canon de son arme sur la tempe de l'homme et l'agrippe par les cheveux.

— Tu as touché ma femme ? demande-t-il.

— Oui, répond alors Cara de l'autre côté du conteneur.

Elle me regarde, les larmes aux yeux. Et elle hoche la tête en silence, comme pour me faire comprendre qu'il est bien naturel de souhaiter leur mort.

— Ils nous ont enlevées à l'hôtel, explique-t-elle.

Un autre coup de feu et le corps s'effondre au sol. Lach passe au prochain.

— Mack ? demande-t-il. Tu veux bien me dire pour celui-là ?

— Je ne sais pas, dis-je d'une voix rauque. Je ne me rappelle pas l'avoir vu.

C'est la vérité, mais je sais que s'il est là, c'est qu'il montait forcément la garde devant le conteneur. Lachlan se contente de hausser les épaules.

— Il a participé.

Sur ce, il appuie sur la détente. Encore deux balles, deux hommes sont abattus avant qu'il revienne vers moi. Il m'attire dans ses bras et me caresse les joues avec une douceur infinie.

— Tu m'appartiens, me dit-il. Et si tu en doutais, alors n'en doute plus. Si quelqu'un essaie de te toucher, il mourra.

32

Mackenzie

Après m'avoir détaché les bras, et après un bref examen, Lachlan m'entraîne hors du conteneur.

— Et les autres filles ? je demande.

— Tu n'as pas à t'inquiéter pour elles, ma jolie, me dit Lachlan. Ronan et les gars vont s'occuper de tout.

Je m'arrête et campe mes talons sur le béton.

— Qu'est-ce que tu veux dire ?

— Bon sang, je ne suis pas un monstre. Ils vont les déposer à l'hôpital, d'accord ? Tu as ma parole qu'elles sont en sécurité.

Je jette un œil derrière moi pour voir Ronan aider les filles à monter dans un fourgon. Je sais que Lachlan me dit la vérité, mais j'ai tout de même l'impression que je devrais être avec elles. Comme si je pouvais leur apporter mon aide. Et cette fille qu'ils ont tuée. Je ne peux pas la laisser ici…

— Mack.

Lach me prend par les bras et plante son regard dans le mien.

— Tu te rappelles ce que je t'ai dit au sujet des flics ?

— Oui, mais…

— S'ils apprennent que tu étais ici, ils voudront te parler. Ils remonteront jusqu'au Slainte et…

— D'accord, dis-je faiblement.

Il n'a pas besoin de me dire la suite. En ce moment, il n'a certainement pas besoin que les flics viennent lui donner du fil à retordre alors que des soupçons pèsent déjà sur lui.

Il prend ma main dans la sienne et, cette fois, je me laisse entraîner sans résistance. Cara et Dom nous suivent de près, mais nous rejoignons les voitures sans échanger un mot. Elle m'adresse un petit sourire avant que Dom la fasse monter dans leur BMW noire, puis j'entre dans le véhicule de Lach.

Le trajet se déroule sans un mot. Je suis trop épuisée. Pour l'instant, j'ai trop d'émotions à gérer. Je me laisse engourdir et je savoure le silence. Lachlan semble comprendre que j'en ai besoin et il me tient la main sans rien dire.

Pourtant, quand nous nous garons devant la maison, il sort la clé de contact et se tourne vers moi.

— Je suis désolé, dit-il d'une voix éraillée.

En croisant son regard, je suis frappée par la

tristesse qui hante ses yeux gris. La peur et l'inquiétude… à cause de moi.

— J'aurais dû te surveiller, me dit-il. Je savais que la situation était tendue, mais je n'aurais jamais cru… Bon sang, je suis désolé, Mack.

Je ne réponds pas. Des larmes me piquent les yeux. La question que j'aimerais vraiment lui poser, c'est combien de temps il lui a fallu pour se rendre compte de mon départ. C'est bête, ridicule, mais c'est comme ça. Lachlan détache ma ceinture et m'attire sur le siège pour m'asseoir sur ses genoux. Il pose ma tête contre son torse et se met à m'embrasser les cheveux.

— Je croyais que tu avais disparu, dit-il. J'ai cru qu'ils t'avaient supprimée, et la dernière pensée que tu aurais eue à mon sujet…

Bientôt, il a la gorge trop nouée pour parler, et en dépit de mes efforts, les larmes commencent à couler. En le voyant aussi émotif, je laisse mes propres sentiments m'envahir. Je ne peux pas les retenir. Je comprends ce qu'il veut dire. Je venais d'apprendre qu'il devait épouser quelqu'un d'autre, et cela aurait été la dernière chose dont je me serais souvenue avant de mourir. Je ne peux pas discuter de ça maintenant. Je ne suis pas dans le bon état d'esprit pour avoir les idées claires. Alors, je lui dis ce qu'il a besoin de savoir.

— Ce n'est pas ta faute. Ils nous attendaient. Quelqu'un a dû leur parler de la fête de Niall.

Il acquiesce et passe une main tremblante dans ses cheveux. Je ne l'avais encore jamais vu aussi fébrile. Aussi déstabilisé. Si je doutais de ses sentiments pour moi, ou de ce qu'il était prêt à faire, je le lis en ce moment sur son visage. Et ça m'anéantit encore plus.

— J'aurais dû l'envisager, dit-il. J'aurais dû…

— Lach.

Il me renvoie mon regard, une supplication dans les yeux, et je serre légèrement sa main.

— Ça n'a plus aucune importance, dis-je. Ce qui compte, c'est que tu mettes un terme définitif à leur opération. Promets-le-moi. J'ai besoin de ta parole.

Il pose les mains de part et d'autre de mon visage et il se penche pour s'assurer que je comprends ce qu'il me dit :

— Tu as ma parole, papillon. Je les réduirai en cendres.

Je hoche la tête et lui caresse la joue. Je le crois. Il le fera pour moi.

— Emmène-moi à l'intérieur, lui dis-je. J'ai besoin d'une douche.

Deux minutes plus tard, il me fait entrer dans la maison et me porte dans ses bras au bout du couloir. Lach pousse la porte de la salle de bain avec l'épaule et il me dépose sur le comptoir. Il s'agenouille pour me retirer mes chaussures à talons, puis il fait remonter ses mains sur mon corps, lentement, inspectant mes diverses blessures.

Je me rends compte qu'il hésite au niveau de mon string, content de le découvrir intact, mais la question s'attarde dans ses yeux.

— Ils n'ont rien fait, lui dis-je. Je ne les ai pas laissé faire.

— Dieu merci, ma jolie !

Il se lève et enfouit son visage dans mon cou, inspirant mon odeur. Ses mains sont brutales, possessives sur mon corps. Elles me font presque mal, mais ça ne me dérange pas. J'en ai besoin. J'ai besoin de lui. Il m'embrasse le visage, avec douceur, partout sauf sur les lèvres. Puis il ramène mes cheveux en arrière et il frotte ses paumes sur mes épaules pour me réchauffer.

— Où as-tu mal ? demande-t-il.

— Partout.

Je sais déjà ce qu'il pense. Ses yeux sont frénétiques, remplis de regrets et de mille autres émotions. Il doit encore aller régler ce cauchemar, mais je ne veux pas qu'il s'en aille tout de suite.

— Je veux que tu effaces tout ça, lui dis-je.

Il marque un temps d'arrêt, puis il accepte. Il fait couler l'eau de la douche et il m'aide à retirer ce qu'il reste de tissu sur mon corps. Il m'aide à entrer dans la cabine, puis il se débarrasse de ses propres vêtements et il se glisse derrière moi. Pendant un long moment, nous restons debout sous le jet brûlant. Je m'appuie contre son torse tandis qu'il me serre dans ses bras. Je ne m'étais encore jamais sentie aussi bien. Je n'avais encore jamais été aussi émue. Aussi… impuissante.

— Je suis désolé, Mack, répète-t-il.

Je me retourne dans ses bras et je prends son visage entre mes mains, l'attirant jusqu'au mien. Son regard s'enflamme quand nos lèvres se rencontrent et je referme les bras autour de sa taille pour le serrer tout contre mon corps.

— J'ai besoin de toi.

Mes paroles semblent embraser quelque chose en lui. Quelque chose qu'il devait contenir. Parce qu'un instant plus tard, il me plaque contre le mur. Mes jambes s'enroulent autour de sa taille et il s'enfonce en moi.

— Ils ne te toucheront plus jamais, me jure-t-il en me pénétrant. Je te le promets.

Cela ne devrait pas m'exciter, mais c'est le cas. Sa possessivité, son besoin de me protéger et de me venger. Est-ce que j'éprouve de la peine pour ces ordures qui se livrent au trafic de femmes ou pour la colère qui va bientôt s'abattre sur eux ? Oh, certainement pas ! Je sais comment fonctionne le système. Aucune justice n'est aussi prompte et rigoureuse que celle de Lachlan.

J'emmêle mes doigts dans ses cheveux et je l'embrasse avec le besoin violent d'exprimer ma gratitude. Je savais qu'il viendrait me secourir ce soir. Je le savais. J'ai envie de croire qu'il volera toujours à mon secours, mais je sais que ce n'est pas vrai. Le moment est mal choisi, et pourtant je ne peux m'empêcher de lui demander :

— Pendant encore combien de temps puis-je te garder ?

Il interrompt ses coups de reins et me regarde dans les yeux. Mes larmes se mélangent à l'eau de la douche.

Du bout des doigts, il effleure ma joue, puis mon cou, avant de s'arrêter sur mon cœur.

— Tu crois que je te laisserai partir un jour ? demande-t-il.

Je détourne le regard. Ses yeux me mentent. Ils veulent me faire croire qu'il me dit la vérité. Mais je sais que ce n'est pas le cas. Je refuse d'être sa maîtresse. Je ne serai rien du tout. Ce que nous partageons était voué à l'échec depuis le début.

— Tu vas épouser l'une de ces filles, dis-je d'une voix étranglée.

— Non, gronde-t-il.

Mais quand je lève les yeux, je découvre l'indécision sur son visage. La perplexité. C'est son devoir envers le syndicat et je ne peux rien y changer. Et quand bien même, moi aussi je lui mens depuis le premier jour. Je dois accepter que je ne peux pas le garder. La seule chose qu'il me reste à faire, c'est de profiter du temps dont je dispose encore avec lui.

— Baise-moi, Lach.

C'est ce qu'il fait. Il me laboure avec ferveur, écrasant mon dos contre le mur, animé par le besoin de prendre possession de moi. J'enfonce mes ongles dans ses épaules et je l'agrippe entre mes genoux pour ne pas perdre l'équilibre.

— Je ferais tout pour toi, Mack, ahane-t-il. Absolument tout, putain !

Ses paroles déclenchent une explosion dans mon corps, et immédiatement, il jouit dans un gémissement rauque. Pendant un long moment, il reste au fond de moi. Ses baisers pleuvent sur mon visage.

— Tu m'appartiens, répète-t-il.

— Lach.

Je lui caresse le visage, émerveillée par la beauté stupéfiante de cet homme.

— Je t'appartiens.

Ma lèvre tremble, parce que c'est la vérité. Et parce que je retiens les mots que je voudrais véritablement lui dire. Des mots qui causeront ma mort.

33

Mackenzie

Quand Ronan arrive à la maison, il est encore plus maussade que d'habitude. Conor est avec lui et, depuis notre petit incident, il a toujours du mal à me regarder. Lachlan emmène Ronan dans la cuisine et je les entends discuter avec animation. Puis il revient à grandes enjambées et il se jette dans son fauteuil.

Lach et certains de ses hommes utilisent son salon comme armurerie de fortune. Je les regarde s'équiper, sangler des étuis de toutes sortes sur leurs torses et s'emparer de sacs de sport qui contiennent sans doute des munitions. Quand je me tourne vers Rory pour lui demander de s'assurer que Lach rentre en un seul morceau, tout le monde s'arrête et nous regarde avec étonnement.

Ils savent tous que je suis naïve, mais je m'en fiche.

Lach m'attire à lui et pose ma tête sur sa poitrine. J'en profite pour inspirer son parfum une dernière fois. Son baiser sur mon front me fait comprendre – ainsi qu'aux hommes présents dans le salon – que je lui appartiens. Rory me promet qu'il le protégera, puis ils s'en vont.

Je suis épuisée et à bout de nerfs. Je m'empare d'une bouteille de bourbon dans le placard de Lach et je me roule en boule sur le sofa. J'avale une rasade au goulot sous le regard désapprobateur de Ronan.

— Désolée, dis-je en prenant une autre gorgée. Tu rates toute l'action, c'est ça ?

Il grogne en guise de réponse. Je reste seule avec mes pensées, et ce n'est jamais très bon.

— Comment se fait-il que tu te coltines ces missions de merde, au fait ? Maintenant, j'ai presque l'impression que tu es un vrai baby-sitter.

Son regard est glacial et assassin. Quant à Conor, il éclate de rire. Tiens, j'ai touché la corde sensible.

— Ce n'est pas un baby-sitter, dit Conor. Tu sais pourquoi on le surnomme le Faucheur ? Crow ne fait confiance qu'à lui pour te protéger. C'est le seul capable de tuer un homme de cinquante manières différentes s'il ose s'approcher à trois mètres de toi.

Je hausse les sourcils et Ronan décoche à Conor un regard cinglant.

— Boucle-la, avorton, dit-il. Tu n'as pas autre chose à faire ?

Conor s'assied à côté de moi sur le canapé. Je lui tends la bouteille de bourbon et il accepte, mais Ronan s'empresse de mettre le holà.

— Tu veux que je te tue ? s'exclame-t-il. Tu es ici pour la protéger, pas pour te saouler, espèce d'abruti.

Conor lâche la bouteille en haussant les épaules.

— Il me semble que cette fille n'a pas besoin d'être protégée, de toute façon. Putain, elle m'a quand même étranglée.

Je lui lance un sourire contrit, ce qui ne fait qu'agacer Ronan encore davantage.

— Il a bien fallu qu'on la protège ce soir. N'est-ce pas ?

Que je le veuille ou non, sa réponse me fait mal. Parce que j'ai toujours été trop fière pour croire que je pourrais un jour avoir besoin de quelqu'un. Ronan s'en aperçoit et, pendant un bref instant, j'ai presque l'impression qu'il le regrette. Bien sûr, ça ne dure que deux secondes avant qu'il retrouve sa mine renfrognée.

Le reste de la nuit s'écoule dans la tranquillité. Je bois suffisamment pour m'assoupir sur le canapé, dans une douce torpeur. Il fait presque jour lorsque Lach revient et m'emmène au lit. Il est épuisé et nous sommes tous les deux perclus de douleurs, mais ça ne nous empêche pas de nous caresser. Je tends les mains vers son visage, dans le noir, et j'attire ses lèvres jusqu'aux miennes. Lachlan me rend mon baiser et roule sur moi, en position de domination. Il referme mes jambes autour de lui et me pénètre, sans jamais détacher de moi ses lèvres ni ses mains.

Et jusqu'à l'aube, son corps demeure dans le mien.

Aujourd'hui, notre rituel du matin est différent. Lach prend son temps. Il explore mon corps comme s'il n'avait nulle part où aller. Comme si ce n'était pas simplement notre habitude du lever, mais quelque chose de différent. Quand il reste dans mon corps après avoir terminé, je sais qu'il a changé, lui aussi.

J'ai peur de l'interroger, mais c'est là, dans ses yeux. En retour, il a des sentiments pour moi. Ça ne faisait pas partie du plan. Je ne voulais pas qu'il s'attache. Mais maintenant ? Mon cœur bat plus fort et plus vite. J'hésite entre pleurer ou l'embrasser.

— Il faut vraiment que tu partes ? je lui demande en effleurant son dos musclé, avant de refermer les mains sur ses fesses pour l'enfoncer encore plus profondément en moi.

Il me dévisage avec sérieux. Ses yeux sont un paysage somptueux tout en bleu et gris.

— J'aimerais rencontrer ta grand-mère. Celle que tu as appelée l'autre jour.

— Quoi ? je me récrie. Enfin, pourquoi ?

Il plisse les yeux.

— Me faut-il une raison ?

Je ne saurais pas dire s'il est soupçonneux.

— Eh bien, disons que c'est un peu inattendu.

— C'est inévitable, dit-il. Tu fais partie de ma vie

maintenant. Je veux connaître les gens qui font partie de la tienne.

— Je verrai ce que je peux faire.

C'est un mensonge. Lach me dévisage attentivement. Ses yeux balaient mon visage à la recherche d'indices. Il sait que je mens. Je le sens. Je m'efforce donc de détourner son attention en le baisant à en perdre la raison pendant l'heure qui suit.

JE SUIS EN TRAIN DE ME PRÉPARER POUR ALLER AU CLUB lorsque Lachlan arrive dans la salle de bain. Il me retourne dans ses bras.

— Je t'emmène dîner, me dit-il.

Quand je gémis, il arque un sourcil.

— Sérieusement ? je demande. La dernière fois qu'on a dîné ensemble, ça ne s'est pas franchement bien passé. On ne pourrait pas passer au café Dunkie's plutôt ? Un beignet, ça me suffirait largement, tu sais. Je suis facile à satisfaire.

— Toi et ce café, grommelle-t-il.

Je le regarde avec espoir. Ma question n'était pas rhétorique.

— Non, Mack, me dit-il en me donnant sur les fesses une claque qui m'arrache un petit cri. Tu ne mangeras pas de beignets pour le dîner. Et maintenant, en voiture.

— Très bien, dis-je de mauvaise grâce.

Pendant toute la durée du trajet, j'impose à Lachlan

mon silence absolu. C'est ce qu'il mérite en me privant de sucre. Encore une fois, il est nerveux. Ça se voit à ses doigts qui tambourinent sur sa cuisse, mais je ne lui pose aucune question. Maintenant, je sais qu'il vaut mieux éviter.

Comme je m'attendais à un autre restaurant du quartier de Back Bay ou quelque chose de tout aussi huppé, ma paranoïa m'étrangle lorsque je constate que nous nous dirigeons vers mon vieux terrain familier, Southie. Je reporte mon attention sur Lach, mais il ne laisse rien paraître. Je n'ai pas l'impression qu'il connaît mon grand secret, et pourtant, cette situation commence à sentir mauvais pour moi.

Quand il se gare devant une taverne – un établissement que je connais très bien –, je suis proche de l'hyperventilation.

— Qu'est-ce qu'on fait ici ? je demande.

— Viens.

Il sort et contourne la voiture pour m'ouvrir la portière, mais je reste collée à mon siège. Lachlan me prend la main et m'entraîne. Une épaisse brume nous entoure tandis qu'il rejoint la porte et l'ouvre pour me laisser entrer.

Je n'ai pas besoin de regarder la table d'angle, de l'autre côté de la salle. Je sais déjà qu'elle est ici.

— Lach… je proteste faiblement. Je n'aime pas cet endroit. On ne pourrait pas…

Mes mots sont interrompus par Scarlett qui s'approche avec un sourire espiègle. Elle fait chier. Putain de merde. Mais qu'est-ce qu'elle fout ? Je lui ai demandé de ne pas s'immiscer là-dedans. Je l'avais avertie.

— Salut, ma chérie, m'accueille-t-elle avec un clin d'œil avant de tendre la main à Lachlan.

Je le regarde attentivement, en essayant de déceler chaque émotion dissimulée dans son regard. Il n'a pas l'air hostile, mais Dieu sait que ça pourrait changer à tout moment. Je lui ai menti, et allez savoir comment, il a réussi à retrouver Scarlett et à la faire venir ici. Putain de merde de putain de merde.

C'est une chose de foutre en l'air ma propre vie, mais je ne voulais pas mêler Scarlett à tout ça. Je ne peux pas la protéger.

— Comment as-tu…

— Il y a son numéro dans ton téléphone, m'explique Lach sans le moindre remords.

Enfoiré.

— Venez à ma table, dit Scarlett en désignant le coin. J'ai déjà commandé.

— Ah bon ? demande Lachlan.

— Il y a un plat incontournable ici, répond Scarlett en même temps que moi.

Lach hoche la tête et pose la main au bas de mon dos tandis que nous rejoignons la table. Une fois assise, j'avale cul sec le verre de téquila Patron que Scarlett a commandé pour moi. Je la foudroie du regard, mais elle ne se laisse pas décontenancer.

— Alors, Lachlan, dit-elle en feignant l'ignorance. C'est à cause de toi qu'on n'a pas vu Mack depuis longtemps.

Oh, pitié. Elle en fait déjà des caisses. Je fais signe à la serveuse pour qu'elle m'apporte un autre verre.

— Apparemment, répond-il. Je me suis dit qu'il était temps de te rencontrer. Même si, je dois dire, tu as l'air un peu jeune pour être sa grand-mère.

Scarlett éclate de rire.

Puis elle s'accoude et je perçois un sentiment singulier sur son visage. Un sentiment que je n'ai jamais revu depuis que je la connais, depuis des années, à part une fois peut-être. Et c'était quand elle m'a aidée à repousser les hommes dans la ruelle, ce jour fatidique.

— C'est une fille bien, lui dit Scarlett. S'il lui arrive quoi que ce soit, tu auras affaire à moi.

— Scarlett… je proteste.

Elle lève la main et elle poursuit en m'ignorant :

— Je sais que je ne paie pas de mine, mais Mack non plus. Et pourtant, nous savons tous les deux ce qu'il en est. Parfois, il ne faut pas se fier aux apparences.

Sa voix est pleine de menaces, et ce serait absolument adorable si je sortais avec un gars normal. Mais je vois bien les rouages tourner dans la tête de Lachlan. Il sait aussi bien que moi qu'elle n'est pas dangereuse. Je ne sais pas à quoi m'attendre de sa part.

Ainsi, quand il hoche la tête sans sourire ni afficher la moindre arrogance, je lui serre la main sous la table pour le remercier.

— Je respecte ça, observe-t-il.

Puis il se tourne vers moi et rejette mes cheveux

par-dessus mes épaules en me regardant avec une certaine fierté et, je crois bien, du bonheur.

— Je n'ai aucune intention de faire du mal à Mack, dit-il avec tendresse. D'ailleurs, je craindrais même que ce soit le contraire.

34

Mackenzie

Pendant le trajet jusqu'au club, je suis une boule de nerfs. Je n'arrête pas de penser à Scarlett. Si tout devait dégénérer, que lui arriverait-il ?

Ça me rend malade d'inquiétude. Mais il y a autre chose. La culpabilité m'habite, me ronge de l'intérieur. Les mots de Lach tournent en boucle dans ma tête. Il sait que je vais lui faire du mal. Peut-être en sait-il plus que je veux bien le croire. Peut-être est-il conscient que ce n'est qu'une question de temps avant que je lui joue un sale tour.

Il tend la main vers mon visage et retire d'entre mes dents la lèvre que je mâchonne, puis il pose sur mon genou une main possessive qui remonte lentement sur ma cuisse.

— Dis-moi ce qui te perturbe. Pourquoi ne voulais-tu pas que je la rencontre ?

— Parce que, dis-je de mauvaise humeur. Je ne veux pas l'impliquer dans ce monde.

Ses doigts se resserrent sur ma jambe.

— Tu penses toujours que je suis affreux ?

Je tressaille. C'est indéniable. Dans ma tête, je l'ai accusé de se livrer à du trafic de femmes. D'être lié, d'une manière ou d'une autre, à la disparition de Tal. Et j'ai cru qu'il ne serait jamais venu me secourir si Cara n'était pas en danger. Mais quand je le regarde maintenant, calme, détendu et possessif, je sais que ce n'est pas vrai.

Alors, pourquoi est-ce que je continue ?

Je pourrais tout abandonner. Trouver un autre moyen. Me confier à Lach en espérant ne pas me tromper à son sujet. Mais il y a trop de variables dans ces options. Cela pourrait mal tourner ou me retarder considérablement. Scarlett a glissé un dossier dans mon sac à main, ce soir, et j'ai l'impression qu'il est brûlant à mes pieds. Il faut absolument que je le lise. Je dois croire que je prends la bonne décision. J'ai besoin d'une justification pour continuer sur le même chemin.

Lachlan se gare au bord du trottoir et coupe le moteur. Puis il pivote sur son siège et se penche pour me donner un tendre baiser. Bon sang, je suis foutue.

— Tu n'as aucun souci à te faire pour Scarlett, dit-il. On ne lui fera aucun mal.

Comme je ne réponds pas, il me prend la main et la serre.

— Tu me crois ?

— Oui, je murmure. Mais jure-le, s'il te plaît.

Donne-moi ta parole. C'est ce que tes hommes estiment, n'est-ce pas ? La parole d'honneur ?

Lachlan n'a pas l'air satisfait que je doute encore de lui, mais il hoche la tête.

— Tu as ma parole, ma jolie.

— Quoi qu'il arrive ? j'insiste. Tu ne lui feras pas de mal. Elle n'a rien à voir avec ma vie ou les choix que je fais.

— Tu me prends pour ce genre d'homme ? demande-t-il.

Sa déception transperce mon bouclier protecteur.

— J'aimerais mieux pas, dis-je entre le rire et les larmes.

Oh, mon Dieu. Ce sont de vraies larmes. Je suis réellement en train de pleurer. Mais qu'est-ce qui m'arrive ?

Lachlan a l'air tout aussi déboussolé que moi.

— Je sais que tu es quelqu'un de bien, Lach. Je le vois tous les jours quand je suis avec toi. Je me sens en sécurité près de toi et je n'ai jamais ressenti ça pour personne. Mais ensuite, je pense à ce que tu fais et pour qui tu travailles. Je suis d'accord avec certaines choses, comme hier soir… ce que tu as été obligé de faire, je voulais que tu le fasses. Ce que j'éprouve, c'est tellement troublant. Je ne le comprends pas moi-même. Je ne sais plus ce que je fais et j'ai envie de te dire…

Son téléphone sonne et il appuie sur une touche pour ignorer l'appel sans me quitter des yeux.

— Me dire quoi, ma jolie ?

— J'ai envie de te dire…

Une fois de plus, la sonnerie retentit.

— Fait chier, peste-t-il. Une seconde, mon cœur.

Il décroche et répond à son interlocuteur par des interjections, de plus en plus furieuses jusqu'à ce que la communication se termine, deux minutes plus tard.

— Bon sang, grommelle-t-il. Je veux que tu me parles, ma jolie. Que tu me dises tout.

Moi aussi, j'aimerais tout lui dire. Mais en ce moment, il semble trop stressé par autre chose et le moment serait mal choisi.

— Ce soir, lui dis-je. Nous en parlerons ce soir. Je sais que tu dois y aller.

Il passe la paume sur ma joue, puis il descend le long de ma gorge et m'embrasse de nouveau avant de s'écarter. Un instant plus tard, Ronan apparaît devant la portière.

— Il va t'accompagner, me dit Lach. Je ne sais pas combien de temps ça durera.

— D'accord.

Je serre sa main dans la mienne.

— Bon, à plus tard.

— Comme toujours, ma jolie, répond-il en souriant.

Dès que Ronan et moi sommes à l'intérieur du club, je m'éclipse aux toilettes.

Après m'être assurée que toutes les cabines sont vides, je me glisse dans l'une d'elles et sors le dossier de mon sac à main. Je l'ouvre. À l'intérieur, il y a tout un tas de photos et de notes.

On y voit Donovan qui entre et qui sort du club, sa maison – un misérable petit duplex – et quelques-uns de ses lieux de prédilection. C'est sans surprise que je découvre qu'il fréquente un bar malfamé et un bordel tenu par les Russes. Mais ce qui m'étonne, en revanche, c'est de le voir entrer et sortir de ce dernier établissement en compagnie de Mandy.

Bon sang, mais que fait-elle dans un bordel avec lui ? Ai-je vraiment envie de le savoir ?

Je parcours le reste des photos et je ne tarde pas à trouver la réponse. Il s'avère que le bordel n'est pas le seul endroit qu'ils fréquentent. On les voit dans des ruelles, le pantalon de Donovan autour de ses chevilles et la tête de Mandy allant et venant entre ses jambes.

Dégoûtant.

Je les feuillette rapidement en pensant qu'elles sont toutes identiques, mais quelque chose attire soudain mon attention. Sur l'une des photos, Donovan entre dans le bordel avec Mandy, mais c'est l'un des Russes qui ressort à son bras. Encore plus dégoûtant.

Joue-t-elle au ping-pong entre les deux ? Et si tel est le cas, pourquoi mon détective a-t-il estimé que cela pouvait m'intéresser ? Je lis les remarques correspondantes et je trouve cette explication :

J'ai eu une intuition. Je l'ai suivie.

Évidemment, les autres photos montrent Mandy et le Russe. Apparemment, elle a des rendez-vous avec les deux hommes un peu partout dans la ville. Parfois deux ou trois fois par jour.

D'après les photos, ce qu'ils font me paraît évident, mais quelque chose me tracasse. Au-delà du fait que je n'apprécie pas Mandy, je ne comprends pas comment une femme pourrait envisager un premier rencard avec ces types-là, sans parler d'un deuxième. De son plein gré, manifestement. À moins qu'ils exercent sur elle une forme de chantage.

Est-ce possible ?

J'ai beau ne pas l'aimer, Mandy est jolie. C'est le genre de femme que la plupart des hommes trouveraient désirable. Je doute fortement qu'elle ait du mal à attirer l'attention de la gent masculine. Enfin, à l'exception de Lachlan peut-être. Mais Donny et ce Russe sont loin d'être des Apollon, et Mandy me semble assez superficielle. Je me demande bien ce qu'elle leur trouve.

Une fois de plus, je parcours les photos et je fronce les sourcils. Il doit bien y avoir une explication qui m'échappe. Je vais devoir me résoudre à faire quelque chose dont je n'ai absolument pas envie. Je dois parler à Mandy.

35

Mackenzie

Je retrouve Mandy dans les coulisses. Elle se prépare pour son numéro. Quand je m'assois à côté d'elle en me raclant la gorge, elle est en train de souligner ses yeux à l'eye-liner.

— Qu'est-ce que tu veux ? demande-t-elle en fronçant le nez.

Je lui adresse un sourire forcé. Sa voix me fait l'effet d'un crissement d'ongles sur un tableau d'ardoise, mais quand même... Si elle a des ennuis, je peux l'aider. Et je le ferai. Quels que soient les sentiments négatifs qu'elle m'inspire.

— Écoute, Mandy, je crois qu'on est peut-être parties du mauvais pied toutes les deux.

Elle rebouche son tube d'eye-liner avant de reporter

son attention sur moi. Ses yeux sont remplis de soupçons, mais je continue malgré tout.

— Je voulais juste passer l'éponge, lui dis-je. On pourrait apprendre à se connaître, toutes les deux.

Elle éclate d'un rire un peu dément. Puis elle croise les bras et s'adosse dans son siège en me toisant du regard.

— Tu crois que je suis bête ? demande-t-elle. Tu crois vraiment qu'il suffit de me faire les yeux doux ?

Bon, apparemment, chercher à faire amie-amie ne fonctionne pas. En haussant les épaules, je tente une approche différente. De toute façon, Donovan me déteste déjà, alors autant y aller franchement.

— Écoute, je sais que Donny harcèle certaines filles ici, et je me suis dit que tu en étais peut-être victime, toi aussi.

— Et si c'est le cas, qu'est-ce que tu comptes faire ? dit-elle sèchement. Le frapper à ma place ?

Je ne réponds pas. La haine dans sa voix me déstabilise. Je savais qu'elle ne m'aimait pas, mais cette fois, c'est autre chose. Au regard qu'elle darde sur moi, j'ai l'impression qu'elle veut ma mort. Et je ne comprends pas pourquoi. Je n'ai rien fait à cette fille. Je sais qu'elle voulait Lachlan, mais ce n'est pas de la jalousie. C'est encore plus personnel.

Quoi qu'il en soit, c'est une cause perdue. Je me lève et me dirige vers la sortie.

— Laisse tomber, dis-je par-dessus mon épaule. On ne se parle pas, ça me convient. Tu as raison, c'est peut-être mieux comme ça.

— Il ne me dérange pas, rétorque-t-elle. D'ailleurs…

J'aurais préféré ne pas m'arrêter pour l'écouter, mais c'est plus fort que moi. Et quand elle laisse ses mots en suspens, je fais volte-face pour découvrir un rictus hostile sur ses lèvres.

— Ça m'étonnerait que tu restes ici bien longtemps, dit-elle avant de faire claquer son chewing-gum. Tu veux savoir pourquoi ?

Je lève les yeux au ciel, mais je ne peux m'empêcher de répondre :

— Pourquoi, Mandy ?

— Je crois que tu essaies de tailler une mauvaise réputation à Donny pour détourner l'attention de toi. D'après ce que j'ai entendu dire, c'est plutôt lui qui a des infos à ton sujet.

Je croise les bras en m'efforçant de paraître détachée, mais intérieurement je dissèque tout ce qu'elle pourrait savoir. Mandy interprète mon silence comme une invitation et elle poursuit :

— Il m'a dit quelque chose sur toi… oui, c'est ça.

Elle claque des doigts comme si elle venait de s'en souvenir.

— Il m'a dit qu'il t'avait déjà vue quelque part. Que tu lui étais très familière.

Je souris pour lui faire croire qu'elle ne m'atteint pas. Il est impossible qu'il m'ait déjà vue quelque part. Je ne l'avais jamais rencontré par le passé, j'en suis convaincue. Ce qu'elle dit n'a aucun sens.

— Tu sais, il n'a pas toujours travaillé pour ce clan, ajoute-t-elle avec amertume.

— Où veux-tu en venir, Mandy ?

Elle me dévisage longuement, comme si elle s'attendait à ce que j'aie une révélation. Mais non. Je commence à la prendre pour une foldingue qui cherche juste à me rendre parano. Si Donny avait des infos contre moi, il les aurait déjà déballées. Je me retourne vers la porte en haussant les épaules.

— Je ne sais pas de quoi tu parles. Bonne soirée, Mandy.

— Longue vie à toi ! lance-t-elle en riant. Mais j'en doute…

JE POURSUIS MA RONDE EN ALLANT PRENDRE DES nouvelles de Sasha, mais elle n'a rien de nouveau à m'apprendre. Elle n'a toujours pas vu le Russe que je guette, et je me mets au travail. J'essaie de faire l'inventaire, mais c'est un fiasco. Je n'arrive pas à faire le calcul, et encore moins à penser correctement. La menace de Mandy tourne en boucle dans ma tête.

Donny est-il au courant de tout ? Et comment serait-ce possible, à moins qu'il ait passé du temps avec Tal et qu'elle lui ait parlé de moi ? C'est peu probable.

Ces pensées m'obsèdent. Il ne s'agit plus uniquement de Tal ni de moi. Je dois aussi protéger Lachlan. Si ses hommes découvrent que je lui ai menti et que j'ai fouiné dans leurs affaires, comme c'est lui qui m'a ouvert la porte du club, je ne sais pas ce qu'ils lui feront. Je ne peux pas le laisser payer pour mes actes. Je ne peux pas laisser mon chagrin pour Talia le détruire. Parce qu'au fond, je sais qu'il n'a rien à voir là-dedans. Son équipe ? Peut-être. C'est possible. Mais Lachlan ? Hors de question.

C'est un type bien. Il ne méritait pas ça. Les mensonges et les cachotteries. Je n'imagine même pas ce qu'il ressentirait s'il découvrait que je me suis servie de lui. Ce n'est peut-être pas juste, étant donné qu'il faisait plus ou moins la même chose, mais ça me fait mal rien que d'y penser. Je ne sais pas comment lui expliquer ma trahison. Je ne sais pas comment lui faire croire que maintenant, c'est différent.

Mais cela n'a aucune importance. J'ai scellé mon destin dès l'instant où j'ai franchi les lignes ennemies. Je suis venue ici avec un but bien précis et je ne pouvais pas le cacher éternellement. Le risque que la situation implose a toujours existé. Je ne pensais pas que ce serait si difficile de le quitter à ce moment-là, voilà tout. Je n'en ai pas envie. Je ne suis pas prête. Mais chaque minute qui s'égrène me comprime un peu plus le cœur.

Il est temps. Je dois partir maintenant. Quelque chose cloche et je ne peux pas attendre de découvrir ce que Donny a en réserve. Je peux m'offrir une dernière nuit avec Lachlan. Je pourrais… je ne sais pas… lui dire ce que je ressens. Ce qui est aussi fou qu'inutile, d'autant plus que c'est encore confus pour moi. Je suis désespérée.

Après la cinquième tentative, j'abandonne mes calculs et je retourne au bar… pour y découvrir Donny, installé sur un siège, qui me fixe du regard. Pendant une fraction de seconde, je crois interpréter son regard.

Il sait tout.

Je le vois dans ses yeux, et cette fois, c'est clair comme de l'eau de roche. Il ne le cache pas. Au contraire, il affiche un sourire impertinent. Il est au courant. Je le sais au fond de mes tripes. Il le sait, et il va causer ma perte.

Putain.

Mes jambes flageolent quand je rejoins le bar et commande un verre. Si je pars maintenant, il saura ce que je mijote. J'agis comme si tout allait bien, même si je hurle intérieurement. Je ne sais même pas où est Lachlan. Merde. Je n'aurai pas l'occasion de lui dire adieu. *Adieu.*

Pourquoi est-ce aussi douloureux ?

Des larmes me brouillent les yeux. Les cinq minutes qui s'écoulent avant qu'il s'en aille me semblent durer des heures. Quand il part enfin, j'annonce à Ronan que je retourne à mon inventaire.

Au lieu de ça, je change de cap et sors par la porte de derrière que Lach utilise constamment. Sa voiture n'est pas sur le parking. Il est toujours absent.

Je devrais être soulagée. Je devrais prendre mes jambes à mon cou. Mais c'est en traînant des pieds que je m'éloigne sur le trottoir pour héler un taxi. J'ai l'impression que mes jambes sont lestées de ciment. C'est peut-être un mauvais pressentiment qui se manifeste dans mon corps. Une partie de moi cherche à s'attarder encore. Je n'ai pas envie de partir. Le pire, c'est que je n'ai toujours pas obtenu mes réponses.

Comment est-ce arrivé ? Donny m'a bien eue. Il va tout balancer, mais jusqu'à présent, il s'est retenu. Il doit bien y avoir une raison, un plan. Ce n'est pas quelque chose qu'il passerait volontairement sous silence.

Peu importe. Je n'ai plus le choix. J'ai échoué dans mes recherches, mais surtout, je n'arrête pas de penser à l'impact que cela aura sur Lachlan. Cette histoire va forcément lui retomber dessus. Il n'y a qu'un seul moyen d'empêcher cela. Je dois partir. Je dois retourner chez Lach, rassembler toutes mes affaires, et foutre le camp.

Scarlett décroche à la troisième sonnerie. Au brouhaha en fond sonore, je sais qu'elle est au bar en train de boire.

— Salut, ma chérie, dit-elle. Quoi de neuf ?

— C'est la merde. J'aimerais que tu quittes la ville quelque temps.

Je m'attends à des protestations, mais elle garde le silence avant de demander d'une voix douce :

— Tu vas bien ?

Scarlett n'est jamais douce avec moi. Elle doit sentir l'émotion dans ma voix. En ce moment, je ne vais pas bien du tout, mais je lui mens :

— Ça va. Je veux juste m'assurer que tu es en sécurité, le temps que tout s'arrange.

— Bon, très bien, dit-elle. Tu sais que je peux me débrouiller. Mais toi, qu'est-ce que tu vas faire ?

— Je pars, moi aussi. Je te contacterai dès que possible ! Je dois me débarrasser de ce téléphone.

— D'accord, sois prudente.

— Ça marche, Scarlett, dis-je d'une voix un peu étranglée. Fais attention à toi.

QUAND J'ENTRE DANS LA MAISON DE LACHLAN, UN BRUIT dans la cuisine me fait sursauter. Je n'ai vu aucune voiture à l'extérieur et j'ignore qui cela peut bien être. Impossible que Ronan se soit rendu compte de ma disparition et soit arrivé aussi vite.

J'hésite devant la porte, mais je n'entends plus rien. Décidément, je deviens folle et parano. Je m'avance pour en avoir le cœur net. C'est une énorme erreur.

Avant que je comprenne ce qui se passe, quelqu'un m'attrape par-derrière et me plaque contre le mur. Mon cœur bat la chamade quand je sens son corps vibrer de rage. En même temps, un parfum me parvient, celui de Lach.

Il me retourne lentement, un couteau sous ma gorge. Un faux mouvement et je serai morte. Ce n'est pas difficile de comprendre pourquoi. Quand je lève les yeux vers lui, son visage exprime une trahison cuisante. Et dans son dos, étalé sur le plan de travail, le contenu de ma cachette. La photo de Talia. Les bouts de papier pliés sur lesquels figurent toutes mes notes.

Les larmes me montent aux yeux. Je ne voulais pas que ça se passe comme ça. J'allais partir. Prendre la bonne décision pour Lachlan et trouver un autre moyen. Mais maintenant, il ne voudra jamais me croire.

Il respire plus vite et plus fort, mais il ne parle pas. Ses yeux, qui contenaient un monde de couleurs et d'émotions chatoyantes, sont à présent un océan hostile d'un gris sombre. Je ne l'ai jamais vu aussi furieux. Aussi blessé.

— Dis-moi pourquoi, demande-t-il. Qu'as-tu à dire pour ta défense, Mack ?

— Talia, je murmure.

Il me frappe contre le mur et le couteau m'entaille la chair. Du sang coule le long de mon cou. Il me fusille des yeux.

— Je ne crois pas un seul mot qui sort de ta bouche.

La douleur de la lame n'est rien en comparaison avec son regard. La déception et la rage, et son regret évident de m'avoir accordé une place dans sa vie. Comment en sommes-nous arrivés là ? Je n'en ai pas la moindre idée. Je n'étais pas censée vivre une aventure avec lui. À présent, je pleure à chaudes larmes. Cette fois, je ne peux plus faire machine arrière.

— C'est la vérité, lui dis-je. Tu as vu sa photo. Elle est là, sur le plan de travail…

— La ferme ! s'écrie-t-il. Putain, boucle-la !

Le couteau s'enfonce un peu plus. Il est à bout de

souffle. Son regard est halluciné. Il balaie frénétiquement mon visage et je sais qu'il est en train de décider si je dois vivre ou mourir. Mais la décision est toute trouvée. Si j'ai été percée à jour, le syndicat n'a qu'une seule manière de me régler mon compte. La seule échappatoire pour moi, c'est la mort. Et malgré cela, Lachlan portera encore le poids de mes péchés.

Je ne lui présente pas mes excuses. Je sais que ça ne servirait plus à rien. Au lieu de ça, je lui offre la seule chose dont je suis capable. La seule chose que j'attends de lui avant que mon sort soit scellé.

— Tu te sentirais mieux en me baisant pour défouler ta haine ? je chuchote.

Au fond, j'ai peur qu'il me rejette franchement. La hargne dans ses yeux ne fait aucun doute. Je crains qu'elle surpasse tout ce que nous partagions.

— Putain, tu te fous de moi ?

Il éclate d'un rire sinistre.

— Tu crois que je me sentirai mieux ?

Comme ma bouche semble avoir cessé de fonctionner, je hoche la tête. J'ai besoin de le sentir, de n'importe quelle manière. J'ai besoin de cette dernière connexion avec lui.

— Je suppose qu'il n'y a qu'un seul moyen de le savoir, déclare-t-il.

Il me retourne et colle sa main entre mes omoplates afin de me repousser sur le plan de travail. Il me retient par la gorge et retrousse ma robe sur mes hanches, utilisant son couteau pour déchirer mon string. Avant que je comprenne ce qu'il fait, il fourre le tissu dans ma bouche et plaque sa paume sur mes lèvres. Il baisse sa fermeture éclair et me pénètre avec vigueur. Il est déjà dur comme la pierre. Je ne sais pas comment réagir.

— Tu mouilles pour moi, Mack.

Il va et vient entre mes jambes, retenant mes poignets dans mon dos.

— C'est un mensonge, ça aussi ?

Je secoue la tête en bredouillant malgré le tissu dans ma bouche. Ça ne fait que l'énerver encore plus. Sa main s'abat sur mon visage et il m'écrase contre le plan de travail. Avec l'autre bras, il tire sur mes poignets. La position est inconfortable, et c'est le but, mais ça ne me dérange pas.

Je me laisse faire. C'est une baise punitive. À présent, il me prend avec force et brutalité, me manipulant comme un sex-toy pour son plaisir. Je l'accepte. Son pouvoir sur moi est inconditionnel. Je mérite ce qu'il m'inflige. Pire encore, j'en ai envie. Je le désire si fort que ça me fait mal.

Parvenant à me dévisser le cou sous le poids de sa main de fer, je lève les yeux vers lui. Quand je croise son regard, il rabat mes cheveux devant mon visage. De nouveau, je ne vois plus rien.

— Je ne peux même pas te regarder, rugit-il. Putain ! Mack. Qu'est-ce que tu as fait ?

Il continue de me baiser, mais il n'y prend pas de plaisir. Je m'en rends compte. À présent, il me serre la taille à deux mains pour aller et venir de plus belle. Son torse s'effondre contre mon dos et il enfouit son visage dans mes cheveux en prenant une grande inspiration.

— Je suis une loque à cause de toi, Mack, dit-il. Putain, une vraie loque.

D'autres larmes m'échappent et j'essaie de m'excuser. Ma voix est trop étouffée pour qu'il comprenne. Il libère enfin ma bouche et je recrache le tissu.

— Bordel ! s'exclame-t-il en se retirant.

Il me retourne face à lui et me soulève, ramenant mes fesses au bord du plan de travail.

— Je n'en ai pas envie. Mais il le faut. Sale menteuse…

Je tends les bras et attire son visage à moi. Pendant une seconde, il m'embrasse comme s'il avait oublié. Puis il me mord et recule. J'ai la lèvre en sang, le cou aussi. Il étale le sang avec ses doigts avant de les refermer autour de ma gorge.

— Je devrais le faire maintenant, dit-il. Pour toi, c'était un jeu. Un putain de jeu.

Je proteste faiblement :

— Non.

En réaction à mon déni, il me pénètre violemment.

— Chaque mot que tu m'as dit était un mensonge.

— C'est faux.

Il redouble d'ardeur. Si fort que le plan de travail craque sous mon poids, menaçant de céder sous la vigueur de sa colère.

— Chaque putain de mot, s'écrie-t-il.

J'ai l'impression que je vais craquer, moi aussi. Ce n'est pas la violence de notre corps-à-corps. Ce sont ses mots. Il les martèle sans relâche. Je suis une menteuse. Ça ne signifiait rien. Je lui ai fait du mal. Je l'ai trahi. Et mentalement, tout cela me détruit.

— Tais-toi ! Tais-toi ! Tais-toi ! je sanglote. Ce n'était pas un jeu, putain ! Je suis amoureuse de toi, Lachlan !

Il s'interrompt en pleine pénétration et m'examine avec des yeux de glace. Je suis incapable de le regarder quand il est comme ça, et je cache mon visage contre son torse. Peu importe qu'il me croie. Je le lui ai dit. Et ça faisait une éternité que je n'avais pas prononcé ces mots.

Le monde s'immobilise autour de nous et le silence se fait. Il ne bouge pas. Moi non plus. Je refuse de le regarder. Au bout d'un moment, il pose la main sur ma nuque et reprend ses va-et-vient. Ce n'est pas comme avant. Cette fois, il n'essaie pas de me faire du mal, il essaie de terminer. Le bruit que j'aime tant monte enfin de sa gorge tandis qu'il me serre le plus fort possible contre lui.

Il murmure quelque chose que je ne parviens pas à distinguer et il jouit dans un soupir déchirant. Une dernière fois. Un sanglot me traverse quand je prends la pleine mesure de la situation.

Lorsque j'ouvre les yeux, il est toujours en moi. Son regard tourmenté est fixé sur mon visage. Je sais ce que je devrais faire. Je devrais lui demander d'en finir. Je veux que ce soit lui qui le fasse. Je sais qu'il sera bon envers moi. Il ne fera pas durer la souffrance, il ne me torturera pas. Il sera rapide. Mais je sais aussi que ça l'anéantirait de m'exécuter lui-même.

Je devrais peut-être m'enfuir. Je devrais partir, m'en aller ailleurs, loin d'ici. Pourtant, je n'ai aucune chance.

Au fond de mon cœur, je sais déjà que ce sera lui ou moi.

Mes yeux se posent sur le couteau, à portée de ma main sur le plan de travail. Avant que je puisse y réfléchir, il l'attrape et me le donne. Il n'y a rien sur son visage. Pas de colère. Pas d'émotion. Rien. À cause de moi et de ce que je lui ai fait.

— Vas-y, dit-il. C'est sans doute la meilleure solution, Mack. Parce qu'une chose est certaine, je ne veux pas m'en servir contre toi.

Ma lèvre frémit et ma main se met à trembler. Seigneur, je suis vraiment en train de perdre la boule. Il n'a jamais été question de ça, je ne peux pas lui faire de mal. J'en ai déjà bien assez fait.

Je repousse le couteau et, en sanglotant, je le jette de l'autre côté de la pièce. Lachlan m'écrase aussitôt contre son torse.

— Merde, Mack. Je savais que j'aurais dû t'éviter.

— Je sais, dis-je à mi-voix. Pourquoi tu ne l'as pas fait ?

Son regard s'assombrit et, instinctivement, j'ai la certitude que ce qu'il s'apprête à dire ne va pas me plaire.

— Je n'avais pas le choix. Les Russes voulaient t'échanger contre leur taupe. Ils veulent ta mort.

— Quoi ? je m'écris d'une voix étranglée. Pourquoi voudraient-ils ma mort ?

— Réfléchis, Mack.

Je ravale neuf ans de chagrin et de culpabilité, et je plonge mes yeux dans les siens pour en soutirer les réponses dont j'ai tant besoin.

— Tu allais me livrer, n'est-ce pas ? je demande.

Lachlan se frotte le visage et il détourne le regard.

— Je ne sais pas. Je ne sais pas ce que j'allais faire de toi, Mack. Ça n'a plus d'importance maintenant, pas vrai ?

Je lâche son tee-shirt en hochant la tête. Cela m'aurait fait moins mal s'il m'avait poignardée.

— Tu sais qui a tué mon père ? je demande à voix basse.

— Oui.

Je me force à le regarder droit dans les yeux, même si c'est la dernière chose que j'ai envie de voir.

— Tu dois me le dire.

— Je ne peux pas.

— À cause de ton putain de syndicat ? je m'exclame.

— Non. Parce que je te connais, Mack.

Ma lèvre tremble. J'essaie de bien comprendre ses paroles. Je sais ce qu'il va faire. Je le sens déjà dans mes tripes. Alors, quelle importance s'il me dit qui a tué mon père ?

— Je lui réglerai son compte, déclare-t-il. Tu as ma parole, Mack. L'homme qui a tué ton père sera rayé de la surface de la Terre, même si c'est ma toute dernière action.

Trop émue pour répondre, je me contente d'acquiescer. Ça ne suffit pas, mais il se passe trop de choses en ce moment et je n'ai plus les idées claires.

— Donovan est au courant, poursuit-il.

— Comment ?

— Il a dit qu'il se rappelle t'avoir vue à Southie. Il savait que Talia et toi, vous étiez amies. J'ignore comment. Il a vite fait le lien. Je n'en sais pas plus.

— Il n'a pas grandi à Southie, j'objecte. Et je ne le connais pas. Il t'a raconté des conneries.

Lachlan hausse les épaules. Au fond, peu importe comment Donny l'a appris. La seule chose qui compte maintenant, ce sont les conséquences.

— Tu aurais dû m'en parler. Je t'aurais dit que je n'avais rien à voir avec la disparition de Talia. Pas plus que mes hommes.

— Tu ne peux pas en être certain.

Il se racle la gorge en reculant pour mieux me regarder.

— Si, je le sais.

J'ouvre la bouche, mais il me faut une minute pour retrouver l'usage de ma voix. J'ai peur d'entendre ce qu'il va dire.

— Comment ça ?

— Elle passait son temps dans un autre type de club. Avec un Russe.

Je détourne le regard, parce que j'ai déjà un mauvais pressentiment. Il me confirme ce que je soupçonnais depuis le début. C'était le Russe dont elle parlait. Et maintenant, mon heure est arrivée et je ne saurai jamais de qui il s'agit.

Ma voix est rauque quand je reprends la parole.

— Et maintenant ?

Lach reste silencieux et grave. Il se retire enfin et referme son pantalon.

— Maintenant, on monte en voiture et on roule.

UN SILENCE TROMPEUR RÈGNE DANS L'HABITACLE, MAIS les pensées suspendues entre nous sont bruyantes. Nous sommes en décalage. Un océan de mensonges nous rattache l'un à l'autre et nous sépare à la fois.

Quand Lachlan a parlé de rouler, je ne pensais pas qu'il voulait dire pendant des heures. Je ne sais pas où il va. Je doute qu'il le sache lui-même. Je sais qu'il cherche le courage de le faire. Ça prend du temps.

J'ai accepté mon sort dès l'instant où je suis montée en voiture. Je sais ce qu'il doit faire, même s'il est incapable de l'admettre. Il n'a pas le choix. C'est le code qu'il respecte. Il est loyal envers le syndicat et je ne suis pas bête au point de croire que je peux changer cela. D'ailleurs, je m'y refuse. C'est plus facile ainsi, savoir et accepter ce qu'il va faire. Je ne me débattrai pas.

C'est lui ou moi.

Je n'arrête pas de me le répéter.

J'essaie d'oublier qu'il avait l'intention de me livrer aux Russes. Qu'il savait depuis le début qu'il devrait sans doute épouser quelqu'un d'autre et que nous ne pouvions pas être ensemble. Il m'a menti, et je lui ai menti. Nous ne pouvons pas dépasser cela. Impossible de le surmonter.

De toute façon, quelle vie m'attend ? Talia a disparu.

Scarlett est un loup solitaire. Je n'avais pas conscience du vide de ma vie avant qu'il y prenne une place. C'est lui qui m'a fait ça. Il a dit qu'il était une loque à cause de moi, mais lui m'a anéantie. Tout allait bien quand j'étais seule. Lorsque je n'avais aucune émotion, aucune pensée, ni aucun souci à me faire pour qui que ce soit. Bien sûr, j'étais triste et brisée, mais j'allais bien. Maintenant, c'est tout le contraire.

À cause de lui, j'ai désiré des choses que je n'étais pas destinée à avoir. Il m'a fait pleurer et dire des mots que je pensais ne plus jamais prononcer un jour. Si mon père était là, il me dirait que je suis pathétique. Que c'est ma faute, parce que j'ai été faible. Et il aurait raison. Mais il n'y avait pas d'autre option. Je crois que j'ai toujours été faible avec Lachlan. Il a brisé ma carapace en un seul coup d'œil. Une caresse. Un ordre de ses lèvres, et j'étais à lui. Je suis l'esclave de cet homme. Le pouvoir qu'il exerce sur moi est ridicule. Et maintenant que je vais mourir, je peux l'avouer librement.

Je ne peux m'empêcher de le regarder. De contempler son profil dans la pénombre, éclairé par la lueur de la lune et les phares des voitures que nous croisons. Je le distingue par intermittence, et ce n'est jamais suffisant. Des aperçus de l'homme dont je suis tombée amoureuse sans le vouloir.

Sa beauté me fascine. Il y a tant de souvenirs différents dans ses yeux. Je me demande s'il se rappellera tout cela quand je ne serai plus là, ou s'il m'oubliera à jamais. Ce serait pire que tout. Mais quelle importance ? Je serai morte.

Une autre femme occupera son lit. Elle sentira son corps dans le sien. Elle sentira sa chaleur quand il rentrera peu avant l'aube et l'attirera contre son torse. Elle portera ses chemises et sentira son parfum sur l'oreille à côté d'elle. Je la déteste déjà. Je hais cette garce qui aura la chance de vivre tout ça avec lui, j'ai envie de hurler.

Ce n'est pas juste. Rien de tout cela n'est juste. Mais je ne le lui dirai pas. Je ne supplierai pas. Je ne lui demanderai qu'une seule chose, même si mon cœur se fendille. Je veux qu'il tienne sa promesse au sujet de Scarlett. Et autre chose peut-être. Il pourrait essayer de découvrir ce qui est arrivé à Talia.

Je sais qu'elle est probablement morte, comme moi très bientôt. Nous nous retrouverons peut-être dans l'au-delà.

Lachlan se gare et coupe le moteur. En jetant un œil par la vitre, je constate que nous sommes sur une route de traverse, au beau milieu de la forêt. C'est l'endroit qu'il a choisi pour moi. Je me demande s'il viendra parfois se recueillir sur ma tombe.

— Sors.

Ses paroles sont sèches, et pourtant il ne parvient pas à masquer les émotions sous-jacentes. J'ai envie de croire qu'il y a une autre option. Où ni lui ni moi ne sommes obligés de mourir. Mais ce n'est plus un jeu. C'est plus réel que jamais et je suis loin d'être aussi dure que je le pensais. Je ne suis pas prête à partir, mais je ne suis pas égoïste au point de vouloir sa mort.

Je sors de la voiture. Il fait froid et mon souffle fait de la buée, mais c'est sans importance. Bientôt, je serai encore plus froide. Je m'avance, les jambes raides, et je m'arrête devant lui. Les phares sont toujours allumés, détachant sa silhouette sur la forêt d'un noir d'encre.

— Je peux… ?

Je lève les mains vers son visage.

— Je peux avoir un tout dernier… ?

— Tais-toi, Mack.

Ses lèvres sont sur les miennes, brûlantes et farouches, suivies par le mouvement de ses mains. S'il fait toujours froid autour de moi, je ne le sens plus. Je suis en sécurité ici, dans ses bras, ne serait-ce qu'un court instant. Ils sont chauds, familiers et rassurants. En fait, je n'aurais pas rêvé d'une meilleure façon de partir. J'espère qu'il me serrera contre lui quand il le fera, exactement comme ça. Je ne veux pas le sentir venir.

Il soulève brusquement ma robe et frotte sa paume entre mes jambes. Je suis encore endolorie, mais cette caresse légère, la certitude qu'il me désire toujours après tout ce qui s'est passé, suffit à me remplir d'une envie éperdue.

Je n'ai pas à le supplier. Il m'a retournée sur le dos en un rien de temps, appuyée sur le capot de la voiture. Quand il baisse la fermeture de son pantalon, je ris et sanglote à la fois en comprenant ce qu'il fait. Il m'avait dit que nous baptiserions sa voiture ensemble. Le moment est venu.

Il s'enfonce en moi, plus dur que l'acier, si énorme que j'ai l'impression d'être ouverte en deux. Je l'accepte avec ferveur. Cette douce brutalité. J'aimerais que ça dure éternellement. Je lui griffe le dos, je l'embrasse dans le cou et je murmure contre sa peau. Des confessions, des aveux, des déclarations. Ça le rend fou.

— Dis-le encore, insiste-t-il à chaque poussée.

Je répète toutes les pensées irrationnelles qui me passent par la tête à ce moment-là. Je lui dis que je voulais le garder. Que j'aime quand il me baise. Qu'il a déteint sur moi et qu'il est tellement magnifique. Je lui parle de son accent, de son cul, et même de son talent au combat. Je déballe tout en hoquetant, le souffle court.

— Tu as autre chose à dire ? murmure-t-il à mon oreille. Comme tout à l'heure ?

Les larmes ruissellent sur mes joues quand je lève les yeux vers les siens pour lui avouer :

— Je t'aime.

Il redouble de vigueur.

— Je t'aime ! je répète.

Encore un grand coup de reins. Il veut l'entendre, et pourtant c'est exactement à cause de cela qu'il me punit.

— Je t'aime ! Je t'aime, bordel ! Sale con. Je te déteste parce que je t'aime.

Il jouit en moi avec un grognement et s'affale sur

mon corps. Ses doigts se concentrent toujours sur mon clitoris et je sanglote quand l'orgasme me traverse.

— Fais-le, dis-je sur un ton suppliant. Fais-le vite. Je ne peux plus attendre. J'ai besoin que tu le fasses.

Il me dévisage, son regard plein de chagrin, mais il ne bouge pas. Il reste en moi. Sur moi. Partout autour de moi. À présent, c'est de la torture pure et dure.

— Putain, fais-le ! je crie.

Il m'empoigne par la gorge et plaque son autre main sur ma bouche. Mon corps se relâche sous le sien et le soulagement déferle dans mes veines. Mais au bout d'un moment, je prends conscience qu'il n'exerce aucune pression. Je ne comprends pas ce qu'il fait.

— Ressaisis-toi, ma jolie, dit-il.

Enfin, il retire la main de ma bouche et la remplace par ses lèvres. Elles sont douces, souples et pleines de tendresse. Pour me faire une chose pareille, il doit être complètement sadique.

— Lachlan…

— Tais-toi, Mack.

Il se retire et se rhabille. Puis il m'aide à descendre du capot de la voiture. Je ne trouve même pas l'énergie de lui demander ce qu'il fait quand il me raccompagne du côté passager et me fait asseoir sur le siège.

Il monte à côté de moi et nous repartons. En silence. Comme ça, dans les bois. Pendant tout ce temps, les doigts de Lach restent entrecroisés avec les miens. Je ne sais pas vraiment ce qu'il pense. Ce qu'il fait. Je me demande ce qui se passe. J'essaie de faire taire les pensées insensées qui tourbillonnent dans mon cerveau.

Enfin, nous nous garons devant une maison. En guise de maison, c'est plutôt une forteresse au milieu de nulle part.

— Où sommes-nous ? je demande quand il coupe le moteur.

— La ferme, Mack.

Une fois de plus, il m'aide à sortir de voiture. Il me conduit dans le jardin et s'arrête avant d'atteindre la porte.

— Alexei n'entend pas bien, me prévient-il. Tu dois le regarder quand tu parles.

Je cligne des paupières et il serre ma main un peu plus fort.

— Mais ne lui montre pas que tu le sais, Mack.

C'est la fin de la discussion, car un instant plus tard, un autre homme ouvre la porte.

— Franco, le salue Lachlan en hochant la tête.

— Monsieur Crow.

— Je dois parler à Alexei.

L'homme ouvre la porte en grand et nous fait signe d'entrer.

— Bien sûr, monsieur.

36

Mackenzie

Nous sommes assis dans un salon, en attendant ce fameux Alexei. Je me demande toujours ce qu'on fait ici.

Lachlan m'a attirée contre son torse, un bras possessif autour de moi tandis que ses doigts me caressent le dos. Je sens qu'il m'observe, mais je suis incapable de le regarder. J'ai trop d'incertitudes quant à ce qui m'attend et mes nerfs ne tiennent plus qu'à un fil. Je crains qu'un seul coup d'œil me fasse craquer.

Enfin, l'homme en question fait son apparition.

J'en déduis qu'il s'agit d'Alexei. Sans un bruit, il prend place en face de nous. C'est un homme grand et imposant, avec des épaules larges et un corps athlétique. Il est plutôt charmant, mais une impression de tristesse émane de son visage. Ses yeux bleus mélancoliques se posent sur moi avant qu'il reporte son attention sur Lachlan.

Il dit quelque chose en russe et Lachlan répond, à ma plus grande surprise. Après un échange de quelques minutes, le silence retombe dans la salle. Une domestique entre et sert un verre aux hommes avant de me demander si je désire quelque chose. Je secoue la tête en la remerciant.

Lach prend le temps de savourer le cognac de qualité, mais Alexei le vide en deux gorgées. Puis il s'en sert un autre.

— Tu as réglé ton problème avec Katya ? demande Lachlan.

En guise de réponse, Alexei vide son verre. Voilà pourquoi il a l'air si triste. De toute évidence, il a le cœur brisé. Si seulement il savait à quel point je ressens la même chose en ce moment.

Serai-je aussi déprimée si Lachlan décide de me garder en vie ? L'ombre de moi-même avec l'alcool pour seul compagnon ? Un frisson me parcourt à cette perspective.

Les hommes discutent dans un curieux méli-mélo de russe et d'anglais. Lach semble maîtriser les rudiments, mais il n'est pas parfaitement bilingue. Je n'ai pas besoin de m'attarder sur le regard d'Alexei pour comprendre de qui ils parlent.

Au bout d'un moment, on dirait qu'ils trouvent une sorte d'accord. Lachlan sort une feuille de sa poche et la tend à Alexei. J'ai l'impression d'avoir du verre pilé dans la gorge en découvrant la photo de Talia.

— Qu'est-ce que tu fais avec ça ? je demande.

Lachlan ne répond pas. Il fixe Alexei et je suis son regard. Les yeux du Russe examinent minutieusement la photo, comme s'il téléchargeait chaque détail dans sa mémoire.

— Il sait ce qui lui est arrivé ? dis-je sur un ton accusateur.

Lance me jette un coup d'œil en coin.

— Non. Mais il s'est proposé de t'aider à la retrouver.

Tout le reste s'efface aussitôt. Toute l'horreur et la douleur de cette soirée, tous les événements qui ont mené à ce moment. Pendant un bref instant, mon monde se remplit de soleil et tout redevient clair. Alexei me regarde furtivement et j'essaie de lire en lui, de dépasser son apparence froide pour atteindre l'homme qu'elle cache. Il ne cesse de ramener sur le cliché ses yeux injectés de sang, comme s'il ne pouvait s'en empêcher. L'espoir renaît en moi, une oasis en plein désert. Malgré mon cynisme, je m'y raccroche, trop exaltée par cette possibilité pour accepter la déception inévitable.

— Comment allez-vous la trouver ? je demande.

C'est Lachlan qui répond à sa place :

— Alexei est très doué pour retrouver les choses, me dit-il de manière évasive. Il travaille avec… des ordinateurs.

C'est la seule explication qu'il me donne. Alexei doit être un membre de leur alliance. Le syndicat russe. Lach semble avoir la conviction inébranlable qu'Alexei peut la trouver, et j'ai envie de le croire. Il a l'air concentré. Calme, raffiné et également dangereux, plus calculateur que les autres hommes. Peut-il vraiment retrouver Talia ? Je l'ignore. Mais c'est le seul espoir qu'il me reste.

Alexei prend la photo et dit quelque chose en russe. Puis il quitte la pièce.

Je suis encore trop imprégnée par le soulagement pour comprendre ce qui se passe réellement. Mais quand Lachlan m'attire à lui et commence à faire pleuvoir des baisers sur mon visage, la réalité me frappe. Je prends conscience que nos traumatismes ne disparaissent jamais vraiment. Ils se perpétuent à l'intérieur de nous, dans les recoins sombres les plus enfouis de nos enfers personnels. Armés et chargés, ils attendent que quelqu'un vienne appuyer sur la détente.

Et Lachlan appuie sur cette détente. Il m'abandonne. Seule, effrayée… et sans lui. Mon cœur menace de céder sous le poids de la douleur.

— Non.

J'agrippe son manteau.

— Qu'est-ce que tu fais ? je demande.

Il m'effleure les lèvres sans répondre.

— Non, dis-je à nouveau, plus faiblement.

— Mack.

Il ferme les yeux et glisse son visage dans mon cou en me serrant contre lui.

— Je ne te livre pas aux Russes, d'accord ? Alexei est un ami et je lui fais confiance. Il ne te fera aucun mal, mais je dois y aller.

— Non.

On dirait que je ne suis plus capable de formuler des idées cohérentes.

— Ma jolie, il le faut.

— Tu ne peux pas me faire ça, dis-je en sanglotant. Ne pars pas. Reste.

Il me caresse le visage, les cheveux. Les yeux qu'il pose sur moi sont doux, dénués de colère.

— Tu es belle, tu sais, me dit-il. Je ne pouvais pas t'éviter, Mack. Ça devait se passer comme ça.

— Ne repars pas, dis-je sur un ton suppliant. Je suis désolée. Ne t'en va pas.

Je sais que ce n'est pas juste. Ni même réaliste. Mais avec Lachlan, j'ai le droit de me comporter comme une gamine de deux ans. Il retire son pendentif en or, encore chaud du contact avec sa peau, et le passe à mon cou. J'ai envie de protester, mais je choisis d'y placer tous mes espoirs. S'il me le laisse, alors ça signifie qu'il reviendra le chercher.

— Tu te souviens, quand tu m'as demandé ce que désirait un homme comme moi ?

Au lieu de lui répondre, je pousse un gémissement éploré.

— J'ai déjà une famille, explique-t-il. Et je me soumettrai à ce qu'ils décident pour moi, Mack. C'est ainsi que ça fonctionne.

Je secoue la tête, sur le point de protester, mais il continue :

— Si je devais me marier, j'aurais aimé que ce soit avec toi.

Je me blottis sur ses genoux, les bras autour de lui. J'espère qu'il ne pourra jamais m'en déloger. J'espère que mes craintes ne sont pas réellement en train de se produire.

— S'il te plaît…

Accrochée à son cou, je pleure sans retenue.

Il pose une paume sur mon ventre et le regarde avec mélancolie.

— Je voulais avoir un bébé avec toi. Tu t'en rends compte ? fait-il en levant les yeux. Je n'avais encore jamais désiré cela avec personne.

— C'est encore possible.

En cet instant, je lui dirais tout ce qu'il veut entendre pourvu qu'il ne s'en aille pas. Mais ce n'est pas un mensonge. J'aimerais porter les bébés de Lach. J'en aurai toute une couvée si c'est ce qu'il attend de moi.

Il pose un baiser sur mon oreille, puis dans mon cou.

— Tu seras en sécurité ici, Mack. Je ne veux pas que tu t'inquiètes. Alexei m'a donné sa parole, il va te protéger.

— Non, Lachlan.

Il me soulève en essayant de me détacher de lui, mais je ne cesse de lutter contre la distance qu'il nous impose.

— Je refuse que tu partes. Je refuse que tu y retournes sans moi. Je peux t'expliquer. Je peux essayer d'arranger les choses. Niall comprendra. Je ferai tout… tout.

Il pose les doigts sur mes lèvres pour m'intimer le silence. Puis il se penche et murmure à mon oreille :

— Tu devais mâcher un trèfle à quatre feuilles quand on s'est rencontrés.

Je cligne des yeux sans comprendre, et il sourit.

— Parce que je suis fou de toi, ma jolie.

Au même moment, des mains me saisissent par-derrière et m'entraînent malgré mes hurlements. Après un dernier coup d'œil, Lachlan s'éloigne. Il sort de la pièce – et de ma vie, à jamais.

J'essaie de repousser la personne qui me retient, mais c'est impossible. Je suis trop émue. Trop bouleversée. Beaucoup trop. Plus rien n'a d'importance. Une aiguille dans mon bras met un terme à mes tourments.

37

Lachlan

J'ai déjà dit qu'on ne peut pas faire confiance à une femme.

Mack a anéanti tout le bon sens qui restait en moi. Elle m'a aveuglé. Je suis aveugle à tout ce qui n'est pas elle. Maintenant, il ne me reste qu'une chose à faire.

J'appelle d'abord Niall et je conviens de le retrouver au club. Puis Ronan. Comme je m'y attendais, il essaie de m'en dissuader, mais c'est inutile. Je me livrerai à Niall et je me soumettrai à la punition qu'il jugera nécessaire.

Tant qu'il laisse Mack tranquille.

Je l'aime. J'ai du mal à le croire, mais c'est vrai. Bon sang, je suis fou de cette fille. J'aimerais croire que si elle m'avait confié son problème, je l'aurais aidée. Mais je n'en suis pas convaincu.

Dès que Talia a commencé à travailler au club, j'ai su qu'elle nous causerait des ennuis. Elle aimait un peu trop l'un de nos clients russes. Dmitri, c'était son nom. Il ne faisait pas partie de la faction d'Alexei, mais Ivan se portait garant pour lui. Cela aurait dû me mettre la puce à l'oreille. Si j'avais eu la preuve concrète qu'il était lié à la disparition de l'amie de Mack, il est évident que je l'aurais envoyé à la cave passer un moment avec Ronan.

Nous ne tolérons pas ce genre d'embrouilles dans notre club. Si vous touchez nos femmes, vous avez affaire à Ronan. C'est aussi simple que ça. Mais Talia ne travaillait au Slainte que depuis deux semaines. Elle m'a dit qu'elle partait en vacances et qu'elle avait besoin de prendre des congés. Quand les flics se sont mis à fouiner chez nous, l'inspecteur James m'a dit qu'il avait des raisons de croire qu'elle s'était enfuie au Mexique. Je n'ai pas creusé la question. Cette fille n'avait jamais rien vu, elle ne savait rien, alors elle pouvait faire ce qu'elle voulait de sa vie.

Tous ces événements ont contribué à l'apparition de Mack dans ma vie. J'aimerais dire que je le regrette, que je préférerais que rien de tout cela ne soit jamais arrivé, mais ce n'est pas vrai. Je suis désolé pour son amie. Si quelqu'un peut la retrouver, c'est bien Alexei.

Mack sera en sécurité avec lui. Je n'en doute pas. C'est la seule chose qui compte maintenant. Elle n'avait pas de mauvaises intentions. Moi, en revanche, je lui ai fait beaucoup de mal. Je lui ai menti, je l'ai blessée… j'ai même envisagé de la livrer aux Russes pour des raisons proprement égoïstes. Ça en dit long à mon sujet, mais ce que je lui ai avoué, je le pensais sincèrement.

J'ai vraiment songé à vivre avec elle. Si ce n'est pas ridicule ! Il est toujours risqué de faire entrer une femme dans notre monde. Cette situation m'a ouvert les yeux. J'ignore ce qui m'attend, mais le mieux que je puisse faire pour Mack, c'est de la laisser partir. C'est encore le moins égoïste. Le choix le plus difficile, aussi. Je n'en ai pas envie. Je ne le voulais pas. Mais à présent, je n'ai plus le choix.

Alexei m'a donné sa parole. Il l'aidera à fuir l'État. Il lui créera une nouvelle identité. Et Mack ne saura jamais si j'ai survécu, parce qu'on lui dira une chose.

Pour elle, Lachlan Crow sera mort, et il le restera à jamais.

38

Mackenzie

Quand je me réveille dans une chambre obscure qui me semble étrangère, la crainte m'envahit. Je suis désorientée, épuisée, et pendant un instant, je me demande où je suis.

Mais quand je me redresse et jette un œil par la fenêtre, tout me revient avec une clarté douloureuse.

Lachlan.

Bon sang, où est-il ? Et comment ai-je pu le laisser partir sans moi ?

Je suis au milieu de nulle part, mais ça ne m'arrêtera pas. Je vais le retrouver. Je refuse qu'il se sacrifie pour moi.

Je trouve mes chaussures au bout du lit et je les prends à la main pour ne pas faire de bruit. La maison paraît bien plus grande de l'intérieur et j'ai l'impression d'être au premier ou au deuxième étage. Quand j'atteins la porte de la chambre, elle s'ouvre aisément. Je me faufile en catimini dans le couloir pour m'arrêter un peu plus loin, devant une porte entrouverte par laquelle filtre de la lumière.

Il y a quelqu'un ici, c'est évident. Je dois passer devant pour atteindre l'escalier. Je me demande bien comment je suis passée de la mafia irlandaise à la mafia russe. Il y a peut-être plus d'hommes que je le pensais dans cette maison. Bien sûr, Lachlan doit leur faire confiance. Il devait bien se douter que j'essaierais de m'enfuir. Que je voudrais le rejoindre ! Quels ordres a-t-il donnés en de telles circonstances ?

Il n'y a qu'un seul moyen de le découvrir.

J'attends deux longues minutes, mais je n'entends rien. Au lieu de passer discrètement, je laisse ma curiosité prendre le dessus. Je pousse la porte et m'avance dans l'encadrement. Alexei est affalé sur son bureau, une bouteille de cognac à la main. Mais ce n'est pas sa posture pitoyable qui me frappe, c'est le mur d'écrans qui l'entoure dans toute la pièce.

Mes yeux balaient les moniteurs et il me faut une minute pour comprendre ce dont il s'agit. Ce sont des tournois de poker en direct, des parties d'échecs, des courses de chevaux et à peu près tout ce qui peut donner lieu à des paris.

On dirait qu'une sorte de programme automatique est lancé. Au bas de l'écran, un code informatique défile. J'ignore ce que cela signifie, mais je le devine.

Les Irlandais travaillent avec les Russes. Est-ce dans ce genre d'affaires qu'ils trempent ? Des paris et des jeux d'argent illégaux ?

Avant que je puisse me décider, Alexei ouvre brusquement les yeux et croise mon regard. Il s'assied en se frottant le visage. Il n'a pas l'air étonné le moins du monde que j'aie débarqué dans cette pièce, mais je ne peux m'empêcher de demander de but en blanc :

— C'est ce que font les Irlandais ?

Il me jette un bref coup d'œil avant de se servir un autre verre de cognac.

— Tu t'attendais à quoi ? demande-t-il en arquant un sourcil. Des casinos ?

— En quelque sorte...

— C'est de l'histoire ancienne, dit-il en haussant les épaules avant de désigner la salle d'un geste de la main. Ça, c'est l'avenir.

— Pourquoi me dites-vous ça ? je demande sur un ton soupçonneux.

— Je ne te dis rien que tu ne peux constater toi-même.

— Je dois partir, je réponds avec assurance.

Il soupire. De toute évidence, il s'y attendait.

— Tu veux rejoindre Lachlan, c'est ça ?

— Oui. Et j'ai besoin d'une voiture, j'ajoute audacieusement.

— Je ne te le conseille pas.

Il ne fait aucun mouvement dans ma direction. On dirait qu'il n'en a même pas l'intention. Mais une menace larvée dans ses paroles me fait hésiter avant de me précipiter vers la porte.

— Et pourquoi ça ?

Il prend une télécommande et la pointe vers les écrans avant d'enfoncer quelques boutons. Soudain, mes pires craintes prennent vie.

Là, sur l'écran juste devant moi, il y a Scarlett. Elle est détenue dans une chambre d'hôtel sous la surveillance de Rory.

— C'est quoi, cette histoire ? je m'écrie. Il m'a promis ! Il m'a promis qu'il ne lui ferait aucun mal !

— On ne lui fait aucun mal, me dit Alexei en tendant le doigt. Regarde.

C'est ce que je fais. Je m'approche de l'écran pour regarder plus attentivement. Scarlett est pelotonnée sur le lit devant la télévision. Elle n'a pas l'air de manquer de confort ni d'avoir été maltraitée. Mais Rory ne lui parle pas. Il ne la regarde même pas. Assis à la porte, une arme au poing, il feuillette un magazine.

Je ravale la boule qui me comprime la gorge et je regarde l'homme en face de moi. Cet homme que je ne connais pas, mais en qui Lachlan a confiance. J'ai envie de lui arracher la tête.

— Vous avez dit que vous m'aideriez, dis-je sèchement. C'est ce que vous avez juré à Lachlan.

— C'est ce que je suis en train de faire. Et ça, c'est la garantie dont avait besoin Lachlan pour être certain que tu feras ce que je te demande. Il savait que tu causerais des ennuis.

Mes yeux se remplissent de larmes lorsque je comprends. Lachlan utilise Scarlett comme moyen de pression pour s'assurer que je reste ici.

— Le sort de ton amie dépend entièrement de toi, ajoute Alexei.

— Comment savoir que vous ne bluffez pas ?

— Tu tiens vraiment à le découvrir ? demande-t-il.

Quand je le regarde, je devine que c'est un mafieux pur jus. Ce type est ténébreux et dangereux. Je ne doute pas qu'il mettra à exécution sa menace implicite, mais j'ai du mal à croire que Lachlan puisse faire une chose pareille. Il m'a fait une promesse. Une promesse qu'il vient d'enfreindre. Et il s'attend à ce que je le laisse tirer un trait sur sa vie pendant que je suis prise au piège de cette maudite baraque.

— Il y a autre chose, dit Alexei.

Je jette un œil vers lui, encore tiraillée. Je dois rejoindre Lachlan. Mais Scarlett ne doit pas souffrir à cause de moi. Bon sang, que vais-je faire ? J'entends à peine ce qu'il me dit, jusqu'à ce qu'il prononce un nom qui manque me déchirer le cœur.

—... Talia ?

— Quoi ? je demande.

Il désigne l'écran et, une fois de plus, je pivote sur mes talons. Ce que je découvre alors me fauche presque les jambes.

— C'est elle, n'est-ce pas ?

Je fixe du regard la photo sur l'écran. Je la touche comme si c'était une illusion. Un faux, mis au point pour me piéger. Mais ce n'est pas le cas. Elle est là, maigre et émaciée, avec des vêtements presque inexistants. C'est une photo d'elle. Elle est debout, adossée contre un mur terne. On dirait presque une photo judiciaire. Je reconnais à peine les yeux vitreux qui regardent droit devant elle. Ça n'a aucun sens.

— Où est-elle ? je demande. Comment avez-vous obtenu ça ?

Il ne répond pas et c'est à ce moment-là que je me rappelle qu'il est malentendant. Je fais volte-face et je le regarde dans les yeux en répétant mes questions.

— Je t'ai dit que je t'aiderais à la retrouver, répond-il.

Son regard se pose sur l'écran derrière moi. Il regarde son visage. J'en veux à cet homme pour ce qu'il m'inflige en ce moment, mais sa façon de la regarder, comme s'il la voyait réellement, c'est ce que j'attendais depuis longtemps. C'était ce que je voulais voir chez les agents de police à qui je montrais sa photo. Je voulais simplement qu'ils la regardent. Et pour la première fois, chez Alexei, j'ai la nette impression que c'est le cas.

— Vous savez où elle est ? je murmure.

Il me dévisage avant de se servir un autre verre de cognac.

— Je suis en train de remonter sa piste, dit-il. Mais je sais qu'elle est à l'étranger. Et je continuerai à t'aider tant que tu feras ce que je te demande.

J'ignore la menace dans sa voix et je me concentre

sur les bribes de renseignements que j'essaie désespérément de comprendre.

— Comment ça, elle est à l'étranger ?

Son regard revient sur moi, et après une année de recherches, je décroche enfin ma réponse.

— Elle a été vendue.

39

Mackenzie

J'essaie encore de me faire à cette idée quand un concert de cris éclate au rez-de-chaussée. Je jette un œil vers Alexei en me demandant s'il a entendu, lui aussi.

Il a déjà posé sa main sur la télécommande et il passe les écrans en revue. Mon attention revient sur le moniteur, où j'aperçois Ronan qui franchit au pas de course les couloirs de la maison, Franco sur les talons. Alexei sort de la pièce à grandes enjambées et je lui emboîte le pas. Bientôt, nous nous retrouvons tous au pied de l'escalier.

Ronan ne m'accorde même pas un coup d'œil. Il est encore plus raide que d'habitude. Il se passe quelque chose. Il débite une phrase précipitée dans un russe parfait, ou du moins, c'est l'impression que j'en ai. Je n'y comprends rien, mais l'instant d'après, Ronan et Alexei se disputent.

— En anglais, s'il vous plaît ? je demande.

Ronan tourne enfin les yeux vers moi, pendant une seconde à peine, mais ils sont luisants de haine.

— Il va bien ? je demande. Est-ce que Lach va bien ?

— Il m'a envoyé pour t'emmener dans un autre repaire sécurisé, dit Ronan. Celui-ci est compromis.

Je regarde Alexei qui n'a pas l'air convaincu. Pour être honnête, je ne le suis pas non plus. Mais Ronan n'a pas pu savoir que j'étais ici sans que Lachlan le lui ait dit, n'est-ce pas ? Et Lach m'a toujours confiée à Ronan. Quelque chose cloche dans tout ça. Malgré tout, si j'ai la moindre chance de retrouver Lachlan, je la saisis sans hésiter.

— J'y conduirai la fille personnellement, dit Alexei. Si ce que tu dis est vrai, ça ne devrait pas te poser de problèmes.

Ronan hoche sèchement la tête.

Pendant les deux minutes qui suivent, Alexei aboie des ordres en russe à Franco sous le regard attentif de Ronan. Ils me conduisent à l'extérieur, dans une voiture gris métallisé, tandis que Ronan monte dans la BMW et se place devant nous.

Alors que nous nous engageons sur la route, dans la forêt, j'essaie de préparer un plan d'évasion. Maintenant, j'ai trois hommes à semer. Ce ne sera pas une mince affaire. D'autant plus que j'ai déjà faussé compagnie à Ronan une première fois. Je doute qu'il me laisse réitérer cet exploit.

Tant pis, je ferai ce qu'il faudra. C'est ce que je me promets. Il le faut. Je ne peux pas laisser Lachlan se sacrifier pour moi à cause des erreurs que j'ai commises. Il ne doit pas mourir à cause de mes actes. Je l'aime. Je l'aime tellement que ça frise la folie. Je me croyais incapable d'une chose pareille. Et je sais que je serai incapable d'aimer quelqu'un d'autre aussi fort.

J'ignore comment il a réussi. Comment il est venu à bout de mes réticences. Mais il l'a fait. Il les a réduites en miettes.

Les feux de stop de Ronan s'allument devant nous.

Franco dit quelque chose en russe en dégainant son arme, imité par Alexei.

— Qu'y a-t-il ? dis-je en passant ma tête entre leurs sièges pour essayer de voir ce qui se passe.

Aussitôt, deux petites détonations retentissent et un sifflement se fait entendre. Ce sont les pneus avant de la voiture, qui viennent d'éclater. Alexei et Franco parlent en russe tout en jetant des coups d'œil derrière nous. J'ai le sentiment que l'on vient de nous tirer dessus depuis la lisière des bois.

Alors pourquoi Ronan s'est-il arrêté ?

Du verre vole en éclats quand ils visent ensuite les feux arrière.

— Oh, mon Dieu !

Je me baisse pour me protéger.

— Putain, mais qui nous tire dessus ?

Les hommes sortent d'un bond et s'accroupissent derrière les portières tout en ripostant. Ils semblent se demander d'où proviennent les balles, comme s'il y avait deux tireurs embusqués. Et je sais par instinct que l'un d'entre eux est Ronan. Quoi qu'il en soit, je ne compte pas rester là pour le découvrir. J'agrippe la poignée de la portière et je l'ouvre brutalement. Je sais que nous sommes hors des sentiers battus, mais je dois absolument m'enfuir loin de ces fils de putes.

Pour tirer ainsi sur les Russes, Ronan est devenu complètement fou.

Il doit bien savoir qu'il risque de déclencher une guerre. Je ne comprends pas ce qui se passe, mais honnêtement, ça m'est égal. Je n'ai pas de temps à perdre, quel que soit le plan qu'ils aient prévu pour moi. Je dois retrouver Lachlan.

Je rampe tant bien que mal sur le sol de la forêt. Le soulagement me soulève la poitrine lorsque le bruit des coups de feu devient plus distant. Des aiguilles de pin et du gravier froid s'enfoncent dans ma peau, mais je n'y prête pas attention. Dès que je serai suffisamment loin, je me mettrai à courir. Je volerai une voiture s'il le faut. Je ferai tout ce qu'il faudra.

Toutes ces pensées se bousculent dans ma tête et je ne réfléchis à rien d'autre. Quand quelqu'un m'attrape par-derrière et plaque sur ma bouche un tissu à l'odeur infecte, je suis sous le choc. Avec un temps de retard, je prends conscience que je viens d'inhaler du chloroforme.

QUAND JE ME RÉVEILLE, JE SUIS LIGOTÉE SUR LA

banquette arrière, dans la voiture de Ronan. J'ai une migraine carabinée et mon corps est endolori. Apparemment, ils n'y sont pas allés de main morte en m'attachant.

Je m'efforce de me redresser et je jette un œil par la vitre. Nous sommes sur l'autoroute, en direction de Boston. Le soulagement me remplit comme un ballon de baudruche, mais c'est de courte durée.

Conor occupe le siège passager. Il est blanc comme un linge. Les mains de Ronan forment un étau implacable autour du volant. Décidément, cette situation m'échappe complètement.

— Qu'est-il arrivé à Alexei ? je demande.

Ronan croise mon regard dans le rétroviseur. Je ne l'avais jamais vu aussi glacial.

— Tu soutiens les Russes maintenant ? s'exclame-t-il. Lachlan m'avait dit que tu les détestais. Pas étonnant que ça aussi, ce soit un mensonge.

Je ne relève pas son sarcasme et je me concentre sur le plus important.

— Je ne peux pas croire que Lachlan ait accepté que vous déclenchiez une guerre avec les Russes. Je veux savoir ce qui se passe.

Ronan éclate de rire. Un rire froid et sinistre qui s'insinue aux tréfonds de mon être pour libérer mes terreurs des oubliettes où je les avais jetées. Et s'il était sous mon nez depuis le début ? Si c'était lui la taupe ? Je n'y avais encore jamais pensé, mais maintenant…

— Où m'emmenez-vous ? j'insiste. Je veux voir Lachlan.

— Oh, pour voir Lachlan, tu vas le voir, me dit-il. Je t'avais prévenue qu'il t'arriverait malheur si tu te foutais de lui !

Conor me jette un coup d'œil. On dirait qu'il va vomir. C'est à ce moment-là que je comprends. Ronan n'est pas du tout la taupe. Il est devenu dissident. Pour protéger Lachlan.

— Vous m'emmenez à Niall, dis-je avec calme. C'est bien ça ?

Ronan ne répond pas. C'est inutile. Sa haine est presque palpable. Manifestement, sa loyauté envers Lachlan est bien plus profonde que je le pensais. Et il y a de fortes chances qu'il en paie le prix fort.

— Et Scarlett ? je demande posément. Elle n'avait rien à voir avec tout ça… s'il vous plaît…

Ronan garde les yeux rivés sur la route, mais sa voix est sereine et mesurée quand il me répond :

— Il ne lui sera fait aucun mal.

Je le crois. J'ignore si c'est parce que je n'ai pas le choix, parce que je ne peux pas accepter d'autre option, toujours est-il que je le crois. Je m'adosse à la banquette et le silence s'impose dans la voiture qui file sur la route. J'ai beau savoir qu'ils ne seront pas très réceptifs, je leur parle quand même :

— Je n'ai jamais voulu lui faire du mal. J'essayais simplement de savoir ce qui était arrivé à mon amie.

Comme je m'y attendais, aucun d'eux ne répond.

Pendant le restant du trajet, j'essaie de formuler les mots qui laveront Lachlan de tout soupçon. Je dois l'innocenter à leurs yeux. Mais les mots ne me viennent pas. Je me demande ce que je dirai quand je me retrouverai face à face avec Niall. J'espère seulement que je réussirai à plaider ma cause.

Quand nous nous garons derrière le Slainte, il est tard. Le club est fermé, mais je reconnais les voitures de l'équipe de Lach dans le parking. Ronan ouvre la portière de derrière et il me détache avant de me hisser sur mes pieds.

Puis il me regarde dans les yeux et me dit après une brève hésitation :

— Tu n'aurais pas dû faire ça.

Il m'entraîne, Conor sur les talons. Quand nous entrons, il règne un silence de mort. Ronan et Conor échangent un coup d'œil, puis Ronan tourne la tête vers le sous-sol. Ils me conduisent dans l'escalier. Ronan ouvre une pièce où je ne suis encore jamais allée et, après un dernier regard plein de regret, il pousse la porte en grand.

Un simple coup d'œil à l'intérieur me confirme que c'est ici que je vais mourir.

Lachlan

FOUTU RONAN.

Les Russes sont en train de défoncer nos portes, mais je m'en fiche. Dès que je le vois, je lui saute au visage. Il reçoit deux coups de poing sans sourciller avant que Rory nous sépare.

— Je l'ai fait pour ton bien, rétorque-t-il. Je refuse que tu te livres pour elle.

Sa fidélité envers moi le rend trop sentimental. Quel abruti ! Il ne comprend pas. Pourtant je suis presque sûr que si Sasha était concernée, sa chanson serait différente.

— C'est une décision qui ne te revient pas ! je m'exclame.

— Fermez-la, tous les deux ! dit Niall. Maintenant, tu dois réparer les dégâts.

Ronan et moi, nous suivons Niall dans le couloir sans ajouter un mot. Il adresse à Conor un signe de tête et la porte d'entrée s'ouvre. Alexei, Franco, Viktor et le reste du clan entrent en file indienne. Ils sont armés jusqu'aux dents, tout comme nous.

Alexei croise mon regard un instant avant de détourner la tête. Il est conscient que ce n'était pas mon idée. Cette histoire a échappé à mon contrôle, tout comme ce qui va suivre.

— J'aimerais m'entretenir avec Niall, dit Viktor. En privé.

Sean et moi nous avançons, mais Viktor lève la main.

— Rien que lui, dit-il en désignant Alexei.

Ensemble, ils s'éloignent dans le couloir en direction de mon bureau pour sceller mon destin. Le sujet de leur discussion dans cette pièce ne fait aucun doute. Tout ce que j'ai toujours voulu est en train de m'être arraché des mains, sous mes yeux. Mais cela n'a aucune importance. La douleur de l'incertitude est accentuée par le fait que j'ignore où se trouve Mack.

Ronan l'a enlevée sans me prévenir. Je vais le massacrer dès que j'en aurai l'occasion.

Dix minutes s'écoulent. Puis vingt. Au bout d'une demi-heure, j'ai les nerfs en pelote. Il se passe quelque chose.

Un coup de feu retentit, et un instant plus tard, nous nous braquons les uns les autres. Sans me quitter des yeux, Franco ordonne en russe à ses hommes de baisser leurs armes.

— Nous allons jeter un œil, déclare-t-il.

Ensemble, nous nous avançons en silence dans le couloir. Le bureau est entrouvert et nous découvrons les trois hommes, perplexes, leurs armes dirigées vers la porte.

— Ça ne vient pas de là ?

— Non, s'exclame Niall.

Mon regard se pose sur le plancher tandis que Viktor demande :

— Ivan est en bas, n'est-ce pas ?

Niall a dû dire à Viktor que nous l'avions capturé. Si l'un de leurs hommes est en bas, cette histoire va mal se terminer.

— C'est un traître.

— Lachlan, dit Niall sur le ton de l'avertissement.

Je suis incapable de le regarder. Mes yeux sont rivés sur Viktor. Je guette son prochain mouvement.

— Il sera traité comme tel, dit Viktor.

— Oh, oui, je réplique. Par nos hommes.

— Il n'est pas seul en bas, annonce alors Conor dans l'encadrement de la porte.

Il a les yeux écarquillés et il n'a pas besoin d'en dire plus. Je dévale l'escalier avant même de comprendre pleinement l'ampleur de la situation. Les hommes me suivent, mais Ronan doit déjà y être.

Nous nous arrêtons net au bas des marches. Comme je l'avais prévu, Ivan a été abattu. Il gît au sol dans une mare de sang. Mais ce n'est pas un Russe qui lui a tiré dessus.

Au-dessus de son corps, Mandy et Donny détiennent Mack. Ils ont chacun braqué une arme sur sa tête et ils la conduisent vers la porte de service. Instinctivement, j'ai envie de la rejoindre et mon corps obéit.

— Ne t'approche pas ! s'écrie Mandy.

Elle tend son arme dans ma direction et Mack commence à la supplier. Les yeux de Mandy sont hallucinés, ses cheveux sont en bataille et elle a du sang sur le tee-shirt. Je ne comprends rien à ce qui se passe.

— Mandy, putain, à quoi tu joues ?

— Elle vient avec nous, déclare-t-elle. Ne t'approche pas, Lachlan, sinon je tire.

Ils reculent de quelques pas et je les suis.

Au même moment, Niall et Viktor déboulent au bas des marches avec les autres Russes. Une peur telle que je n'en ai encore jamais ressenti s'empare de moi. Ils ont tous dégainé leurs armes, et mon amour est en ligne de mire.

— Mack.

Elle lève la main et pose sur moi ses yeux d'un bleu vitreux.

— Ma jolie, je veux que tu m'écoutes.

Sa lèvre tremble et son regard alterne entre Mandy et Donny. Ce dernier sourit, les dents couvertes de sang et le regard fou. Elle a déjà dû le frapper en pleine tête.

— Que se passe-t-il ? demande Viktor dans mon dos, d'une voix proche de la fureur. Ça ne faisait pas partie du plan.

Niall essaie de le calmer. Quant à moi, je garde les yeux rivés sur Mack. Je cherche un moyen de résoudre la situation. Mais Mandy ne cesse de l'entraîner plus loin tandis que Donny attend le moindre prétexte pour tirer dans le tas.

— Reculez, tout le monde ! ordonne à nouveau Mandy.

Je jette un œil vers Niall. Tout comme Viktor, il ordonne aux autres de baisser leurs armes. Personne ne tire. Mandy est plus grande que Mack, mais elle plie les genoux et utilise son corps pour se protéger. Elle a presque atteint la porte. Je ne peux pas la laisser partir ainsi.

Elle a abattu Ivan. Je ne l'en aurais jamais crue capable. J'ai peur qu'elle règle son compte à Mack tout aussi facilement. Avec Donny, il n'y a pas le moindre doute. Son sourire sadique m'annonce précisément ce qu'il a l'intention de faire.

Je me précipite, mais Mandy s'interrompt pour tendre son pistolet dans ma direction.

— Lach, non ! supplie Mack. Je suis désolée. Pour tout ! Mais c'était le plan depuis le début. On travaille ensemble.

Je reste pétrifié et je la regarde sans comprendre. Ça ne peut pas être vrai. Pourtant l'expression de Mack est impassible et froide. Et Mandy sourit comme si elle venait de réaliser sa plus belle performance.

Je n'en reviens pas. Je n'ai pas envie de le croire. Une fois de plus, je m'avance, quand Niall et Ronan m'attrapent par-derrière. Je cherche à les repousser, mais il est trop tard. Mandy et Donny ont franchi la porte, emportant Mack avec eux.

Niall surgit à côté de moi. Il me tend son téléphone et il me parle, mais je l'entends à peine. Je regarde toujours la porte. Mack m'aurait-elle menti sur toute la ligne ?

— C'est un message de son amie Scarlett, dit-il.

Enfin, je baisse les yeux et je comprends que je me trompais. Ce n'était pas Mandy. C'était Mack qui réalisait sa plus belle performance.

Pour me sauver.

Ronan m'arrache le téléphone des mains et me secoue pour me faire revenir à moi. Niall et Alexei nous distribuent plus de munitions, puis nous franchissons la porte de service à leur poursuite.

40

Mackenzie

Mandy ouvre la portière du côté conducteur et me pousse à l'intérieur avant de monter sur la banquette arrière. Donny prend la place du côté passager et il ricane, sans doute en pensant aux atrocités qu'il a encore en réserve pour moi. Pendant tout ce temps, leurs armes restent braquées sur mon visage. Mandy m'aboie ses instructions :

— Conduis ! s'écrie-t-elle.

Je tourne la clé de contact d'une main tremblante. Je n'ai conduit que deux fois dans ma vie, mais je ne compte pas le lui dire.

— Putain, dépêche-toi !

Je démarre et passe une vitesse. J'appuie trop fort sur l'accélérateur et nous quittons le parking dans un crissement de pneus. Dans le rétroviseur, j'aperçois

Lachlan et ses hommes qui sortent du bâtiment et se ruent sur le parking.

Génial. Une course-poursuite.

Évidemment, maintenant il va me tuer. Mais je ne le regrette pas. Je devais le protéger. Je l'ai fait et j'ai dit ce qu'il fallait.

Mandy m'oriente vers l'autoroute et, bientôt, un 4x4 noir nous rattrape. Ronan est au volant, Lachlan à côté de lui. Ils gardent une distance raisonnable et ils ne nous tirent pas dessus. J'ignore ce qui se passe, mais ils doivent tabler sur le fait que tôt ou tard, nous serons contraints de nous arrêter.

Je ne sais absolument rien des objectifs de Mandy, mais une chose est sûre, ils ne sont pas reluisants.

Je la regarde dans le rétroviseur. Sa folie est manifeste, étalée aux yeux du monde. Échevelée, elle darde sur moi un regard rempli d'une haine que je ne comprends pas. Les voitures nous croisent en sifflant et mes mains sont tellement crispées sur le volant que mes doigts sont blêmes et engourdis.

— Plus vite ! s'écrie-t-elle.

J'appuie sur l'accélérateur et la voiture prend de la vitesse. La main libre de Donny se glisse sur ma cuisse et la presse avec une telle force que je fais la grimace.

— Je t'avais dit que j'arriverais à mes fins avec toi, dit-il. Quand cette histoire sera terminée, je t'aurai baisée sous toutes les coutures.

Je réprime l'envie de le gifler quand j'entends le déclic d'une arme. Je jette un œil à côté de moi pour découvrir Mandy, le canon de son pistolet sur la tempe de Donny.

— Donne-moi ton arme, ordonne-t-elle. Sinon je te grille la cervelle ici, en pleine autoroute.

— Putain, tu fais quoi là ? répond Donny.

Mandy le frappe violemment avec la crosse de son arme et du sang gicle de son nez.

— Fais ce que je te dis, bordel ! hurle-t-elle.

Donny lui tend son pistolet et porte la main à son nez pour tenter d'atténuer le saignement.

— Le couteau attaché à ta jambe aussi, ordonne-t-elle.

Il sort le couteau qu'elle demande et le lui remet. Je crois que c'est la première fois que je le vois aussi muet. Je ne comprends pas ce qui se passe, mais il faut croire que je me trompais au sujet de Mandy. Ce n'était pas le dindon de la farce, tout compte fait.

Après avoir rangé les armes hors de sa portée, elle braque le pistolet sur nous, prête à nous abattre si nous tentons quoi que ce soit. Nous continuons en silence pendant un long moment. Le cerveau en ébullition, je m'efforce de trouver une idée.

— Tu ne te souviens pas de moi, dit soudain Mandy. Pas vrai ?

Je la regarde de nouveau dans le rétroviseur, incapable de cacher ma confusion.

— Je devrais ?

Elle éclate de rire en secouant la tête.

— Je le savais. Donny non plus ne se souvient pas de moi.

Donny et moi échangeons un regard. Nous sommes tout aussi perdus l'un que l'autre.

— Au fond, ça ne m'étonne pas, dit Mandy. Elle non plus ne se souvenait de rien, alors vous êtes trois.

— Qui ? je demande.

— À ton avis ?

— Talia ? je murmure.

— Oui, ta précieuse petite Talia. Mais vous savez quoi, les amis ? Moi, je me souviens très bien de vous.

Je ne sais pas ce que Mandy raconte, mais je comprends une chose. Elle n'a pas la lumière à tous les étages. Elle délire, elle est en pleine crise psychotique. Donny, lui, ne dit rien. Au moins, c'est appréciable. Je m'efforce de ne pas prêter attention à elle et je formule un plan dans ma tête pour me tirer de ce mauvais pas, mais Mandy ne cesse de jacasser.

— Mais enfin, reprenez-vous ! dit-elle en riant comme une folle. Vous êtes tellement centrés sur vos nombrils que vous ne vous souvenez de rien. Je n'existais pas à l'époque, à vos yeux, et c'est toujours le cas.

— Bon, Mandy.

Je lui parle d'une voix calme et maîtrisée. Elle a envie de causer, nous allons causer. Ça l'occupera pendant que je réfléchis.

— Dis-moi d'où tu crois me connaître.

— J'ai dû te croiser un millier de fois dans la rue. Tu ne me regardais même pas. J'ai dormi dans les mêmes cages d'escalier, les mêmes hangars désaffectés…

Elle appuie son index sur sa poitrine et sa voix se met à chevroter.

— C'était moi.

— Tu viens de Southie ? je demande.

Une fois de plus, je suis étonnée. Il y avait beaucoup de vagabonds dans les rues à cette époque. Chacun de nous avait son petit groupe. Mais sincèrement, je ne reconnais pas Mandy. Je ne cherchais pas à me faire de nouveaux amis, j'essayais simplement de survivre.

— Je vais te rafraîchir la mémoire, dit-elle. Tu connais cette épicerie sur M Street ? Près du parc ?

À côté de moi, Donny se raidit et je sens mon estomac se nouer. Lentement, les pièces du puzzle se mettent en place.

— Et je sais que tu connais la ruelle derrière ce magasin.

Elle retrouve son amertume et tend son arme vers moi.

— Comment le sais-tu ? dis-je d'une voix éraillée.

— Parce que j'y étais ce soir-là ! hurle-t-elle. Putain, j'étais là, cachée dans l'ombre. Ton amie Scarlett est venue vous sauver, Talia et toi, mais vous m'avez laissée toute seule. Vous m'avez laissée là-bas…

Je nie en secouant la tête :

— Ce n'est pas vrai, je l'aurais su. Elle l'a tailladé… elle l'a tailladé au visage.

— Oui, elle l'a tailladé, répond Mandy. Elle a tailladé le visage de Donny.

Oh, mon Dieu. Ça me rend malade. Une fois de

plus, je le regarde. La cicatrice. Je croyais qu'il l'avait reçue au combat. Impossible. Je l'aurais su…

— Est-ce que cette petite entaille t'a empêché de continuer avec ton ami, Donny ?

Mandy lui colle le canon de son arme sur la tête.

— Alors ?

Il ne répond pas, mais l'expression de son visage est claire : il est coupable.

— Non… dis-je d'une voix étranglée.

Je ne peux pas le croire. Ce sadique était sous mon nez pendant tout ce temps. Et non seulement, il a fait du mal à Mandy et Dieu sait à combien d'autres filles, mais à Sasha aussi.

— Oui, fait Mandy avec un soupir. Je t'ai dit qu'il faisait partie d'une autre bande à l'époque.

— Mandy…

— Tais-toi, dit-elle en braquant l'arme vers moi. Je ne veux pas entendre tes paroles insignifiantes.

Le silence retombe entre nous et j'essaie de digérer ce qu'elle vient de dire. C'est Donny qui m'a poussée dans cette ruelle sombre, il y a toutes ces années. Je ne l'ai pas reconnu parce que j'étais trop occupée à me défendre. Scarlett a débarqué et elle l'a entaillé, puis elle m'a prise par la main et nous nous sommes enfuies. Je n'ai pas regardé en arrière. Je n'ai pas vu le visage de l'autre homme non plus. Je ne pensais qu'à me sauver.

— Maintenant, vous allez payer pour vos péchés, fait la voix grave de Mandy, interrompant le silence.

Je songe aux photos de Mandy que m'a envoyées le

détective. Je croyais qu'ils se servaient d'elle. Et une pensée encore plus répugnante me vient.

— Tu couchais avec lui.

Je sais que ce n'est pas la meilleure chose à dire, mais j'ai envie de vomir. Il a vraiment dû lui faire beaucoup de mal. J'imagine à peine la colère qui l'habite pour lui donner une telle détermination.

Elle me fusille des yeux et agite son arme vers moi.

— Ça faisait partie du tableau d'ensemble. Il m'avait déjà violée une fois alors une de plus ou une de moins, ça ne changeait rien. Cette fois, je contrôlais la situation. Pas vrai, Donny ?

Comme il ne répond pas, elle le frappe à nouveau sur le crâne.

— Oui, dit-il enfin.

Sa voix est basse, presque un murmure, mais il ne peut masquer sa colère.

— Et Ivan, j'ajoute. Tu les utilisais, Donny et lui, pour essayer de déclencher une guerre entre les Russes et les Irlandais ?

— Je n'essayais pas, dit-elle en souriant. J'ai réussi à déclencher une guerre. Tu n'as pas vu ce qui s'est passé ce soir ? C'est terminé. Ils vont tous s'entretuer maintenant. Toute l'organisation va s'écrouler comme un château de cartes.

— Mais pourquoi ? je demande. Pourquoi tu ne t'en es pas seulement prise à Donny ?

— Parce que.

L'amertume a gagné l'ensemble de ses traits.

— Quand Lachlan m'a plantée, j'ai eu envie de leur faire payer à tous. Chacun d'entre eux.

— Je ne comprends pas.

— Pas étonnant.

Elle part d'un grand éclat de rire.

— Tu n'as jamais rien compris. Tu ne sais pas ce que c'est d'être rejetée, encore et encore. Par toi. Par Talia. Par tout le monde. Je n'ai jamais été assez bien pour qu'on prête attention à moi. Personne ne s'attardait sur cette pauvre fille des rues tout abîmée. J'appréciais Lachlan. Notre relation était sincère. Mais il ne comprenait pas. Je ne pouvais pas lui raconter tout ça. Je devais avoir Donny. Il a cru que je le trompais, mais ça ne signifiait rien. Pour moi, aucun d'eux ne comptait...

Bon sang, cette fille est vraiment frappée ! Je ne peux m'empêcher d'éprouver de la peine pour elle... presque.

— Je comprends bien mieux que tu le crois, lui dis-je avec gentillesse.

— Tu te trompes. Tu as eu Scarlett. Et Talia. Mais c'est fini. Parce que je te l'ai arrachée.

Je tourne brusquement la tête. Si j'avais éprouvé une once de compassion un instant plus tôt, elle a complètement disparu.

— Qu'est-ce que ça veut dire ?

— C'est moi qui lui ai tendu un piège, répond-elle froidement. Je lui ai fait croire que son Russe l'aimait. Qu'il voulait être avec elle !

Elle jette un œil vers moi et soupire.

— C'était tellement facile. Après tout, c'est ce qu'on voudrait toutes, non ? Les filles abîmées comme nous. Il l'a vendue. Puis elle est morte. Laissée pour compte, comme vous m'avez abandonnée cette nuit-là. Elle est morte dans le froid, toute seule, et totalement brisée…

— Putain, je vais te massacrer !

Elle me colle le pistolet sur la tempe et jette un œil par-dessus mon épaule. Ça fait un moment que nous roulons maintenant. Il ne reste plus beaucoup d'essence dans le réservoir. Elle est aux abois. Elle doit bien savoir qu'il est impossible de distancer Lachlan. Elle va nous tuer, Donny et moi. J'imagine que c'est la conclusion qu'elle a prévue dans son grand tableau d'ensemble.

— Le sentiment est mutuel, rétorque-t-elle. Roule plus vite.

J'appuie sur l'accélérateur et continue. Je n'ai qu'une seule option en tête. À cette vitesse, impossible de lui arracher l'arme de la main sans mourir. Je n'ai même pas de ceinture de sécurité. L'accident me tuerait sur le coup, si la balle ne s'en chargeait pas avant.

J'aperçois un virage où la route s'élargit, droit devant, et je sais ce que je dois faire. Mais avant que je puisse mettre mon idée à exécution, le moteur se coupe et la voiture s'arrête lentement.

— Qu'est-ce que tu fais ? s'écrie Mandy en fourrant le canon de son arme dans mes cheveux. Ne te fous pas de moi !

— Ce n'est pas moi, lui dis-je en essayant

fébrilement de redémarrer. Je ne sais pas ce qui se passe.

Donovan profite de ce moment de panique pour se jeter sur Mandy et lui retirer l'arme des mains. Je ne perds pas une seule seconde et je sors de la voiture, au ras du sol, pour me précipiter vers les bras protecteurs de Lachlan. Leur 4x4 est garé derrière le nôtre, sur le bas-côté de l'autoroute, et il accourt dans ma direction.

— Monte dans la voiture, Mack ! m'ordonne-t-il.

Je secoue la tête, mais au même moment, un coup de feu retentit.

— Monte, Mack ! supplie Lach. Je n'ai pas de temps à perdre.

À contrecœur, je fais ce qu'il me demande et je grimpe dans le véhicule tout en regardant par la vitre. Ronan tire à deux reprises vers la voiture. Lachlan, quant à lui, extrait Donny de l'habitacle. La jambe et le visage en sang, il se laisse traîner jusqu'au 4x4 et installer sur la banquette arrière.

Lach monte avec lui et s'empresse de l'attacher tandis que Ronan fait demi-tour, pied au plancher. Mandy n'est pas avec nous et j'appréhende d'en demander la raison.

Le silence retombe. Aussitôt, Lachlan s'approche de moi et m'attire dans ses bras. J'aimerais pouvoir dire que je suis encore engourdie, mais ce n'est pas le cas. Je ressens tout. La douleur et le deuil pour Talia, et même une compassion réticente, une forme de remords envers Mandy.

— Je t'ai retrouvée, ma jolie, dit Lach en essuyant les

larmes qui coulent sur mes joues. Je suis là, Mack, et je n'irai nulle part.

— Comment as-tu arrêté la voiture ? je demande.

— Alexei, m'explique-t-il. Je t'avais dit qu'il était doué en informatique.

Je hoche la tête et lui pose enfin ma dernière question :

— Mandy est vraiment morte ?

— Oui, ma jolie, déclare-t-il sur un ton solennel. Elle est morte.

41

Mackenzie

Quand je rouvre les yeux, la première chose que je vois, c'est un océan gris orageux. Lachlan est à côté de moi. Il me caresse les cheveux et m'embrasse la main. Je l'ai souvent vu à mon chevet ces trois derniers jours. Je lui ai vaguement expliqué ce que m'avait dit Mandy, mais je n'ai rien pu exprimer d'autre.

Il s'est montré très patient avec moi, et pourtant je vois bien que ça lui pèse. Je suis abattue. Déprimée. Incapable d'accepter ce qui est arrivé à Talia. Tout ce qu'elle m'a dit confirmait les propos d'Alexei. Elle a été vendue comme esclave et envoyée quelque part à l'étranger. Bien sûr, il ne fait aucun doute, Mandy était devenue folle, mais je l'ai crue quand elle m'a annoncé la mort de Talia. Au fond de mon cœur, je savais déjà qu'elle était probablement morte, et pourtant je ne parviens pas à faire mon deuil. Je n'ai même pas l'impression que justice a été rendue. Quelle justice y a-t-il dans cette situation ?

Je sais que Donny va mourir. Et Mandy est déjà morte. Lach a promis qu'ils identifieraient le fameux Russe, et je lui fais confiance. Mais je ne vais pas mieux pour autant. J'ai encore une montagne de chagrin et un million de questions sans réponses. Je ne sais pas comment tourner la page, mais je sais qu'il me faut essayer.

Lachlan m'embrasse sur le front et s'apprête à partir, mais je tends les mains pour le retenir.

— Reste.

Il se rassied sur le lit à côté de moi et me serre contre lui.

— Je sais que tu ne me croiras pas, Mack, dit-il. Mais je comprends ce que tu ressens en ce moment.

Je lève les yeux et, pour la première fois dans mon extrême tristesse égoïste, je remarque ses traits tirés. Je n'avais même pas pensé à ce qu'il endurait ces derniers jours. Je savais que si Niall voulait venir m'arracher du lit pour me tuer, je serais sans doute incapable de me battre. Mais me décharger de tout cela sur le pauvre Lachlan, ce n'est pas juste.

— Raconte-moi tout, lui dis-je.

Il se hisse et s'adosse contre la tête de lit. Je monte sur ses genoux et je me blottis contre son cœur.

— Ivan était la taupe, me dit-il posément. C'est lui qui a tué mon grand-père. Et ton père. Je voulais l'achever moi-même. Voilà, c'est tout.

— Je suis désolée, Lach.

Des larmes s'échappent de mes yeux, aussitôt renouvelées quand je les essuie rapidement.

— Que se passe-t-il, ma jolie ?

— J'ai été affreuse avec toi. Je n'ai même pas pris le temps de penser à ce qui t'était arrivé. Je ne m'en doutais pas. Je suis sincèrement désolée pour ton grand-père. Et pour Ivan aussi.

— Je ne veux pas que tu sois désolée. Je veux simplement que tu m'appartiennes. Il est temps de passer à autre chose. Tu t'en sens capable, papillon ?

— Tu veux toujours de moi ? je demande. Après tout ce qui s'est passé ?

— Je te veux, Mack, me dit-il. Et je ne te quitterai plus jamais des yeux.

Je souris en clignant des paupières. Il a raison. Je ne peux pas continuer à vivre dans le passé, et lui non plus.

— Et Niall ? je demande.

Lachlan soupire.

— Il aimerait nous voir tous les deux. J'ai arrangé les choses avec les Russes, mais nous devons encore discuter de toi et moi.

— Comment ça, tu as arrangé les choses avec les Russes ? je murmure. Tu vas épouser l'une des filles ?

— Non, répond-il. J'ai demandé à Niall d'offrir le poste à Sean.

Ma gorge se noue quand je me rends compte de ce que cela signifie.

— Tu cèdes ta place… pour moi.

— Oui, admet-il en hochant la tête. Ce n'est pas un gros effort, Mack. Je suis fou de toi, au cas où tu ne l'aurais pas remarqué.

Je lui adresse un sourire hésitant et je dépose un baiser dans son cou. Puis je commence à lui retirer ses vêtements, car j'ai l'impression que ça fait une éternité. J'ai besoin de le sentir en moi. Lachlan se laisse arracher le tee-shirt et baisser le jean, juste assez pour me permettre de retrouver cette partie de son corps dont j'ai tant besoin.

— Comment est-ce possible ? Tu me manques alors que tu es juste ici, avec moi !

Il gémit et enfouit son visage dans mes cheveux, posant un chemin de baisers le long de ma gorge.

— Dis-moi, Mack.

— Que je te dise quoi ?

Je me débarrasse de mon propre tee-shirt et je referme les bras dans son dos. Il est chaud, fort et solide. J'aimerais ne plus jamais le lâcher. J'ai peur de lui poser les questions difficiles. De savoir ce qui nous attend. Mais j'ai le pressentiment que c'est exactement ce dont il veut discuter.

— Dis-moi que tu es folle de moi. Et que tu ferais n'importe quoi pour moi.

— Je suis folle de toi ! je répète entre deux baisers. Et sans le moindre doute, je ferais n'importe quoi pour toi.

— Et tu m'appartiens, maintenant et à jamais.

— Je t'appartiens, maintenant et à jamais, dis-je en écho. Pendant le restant de nos jours.

Lachlan me soulève par les hanches et s'enfonce en moi dans un soupir déchirant.

— Baise-moi, ma jolie. Et oublie tout le reste.

C'est ce que je fais.

JE SUIS TOUJOURS ALLONGÉE AU LIT, UNE HEURE PLUS tard, quand Ronan frappe à la porte de la chambre. Je lève les yeux vers lui, perplexe. J'étais certaine qu'il était parti avec Lachlan, une demi-heure plus tôt.

— Je ne t'apprécie toujours pas, marmonne-t-il. Mais je vais devoir m'habituer à toi, j'imagine. Tu seras mon épine dans le pied.

— Bah, merci !

Je souris.

— Tu es revenu ici juste pour me faire part de tes sentiments charmants ?

— Non. Ça t'intéressera peut-être de savoir ce que Crow prépare pour toi ce soir. Ce que nous allons tous faire pour toi ce soir.

Je me renfrogne. Je n'aime pas son intonation.

— Que prépare-t-il ?

— Habille-toi, je vais te montrer.

Il disparaît dans le couloir et je m'empresse d'enfiler un jean et un sweat à capuche avant de le suivre en toute hâte. Conor est encore sur le canapé. Il ne lève même pas la tête sur notre passage.

— Je n'ai rien vu, dit-il en brandissant un magazine devant ses yeux.

Ronan m'accompagne jusqu'à sa BMW et nous roulons en silence. Je ne tarde pas à comprendre où nous allons. Le vieil entrepôt où Johnny organise ses combats de boxe.

— Il se bat ? je demande sans comprendre.

J'ai entendu quelques gars vanter les talents de Lachlan au combat, mais je ne l'ai encore jamais vu se battre sur le ring. Je trouve ça étrange qu'il y soit en ce moment.

— Oui, répond Ronan. Et ce n'est pas le seul.

Je ne vois toujours pas où il veut en venir, mais je le suis à l'intérieur et nous nous trouvons une place dans la foule pour assister au spectacle. Le bâtiment est bondé et le match a déjà commencé. Je dois jouer des coudes pour passer devant des spectateurs de grande taille et mieux voir Lachlan, sur l'estrade.

Il se trouve sur le ring de fortune et il combat l'un des boxeurs russes. Un grand gaillard du nom de Boris. Il est doué et je l'ai déjà vu remporter un certain nombre de combats. Mais je ne suis pas inquiète, parce que Lachlan est bien meilleur.

Au premier coup d'œil, il semble se débrouiller correctement. Il est bien campé sur ses jambes et il pare la majeure partie des coups que lui envoie son adversaire. De temps en temps, il en décoche quelques-uns. Mais quelque chose cloche dans ce combat. J'ai presque l'impression que c'est bidon, comme s'il n'y mettait pas du sien. Le public est dupe, mais pas moi.

Je me suis déjà battue contre lui et je connais son style de boxe. Cela n'a rien à voir avec ce que je vois.

— Que se passe-t-il ? je demande à Ronan.

— Regarde, dit-il.

C'est ce que je fais. Je regarde Lach enchaîner les rounds contre Boris, recevant des coups de poing qu'il aurait facilement pu esquiver. Au bout d'un moment, je commence à faire la grimace. Sa lèvre est fendue et il a une plaie ouverte sur le front.

— Il ne se bat pas. Pourquoi ? je demande.

Ronan garde le silence à côté de moi, les mâchoires contractées.

Boris frappe encore Lachlan quatre fois sans que ce dernier cherche à riposter d'aucune manière.

J'ouvre la bouche pour lui crier quelque chose, mais Ronan m'en empêche.

— Arrête, m'ordonne-t-il. Tu vas aggraver les choses. Il n'aimerait pas que tu sois ici.

Soudain, je comprends ce qui se passe. Il fait semblant de perdre. Pour les Russes. Pour moi. Je jette un coup d'œil au tableau d'ardoise suspendu au mur et je découvre le montant de la cagnotte de ce soir. L'argent de Lach. Les Irlandais ont tous parié de grosses sommes pour entretenir le bluff. Je sais à qui appartient l'argent qu'ils ont parié. Mais le pire, c'est la fierté de Lachlan.

— Oh, mon Dieu ! je murmure. Je ne peux pas le laisser faire ça.

— C'est déjà fait, dit Ronan. Je voulais que tu saches à quoi il renonce pour toi. Ce qu'il continue à abandonner. Tu lui as déjà fait du mal. Je ne te laisserai pas recommencer.

Je lève les yeux vers Ronan avec un respect tout nouveau.

— Je l'aime, Ronan. Je ne veux plus jamais le faire souffrir. Je ne peux pas voir ça. S'il te plaît, dis-moi qu'on peut faire quelque chose.

Il secoue la tête.

— C'est le paiement. Nous avons accepté ça. Trois gars en échange de ta liberté.

— Trois ? je demande, incrédule.

Ronan acquiesce, mais ça ne semble pas le déranger.

— Ça me pendait au nez, dit-il. Rory combattra le mois prochain. Crow nous l'a demandé pour pouvoir te garder.

Je ravale les émotions qui me nouent la gorge et je me concentre sur Lachlan. Je n'en reviens pas qu'ils soient contraints de faire cela pour moi. Ça me fait mal de voir ça, et j'en veux à Lach de ne pas m'en avoir parlé. Avant que ça dégénère, je sors mon téléphone et j'envoie un rapide texto à Sasha pour lui expliquer ce qui se passe. Même si Ronan refuse de l'avouer, je crois qu'il aimerait beaucoup qu'elle s'occupe de lui après le combat.

Comme j'ai moi-même l'intention de m'occuper de Lach.

Je range mon téléphone dans ma poche et je tressaille quand un crochet de Boris atteint Lachlan dans le menton. Il roule au sol. Ronan doit me retenir lorsque le Russe monte sur Lach. Il fait pleuvoir une autre série de coups de poing. Chaque fois, le sang gicle de son visage. Je m'écrie :

— Il doit déclarer forfait !

Mais Lach n'en fait rien. Il est bien trop têtu pour cela.

À présent, je sanglote en agitant les bras en direction de Johnny, de l'autre côté de la salle, pour essayer d'attirer son attention. Je veux qu'il mette un terme à tout ça. Je veux qu'il annule le combat. Il aperçoit mes gestes frénétiques, mais il se contente de secouer tristement la tête.

Ce n'est pas encore fini. Pas avant que Lachlan capitule ou perde connaissance.

Atterrée, je regarde l'homme rouer de coups le pauvre Lachlan inerte. Ronan me retient et je hurle comme une hystérique, sous le regard intrigué de quelques spectateurs. On me prend pour une folle. Quand ses bras retombent mollement et qu'il cesse de se battre, je me remets à invectiver Johnny.

Enfin, le match est terminé.

Je rejoins péniblement le ring pour m'effondrer sur Lachlan, priant pour qu'il soit sain et sauf.

42

Mackenzie

Lachlan a pris une bonne dose d'analgésiques, administrée copieusement par le médecin attitré avant qu'on le laisse rentrer à la maison.

Maintenant, je suis assise dans la chambre avec lui et je caresse doucement ses cheveux. Je sais qu'il va bien, parce qu'il s'est réveillé quelques instants pendant le trajet. Il a refusé d'aller à l'hôpital, mais Conor a fait venir un autre médecin, qui a également soigné Ronan. Sasha est dans le salon avec lui en ce moment même. Il est tout aussi mal en point que Lach.

Je n'attends aucune visite et je n'en ai pas envie. Alors, quand Niall passe la tête par l'entrebâillement de la porte, je sursaute.

— Ça te dérange si je m'assois ? demande-t-il.

Je lui réponds par un sourire crispé. Comme s'il avait besoin de poser la question. Je ne sais pas comment réagir en présence de cet homme. Mais Lach le respecte, et en toute logique, moi aussi.

— C'est très noble ce qu'il vient de faire, n'est-ce pas ?

— Noble, je grommelle. Ou stupide. Tout dépend du point de vue.

Niall me sourit.

— Sa loyauté envers toi m'a étonnée, je dois l'avouer. Je n'ai rien vu venir.

— Dans ce cas, nous sommes deux. Est-ce qu'il a fini de payer, maintenant ?

— Oui. Ils ont accepté de passer l'éponge. Et tu sais à quoi Lachlan a renoncé pour toi.

Je baisse les yeux sur mon homme endormi, enfin détendu, et je me demande si je ne suis pas égoïste en m'accrochant à lui. Mais je ne peux pas me résoudre à le laisser partir.

— Alors, tu l'aimes aussi ? s'enquiert Niall.

— Oui, dis-je en clignant des yeux. Plus que tout.

— Tu resteras à ses côtés. Quoi qu'il advienne ?

— Oui.

— Tu lui donneras des enfants et tu lui seras fidèle pendant le restant de vos jours ?

— Bien sûr.

— Et tu n'as pas peur de t'engager dans cette voie avec lui ?

— Pas s'il est avec moi, je réponds.

Le sourire de Niall est sincère.

— Alors, je crois qu'il a fait le bon choix. La loyauté

dont il a fait preuve est inestimable. Et pour cela, il sera récompensé.

Il me faut un moment pour comprendre, mais soudain je sens la fierté me gonfler la poitrine.

— Il va monter en grade ?

Niall se lève et se dirige vers la porte.

— Je crois qu'il l'a bien mérité.

Sur ce, il disparaît dans le couloir.

UNE SEMAINE S'EST ÉCOULÉE DEPUIS QUE LACHLAN S'EST laissé battre à la boxe. Maintenant, il va mieux, à l'exception de quelques bosses et hématomes. Après avoir brisé sa vie, je me suis rattrapée en le choyant de toutes les manières possibles. À grand renfort de corps-à-corps torrides et de pancakes.

Une fois qu'il a retrouvé sa lucidité, Niall est revenu prendre de ses nouvelles et lui annoncer la bonne nouvelle. À vrai dire, la maison a reçu plus de visiteurs que jamais en seulement quelques jours.

Scarlett a passé beaucoup de temps avec nous. À présent, elle aussi fait partie de ce monde, que ça me plaise ou non. Et Rory semble n'avoir d'yeux que pour elle. Dommage que Scarlett refuse de lui laisser une chance. Elle ne laisse sa chance à personne.

Ce soir, c'est le grand soir. Le syndicat va accorder à Lach sa promotion à l'occasion d'un rituel privé. Ensuite, nous irons tous faire la fête au Slainte. J'ai passé les deux dernières heures à me préparer et à essayer de trouver une robe. Quand j'ai enfin pris ma décision, Lach franchit la porte. Il est toujours aussi beau en tenue de ville.

— J'ai quelque chose à te dire, annonce-t-il.

Je détache mes yeux du placard et je m'approche de lui.

— Oui, qu'y a-t-il ?

Une fois de plus, ses doigts tapotent nerveusement sa cuisse.

— Je sais que tu ne voulais pas de cette vie-là, dit-il. Tu n'avais aucune envie de faire partie de ce monde...

Il laisse dériver la fin de sa phrase et il me regarde, le visage troublé.

— C'est peut-être égoïste de ma part de t'avoir entraînée dans tout ça, poursuit-il. Mais je l'ai fait. Je veux m'occuper de toi et te protéger, toi et les enfants que nous aurons peut-être un jour. Je te jure que je le ferai. Que je prendrai toujours soin de toi et que le syndicat aussi. Tu n'auras plus jamais à t'inquiéter.

— Qu'est-ce que tu veux dire ?

— Je veux t'épouser, Mack.

À ces mots, un mélange de terreur et d'enthousiasme m'envahit. Je n'aurais jamais cru me marier un jour. Je ne suis pas ce genre de fille. Mais en voyant Lachlan, et après tout ce que nous avons traversé ensemble, le doute n'est plus permis. J'épouserais cet homme aujourd'hui s'il me le demandait. Je me fiche de ce que pensent les autres. Malgré tous mes espoirs, une crainte demeure.

— Est-ce parce que tu es obligé ? je demande. Pour me garder en vie ?

— Non, dit-il avec sérieux. Tu peux toujours t'enfuir si tu le souhaites. Sous une toute nouvelle identité. Alexei peut t'installer ailleurs, loin d'ici, si c'est ce que tu veux.

Tout son corps est tendu et je vois bien à quel point il a envie de cette vie. Il a envie de moi. C'est peut-être fou, mais moi aussi, c'est ce que je veux. Je ne peux pas l'abandonner. Je tends les mains vers lui, effleurant délicatement son visage. Les yeux clos, il se détend sous mes caresses.

— Chaque roi a besoin de sa reine, n'est-ce pas ? lui dis-je.

— Quoi ?

Il ouvre brusquement les yeux et m'attire contre lui.

— Oui, Lachlan ! j'ajoute en souriant. Je serai fière de devenir ta femme.

Oubliant ses blessures, il m'embrasse avec fougue, dans un gémissement éperdu.

— Combien de temps nous reste-t-il avant de partir ? je demande.

Lachlan m'entraîne vers le lit et commence à se déshabiller.

— Pour toi, Mack, j'ai tout le temps du monde.

ÉPILOGUE

Mackenzie

— C'est de la folie, murmure Sasha. Je n'en reviens pas que tu aies fait ça.

— Je sais.

J'ai dû tomber sur la tête.

— Maintenant, c'est pour la vie.

Cet après-midi, devant tout le monde, Lachlan et moi nous sommes mariés. J'ai prêté serment de rester fidèle à mon mari, puis une cérémonie folklorique est venue clore cette belle journée. Les fleurs et les robes blanches à la Cendrillon, ce n'est pas mon truc. Heureusement, il m'a fait porter du bleu. Apparemment, c'est une coutume irlandaise. J'avais aussi des bracelets à clochettes – une histoire de fées que je n'ai pas bien comprise. Mais cela n'avait aucune importance. Tout ce qui comptait à mes yeux, c'était l'homme devant l'autel, l'homme qui a juré de m'aimer et de me protéger jusqu'à son dernier souffle. Je sais qu'il était sincère.

Après tout ce qui s'était passé, j'ai été stupéfaite de la facilité avec laquelle Niall m'a acceptée dans son clan. Et malgré tout, je ne peux m'empêcher de me sentir coupable. Parce que Talia n'était pas là. J'éprouve des sentiments doux-amers en contemplant la nouvelle famille qui m'a acceptée en son sein. Ce dont j'ai toujours rêvé et qui est devenu réalité. Je sais que chacun de ces hommes est prêt à tuer pour moi si j'en ai besoin, et pour mes futurs enfants aussi. Ils se sont déjà battus pour moi. Pour Lachlan. Et rien que pour cela, je resterai éternellement loyale envers l'organisation qui le protège.

Lachlan me sourit de l'autre côté de la salle. Il me fait signe de le rejoindre. Tout le monde est réuni. Chaque membre de leur gang, leurs épouses, leurs petites amies et leurs enfants. Le club est plein à craquer.

— Tu ferais mieux d'aller le retrouver, dit Sasha sur le ton de la plaisanterie.

Mais il y a une note de mélancolie dans sa voix, de solitude dans son regard.

— Sinon, c'est lui qui viendra, ajoute-t-elle.

— C'est mieux comme ça, lui dis-je en souriant. De temps en temps, ça ne leur fait pas de mal de faire un petit effort pour nous.

Elle éclate de rire et jette un œil en direction de Ronan. Il ne m'a toujours pas vraiment pardonné, mais à présent, il lui arrive de me parler, de mauvaise grâce, au lieu de m'ignorer franchement. Je suppose que nous sommes en bonne voie.

— Tu devrais aller danser avec Ronan.

Sasha secoue la tête en riant.

— Non. Il n'aime pas danser.

— Peut-être. Il préfère rester assis dans son coin à broyer du noir. Et si tu allais broyer du noir avec lui, dans ce cas ?

Elle sourit et hausse les épaules, mais je sais qu'elle n'ira pas. Ces deux-là sont encore plus butés que Lachlan et moi réunis, et ce n'est pas peu dire.

En parlant du loup, il enroule ses bras autour de ma taille et m'embrasse dans le cou.

— Viens avec moi.

Je n'ai pas le choix, étant donné qu'il m'entraîne déjà dans le couloir jusqu'à son bureau. Il referme la porte derrière nous et, une minute plus tard, il m'allonge sur son bureau, vénérant mon corps par ses caresses sensuelles.

— Madame Crow.

Il baisse la fermeture de son pantalon et agrippe sa queue comme une arme tout en me regardant gravement.

— Je vais mettre un bébé dans ton ventre. Tu es prête ?

Je me mords la lèvre pour me retenir de rire et je hoche la tête en silence. Il est tellement sérieux. Comme si sa détermination et sa volonté suffisaient. J'ai arrêté la pilule il y a quelques mois, et depuis que la situation s'est arrangée entre les différents territoires, nous avons décidé d'essayer. Maintenant, de temps en temps, il décrète que cette fois sera la bonne.

C'est peut-être une erreur de vouloir faire naître un bébé dans ce monde-là. Mais c'est ce que je désire avec Lach. Je ne peux le nier. Je veux la totale. Et Lachlan se montre plus protecteur que jamais. Nous avons même emménagé dans une nouvelle maison hautement sécurisée. Ça me paraît un peu excessif, mais après tout ce qui s'est passé, il ne veut prendre aucun risque.

Il prend mon visage dans ses mains et se positionne entre mes jambes avant de me pénétrer. Nous avons fait l'amour ce matin, mais je savais qu'il ne pourrait pas attendre. Moi non plus, je ne peux pas. Je lui attrape les fesses et, en gémissant, je l'enfonce un peu plus.

Il prend son temps, même si une salle pleine d'invités nous attend. Quand son souffle devient effréné, j'approche enfin mes lèvres de son oreille.

— Lachlan.

— Oui, ma jolie ? grogne-t-il.

— Tu as déjà mis un bébé dans mon ventre.

Je souris quand il jouit sans prévenir. L'instant d'après, il ouvre les yeux et pose sur moi un regard incrédule.

— Tu plaisantes.

— Non, dis-je en riant. J'ai fait un test ce matin. Cinq, pour être précise.

— Oh, bon sang, s'exclame-t-il.

Puis il m'embrasse avec ferveur. Lovée contre lui, je murmure :

— Je t'aime.

Il effleure mon cou de ses lèvres. Je sens presque son sexe gonfler en moi quand il pense à ce qu'il a accompli.

— Je suis tellement fou de toi, ma jolie.

Nous nous regardons en souriant lorsque, soudain, quelque chose brise le silence. C'est mon téléphone. En temps normal, je n'envisagerais même pas de répondre. Sauf que toutes les personnes que je connais sont ici, en ce moment, dans le même bâtiment que moi.

Lachlan remarque mon expression et il me tend mon sac à main. Je le fouille à la hâte pour en sortir le téléphone, que je porte à mon oreille.

— Allô ?

— Mack ?

Mon cœur bondit dans ma gorge et des larmes me piquent les yeux. J'ai reconnu cette voix à l'autre bout de la ligne.

— Talia ?

— Oui, chuchote-t-elle. C'est moi.

— Est-ce que tu vas bien ? je demande. Je t'en prie, dis-moi que tu vas bien.

— Je vais bien, répond-elle. Je ne peux pas te parler très longtemps.

— Pourquoi ?

— Je…

Sa voix se brise un instant, mais quand elle reprend la parole, elle semble bien déterminée :

— Je voulais que tu saches que tout va bien. Tu n'as plus de souci à te faire pour moi, maintenant.

— Comment ça, je n'ai plus de souci à me faire pour toi ?

— Je suis en sécurité, répond-elle. Et je ne rentrerai pas à la maison.

— Talia…

— Je dois te laisser, Mack. Je voulais juste te féliciter pour ton mariage. Je t'aime et tu me manques terriblement. Mais maintenant, tout va bien. Je voulais te remercier.

Je n'ai pas le temps de lui répondre. Elle raccroche et le silence retombe au téléphone. Je lève alors les yeux vers Lachlan, qui constate en même temps que moi :

— Alexei l'a retrouvée.

EXTRAIT EN AVANT-PREMIÈRE

Merci d'avoir lu *Le Corbeau* ! Si vous avez apprécié votre lecture, n'oubliez pas de laisser un avis honnête en ligne. Si vous avez aimé l'histoire de Lachlan et Mackenzie, vous aimerez sans doute connaître la suite et découvrir celle de leurs amis dans les romans suivants :

- *Le Faucheur* – l'histoire de Ronan et Sasha
- *Le Fantôme* – l'histoire d'Alexei et Talia
- *Le Saint* – l'histoire de Rory et Scarlett
- *Le Bandit* – l'histoire de Nikolai et Tanaka
- *Le Jeune Loup* – l'histoire de Conor et Ivy

Ces livres reprennent tous des personnages familiers et se déroulent à Boston, dans le monde de la pègre, mais ils peuvent également être lus indépendamment. Si vous préférez les lire à la suite, les voici dans l'ordre de lecture recommandé.

Vous souhaitez être prévenu lorsque notre prochaine histoire torride sera disponible ? Rendez-vous sur greyeaglepublications.com/fr/ et inscrivez-vous à notre newsletter.

Si vous avez apprécié ce livre, vous aimerez aussi ces deux dark romances: *L'Enlèvement* par Anna Zaires et *La Duologie du Requin de la Pègre* par Charmaine Pauls. Tournez la page afin de découvrir un extrait passionnant de chaque livre !

EXTRAIT DE L'ENLÈVEMENT PAR ANNA ZAIRES

Kidnappée. Séquestrée sur une île privée.

Je n'aurais jamais cru que cela puisse m'arriver. Je n'ai jamais imaginé qu'une rencontre fortuite la veille de mon dix-huitième anniversaire pourrait ainsi changer ma vie.

Désormais, je lui appartiens. J'appartiens à Julian. Un homme aussi impitoyable que beau. Un homme dont les caresses me consument. Un homme dont la tendresse me fait plus de mal que sa cruauté.

Mon ravisseur est une énigme. Je ne sais ni qui il est ni pourquoi il m'a enlevée. Il y a des ténèbres en lui, des ténèbres qui me font peur tout en m'attirant.

Je m'appelle Nora Leston, et voici mon histoire.

C'est le soir maintenant. Chaque minute qui passe accroit mon anxiété à la pensée de revoir mon ravisseur.

Le roman que je lis ne m'intéresse plus. Je l'ai posé et je tourne en rond dans la pièce.

Je porte les vêtements que Beth m'a donnés tout à l'heure. Ce n'est pas ce que j'aurais choisi de porter, mais c'est toujours mieux qu'un peignoir de bain. Un panty sexy en dentelle blanche et un soutien-gorge assorti, voilà mes sous-vêtements. Et une jolie robe d'été bleu qui se boutonne sur le devant. Étrangement, tout est exactement à ma taille. Est-ce qu'il m'a espionnée pendant un certain temps ? Et tout appris de moi, y compris la taille de mes vêtements ?

Cette pensée me rend malade.

J'essaie de ne pas penser à ce qui va arriver, mais c'est impossible. Je ne sais pas pourquoi je suis convaincue qu'il va venir me voir ce soir. Peut-être a-t-il tout un harem dissimulé dans cette île et qu'il rend visite à une femme différente chaque jour de la semaine comme le faisaient les sultans.

Et pourtant je sais qu'il va bientôt arriver. La nuit dernière n'a fait qu'aiguiser son appétit. Je sais qu'il n'en a pas fini avec moi. Loin de là.

Finalement, la porte s'ouvre.

Il entre en maître des lieux. Ce qui est précisément le cas.

De nouveau, je suis frappée par sa beauté virile.

Avec un visage comme le sien, il aurait pu être modèle ou acteur de cinéma. S'il y avait un peu de justice dans ce monde, il aurait été petit ou il aurait d'autres imperfections en contrepartie de ce visage.

Mais non. Il est grand et musclé, parfaitement proportionné. En me souvenant de ce que j'ai ressenti quand il était en moi, mon excitation se réveille bien malgré moi.

De nouveau, il porte un jean et un tee-shirt. Gris cette fois-ci. Il semble préférer s'habiller simplement et il a raison. Il n'a pas besoin que ses vêtements le mettent en valeur.

Il me sourit. Un sourire d'ange déchu, à la fois sombre et séducteur.

— Bonsoir, Nora.

Je ne sais que lui dire, alors je laisse échapper la première chose qui me vient à l'esprit.

— Combien de temps allez-vous me garder ici ?

Il penche légèrement la tête sur le côté.

— Ici, dans cette pièce ? Ou sur cette île ?

— Les deux.

— Beth te fera visiter demain, elle t'emmènera nager si tu veux, dit-il en s'approchant de moi. Tu ne seras pas enfermée, sauf si tu fais une bêtise.

— Quel genre de bêtise ? ai-je demandé, le cœur battant en le voyant s'arrêter près de moi et lever la main pour me caresser les cheveux.

— Essayer de faire du mal à Beth ou de te faire du mal. Sa voix est douce, son regard hypnotique quand il baisse les yeux sur moi. Étrangement, sa manière de me caresser les cheveux m'aide à me détendre.

Je cligne des yeux pour tenter de rompre le charme.

— Et sur cette île ? Combien de temps allez-vous m'y garder ?

Sa main caresse mon visage, se pose sur ma joue. En m'apercevant que je me frotte contre sa main comme un chat que l'on caresse, je me raidis immédiatement.

Ses lèvres dessinent un sourire entendu. Ce salaud sait l'effet qu'il a sur moi.

— Longtemps, j'espère, dit-il.

Sans savoir pourquoi, ça ne m'étonne pas. Il n'aurait pas pris la peine de m'amener jusqu'ici pour me baiser deux ou trois fois. Je suis terrifiée, mais pas surprise.

Je prends mon courage à deux mains et pose la question qui s'ensuit logiquement.

— Pourquoi m'avoir kidnappée ?

Il cesse de sourire. Il ne répond pas et se contente de me regarder, ses yeux bleus restent mystérieux.

Je commence à trembler.

— Vous allez me tuer ?

— Non, Nora, je ne vais pas te tuer.

Sa réponse me rassure, mais évidemment c'est peut-être un mensonge.

— Allez-vous me vendre ? J'ai du mal à le dire. Comme prostituée, ou alors quelque chose de ce genre ?

— Non, dit-il d'une voix douce. Jamais de la vie. Tu es à moi et rien qu'à moi.

Je suis un peu plus calme, mais il reste encore quelque chose que j'ai besoin de savoir.

— Allez-vous me faire du mal ?

Il ne répond pas immédiatement. Une lueur obscure traverse son regard.

— Probablement, dit-il à voix basse.

Alors il s'est penché sur moi et m'a embrassée, ses lèvres sur les miennes étaient douces, douces et ardentes.

Pendant un instant, je suis restée figée, inerte. Je croyais ce qu'il disait. Je savais qu'il disait la vérité en disant qu'il allait me faire du mal. Il y a quelque chose chez lui qui me terrifie, qui m'a terrifiée depuis le début.

Il ne ressemble pas aux garçons avec lesquels je suis sortie. Il est capable de tout.

Et je suis entièrement à sa merci.

Je pense essayer de lui résister de nouveau. Ce serait normal dans ma situation. Ce serait courageux.

Et pourtant je ne le fais pas.

Je sens les ténèbres en lui. Il y a quelque chose de mauvais en lui. Sa beauté extérieure dissimule quelque chose de monstrueux.

Je ne peux pas lui permettre de donner libre cours au mal. Je ne sais pas ce qui arriverait si je le faisais.

Alors je m'immobilise dans ses bras et je le laisse m'embrasser.

Et quand il me soulève et me porte sur le lit, je n'essaie nullement de lui résister.

Au contraire, je ferme les yeux et m'abandonne à mes sensations.

Envie d'en lire plus ? Merci de vous rendre sur www.annazaires.com/book-series/francais/ pour commander votre exemplaire dès aujourd'hui !

EXTRAIT D'EN EAUX TROUBLES PAR CHARMAINE PAULS

Je suis un requin de la pègre. Écraser les autres, c'est dans mon sang. La mission Haynes devait être facile. Entrer, appuyer deux fois sur la détente. Une balle pour Charlie, une pour sa sœur. Mais dès que j'ai vu Valentina, je l'ai désirée. Malheureusement, dans notre monde, ceux qui nous doivent de l'argent n'ont jamais droit à une seconde chance. Ma mère n'acceptera jamais de lui laisser la vie sauve. J'ai dû concevoir un plan pour la garder.

Il est vicieux.
Il est immoral.
Il est ambigu.

Il est parfait.
Tout comme elle.

Gabriel

Putain. Je possède cette fille.

Elle m'appartient.

Cette idée me donne le vertige. Elle est si menue qu'on dirait bel et bien une poupée, à laquelle Magda m'a accusé de vouloir jouer. Droite sur son siège, Valentina m'arrive à peine au niveau du torse. Son ossature est si fragile qu'elle pourrait se briser à la moindre pression. Si je la serre trop fort, ses côtes risquent de casser. Je pourrais envelopper son cou fin avec une seule main. La force de mes doigts sera le facteur déterminant entre la vie et la mort. Et pourtant, elle m'a sauté dessus quand Rhett a tué son chien. Elle m'a donné un ordre en exigeant que je libère Charlie Haynes. C'est une fille forte et loyale.

Je suis à la fois fasciné et jaloux de son amour pour son frère. Personne ne s'est jamais battu ainsi pour moi, et je doute que ça arrive un jour. Lui dire que je ferai d'elle *tout ce qu'il me plaira,* c'était un test. Je voulais voir jusqu'où elle était prête à aller pour Charlie, même si sa décision n'aurait rien changé. Cette fille m'a appartenu dès l'instant où j'ai posé les yeux sur elle. Hier soir, je savais déjà que j'allais la prendre. Quoi qu'il arrive.

Quand le gérant du Napoli m'a appelé pour me dire que la cible de ma mère était là – la cible en question n'étant autre que Charlie – mon plan était simple. Entrer, supprimer Charlie, puis sa sœur, qui devait être seule chez elle. Montrer l'exemple dans le traitement que l'on réserve aux mauvais payeurs, c'est la procédure habituelle. Certains n'ont pas peur pour leurs vies, mais ils ne veulent pas qu'on touche à leurs familles. Selon l'idée de Magda, Valentina aurait servi de sacrifice pour rappeler à ceux qui nous doivent de l'argent que leurs familles ne sont pas à l'abri.

Et puis, je suis sorti du bureau et je l'ai vue : ses seins, ses fesses et ses jambes. Aucune femme, à l'exception des prostituées, n'entre au Napoli de son plein gré. Un nerf se coince entre mes omoplates quand je pense à ce qui aurait pu lui arriver si je n'avais pas été là. Soit cette fille est d'une naïveté extrême, soit son courage confine à la bêtise. Après ce qui s'est passé ce matin, je penche plutôt pour la deuxième option.

À bien y penser, je ne comprends pas comment elle a pu survivre ici pendant si longtemps. D'après Jerry, elle habite à Berea depuis six ans. Le taudis où elle vit se trouve en pleine vallée de la drogue. C'est étonnant que les barons de la drogue et du sexe ne l'aient pas enlevée pour la vendre, ou qu'elle ne se soit pas encore fait violer et tuer par un gang de rue. Il peut arriver une infinité de malheurs à une jolie fille sans protection, dans ce quartier.

Je la regarde du coin de l'œil. Ça fait vingt minutes que nous roulons, et elle n'a pas dit un mot. Ses cheveux bruns sont longs et ondulés, tombant en boucles souples sur ses épaules. Une odeur agréable l'accompagne, comme un shampoing ou de la lotion pour le corps. J'aime ça. Les parfums élaborés me donnent mal à la tête. En short blanc et débardeur jaune, elle expose à ma vue ses jambes fuselées et ses seins ronds. Tout comme la veine qui palpite sous la peau dorée de son cou. Sa peur m'excite. Son courage m'intrigue. De longs cils noirs me cachent l'expression de ses yeux marron. Elle fait mine de regarder par la vitre, mais je sais qu'elle est consciente de mon regard et du pistolet posé sur mes genoux.

L'arme est fraîche dans ma main. J'ai dépassé depuis longtemps l'époque où mes paumes devenaient moites avant une mission. Tuer, ça ne me dérange pas. J'habite dans une ville violente. Seuls les plus coriaces survivent, et je suis un survivant. Je n'hésiterai pas à appuyer sur la détente si quelqu'un menace ma famille ou lui fait du mal. Posez le doigt sur quelque chose qui m'appartient, et je vous le briserai. J'étais le genre de gamin qui prenait plaisir à casser les jouets des autres. Je casse toujours. Les os, essentiellement, ces derniers temps. En ce qui concerne les cœurs, je brise uniquement ce qui est déjà cassé. Comme ça, je ne suis responsable des sentiments de personne. Et maintenant, j'ai endossé la responsabilité de quelqu'un dans un tout autre domaine. Au moins, je ne risque pas de briser le cœur de Valentina. Elle me déteste déjà, et avec ce que j'ai en réserve pour son corps, elle ne me haïra que plus fort. Et pourtant, je sais qu'elle aura besoin de moi avec une force tout aussi vive. Je compte bien m'en assurer.

Envie d'en lire plus ? Merci de vous rendre sur www.greyeaglepublications.com/fr/ pour commander votre exemplaire dès aujourd'hui !

PLAYLIST

Mama Said Knock You Out — LL Cool J
Living Dead Girl — Rob Zombie
Sweet Dreams — Marilyn Manson
Voodoo — Godsmack
Crazy Bitch — Buckcherry
Bad Girlfriend — Theory of a Deadman
Burning Desire — Lana Del Ray
The Crow and the Butterfly — Shinedown
Galway Girl — Steve Earle
Butterfly — Crazy Town
Time is Running Out — Muse
Kiss My Irish Ass — Flogging Molly
I'm Shipping Up to Boston — Dropkick Murphys

À PROPOS DE L'AUTEUR

A. Zavarelli est une auteur de best-sellers classés au *USA Today*.

Elle aime le chocolat sous toutes ses formes et les livres pour adultes, et elle adore faire vivre un enfer à ses personnages. Ses récits ont toujours un petit côté sombre, dans lequel parfois ils basculent franchement. Elle aime écrire sur les thèmes tels que la vengeance et les âmes tourmentées, ce qui lui donne une bonne excuse pour regarder des documentaires bizarres et extravagants pendant son temps libre.

Elle vit actuellement dans le nord-ouest avec son bûcheron et toute une nichée de bébés à fourrure.